꽃피는 노트르담

NOTRE-DAME-DES-FLEURS
by Jean Genet

Copyright © Éditions Gallimard 1951
Korean translation copyright © Munhakdongne Publishing Corp. 2024

This Korean edition was published by arrangement with Éditions Gallimard
through Sibylle Books Literary Agency, Seoul.

세계문학전집
250

Jean Genet : Notre-Dame-des-Fleurs

꽃피는 노트르담

장 주네 장편소설

성귀수 옮김

문학동네

죽음으로써 지금도 내 삶을 중독시키고 있는
모리스 필로르주*가 없었다면
나는 이 책을 쓰지 않았을 것이다.
그의 추억에 책을 바친다.

J. G.

---

* 주네가 1942년 프렌교도소에 절도죄로 수감되었을 때 쓴 첫 시 「사형수」에 영감을 주기도 한 인물. 필로르주는 1939년 2월 4일 기요틴에 처형되었다.

일러두기

1. 번역 대본으로는 *Notre-Dame-des-Fleurs*(Jean Genet, L'ARBALÈTE, 1986)를 사용했다. 이 소설의 정식 단행본 초판은 (1943년 비밀 유통되던 한정판 가제본과 1944년 문예지 L'ARBALÈTE 8월호를 통해 일부 발췌 게재된 것을 빼면) 1948년 파리의 L'ARBALÈTE 출판사에서 나왔다. 이 출판사는 1940년 동명의 잡지에서 시작해 초창기 주네 작품들을 모두 펴낸 주네의 첫 출판인이자 편집자 마르크 바르브자 Marc Barbezat가 창립했으며, 1997년 갈리마르가 인수했다. 장 주네의 해외 수출입 판권을 관리하던 Librairie Gallimard에서 1951년 영미판 출간시 개정판을 내긴 했으나, 한국어판은 L'ARBALÈTE에서 낸 초판에 기초한 1986년 인쇄본을 따랐다.
2. 성서 인용은 공동번역성서를 따랐다.
3. 본문 중 고딕체는 원서에서 이탤릭체나 대문자로 강조한 부분이다.
4. 주석은 모두 옮긴이주다.

차례 ∎

'꽃피는 노트르담'이라는 이름이 세상에 알려진 날과도 같은 9월 어느 날, 그대의 5시판版 신문지상에 등장한 바이트만*은 흰 붕대로 머리를 둘둘 감아 수녀처럼 보이기도 하고, 호밀밭에 추락하여 부상당한 파일럿처럼 보이기도 했다. 자동식자기로 무한 증식된 그의 아름다운 얼굴이 파리와 프랑스 전역으로, 외진 마을 깊숙한 곳으로, 성채와 오두막을 불문하고 날아드는 가운데 심란한 부르주아들은, 공범共犯인 양 삐걱 소리도 없는 계단을 타고 매혹적인 살인자가 그들의 단잠을 가로지르기까지, 일상이란 늘 아슬아슬함을 실감했을 터. 사진 아래 그의 범행들이 북극광처럼 빛을 발하고 있었다. 살인 1, 살인 2, 살인 3, 그렇

---

* 오이겐 바이트만(1908~1939). 독일인 연쇄살인범. 프랑스에서 1937년 12월 체포되어, 6명을 살해한 죄목으로 1939년 6월 기요틴에 처형되었다.

게 살인 6까지 그의 은밀한 명성을 이야기하고 있었고 미래의 영광을 예고하고 있었다.

조금 전에는 검둥이 '태양천사'가 정부를 살해했다.

그 조금 뒤에는 군인인 모리스 필로르주가 애인 에스쿠데로를 살해하고 천 프랑 조금 못 미치는 돈을 강탈했다. 그는 스무 살 생일을 맞아 목이 달아나는데,* 그대도 기억하다시피, 깐죽거리며 사형집행인의 약을 올리려는 바로 그 순간 칼날이 떨어졌다는 것이다.

마지막으로 아직은 앳된 해군 소위가 반역을 위한 반역을 범하고는, 총살당했다. 내가 이 책을 쓰는 것은 그들 모두의 범죄 행각을 기리기 위함이다.

그 아름답고 음침한 꽃들의 경이로운 피어남, 이를 나는 단편적으로 접했을 뿐이다. 어떤 것은 신문 쪼가리를 통해서, 다른 어떤 것은 변호사가 대충 이야기해줘서 알게 되었고, 이곳 수감자들이 거의 노래하듯 읊조리는 걸 듣고 안 경우도 있다. 그들이 부르는 노래는, 매일 저녁 흥얼대는 푸념이나 감방들을 통과하는 동안 처절하게 흔들리면서 변질되어 들려오는 목소리처럼, 갈수록 황당무계하고 음울하게(장례식 연도문처럼) 변해갔다. 마지막 소절에 이르러 목소리가 갈라지고, 그 균열로 소리가 한결 그윽해져 마치 천사들의 음악에 실려오는 느낌인데, 그것이 나는 무섭기만 하다. 내가 상상하는 천사는 정신도 물질도 아니며, 유령의 투명한 몸처럼 희부옇고 섬뜩한 형체를 취하기에, 천사는 내게 늘 두려움을 불러일으킨다.

---

* 모리스 필로르주는 1914년에 태어나 1939년 2월 4일 렌에서 기요틴에 처형되었다. 서술과는 달리, 당시 그의 나이는 스물다섯이었다.

이제는 죽은 몸인 저 살인자들은 그럼에도 나에게로 와주었다. 애도의 별들 하나씩 나의 감방으로 떨어져 그때마다 내 가슴 몹시 뛰고, 내 가슴은 두방망이질한다. 두방망이질이 도시의 항복을 알리고자 둥둥거리는 북장단이기나 한 듯 말이다. 이어서 열이 오른다. 감방 위로 독일 비행기 지나다니고 아주 가까이 떨어지는 폭탄 소리가 들리는 가운데, 몇 분간 온몸 뒤트는 경련으로 시달리던 그때 그 고열 못잖다. 눈 깜빡하는 순간 나는 보았다, 강철새가 실어나르는 한 고독한 아이는 죽음을 씨 뿌리며 웃고 있었다. 오직 그 아이만을 위해 사이렌소리, 종소리, 돌고래좌座를 향한 무수한 포성, 증오와 공포의 비명소리가 작렬했다. 모든 감방이 뒤흔들리고, 부들부들 떨고, 혼비백산했으며, 수감자들은 문에 머리를 박고, 바닥을 데굴데굴 구르면서, 울며불며 신에게 저주를 퍼붓고 기도했다. 분명히 말하는데, 나는 보았다, 아니 본다고 믿었다, 비행기를 타고 가는 열여덟 살 먹은 아이. 426호 감방 구석에서 나는 그에게 애정어린 미소를 지어 보였다.

내 감방 벽을 다이아몬드처럼 반짝이는 진흙덩어리로 분탕질하는 것이 그들의 얼굴, 진짜 얼굴인지는 모르겠다. 다만 내가 저 공허한 눈빛의 아름다운 머리통들을 잡지에서 오려낸 것이 우연일 리는 없다. 내가 공허하다고 한 것은, 해맑다 못해 푸른 하늘빛이라 할, 투명한 별빛이 달라붙는 칼날과도 같고 공사중인 건물 유리창들과도 같아, 그걸 통과하여 맞은편 창문으로 하늘이 내다보일 만큼 눈빛들 모두가 푸르고 텅 비어서다. 아침에는 사방에서 바람이 통해 늘 공허하고 순수하게 느껴지나, 뒤죽박죽 침상에 널브러져 위험한 수컷들로 득실거리는 저 병영 막사들을 닮았다고나 할까. 공허하다고는 하나, 눈꺼풀을 닫는 순간

저 눈들은, 거대한 감옥 쇠창살 너머 살인자들이 잠자고 꿈꾸고 욕하고 침 뱉으며 모든 감방을 똬리 튼 독사들 식식거리는 소굴이거나 먼지투성이 커튼 내린 고해실로 만들어버려, 그 앞을 지나는 소녀를 겁먹게 하는 것 이상으로 나를 겁먹게 한다. 저 눈들은 별다른 신비감 없이, 그저 리옹이나 취리히처럼 고립된 도시들 같다. 그들은 텅 빈 극장이나 썰렁한 감옥들, 휴식중인 기계장치와 사막들처럼 내게 최면을 건다. 사막들은 폐쇄되어 무한과는 교류가 없으니 말이다. 내가 일일이 더듬고 다녀야 할 때, 그런 얼굴을 가진 자들은 나를 질겁하게 한다. 하지만 그들의 풍경에서, 버려진 골목 모퉁이를 열에 들뜬 심정으로 돌아들 때, 내가 맞닥뜨리는 것이 키 큰 디기탈리스처럼 까탈스럽고 거만하게 버티고 선 공허일 뿐 다른 아무것도 아니라면, 그 얼마나 눈부신 깜짝 선물이겠는가!

말했듯이, 저기 있는 저 머리통이 단두대에서 처형당한 내 친구들의 것인지는 모른다. 다만 벽에 붙은 친구들이 가죽 채찍처럼 엄청 유연하고, 유리칼처럼 단단하며, 꼬마의사*처럼 똑똑한가 하면, 물망초처럼 싱그럽다는 것, 무시무시한 영혼이 빙의하도록 선택된 몸뚱어리들이라는 것을, 확실한 징표들을 통해 나는 알아보았다.

신문들이 내 감방까지 무사히 당도하는 일은 좀처럼 없다. 5월의 정원처럼, 제일 멋진 페이지들은 아름답게 꽃피어난 저 기둥서방들을 약탈당하기 일쑤다. 굽힐 줄 모르는, 엄격하고 거대한 기둥서방들, 성기들을 활짝 꽃피워, 저들이 백합인지, 백합과 성기가 온전히 저들은 아

---

* 가방 속에 의료기기들이 갖춰진 어린이용 의료 완구.

닌지 더이상 알 수가 없어, 나는 저녁이면 무릎을 꿇고, 생각 속에서, 내 두 팔로 그들의 다리를 끌어안는다. 어찌나 단단한지 나 자신 정신을 차릴 수 없고, 누가 누구인지 헷갈릴 지경인데, 나의 밤들에게 기꺼이 먹이로 내어줄 추억이란 바로 너, 내가 애무하는 동안 아무 반응 없이 축 늘어져 있던 너의 추억이다. 한데 무시당해가며 혼자 흔들어대던 너의 음경이 먹구름을 찌르는 종루처럼, 젖가슴을 쑤시는 모자 핀처럼, 난데없이 야무지게 나의 입을 관통하는 것이었다. 너는 움직이지 않았다. 너는 잠자지 않았다. 너는 꿈꾸지 않았고, 너는 도망중이었다. 바다 위에 떠 있는 관처럼 평평한 침대에 뻣뻣이 누운 너는 차갑고, 창백하여, 움직임이 없었다. 미세한 경련이 이어지며 미지근히 하얗게 내 안으로 흘러드는 너의 느낌에 열중하는 한, 나는 우리가 순결하다는 것을 알고 있었다. 너는 아마도 사정射精을 즐기고 있었을 것이다. 그 절정의 순간, 고요한 황홀감이 너를 비추었고, 머리와 발이 비집는 망토처럼 초자연적인 빛으로 너의 축복받은 육체를 휘감았다.

그런데도 나는 기어이 사진 이십여 장을 확보해두었고, 잘근잘근 씹어낸 빵조각을 가지고 그것들을 벽에 매달린 생활 수칙 패널 뒷면에 부착해놓았다. 몇 장은 반장이 가져다주는 짤막한 놋쇳줄에 꽂아, 색색가지 유리구슬들을 꿰어둔다.

이웃 수감자들은 같은 구슬로 장례용 화관을 엮지만, 나는 그것들로 더없이 순수한 죄인들을 위한 별 모양 액자틀을 만들었다. 저녁에 당신들이 거리로 향한 창문을 열어젖히는 것처럼, 나는 생활 수칙 패널 뒷면이 나를 향하게끔 뒤집어놓는다. 웃는 표정들, 불만스러운 표정들, 몰인정한 표정들이 내 몸의 온갖 구멍을 통해 안으로 들어오고, 그들의 활력이 나를 뚫고 들어와 나를 일으켜세운다. 나는 이 구렁들과 더불어 살아간다. 이들은 나의 가족이자 유일한 친구인 소소한 버릇들을 주관한다.

어쩌면, 옥살이할 짓이라곤 전혀 범한 적 없는 웬 녀석이 스무 명 가운데 섞여들었을 수도 있겠다. 몸짱이랄까, 운동선수쯤 됐겠지. 하지만 내가 녀석을 벽에 꽂아두었다면, 그건 녀석의 입가나 눈매에서 내 딴에는 괴물들 특유의 성스러운 징표를 감지했기 때문이다. 저 얼굴들 혹은 고정된 자세들에서 드러나는 결함은 저들이 나를 사랑하는 일이 불가능하지만은 않다는 사실을 말해준다. 스스로 괴물일 경우에만 저들은 나를 사랑할 것이기 때문이다. 요컨대 이렇게 말할 수도 있다. 어쩌다 흘러든 그 녀석은 자진해서 여기 들어와 있는 거라고. 저들에게 수행원과 신하들을 대주기 위하여, 나는 여기저기 굴러다니는 모험소설 표지그림에서 멕시칸 혼혈 청년이랄지, 가우초, 캅카스 기병을 끌어모았고, 이 손 저 손 돌려보던 소설책의 서툰 삽화들에서는 담배꽁초를 문 포주와 깡패들 옆모습이랄지 발기한 어느 터프가이의 실루엣을 확보했다.

밤에 나는 그들을 사랑하고 내 사랑이 그들을 살아나게 한다. 낮에는 세세한 사안까지 꼼꼼하게 챙긴다. 나는 빵조각 하나, 잿가루 한 점 바닥에 떨어지지 않도록 정신 바짝 차리는 가정부. 그런데 밤에는! 갑자기 전등을 켜고 감시구로 머리 불쑥 들이밀지 모를 교도관을 신경쓰느라, 나는 이불 구겨지는 소리가 나의 쾌락을 표내지 않게끔 볼썽사나운 조심성을 발휘해야만 한다. 그런 내 동작이, 고상함을 잃는 반면, 은밀함을 추구하다보니 관능만 늘어난다. 나는 더듬는 중이다. 이불 속

내 오른손이 부재하는 얼굴을 애무하느라 뭉그적거린다. 그러고는 오늘밤 행복을 위해 선택한 무법자의 몸뚱어리를 두루 어루만진다. 왼손을 오므리면서 손가락들을 가지런히 모아 움푹한 생식기를 만드는데, 저항을 모색하던 그것이 결국 스스로를 내어주고, 개방한다. 이제 당당한 체격의 사내가 벽에서 튀어나와 다가오더니 나를 덮치고, 이미 백명도 넘는 수감자들의 정액으로 더럽혀진 짚 매트 위에서 나를 으스러뜨린다, 하느님과 천사들이 존재함에도 내가 빠져들고 있는 이 행복을 생각하는 동안.

내가 여기서 나가게 될지, 나간다면 그게 언제일지 아무도 말할 수 없다.

그렇담 미지의 연인들에게 도움을 받아 나는 이야기를 하나 쓸 것이다. 주인공은 벽에 붙은 저들과 여기 족쇄를 찬 나. 그대가 글을 읽는 사이 등장인물들, 디빈*은 물론 퀼라프루아까지 벽에서 떨어져나와 마치 낙엽처럼 책갈피로 내려앉을 것이고, 거기서 내 이야기에 비료가 되어줄 것이다. 그들의 죽음, 그걸 굳이 그대에게 말할 필요가 있을까? 모두에게 그건, 배심원단으로부터 죽을 운명을 통보받자, 라인란트 지역 악센트에 실어 "난 이미 그딴 거 넘어선 지 오래요(바이트만)"라고 중얼거렸을 뿐인 자의 죽음과 같을 텐데.

어쩌면 이 이야기가 순전히 지어낸 걸로만은 보이지 않을 수도 있겠다. 내 의도와는 상관없이 그 안에서 피의 목소리를 포착할지도 모른다. 이는 밤에 이마로 문짝을 들이받아가며 세상 시작 이래 나를 못살

---

* Divine. '신성한 여자'라는 뜻. 퀼라프루아는 그의 어린 시절 이름이다.

게 굴어온 힘겨운 기억을 쏟아내버리곤 했기 때문이니, 그런 나를 용서하시라. 여하튼 이 책은 나의 내밀한 삶의 한 조각이 되고자 할 따름이다.

이따금, 소리 없이 다가온 교도관이 감시구를 통해 내게 안부 인사를 던진다. 그는 내게 말을 하는데, 옆방 사기꾼들, 방화범들, 사전꾼들, 살인범들, 바닥을 데굴데굴 구르며 "엄마 살려줘!"를 외치는 허세뿐인 애송이들 얘기가 자기도 모르게 길어진다. 그가 감시구를 도로 닫으면, 그때부터 나는 방금 전까지 그가 이 방에 스며들게끔 놔둔 저 모든 멋쟁이 사내들을 일일이 상대한다. 그럼 그들은 나른한 아침 훈훈한 이불 속을 꿈틀거리면서, 기발한 재주부려 핑크빛 아가씨들을 새하얀 주검으로 뒤바꿔온 혹독하고도 섬세한 장치이자 공모의 체계, 그 모든 동기動機의 실타래를 풀어낼 실 끝을 찾아 몸부림친다. 나는 그들 또한 머리 다리 할 것 없이 벽에 붙은 내 친구들과 뒤섞고, 그걸로 이 어린이 이야기를 꾸며보고 싶다. 아울러 내가 아주 조금밖에 몰랐던 디빈의 사연, 꽃피는 노트르담의 사연 그리고, 걱정 마시라, 나 자신의 사연까지 내 멋대로, 내 감방의 마법을 위해(말하자면 내 감방에 마법을 걸기 위해) 재가공해보고 싶은 것이다. 꽃피는 노트르담의 인상착의는 다음과 같다. 신장 171센티미터, 체중 71킬로그램, 계란형 얼굴, 금발, 푸른 눈, 가무잡잡한 피부, 건강한 치아, 곧은 콧날, 발기시 길이 24센티미터 굵기 10센티미터에 이르는 음경 사이즈.

디빈은 어제 각혈한 자신의 피 웅덩이 한복판에서 죽었는데, 얼마나 시뻘겋던지 죽는 순간 지고의 환시幻視가 그녀를 사로잡았고, 환시 속에서 피 웅덩이는, 판사 집무실의 잡다한 증거물 가운데 있던 빠개진 바이올린이, 일견 예수가 불타는 성심의 금빛 궤양을 과시하듯, 아주 비장하게 드러낸 검은 구멍의 시각적 등가물이었다. 그녀가 죽었다는 사실의 신성한 측면이란 바로 그런 것. 다른 측면, 즉 우리의 측면은 그녀의 속옷과 이불에 쏟아낸 핏줄기 때문에 (피범벅 이불 위, 엄청나다기보다 혹독한 태양이 그녀 침상을 차지하고 누워 있었기에) 그녀의 죽음을 살인에 견줄 만한 것으로 만들고 있다.

디빈은 신성하게 죽었고, 폐병에 살해당했다.

1월이었고, 역시 감옥 안 오전 산책중이었는데, 수감자들끼리 음험하게, 마치 하인들끼리 뒷방에서 소곤소곤하듯, 우리는 서로 새해 인사를 나누었다. 교도소장은 우리에게 각기 새해 선물로 막소금 20그램을 작은 봉지에 넣어주었다. 오후 세시. 어제부터 쇠창살 너머로 비가 내리고 바람이 분다. 나는 바다 밑바닥을 헤집듯, 단단하고 불투명하지만, 추억의 내밀한 시선으로는 충분히 가벼워 보이는 건물들, 그 어둑한 동네를 헤매고 다닌다. 추억의 질료는 그만큼 다공질이다. 디빈이 그토록 오랜 세월 살았던 다락방은 그 건물들 중 한 곳 꼭대기에 있다. 커다란 창문이 몽마르트르 작은 묘지 위로 눈동자들을 던지고 (매혹하고) 있다. 그리로 가닿는 계단은 오늘 엄청난 역할을 한다. 그것은 디빈의 가묘假墓, 피라미드 통로처럼 구불구불한 대기 시설. 암굴형 지하 묘실이 그 임자인 사이클리스트*를 집어삼키는 어둠에서 대리석 팔뚝처럼 순수하게 솟아난다. 거리에서 시작되는 계단이 죽음을 향해 뻗어나

---

* 성교에서 삽입당하는 역할의 남성 동성애자를 일컫는 은어.

간다. 계단은 최후의 임시 제단으로 통한다. 썩은 꽃 냄새가 나고, 벌써부터 향과 초 냄새가 풍긴다. 그것은 그림자 속으로 올라간다. 층층이 오름에 따라 좁아지는 계단은, 정상에 다다라 창공으로 녹아드는 환각에 이르도록 희미해진다. 그곳은 디빈의 거주 층. 거리에선 미모사 1, 미모사 2, 미모사 4.5, 첫영성체, 안젤라, 몬시뇰, 카스타네트, 레진, 요컨대 한 무리의 군중이, 작렬하는 이름들의 기나긴 나열이 한 손에 꽃다발처럼 받쳐든 작고 납작한 우산들의 검은 후광을 이고 기다리는 동안, 다른 손이 우산처럼 받쳐든 작은 오랑캐꽃다발들은 그중 하나인 첫영성체로 하여금 몽상 속을 헤매다가 혼비백산 기품 있게 깨어나도록 만들 것인데, 이유인즉 향기를 흠뻑 먹은 석간신문이 이승과 저승에서 실어온 노래처럼 감동적인 기사 하나가 그녀의 기억 속에 떠올랐기 때문이다. "방부 처리된 모나코 공주의 시신을 담은 흑단과 은으로 된 관이 안치된 크리용호텔의 검정 벨벳 카펫 위로 파르마의 오랑캐꽃들이 점점이 뿌려져 있었다." 첫영성체는 추위를 탔다. 그녀는 귀부인 같은 품새로 턱끝을 삐죽 내밀었다. 턱을 도로 집어넣은 그녀는, 자신의 욕망이 낳은 이야기의 갈피들 속으로 둘둘 말려들어갔고, 자신이 공주로서 죽어 있었던 칙칙한 삶의 모든 사건을 하나하나 떠올리며 과장하고 있었다.

비가 그녀의 도주를 용이하게 해주었다.

마짜들은 유리구슬로 엮은, 정확하게는 내가 감방에서 직접 만드는 유리구슬 왕관을 착용하고 있었다. 그들은 내 감방으로 축축한 이끼 냄새와 더불어, 달팽이와 괄태충이 마을 묘지의 하얀 돌들 위에 죽죽 그어놓은 점액의 기억을 가지고 온다.

내가 지금 말하는 모든 마짜, 때짜, 바텀, 탑, 호모들이 계단 아래 모여 있다. 다들 서로서로 붙어선 채, 나뭇가지처럼 조용하고 움직임 없는, 현기증나게 꼿꼿한 때짜들 주위로 마짜들 쩩쩩거리며 수다떤다. 연놈 할 것 없이 바지와 재킷, 외투 모두 검은 복장이다. 그러나 그들의 얼굴만은 젊건 늙건, 반질반질하건 쭈글쭈글하건, 마치 문장紋章처럼 제각각 천연색이다. 비가 내린다. 빗소리에 섞여 들려온다.

"가엾은 디빈!"

"그러게 말이야! 하지만 걔 나이로 보면 그럴 수밖에 없었어."

"더는 못 버티겠던데. 볼깃살이 떨어져나가고 있더군."

"미뇽은 안 왔나?"

"안녕!"

"저기 온다!"

디빈은 누가 자기 머리 위를 밟고 다니는 걸 싫어해서, 어둑한 구역 중산층 가옥의 맨 꼭대기 층에 거주하고 있었다. 바로 그 건물 발치에서 수군대는 대화 속 무리가 갈피를 못 잡고 허둥대는 것이었다.

검은 말이 끌 것으로 보이는 영구 마차가 조만간 디빈의 유해를 싣고 나타나 성당으로 향할 것이며, 라셸 가도를 거쳐 여기서 무척 가까운 몽마르트르의 작은 묘역으로 운구할 것이다.

'영원한 자'가 기둥서방의 모습으로 지나갔다.* 재잘대는 수다가 잦아들었다. '애기발 미뇽'은 모자를 쓰지 않은 맨머리에 아주 우아한, 단순하면서 잘 웃고, 단순하면서 나긋나긋한 모습으로 다가왔다. 나긋나

---

* '기둥서방 모습을 취한 영원한 자'는 곧 미뇽의 이미지다.

굿 유연한 그의 걸음걸이엔 진흙투성이 장홧발로 고급 모피 외투를 짓밟는 야만인의 묵직한 화려함이 있었다. 엉덩이가 떠받친 상체는 옥좌가 떠받든 왕이었다. 머릿속에 떠올리는 것만으로도 나의 왼손으로 하여금 구멍난 호주머니를 통해 그 짓을 하게 만들기 충분하니…… 손동작이 끝나고 나서야 미뇽의 기억에서 벗어날 수가 있을 터다. 하루는 내 감방 문이 활짝 열렸는데 그가 떡 버티고 서 있는 것이었다. 눈 깜빡할 사이에 그를 본 것 같긴 한데, 교도소 벽체 속에 틀어박힌, 걸어다니는 시체처럼 근엄한 그 모습은 오로지 상상만 할 수 있을 뿐이다. 꼿꼿이 선 채로 내 앞에 나타난 그는 패랭이 꽃밭에 발가벗고 누웠더라면 참 우아했을 자세였다. 순간, 마치 그가(누가 이런 얘기를 할까?) 내 입안 깊숙이 싸질러버리기라도 한 듯, 졸지에 나는 그의 것이 되었다. 나 자신을 위한 공간이 더는 남지 않을 만큼 그가 나를 파고들어와, 이제 나는 깡패, 도둑, 포주들과 한데 뒤섞이고, 경찰은 착각한 나머지 나를 검거한다. 석 달에 걸쳐 그는 내 몸으로 잔치를 벌였고, 있는 힘껏 나를 두들겨팼다. 나는 걸레짝보다 더 짓뭉개진 꼴로 질질 끌려다녔다. 그가 도둑질을 하러 훌쩍 떠나고 나면, 나는 너무도 생생하여, 수정의 결정면들로 그를 깎아내 보여주던 동작들을 다시금 되새겨본다. 어찌나 실감나는지, 자기도 모르게 튀어나오는 것 같은, 진지한 숙고와 결단에서 나왔을 리가 없는 것 같은 그 모든 동작을 되짚어보는 것이다. 손으로 만져지는 그에게서 내게 남은 거라고는, 아뿔싸, 디빈 스스로 제작한 거대하게 곧추선 자지의 석고 주형물이 전부. 이게 특히 대단한 점은 항문에서 페니스 끝까지 쭉 뻗어나가는 부위의 박력, 그 아름다움이라 할 것이다.

레이스를 방불케 하는 그의 손가락들, 매번 잠에서 깰 때마다 세상을 끌어안을 듯 두 팔 활짝 펼치고 고개를 한껏 젖혀 열정 가득한 얼굴로 하늘을 우러르는 그의 모습은, 구유 속에 양 발목 서로 포개고 누운 아기 예수의 자세를 떠올리게 했다. 또한 서 있을 때 그가 툭하면 바구니 모양으로 양팔 모아 올려, 조각난 문양의 장미색 의상 입고 춤추는 낡은 사진 속 니진스키 흉내를 낸다든가, 바이올린 연주자 못잖게 유연한 손목을 자유자재로 구부려대는 모습은 낯설지 않았다. 그리고 이따금, 화창한 대낮을 골라, 그는 마치 비극 여배우처럼 나긋나긋하고 긴 팔로 자신의 목을 휘감아 조르곤 했다.

바로 그것, 그거야말로 미뇽의 거의 정확한 초상인데—앞으로 또 보겠지만—그는 나를 당혹케 하는 동작을 취하는 데 일가견이 있었다. 그런 그를 떠올리노라면, 나는 쾌락이 해방되어 손이 끈적거릴 때가 되어서야 그를 향한 칭송을 겨우 끝낼 수 있다.

그리스인인 그는 허공을 지르밟아 죽음의 집으로 들어갔다. 그리스인인 그는 결국 야바위꾼이기도 하다. 그가 몬시뇰, 미모사들, 카스타네트, 말하자면 온갖 호모 사이를 은밀히 지나가는 동안—아주 미세한 상체의 움직임을 통해 간신히 파악할 수 있는 정도의 지나감—그녀들은 자기 몸뚱어리에 나선의 율동을 새기며, 이 미남자를 끌어안고 주위를 에워싼다고 생각한다. 마치 도살장 칼처럼 냉정하고 분명하게 그는 지나갔고, 그들 모두를 두 쪽의 슬라이스로 갈랐다가 조용히 다시 합치되, 누구도 간파하지 못한 절망의 옅은 향기가 비어져나오게 했다. 미뇽은 계단을 두 칸씩 올랐는데, 그 성큼성큼 확고한 걸음이 지붕 너머로 푸른 공기의 계단을 밟아 하늘까지 다다를 만하다. 죽음이 일개 묘혈로 전환시켜버린 이후, 신비감이 현저히 떨어진 다락방에는 (거기 복잡다단한 의미는 이제 사라지고, 저 무덤의 사물들, 경이로운 장례 용품들, 이를테면 백장갑과 초롱, 포병대 제복 등, 나중에 일일이 열거해 보여줄 목록과는 아무 관련도 근거도 없는 생경한 분위기만 감돌았다) 디빈의 어머니 에르네스틴 혼자만 상복을 차려입고 베일 너머 한숨을 내쉬고 있었다. 그녀는 늙었다. 하지만 그토록 오랜 세월 기다려온 절호의 기회가 그녀를 비껴가진 않을 것이다. 외부로 표출된 절망감, 눈물과 꽃, 크레이프 빵, 지금껏 속박해온 수많은 역할로 이루어진 가시적 애도를 통해 디빈의 죽음이 그녀의 해방을 허락하고 있는 것이다. 그 기회라는 것이 이제 이야기할 병 때문에 그녀의 손가락 사이를 빠져 달아난 적이 있긴 했다. 바람기 충만했던 당시, 디빈은 그저 동네 개구쟁이에 불과했고 이름은 루이 퀼라프루아였다. 병상에 누워 그는 방을 쳐다보곤 하였다. 거기 천사 하나(역시 이 단어는 나를 초조하게 하고, 나를 유인하고, 나를 구역질나게 한다. 저들이 날개를 가졌다면, 이빨 또한 가진 걸까? 깃털로 뒤덮인 그 무거운 날개로 날아오르긴 할까? 그런 '신비스러운 날개'로? 게다가 추락하면 바뀐다는 천사의 이름, 그 경이의 향을 머금고서?), 천사 하나가 담청색 제복 차림의 병사와 검둥이 한 명과 더불어 (내 책들이, 밝거나 어두운 감옥에서 주사위놀이나 공기놀이를 하는 천사와 검둥이와 하늘색 제복 차림의 병사를 보여주기 위한 구실 이상의 그 무어라도 될 거라서?) 그를 배제시킨 채 밀담을 나누는 중이었다. 천사, 검둥이 그리고 병사는 초등학생, 또래 친구, 촌뜨기들의 얼굴로 차례차례 둔갑할 뿐, 뱀잡이 알베르토의 얼굴은 아니었다. 퀼라프루아가 자신의 사막에서 별빛 총총한 육질의 입으로 격렬한 갈증을 해소하고자 기다리던 자가 바로 그다. 스스로 위로하고자, 그는 어린 나이에도 불구하고 감미로울 것 하나 없는 행복, 색도 소리도, 그 어떤 즐거움도 설 자리 없는 순수와 적막, 황폐의 영역, 모래판이거나 창공의 들판, 무언의 메마른 자기장 같은 세상을 식별해내려고 애써왔다. 얼마 전, 검은 드레스를 입고 하얀 면사포를 휘감은 어느 신부가 마을 도로상에 불쑥 나타난 일, 온몸에 서리 맞은 양치기 소년처럼, 밀가루 뒤집어쓴 금발의 방앗간 주인처럼, 나중에 그도 직접 만나겠지만, 여기 변소 옆 감방 안에서 아침에 내가 바라보는 꽃피는 노트르담처럼 눈부시던 그녀의 출현은—비누거품으로 뒤덮인 발갛고 까칠까칠한, 잠이 덜 깬 그 얼굴이라니—퀼라프루아의 시각을 흔들어, 시란 감미로움으로 넘실거리는 곡선의 선율 이상 그 무엇이라는 사실을 계시해준 것이었으니. 면사포가 얼음장처럼 깔끔하고 엄정하게, 급격한 결정면들로 부서지고 있을 때, 그것은 일종의 경고였다.

그는 오지 않는 알베르토를 기다리고 있었다. 그런데 촌놈이든 촌년이든 제각각 뱀잡이의 어떤 면모를 하나씩 가지고 들어오는 것이었다. 마치 전령들처럼, 대사들처럼, 선도자들처럼 선물을 앞세우면서 길을 평평히 닦아, 그가 오는 것을 예비하고 있었다. 그들은 알렐루야를 외쳐댔다. 누구는 알베르토의 걸음걸이를, 누구는 그의 제스처를, 누구는 그의 바지 색깔을, 누구는 바지의 코르텐 재질을 또는 그의 목소리를 가지고서. 하여 퀼라프루아는 기다렸다는 듯, 그 모든 지리멸렬한 요소가 급기야는 서로 조화를 이루어 하나의 알베르토를 재구성함으로써, 자신의 방으로 장엄한 입장을 거행케 할 것을 믿어 의심치 않는 것이었다. 좀비나 다름없는 애기발 미농이 내 감방 안으로 입장할 때처럼 약속은 되어 있으나 놀라긴 마찬가지로 말이다.

소식을 접한 마을 본당신부가 에르네스틴에게 말했다. "부인, 젊어서 죽는 것도 복입니다." 그녀는 무릎을 살짝 구부려 예를 표하면서 대꾸했다. "그래요, 신부님."

신부는 그녀를 빤히 바라보았다.

그녀는 반들반들한 마룻바닥에서 불길한 미망인, 스페이드 퀸의 모양으로 역전된 자신의 반영에 웃음 짓고 있었다.

"빈정대지 말아요, 나 안 미쳤습니다."

그녀는 과연 미치지 않았다.

"루 퀼라프루아는 이제 곧 죽을 거예요. 나는 느낍니다. 그가 죽으리라는 걸 나는 알아요."

'그가 죽으리라는 걸 나는 알아요'라는 문장은 그녀의 비상을 도와주면서, 날것 그대로 책에서 뜯겨져나와, 참새의 날개처럼 피가 뚝뚝 듣는(진홍빛 피가 튄다면 천사의 날개일 수도), 아이들 추행범인 악한의 양심이 그러하듯 흡수력 강한 지면에 잔글씨로 인쇄된 저 통속소설의 여주인공이 공포에 사로잡혀 중얼거리는 표현이었다.

"자, 나는 애도가에 맞춰 춤을 춥니다."

그리하여 그가 죽는 것은 불가피했다. 행위의 비장함이 더 극렬하기 위해서는, 그녀 스스로 그의 죽음을 초래하는 것이 맞았다. 안 그런가, 이곳에서 윤리란 감옥 갈 걱정과도 지옥 갈 걱정과도 무관할 터. 비극의 메커니즘 전체가 놀라울 정도로 정교하게 에르네스틴의 정신에 새겨지고, 나의 정신에도 그런 식으로 구현되었다. 그녀는 자살하는 시늉이라도 낼 참이었다. "나는 얘가 자살한 것 같아." 에르네스틴의 논리는 전적으로 무대의 논리라서, 이른바 진실다움이라는 것과는 아무런 관련이 없다. 진실다움이란 차마 밝힐 수 없는 이유들을 밝히길 거부하는 것이다. 놀라지 말자, 우린 갈수록 더 경탄할 것이므로.

서랍 깊숙한 곳 묵직한 권총의 존재는 그녀로 하여금 어떻게 처신할지를 알려주기에 충분하다. 사물들이 어떤 행위의 선동자가 되어, 가볍지만 가공할 범죄의 책임을 홀로 감당해야만 하는 일이 처음은 아니다. 권총은 그녀의 제스처에 빠져서는 안 될 장신구가 되어가고 있었다―왠지 그래 보였다. 그것은 여주인공의 쭉 뻗은 팔 길이를 연장하고 있었고, 굳이 말해 알베르토의 퉁퉁한 두 손이 호주머니를 빵빵하게 부풀려 마을 아가씨들을 거칠게 홀리듯이, 그녀를 거칠게 홀리고 있었다. 그럼에도―나로 말하자면 시체, 그것도 아직 온기가 남아 끌어안기 그리 나쁘지 않은 상태의 시체를 죽음에서 다시 소생시킨다는 전제하에 말랑말랑한 소년을 죽이는 일에만 동의할 것이며, 에르네스틴은 이승이 어김없이 불러일으키고야 말 끔찍함(부들부들 떠는 몸짓, 기겁을 한 아이의 원망 가득한 눈동자, 솟구치는 피와 뇌수)과 천상의 저세상에서 맛볼 끔찍함을 면한다는 조건하에서만 살인에 동의할 것이기에, 혹은 아마도 순간을 조금이나마 더 치장하기 위하여―그녀는 보석을 착용했다. 과거 그런 식으로 나는 컷글라스 물병 마개 스타일로 깎아 만든 주사기를 사용해 코카인을 주사했고, 내 검지에다가는 큼직한 다이아몬드 반지를 장착했다. 행위중에 그녀는, 괴이함이 자칫 모든 걸 전복시킬지 모를 유별난 동작으로 진화함으로써 자신의 행위가 점점 악화되고 있다는 사실을 모르고 있었다. 상황은 그렇게 흘러갔다. 방은 덜컹거리지 않고 유유히 미끄러지면서 하강하는 가운데, 모서리를 빗각으로 다듬은 거울들과 유리구슬을 늘어뜨린 촛대들, 붉은 실크 커튼이 드리워진 사이사이 중후한 스타일의 가구들이 자리하고, 검붉은 벨벳 벽지에 황금 장식이 가미된 어느 호사스러운 아파트로 변모하고 있었다. 천장에는 중요한 세부 장식으로 거대한 샹들리에가 매달려 있었다. 바닥은 자색과 청색이 어우러진 털이 수북한 양탄자가 깔려 있었다.

파리에서 신혼여행중에 에르네스틴은 어느 저녁, 거리를 걷다 말고 창문 커튼 너머, 그 화려하고 훈훈한 아파트를 슬쩍 보았다. 신랑과 팔짱을 낀 채 얌전히—아직은 얌전하게—거니는 동안, 그녀는 어느 튜턴 기사를 위하여 사랑과 페노바르비탈과 꽃에 취해 그곳에서 죽고 싶었다. 그리하여 이미 네다섯 차례 죽고 난 지금, 아파트는 그녀 자신의 죽음보다 더 심각한 비극을 위한 장소가 되어 있었다.

내가 복잡하게 하고, 모호하게 만들면, 그대는 유치함을 말한다. 유치함 맞다. 수감자들은 모두 어린이들이고 어린이들만이 속이 꼬일 대로 꼬여, 엉큼하고, 교활하며, 해맑고, 혼란스럽다. 에르네스틴은 생각했다. '뭐가 더 필요하냐면, 그가 칸이나 베네치아 같은 사치스러운 도시에서 죽는 일이야. 그래야 내가 그리로 순례를 가지.'

저 아드리아해의 풍광에 젖은 리츠호텔, 총독 마나님이나 정부인 듯 여장을 풀고, 꽃 한아름 안아 묘지에 이르는 가파른 비탈길 걸어오른다. 약간 볼록한 느낌의 단출한 포석 위에 앉아, 향기로운 고통 속에서 잔뜩 웅크린 채, 곰곰 생각에 잠긴다!

현실을 떠난 적 없는 그녀를 현실로 데리고 나올 필요는 없다. 다만 배경을 조금 정리하는 것으로 그녀는 꿈을 떨쳐내야만 했다. 그녀는 사려 깊은 신의 섭리에 의해 이미 오래전부터 장전된 상태인 권총을 가지러 갔고, 작동중인 남근마냥 묵직한 그것을 거머쥔 순간, 살인으로 임신해, 망자를 배었음을 자각했던 거다.

그대, 그대는 모른다, 단도, 장총, 약병을 들고 있다거나 벼랑으로 치닫는 몸짓에 이미 몸을 실은 눈먼 살인자의 저 초감각적 투시 내지 초인간적 상태를.

에르네스틴의 마지막 몸짓은 신속하게 완료될 수도 있었으나, 퀼라프루아와 마찬가지로, 극적인 타이밍에 맞춰 결말에 이를 하나의 텍스트, 그녀가 까마득히 모르는 사이 내가 작성중인 텍스트에 헌신하고 있다. 에르네스틴은 자신의 행위에 묻어나는 한심스러운 문학적 분위기를 모르지 않는다. 그럼에도 싸구려 문학에 몸 바쳐야 자기 눈에든 우리 눈에든 조금은 더 감동적인 모습이 된다는 걸 잘 알고 있다. 일생을 통해 그러했듯, 한 편의 비극을 연출하면서도 그녀는 오만한 아름다움을 피하고 있다.

사전 숙고된 살인 행위마다 준비 의식이 앞서고, 그뒤로는 항상 속죄 의식이 따른다. 각각의 의미는 살인자의 의식을 벗어난다. 모든 것이 질서정연하다. 에르네스틴은 이제 곧 화형 재판소에 출두할 참이다. 발사. 총알이 날아가 고인이 된 그녀의 남편 표창장 액자 유리를 박살냈다. 무시무시한 소음이다. 수면제에 취해서 아이는 아무 소리도 듣지 못했다. 에르네스틴도 마찬가지. 그녀는 검붉은 벨벳 벽지의 공간 안에서 총을 쏘았고, 총알은 모서리를 빗각으로 다듬은 거울들, 늘어뜨린 유리구슬들, 크리스털 제품들, 인공 벽재, 별 모양 장식물들을 산산조각냈으며, 벽걸이 천들을 찢고, 마침내 골조를 무너뜨리더니, 쓰러지는 에르네스틴의 머리 위로 반짝이는 화약가루와 핏방울 대신, 샹들리에 조각과 유리구슬들, 회색 재를 쏟아져내리게 했다.

그녀는 무너져내린 비극의 잔해더미 속에서 정신을 차렸다. 권총은 연못 바닥에 가라앉은 도끼처럼, 벽 속으로 숨어든 빈집 털이범처럼 침대 밑으로 사라지고, 권총에서 벗어난 그녀의 두 손은 상념보다 더 가벼이 주변을 파닥파닥 나부꼈다. 그때부터, 그녀는 기다린다.

비극에 취한 그 모습을 미농이 바라보았다. 순간 그는 소심해졌다. 그녀 모습이 그만큼 아름답고 미쳐 보여서, 그러고도 아름다워서 더 그랬다. 그 자신 미남이면서, 소심할 필요가 있었을까? 어이하랴! 아름다운 존재들, 스스로 아름답다는 걸 알고 있는 존재들의 비밀스러운 관계에 대해 내가 아는 것이 너무도 빈약하거니와(아예 없다), 서로 친한 것처럼 보이지만 어쩌면 미워하고 있을지도 모를 미소년들의 관계에 대해 아는 것이 전혀 없으니. 그들이 서로 아무 뜻 없이 미소 짓는 거라면, 그 미소 속에는 본인도 모를 어떤 정감이 깃들어 있어, 은밀하게 그 영향력을 감지하기라도 한단 말인가? 미농은 관을 굽어보며 어색하게 성호를 그었다. 어색한 그 동작으로 인해 뭔가 깊은 생각에 잠긴 사람처럼 보였다. 또는 그 어색한 동작이야말로 그만의 매력이었다.

죽음은 양피지에 찍어 누른 납 인장처럼, 커튼과 벽면, 양탄자에 자신의 표식을 찍어두었다. 특히 커튼에 그것은 선명했다. 커튼 자락들은 예민하다. 개들처럼 커튼 자락들은 죽음을 냄새 맡고, 죽음을 떠들어댄다. 소포클레스 가면들의 눈과 입처럼 어둡게 열리거나, 기독교 고행자들의 눈꺼풀처럼 부어오르며 죽음을 향해 마구 짖어댄다. 덧창들은 닫혀 있고 촛불들이 타고 있었다. 디빈과 동거했던 다락방임을 알아보지 못한 미뇽은 그저 조문하러 온 젊은이에 불과한 제스처를 취할 뿐이었다.

관 앞에 선 그의 감정 상태? 아무렇지도 않다. 그는 이제 디빈을 기억하지 못했다.

장의사들이 거의 즉시 나타나 그를 곤경에서 구해주었다.

꽃과 화장품 향기 속에 색색 가지 얼굴이 점점이 반짝이는 어두운 행렬은 비를 맞아가며 영구차를 뒤따랐다. 꾸물꾸물 움직여가는 행렬이 봉긋하거나 평평한 우산들에 매달려 하늘과 땅 사이를 굽이굽이 떠가고 있었다. 지나가는 행인들은 그 행렬을 전혀 보지 못했다. 그토록 가벼운 행렬이 어느새 지상 10미터 상공을 부유하고 있었으니까. 오전 열시 주인마님께 쇼콜라를 대령한 하녀들이랄지, 현관에서 첫 손님들을 맞이한 집사들만 운좋게 그 광경을 목격했을 터다. 더군다나 이제 그 속도만으로도 행렬은 거의 눈에 보이지 않았다. 영구차의 차축에 날개가 달려 있었다. 첫번째로, 본당신부가 〈진노의 날〉*을 부르며 빗속으로 나섰다. 궂은 날씨에 그렇게 하도록 신학교에서 배운 만큼, 그는 제의와 수단 자락을 걷어올렸는데, 무의식적일망정 그 동작은 고귀함의 태반胎盤으로부터 일련의 은밀하고도 우울한 존재들을 내면에 쏟아냈다. 그는 팡토마스와 베네치아 총독 부인의 가장무도회용 가면을 만드는 데 쓰는 검정 벨벳으로 된 제의의 한쪽 자락을 밟지 않으려 했으나, 정작 제대로 밟지 않은 것은 발밑 땅바닥이었으며, 그렇게 해서 어

---

* 진혼미사곡에 속한 노래.

떤 함정으로 곤두박질쳤는지를 우리는 이제 확인하게 될 것이다. 그는 옷자락이 얼굴 아랫부분을 가리지 않도록 재빨리 손을 썼다. 신부가 젊었다는 사실을 명심하시라. 그의 장례용 복장 너머엔 열정적인 운동선수의 약동하는 육체가 있음을 다들 가늠하고 있었다. 요컨대, 그가 가장假裝을 하고 있다는 사실 말이다.

성당의 모든 장례 의식이란 오직 "너희는 나를 기념하여 이를 행하여라"에 지나지 않아, 그는 소리 죽여 제단에 살금살금 다가간 뒤, 열쇠로 감실 문을 열고, 한밤中 남의 집 내실의 이중커튼을 열어젖히는 자처럼 휘장을 젖힌 다음, 호흡을 가다듬고서, 마치 장갑만 끼지 않은 도둑처럼 조심스럽게 성합을 꺼내들고는, 마침내 그 진위가 의심스러운 성체를 빠갠 뒤 통째로 삼켰던 것이다.

성당에서 묘지까지, 길은 멀고 기도서 내용은 너무 뻔했다. 단지 장송곡과 은실로 수놓은 검은 제의만이 마력을 풍기고 있었다. 신부는 숲속을 파고들듯 진흙탕 속을 파고들었다. 숲이라면 어느 숲? 그가 자문했다. 이국땅 보헤미아 숲. 어쩌면 헝가리일 수도. 물론 그곳을 선택한 건, 헝가리 사람이 유럽 유일의 아시아 인종일지 모른다는 소중한 의혹에 이끌려서다. 흉노족. 훈족. 아틸라는 풀을 태우고, 그의 병사들은 알베르토, 미뇽, 고르기 정도이거나 어쩌면 그보다 더 거칠고 우람했을 자신의 넓적다리와 말의 옆구리 사이에서 나중에 먹을 살코기를 뜨끈하게 데우고 있었지! 때는 가을. 헝가리의 숲에는 비가 내린다.

헤쳐 나가야 할 나뭇가지 하나하나가 사제의 이마를 적신다. 젖은 잎사귀 위로 떨어지는 빗방울 소리밖에 들리지 않는다. 저녁에는 숲이 점점 더 으스스해진다. 사제는 잿빛 망토와 우플랑드*를 오늘의 제의와 마찬가지로 현란한 허리춤에 더욱 바짝 조여 당긴다.

숲속에 제재소가 하나 있다. 젊은이들이 그걸 경영하고, 사냥을 한다. 낯선 젊은이들이다. 그들은 세계를 두루 돌아다녔는데, 꿈에서 벌어지는 일들을 일부러 배우지 않고도 알듯이, 신부는 그 사실을 알고 있다. 젊은이들 가운데 가장 어린 친구, 내가 사는 마을 푸주한의 잘생긴 얼굴을 가진 그와 마주칠 때나 불렀을 법한 톤으로, 신부는 지금 장송곡을 부르고 있었다. 젊은이는 사냥에서 돌아오는 길이었다. 입가에 불 꺼진 꽁초가 물려 있다. '꽁초'라는 단어와 바짝 빨아댄 담배의 맛이 신부의 척추를 긴장시키더니, 세 차례 미세한 경련과 더불어 뒤로 당기는 순간, 근육을 가로지르는 그것의 파동이 무한의 전율로 퍼져나가면서 별자리들의 정액을 뿌려댔다.

제재공의 입술은 신부의 입을 누르고, 왕명보다 강력한 혀놀림으로 꽁초를 쑤셔넣었다. 완전히 맛이 간 사제는 부풀어오른 물이끼 위로 나자빠져, 사랑을 소진했다. 낯선 이가 자신을 거의 발가벗겨놓고 애무하는데, 감사하는 마음으로 애정까지 담아 그렇게 한다고 신부는 생각했다. 젊은이는 길고양이의 무게로 축 처진 가방을 어깨 한 번 으쓱하여 추어올린 다음, 엽총을 집어들고 불량하게 휘파람 불어대며 자리를 떴다.

신부는 묘비들을 에둘러 돌아가고, 호모들은 돌들에 차여, 풀에 발이 젖는 가운데 무덤들 사이에서 천사가 되어갔다. 머리 버짐을 앓는 허약한 성가대 소년은 신부가 방금 치른 사건을 전혀 눈치채지 못한 채, 그

＊ 품이 넓고 소매통이 손목으로 갈수록 넉넉해지는 가운 형태의 중세풍 외투.

의 칼로트*를 계속 착용하고 있어도 되는지 여쭈었다. 신부는 그러라고 답했다. 걷는 동안 그는 한 손을 호주머니에 넣고, 땅고 한 곡을 마무리할 때 댄서들에게서 보이는 독특한 다리 동작을 취했다. 그는 한쪽 다리를 자연스레 구부려 발끝을 살짝 내디딘 다음 무릎에 반동을 주어, 어깨춤 추는 목동이랄지 수병이 입는 바지의 넓게 벌어진 바짓단처럼 펄럭이는 수단 자락을 걷어찼다. 그런 다음, 시편 낭송을 시작했다.

아마도 디빈이 창문으로 내다보았을지 모를 무덤꾼에 의해 미리 준비된 구덩이 앞에 행렬이 도착하자, 흰색 레이스 천에 시신을 둘둘 말아 담은 관이 그 안으로 내려졌다. 신부는 구덩이를 축성한 뒤 성수채를 미뇽에게 건네주었고, 묵직한 느낌의 성수채를 받아든 순간 얼굴이 후끈 달아오른 미뇽은 (디빈 다음으로, 또는 디빈을 거쳐 어느 정도 자기 종족, 즉 발을 사용해서만 그대를 용두질해주는 젊은 집시의 일족으로 귀환한 셈이기에) 그것을 호모들에게 넘겨주었으며, 그때부터 사방은 온통 킥킥거리는 웃음소리와 장난기 넘치는 비명 일색이었다. 디빈은 망상과 저열함이 뒤섞인 상태에서 스스로 원하기라도 한 것처럼 이승을 떠나고 있었다.

디빈은 죽었네, 죽어서 묻혔네······
······죽어서 묻혔네.

디빈이 죽었기에, 시인은 그녀를 노래할 수 있고, 그 전설을, 무용담

---

* 정수리에 얹듯이 착용하는 성직자용 모자.

을, 디빈의 연대기를 읊을 수 있다. 디빈의 무용담은 모름지기 섬세한 지시 사항이 수반되는 춤과 연기로 표현되어야 할 것이다. 그걸 발레로 형상화하기가 불가능하기 때문에, 나로서는 정확한 개념들을 탑재한 묵직한 단어들을 활용할 수밖에 없는 대신, 진부하고 공허하며, 선명하지 못한 표현들은 과감히 덜어내도록 노력할 것이다.

이 이야기를 만드는 입장에서 내가 유념할 점은 무엇인가? 나의 인생을 돌이켜보면서, 그 흐름을 거슬러오르면서, 사소한 결핍 때문에 내가 놓쳐버린 존재의 관능으로 내 감방을 가득 채우는 일. 지하의 천국, 그 함정의 복잡한 구획들에서 내가 방황하던 순간들을 마치 캄캄한 구덩이라도 되듯 이 몸 던져 되살아내는 일. 악취 머금은 다량의 공기를 천천히 움직여가기, 꽃다발 모양의 감정들이 주렁주렁 매달린 실을 끊어버리기, 심야의 선술집, 촉촉이 젖은 몸에 기름 바른 머리로 바이올린 연주를 하며 진홍빛 벨벳 휘장 너머 귀신같이 사라지던 그 집시가 혹시 어느 별빛 가득한 강물에 떠오를까 살펴보기.

이제 나는 그대에게 디빈에 관하여, 남성과 여성을 내 멋대로 뒤섞어가며 이야기하겠다. 이야기 도중에, 어떤 여자를 언급해야 할 일이 생길 경우, 나는 적당히 얼버무리든, 수완을 발휘하든, 혼동의 여지가 없게끔 잘 알아서 조처할 것이다.

디빈은 죽기 이십 년쯤 전, 공적인 삶을 영위하기 위하여 파리에 나타났다. 당시 그녀는 마르고 활달했는데, 나중에 다소 괴팍해지긴 했으나 생애 마지막까지 그 모습만큼은 한결같았다. 그녀는 새벽 두시경 몽마르트르에 있는 카페 그라프에 들어섰다. 손님들은 형체가 뭉그러진 진흙덩어리, 디빈은 맑은 물 같았다. 창문을 닫고 가로봉에 커튼을 친, 담배 연기 자욱하고 사람들로 북적대는 넓은 카페에, 그녀는 새벽바람의 신선함과도 같은 추문의 신선함, 성전의 포석을 스치는 놀랍도록 부드러운 샌들 소리를 들여놓았다. 아울러 바람이 나뭇잎들을 일제히 돌려놓듯이, 그녀는 일순 가벼워진 머리들을(산만해진 머리들을), 은행원, 상인, 제비족, 웨이터, 지배인, 대령, 허수아비의 머리통들을 돌려놓았다.

그녀는 혼자 테이블 하나를 독차지하고 앉아 차를 주문했다.

"중국차, 고급으로." 웨이터에게 그녀가 말했다.

미소 띤 얼굴. 그녀는 항상 허세 떠는 미소를 지어 고객들의 심기를 불편하게 만들곤 했다. 이를테면 고개를 절레절레 흔드는 제스처가 그러하듯이 말이다. 시인에게든 독자에게든 그런 미소가 주는 느낌은 수수께끼다.

그날 저녁 그녀는 샴페인 빛깔의 반소매 실크 셔츠와 어느 선원에게서 훔친 파란색 바지를 입고, 가죽 샌들을 신었다. 그녀의 손가락 한 곳, 그것도 새끼손가락에는 종양처럼 생긴 돌이 괴저를 일으키고 있었다. 차가 나오자 그녀는 이곳이 마치 자기 집인 양, 새끼손가락을 바짝 치켜세운 채 잔을 들었다 놓았다 하면서 홀짝홀짝(암비둘기가 따로 없다) 마셨다. 다음은 그녀의 생김새다. 곱슬곱슬한 밤색 머리카락. 눈가와 양볼로 내려뜨린 그 곱슬머리가 마치 아홉 갈래 채찍을 뒤집어쓴 모양새다. 약간 동그랗고 매끄러운 이마. 절망감을 넘어 노래하는 눈망울. 눈에서 시작하는 노래의 선율은 생기를 머금은 치아로, 치아에서부터 모든 동작과 사소한 행위를 거쳐 다시 눈빛으로 발산된다. 그 매력이 굽이굽이 파형을 이루며 온몸을 지나 맨발까지 뻗어나간다. 몸뚱어리는 호박琥珀처럼 섬세하다. 그녀가 유령들에게서 도망칠 때 다리의 움직임은 정말 날래다. 발뒤꿈치에 돋은 공포의 날개가 그녀를 들어 나른다. 엄청 빠르다. 추적을 따돌리려면, 도망치면서 유령들을 살포하려면, 생각이 생각하는 이상으로 빠르게 도망쳐야 하기 때문이다. 그녀는 시들하고, 속상하고, 분통 터지고, 시큰둥한 말들이 무색하게 사람을 뚫어져라 지켜보는 서른 쌍의 시선 앞에서 차를 마시고 있었다.

디빈은 매력적이지만, 내기를 즐기고, 예술적 비전과 진귀한 광경들을 찾아, 가는 곳마다 어쩔 수 없이 잡다한 구경거리를 흘리고 다니는 저잣거리 떠돌이들과도 참 많이 닮았다. 미세한 움직임만으로도, 이를테면 넥타이를 고쳐 맨다든가, 담뱃재를 떠는 것만으로도 저들은 슬롯머신을 작동시킨다. 디빈은 경동맥을 잔뜩 조여 매고, 틀어 묶었다. 그녀가 마음먹고 유혹하면 정말이지 가차없을 것이다. 나는 그런 자들에게 애정이 있는 만큼, 생각 같아서는 그녀를 숙명적인 영웅으로 만들어 볼 의향도 있다. 숙명적이라 함은, 그런 자들을 멍하니 바라보다가 홀린 놈들의 운명이 결정된다는 뜻이다. 나는 돌덩이 같은 엉덩이와 광택 나는 밋밋한 볼, 무거운 눈꺼풀, 신비가들의 얼굴에서 우러나는 처절한 지성을 반영할 만큼 아름다운 이교적 무릎들로 그녀를 만들어낼 것이다. 그녀에게서 일체의 감상적인 잡동사니를 걷어낼 것이다. 얼어붙은 조각상이 되겠다는 동의를 얻어낼 것이다. 하지만 빈곤한 조물주로서는 자기 생긴 대로 피조물을 만들 수밖에 없다는 사실 그리고 마왕이란 존재는 그가 창안한 것이 아니라는 사실을 나는 알고 있다. 감방 안에서 조금씩 조금씩 나의 오한을 화강암에 부여해주어야 할 것이다. 화강암과 더불어 오랫동안 홀로 지낼 것이며, 장중하거나 아주 온화할 나의 방귀냄새와 입김으로 그걸 살아나게 할 것이다. 석화 상태로부터 그녀를 끄집어내, 나의 고통을 조금씩 나누어주고, 악에서 서서히 해방시켜, 신성함으로 손잡아 이끌려면 책 한 권 분량의 이야기가 필요할 것이다.

서빙을 하던 웨이터는 비웃고 싶은 마음 굴뚝같으나, 워낙 신중한 탓에 그녀의 면전에서 감히 그럴 수 없었다. 지배인으로 말하자면, 테이블에 바짝 다가서서 그녀가 차를 다 마시는 즉시 나가줄 것을 요청하기로 작심한 상태다. 그 정도는 해줘야 또다른 저녁 시간에 그녀가 다시 나타나는 것을 예방할 수 있을 테니까.

마침내 그녀는 꽃무늬 손수건으로 눈처럼 새하얀 이마를 토닥였다. 그러고 나서 다리를 꼬았다. 발목에 두른 발찌에는, 어떤 머리카락을 넣은 로켓이 채워져 있음을 우리는 알고 있다. 그녀는 주위를 돌아보며 미소를 지었고 사람들은 외면했는데, 그건 엄연한 응답이었다. 카페는 모든 소음이 선명하게 들릴 만큼 조용했다. 그 안에 사람들 생각은, (대령에게는 퀴어의, 상인들에게는 끼순이의, 은행원과 웨이터들에게는 보갈의, 제비족들에게는 '저년'의) 미소가 야비하다는 것이었다. 디빈은 구태여 고집하지 않았다. 검정 공단으로 만든 작은 지갑에서 동전 몇 닢을 꺼내, 대리석 테이블 위에 소리 없이 놓았다. 순간 카페는 사라지고, 디빈은 벽에 그려진 괴수들 중 하나, 예컨대 키마이라 또는 그리핀으로 변모했다. 어떤 손님이 그녀를 생각하면서 자기도 모르게 마법의 단어 하나를 중얼거리고 있었던 것이다.

"남색광."

그 저녁, 몽마르트르가 처음인 그녀는 이른바 물주를 찾고 있었다. 성과는 없었다. 아무 예고 없이 우리에게 나타났던 거다. 카페 단골들로서 각자의 평판과 암컷을 관리할 시간, 특히 그럴 만한 정신적 여유가 없었다. 차를 다 마시자마자 디빈은, 무심코(보기에 그런 것 같았다) 꽃다발처럼 몸을 비틀며 일어나, 보이지 않는 치맛단 반짝이 장식 스치는 소리 흩뿌리면서 훌쩍 자리를 떴다. 그렇게 그녀는, 담배 연기의 기둥을 거슬러올라, 색 바랜 모슬린 천으로 만든 큼직한 장미가 문짝에 못질된 다락방으로 되돌아갈 결심이었다.

그녀의 향수 냄새는 독하고 천박하다. 그것으로 이미 그녀가 천박함을 선호하는 걸 알 수 있다. 디빈의 취향은 확고하고 양호한 편인데, 각종 오물 찌꺼기들을 상대할 때마다 삶이 나서서 그 우아한 여자로 하여금 항상 천박한 포즈를 취하게끔 만들어준다는 것은 참으로 당혹스러운 일이다. 그녀가 천박함을 사랑하는 이유는 검은 피부를 가진 어느 보헤미안을 극진히 사랑한 경험 때문이다. 위에서든 아래에서든, 그가 그녀의 입술에 자기 입을 포갠 채 노래를 불러줄 때, 부랑자의 노래는 그녀의 육체를 관통해 지나갔고, 그녀는 추잡한 존재들에게 너무나도 잘 어울리는 금줄 장식과 실크 같은 천박한 옷감의 매력에 수긍하는 법을 배웠다. 몽마르트르가 불타고 있었다. 디빈은 색색 가지 불꽃들을 무사히 가로지른 다음, 클리시 대로의 탁 트인 밤, 늙고 흉한 얼굴들을 그대로 간직한 밤으로 귀환했다. 오전 세시. 피갈 방향으로 잠시 걸었다. 그녀는 홀로 지나치는 남자를 볼 때마다 미소 지으며 빤히 쳐다보았다. 그들이 감히 나서지 못하거나, 이럴 때의 작업 방식을 그녀가 미처 깨치지 못했거나다. 고객의 변덕이랄까, 망설임, 탐나는 소년과 마주치는 순간 곤두박질치는 자신감일 수도 있다. 그녀는 지쳤고, 벤치에 앉았다. 잦아든 피로감이 온화한 밤공기를 타고 날아가버렸음에도, 그녀는 한순간의 심장박동에 부응해 자제력을 팽개쳐가며 복받친 감흥을 이렇게 말로 옮겼다. "지체 높으신 밤들께서 내게 홀딱 반해버렸네. 세상에, 내게 추파를 보내는구나. 아! 손가락으로 내 머리채 휘감네(밤들의 손가락이든, 사내들 고추든!). 내 볼을 토닥이네, 엉덩이 어루만지네." 그런 생각까지 하면서도, 지상의 세계와 동떨어진 시심 속으로 가라앉거나 솟구치는 법이 없다. 시적 표현이 그녀의 상태를 변화시킬 리 없는 것이다. 그녀는 언제까지나 돈벌이에만 관심 있는 계집일 따름이다.

어떤 아침에는, 남자들이 피곤한 상태에서 난데없이 꼴리는 기분에 발기하는 일이 있기도 하다. 내 경우에는, 새벽녘, 괜히 애정이 발동해 베르트거리의 성에 낀 난간에 입술을 갖다댄다거나, 또 언젠가는 내 손에 스스로 뽀뽀를 한다든지, 더 나아가 감정을 주체 못한 나머지 입을 있는 대로 까뒤집어 머리를 삼키고, 몸뚱어리를 지나 우주 전체를 삼켜버려, 결국에는 나 자신을 하나의 음식덩어리로 천천히 소화시키고 싶은 마음이 들 때도 있었다. 세상의 종말에 임하는 나만의 방식이라고나 할까. 디빈은, 밤이 그녀를 부드러이 집어삼켜 다시는 토해내지 않도록, 온전히 저 자신을 바쳤다. 그녀는 배가 고팠다. 주위에는 아무것도 없었다. 공중변소는 텅 비어 있고, 산책로도 한적했다. 다만 걸을 때마다 발등에서 톡톡 튀는 신발끈의 엉킨 매듭들이 지리멸렬한 사춘기를 항변하는 어린 노동자들만 삼삼오오 뭉쳐, 쾌락을 등진 채 각자의 숙소로 강요된 발걸음을 옮기고 있다. 꼭 끼는 재킷들이 일종의 흉갑이나 빈약한 등껍질처럼 보여, 그들 육체의 순박한 매력을 보호하는 것 같다. 하지만 아직은 희망만큼 가벼운 남성성 덕분에, 그들은 디빈에게 불가침 대상이다.

이 밤 그녀는 아무 짓도 하지 않을 것이다. 너무 갑작스러운 마주침이라, 물주가 될 만한 자들도 태연함을 고수하긴 힘들었다. 뱃속과 가슴의 허기를 안고서 그녀는 다락방까지 거슬러올라가야 할 것이다. 이제 자리를 뜨기 위해 일어섰다. 한 사내가 비틀거리며 다가오고 있었다. 사내의 팔꿈치가 그녀를 찔렀다.

"오! 미안. 정말 미안합니다!"

숨을 내쉴 때마다 포도주 냄새가 역했다.

"괜찮아요." 마짜가 말했다.

지나가던 사내는 애기발 미농이다.

인상착의로 말하자면, 신장 175센티미터, 체중 75킬로그램, 타원형 얼굴, 금발, 청록색 눈동자, 가무잡잡한 피부, 완벽한 치아, 곧은 콧날, 그리고 발기시 길이 24센티미터 굵기 11센티미터인 음경 사이즈.

그 역시 거의 디빈만큼 젊었는데, 바람 같아서는 책의 마지막 장에 이르기까지 그대로면 좋겠다. 매일 교도관들이 내 방 문을 열고 나를 감방 밖으로 끌어낸다. 안마당으로 나가 공기를 좀 쐬라는 뜻이다. 복도와 계단을 지나는 몇 초 동안 도둑이나 깡패들을 스쳐지나는데, 그들 얼굴이 내 얼굴을 파고들고, 멀리 그들 몸뚱어리가 내 몸뚱어리를 패대기친다. 나는 그들을 수중에 넣고 싶지만, 나에게 애기발 미농을 떠올려줄 만한 놈이 그중엔 없다.

내가 프렌에서 디빈을 알게 되었을 때, 그녀는 감옥에서의 발자취

등 기억을 되짚어가며 그 친구 얘기를 무지 많이 해주었다. 하지만 아직까지 내가 그의 얼굴을 정확히 파악한 적이 없기에, 이 자리를 빌려, 내 정신 속에서 그를 로제의 얼굴과 체격으로 탈바꿈시킬 아주 감칠맛 나는 기회를 누리고자 한다.

그 코르시카인에 관하여 내 기억 속에 남아 있는 건 별로 없다. 지나치게 큰 엄지손가락으로 아주 조그만 안장 키를 만지작대던 손, 칸비에르가*를 걸어오르는 금발 소년의 어렴풋한 이미지, 마치 버클처럼 반바지 앞섶을 가로질러 늘이뜨린 골드 체인. 그는 걸어다니는 숲의 엄중한 분위기로 나를 향해 다가오는 일군의 수컷들 가운데 한 명이다. 그를 '어리지만 단단하고 진중한 소년'이라는 뜻을 담아 로제라고 부르기를 상상해온 나의 몽상은 바로 그 사실에서 비롯한다. 로제는 진중했다. 그때 나는 샤브교도소에서 갓 풀려난 상태였고, 거기서 그를 한 번도 만나보지 못한 것이 놀랍기만 했다. 그의 미모에 어울리는 상대가 되기 위하여 내가 할 수 있는 일은 과연 무엇일까? 그를 칭송하는 데만도 내게는 엄청난 대담성이 필요했다. 돈이 없다보니 밤에 나는 부두 석탄더미 사이 어두컴컴한 구석에 누워 잠을 잤는데, 매일 저녁 그를 데리고 그곳에 갔다. 그의 기억에 대한 기억은 다른 사내들에게 자리를 내주었다. 지난 이틀에 걸쳐 나의 몽상 속에서 그의 (꾸며낸) 인생을 나의 인생과 다시 뒤섞었다. 나는 그가 나를 사랑하길 바랐고, 당연히 그는 나를 사랑하기 위해 도착 성향만 갖추면 그만인 천진한 자세로 그렇게 했다. 이틀 연속 나는, 아무리 잘생긴 소년이어도 보통 네다섯 시간만

---

* 상점과 카페, 레스토랑이 즐비한 마르세유의 번화한 거리.

먹이면 식상하는 이미지로 꿈을 채웠다. 이제 나는 그가 더더욱 나를 사랑하게 될 상황을 만들어내는 것에 진력이 난다. 일곱 차례나 수음을 해야만 했던 그 이틀. 나는 꾸며낸 여행과 소매치기, 강간, 도둑질, 징역살이, 각자 자기 주관이 아닌 상대의 배신을 핑계로 저지르는, 그로 인한 파란波瀾은 오직 우리의 몫인 배신 행위들에 지쳤다. 완전히 탈진이다. 손목이 저리다. 마지막 방울들의 관능은 바싹 말랐다. 이틀에 걸쳐나는 헐벗은 네 개의 벽 안에서, 진실 이상의 진실이 되기까지 수없이 얽히고설키고 되풀이되는 존재의 모든 가능성을 그와 더불어, 그를 통하여 체험했다. 나는 몽상을 포기했다. 나는 사랑받았었다. 나는 투르드 프랑스 경주자가 경주를 포기하듯 포기했지만, 그의 두 눈과 지친 눈빛의 기억, 매음굴을 빠져나오는 걸 내 눈으로 목격한 또다른 젊은이의 얼굴에서 채집해야 할 그 기억, 그의 통통한 다리, 너무 단단해서 흡사 뼈마디라도 갖춘 것처럼 느껴지는 난폭한 그 음경, 베일 없이 들여다본 유일한 얼굴, 편력 기사처럼 안식처를 구하는 그 얼굴, 그 기억은 내 몽상 속에 떠오른 친구들의 기억이 사라지듯 사라지기를 원치 않는다. 그것은 둥둥 떠다닌다. 모험을 할 때보다는 덜 절대적이지만, 그래도 그것은 내 안에 거주한다. 어떤 세부 요소들은 보다 더 악착같이 나를 물고늘어진다. 이를테면 그가 원하기만 하면 언제든 호루라기로 쓸 수 있는 자그마한 안장 키랄지, 그의 엄지손가락, 두툼한 스웨터, 푸른 눈동자…… 내가 계속 고집하면, 마침내 그가 불쑥 튀어나올 것이고, 잔뜩 발기한 채로 쑤셔박아, 결국엔 내게 흉터를 남길 것이다. 나로선 더이상 감당할 수가 없다. 그래서 내 나름의 방법으로 학대할 수 있을 만한 인물을 대신 가공해낸다. 바로 애기발 미뇽. 그는 자신의 스무 살

나이를 그대로 유지할 것이다, 꽃피는 노트르담의 아비이자 애인이 될 운명임에도 불구하고.

디빈에게 그가 툭 내뱉었다.

"미안해요!"

거나하게 취한 터라, 미뇽은 적극적인 친근함을 보이는 이자의 묘한 분위기를 미처 간파하지 못했다.

"그럼 이건 어때, 친구?"

디빈은 걸음을 멈추고 얘기를 시작했다. 가볍고도 위험천만한 대화가 이어졌고, 모든 것이 바랐을 만한 상황대로 흘러갔다. 디빈은 콜랭 쿠르가, 자신의 숙소로 미뇽을 데려갔다. 그녀가 죽음을 맞은 다락방, 망대의 파수꾼이 굽어보는 바다처럼, 저 아래 묘지와 무덤들이 내려다보이는 바로 그곳. 노래하는 사이프러스나무들. 반수 상태의 망령들. 아침마다 디빈은 창밖으로 손걸레를 흔들어 털면서 망령들에게 작별인사를 고할 것이다. 그런 어느 날, 쌍안경을 들여다보다가, 젊은 무덤꾼 한 명을 발견할 것이다. 그녀는 외칠 것이다. "하느님 맙소사, 무덤위에 술병을 올려놓다니!" 무덤꾼은 그녀와 함께 늙어갈 것이고, 누군지도 모른 채 그녀를 땅에 묻을 것이다.

어쨌든, 그녀는 미뇽과 함께 계단을 올랐다. 그리고 다락방에 이르자 문을 닫고 그의 옷을 벗겼다. 바지, 재킷, 셔츠를 벗기자, 새하얗게 드러난 몸뚱어리가 마치 눈사태처럼 허물어졌다. 저녁 어스름, 축축하고 꼬깃꼬깃해진 이불 속 두 사람은 엉망으로 뒤엉켜 있었다.

"엉망진창이로군! 나 어제 완전히 맛이 갔었지, 안 그래, 예쁜이?"

그는 맥없이 웃고는, 다락방을 둘러보았다. 천장이 지붕 모양으로 경사진 고미다락방이었다. 바닥에는 닳아 해진 러그가 깔려 있고, 벽에는 내 감방 벽을 장식한 살인자들이 못박혀 있다. 하나같이 미소년들인 이 기상천외한 사진들은 그녀가 사진관 쇼윈도에서 훔쳐낸 것들인데, 이른바 어둠의 힘을 나타내는 모든 표지를 갖추고 있다.

"장관이로군!"

맨틀피스 위, 색칠한 목재 프리깃 범선을 덮고 있는 페노바르비탈 약병 하나만으로도 이 방은 벽돌로 지어진 건물로부터 충분히 차별화되고, 하늘과 땅 사이에 마치 새장처럼 경쾌하게 매달릴 수 있다.

말하고, 불붙이고, 담배 피우는 스타일로 보아 디빈은 미뇽이 포주임을 알아보았다. 우선은 약간의 걱정이 앞섰다. 두들겨맞거나, 물건을 강탈당하거나, 수시로 욕을 얻어먹을까봐서다. 그러다가 기둥서방을 데려다 놓았다는 데서 일종의 자부심이 차올랐다. 모험이 어떤 방향으로 진행될지 정확히 예견할 수 없는 상태에서, 어떤 의도에서라기보다는, 뭐랄까, 약간 홀린 듯 뱀의 아가리 속으로 들어가보는 새처럼, 그녀는 "계속 있어도 돼"라고 툭 내뱉고는, 머뭇거리며 말을 이었다.

"원한다면."

"뻥까지 마. 설마 내가 좋은 거야?"

미뇽은 머물렀다.

몽마르트르의 거창한 망사르드식 지붕창, 직접 만든 장밋빛 모슬린 주름 커튼 사이로 디빈은 고요하고 푸른 바다 위를 떠다니는 새하얀 요람들을, 춤으로 굽은 발모양이 또렷이 드러날 만큼 가까이 지나는 그 꽃들을 바라보고 있다. 미뇽은 일할 때 입는 암청색 전신 작업복과 위조 열쇠꾸러미, 각종 연장들을 이제 곧 가져올 것이다. 그것들을 바닥에 수북이 쌓아놓은 다음, 그 위에 예식 장갑과 비슷하게 생긴 하얀 고무장갑을 얹을 것이다. 그렇게 해서 둘만의 생활은, 훔친 전등과 훔친 라디오, 훔친 난방기의 전선들이 어지러이 가로지른 그 방에서 시작되었다.

그들은 아침식사를 오후에 한다. 낮에는 잠을 자고, 라디오를 듣는다. 저녁이 되면 화장을 한 다음, 외출한다. 밤에 디빈은 습관처럼 블랑슈광장을 배회하고, 미뇽은 영화를 보러 간다. 오래오래 디빈의 성적은 좋을 것이다. 미뇽이 조언을 해주고 또 보호해주는 상황에서, 누구를 털어야 하고, 어떤 사법관에게 협박이 통하는지를 그녀는 알게 될 것이다. 발포성 코카인이 삶의 윤곽을 흔들어놓고, 몸을 떠돌게 하므로, 그들은 결코 붙잡히지 않는다.

불량배임에도 불구하고, 미뇽의 얼굴에선 빛이 났다. 그는 거칠면서도 온화한 미남자였고, 타고난 포주였다. 풍채가 워낙 기품 있어 언제나 알몸처럼 느껴졌는데, 왠지 우스꽝스럽고 애처로운 이 동작 하나만은 그렇지 않았다. 즉, 바지와 팬티를 벗기 위해 양발을 번갈아 디디면서 등을 둥그렇게 구부리는 동작. 미뇽은 태어나기도 전, 어머니의 따스한 뱃속에서 약식 세례를 받았기에, 이를테면 시복諡福을 받은 거고, 거의 성인품에 오른 셈이었다. 일종의 백색白色 세례라고나 할까,* 사망하는 순간 당사자를 고성소로 보내도록 하는 의식이었다. 요컨대, 화

---

* batême blanc. 실효가 없는 상징적인 세례.

려하고 내밀하게 결집함으로써 천사들을 호출하고, 신을 따르는 존재들과 신 자체마저 동원할 수 있는, 간결하지만 하나하나 신비스럽고 지극히 드라마틱한 의식들 중 하나. 미뇽 자신도 그 사실을 알고 있긴 한데, 실은 간신히 아는 거다. 아무나 알아들을 목소리로 크게 얘기해주기보다는, 살아가는 내내 비밀이라며 누군가 나지막이 속삭여주었을 법한 일이니까. 결국 그에게 인생의 출발점이나 마찬가지인 약식 세례는 살아가는 내내 그의 삶을 금빛으로 물들이고, 온화하고 여리고 광채어린 후광으로 감싸는가 하면, 포주로서의 그의 인생을 위해, 마치 담쟁이덩굴로 장식된 어린 소녀의 관처럼, 꽃으로 장식된 받침돌을 축조해준다. 큼직하면서도 가벼운 그 좌대에 올라, 미뇽은 열다섯 살이 되자마자 다음과 같은 자세로 오줌을 싸지른다. 다리를 벌리고 무릎은 살짝 구부린 자세. 열여덟 살부터는 훨씬 더 강해진 오줌 줄기로. 강조하거니와, 후광은 그를 부드럽게 감싸안음으로써, 그 자신 괴팍한 성질과 너무 적나라하게 접촉하는 일을 피할 수 있게끔 항상 그를 고립시켜주고 있는 셈이다. 만약에 그가 "나 진주 한 알 떨군다"라거나 "진주알이 빠져나갔다"라고 말한다면, 이는 그가 어떤 식으로든 방귀를 뀌었다는 뜻이고, 그것도 아주 부드럽게, 아무 소리 없이 방귀가 새어나갔다는 의미다. 이 대목에서 희부연 진줏빛 광채를 환기하고 있다는 점이 우선 감탄스럽다. 이러한 배출 방식, 소리를 죽여 빠져나가는 양상은 진주의 창백한 빛깔만큼이나 유백색을 띠는데, 다시 말해 살짝 희부옇다. 이런 미뇽의 모습은 우리에게 일종의 겉멋 든 제비족이랄까, 힌두교도, 공주님, 진주만 보면 사족을 못 쓰는 여자처럼 보인다. 그가 소리 없이 감방 안으로 흘려 내보낸 냄새는 진주와도 같은 탁한

빛으로 주위를 휘감으면서, 머리부터 발끝까지 희부연 후광으로 그를 에워싸 고립시키되, 미모가 겁없이 입 밖으로 내뱉은 표현보다는 존재를 덜 고립시킨다. "나 진주 한 알 떨군다." 이 말은 곧 소리 없는 방귀를 뀐다는 뜻이다. 만약 소리가 난다면 아주 거칠 것이고, 웬 멍텅구리가 뀌는 방귀라면, 미뇽이 말할 것이다.

"내 자지 집이 허물어진다!"

놀랍게도 미뇽은 고상한 금발 미모의 마력을 발휘하여 대초원을 불러들이더니, 내 생각엔 검둥이 살인자 이상으로 강력하고 깊숙하게 우리를 검은 대륙 속에 처박아버린다. 미뇽은 또 이렇게 덧붙인다.

"냄새 한번 지독한걸. 도저히 내 곁에 머물 수가 없군……"

한마디로, 그는 붉게 달군 쇠로 맨살을 찍어 누른 흉터처럼 치욕을 간직하고 다니는데, 그 소중한 흉터가 옛날 부랑자들 어깨에 새겨진 백합 문신만큼이나 그를 기품 있게 만들어준다. 주먹에 맞아 멍든 눈은 포주들에게 일종의 수치인데도, 미뇽은 이렇게 말한다.

"나의 제비꽃다발 두 개."

그런가 하면, 똥이 마려울 경우엔 또 이렇게 말한다.

"나 지금 입술 끝에 시가 물고 있다."

그에겐 친구가 별로 없다. 디빈이 친구를 잃는다면, 그는 짭새에게 팔아버린다. 그 문제에 관해 디빈이 아는 것은 아직 없다. 그는 배신을 즐기기에, 배신자로서 자기 얼굴을 혼자만의 것으로 간직한다. 디빈이 그를 처음 만난 날 아침에도, 그는 자신의 공범들과 공범도 아닌 다른 친구들을 냉정하게 팔아치운 대가로 절도와 장물 취급 최소 형기를 때우고 출소하는 길이었다.

어느 저녁에는, 일제 단속에 걸려 연행된 경찰서에서 이제 막 풀려 나려는 순간, 그쯤에서 더이상 추궁하지 않겠거니 싶게 형사가 무심한 어조로 불쑥 내뱉는 것이었다. "그 동네 한탕 소식에 대해선 모른다 이 거지? 자넨 우리를 위해 수고해주면 되는 거야, 서로 잘해보자고." 짐작 하겠지만, 이때 그는 치욕의 어루만짐을 경험했다. 스스로 치욕스럽다 고 느끼는 바로 그만큼 더더욱 달콤한 어루만짐이었다. 그는 애써 아무 렇지도 않은 척 이렇게 말했다.

"위험부담이 있는 일이죠."

그런데도 자신이 목소리를 낮게 깔고 있다는 걸 느꼈다.

형사가 말을 받았다. "장담하지만, 나랑 같이 일하면 그 점은 신경쓸 필요 없어. 한 건당 자네 수중에 백 프랑씩은 꼬박꼬박 들어갈 테고."

미뇽은 수락했다. 타인을 팔아치우는 것은 인간성에 위배되는 행위 이기에, 그로서는 즐거운 일이었다. 나 자신의 인간성을 말살하는 것은 내 깊은 성향 중 하나다. 반역 행위를 저질러 총살당했다고 내가 앞서 언급한 해군 소위 사진을, 그는 저녁신문 1면을 통해 다시 들여다보고 있었다. 미뇽은 속으로 중얼거렸다. "잘 있게, 친구!"

내면에서 움튼 장난기는 그를 흥분시키곤 했다. "난 위선자야." 마치 보물에 취하듯 감춰진 화려함에 취하고, 자신의 비열함에 도취한 채 (비열함의 독성이 우릴 죽이는 걸 바라지 않는다면, 그것에 얼큰하게 취하는 것쯤 어쩔 수 없는 일이니) 당쿠르가를 걸어내려가면서, 그는 상점에 내걸린 거울을 흘끔 돌아보았다. 그 속엔 다 타버린 자존심, 산 산조각난 자존심으로 빛나는 미뇽이 걸어가고 있었다. 그 미뇽은 글렌 체크 정장 차림에 중절모를 삐딱하게 눌러쓰고, 어깨는 반듯하게 버티고서 걸어간다. 그런 모습을 고수해야 세바스토폴*을 주름잡는 피에로처럼 보일 것이고, 피에로 또한 그런 모습을 고수해야 망나니 폴로처럼 보일 것이며, 폴로 역시 그런 모습을 고수해야 쫄보 티위처럼 보여, 계속 그렇게 나아가게 될 것이다. 이는 순수한 기둥서방, 한 치의 나무랄 데 없는 포주들의 행렬로서, 그 종착점은 다름 아닌 위선자 애기발 미뇽에 이른다. 그들과 여차여차 인연을 맺어, 그들의 거동을 탈취함으로써, 미뇽은 자신의 야비함으로 그들을 더럽혔다고 볼 수 있다. 내가 나의 기쁨을 위해 바라는 그의 모습 또한 그런 깃. 팔목의 팔찌와 불의 혀처럼 유연한 넥타이, 그리고 기둥서방에게나 딱 어울리는 얍삽하니 코가 뾰족한 연노란빛 구두를 착용한 모습이다. 디빈의 도움으로, 미뇽은 몇 개월에 걸친 감방생활로 남루해진 옷가지를 하나씩 하나씩, 우아한 소모사 정장과 방향 처리된 속옷으로 교체했으니. 그는 여전히 꼬마 포주라, 변모하는 자신의 모습에 현혹되어 있으나, 성질 사나운 불량배의 영혼은 누더기 속에 머문다. 지금 그는 호주머니 속, 음경 가까이 위치한 38구경 권총을 잭나이프보다는 더 잘 느끼고, 더 잘 손으로 어루만진다. 그러나 사람들이 자신을 위해서만 옷을 입는 건 아니며, 미뇽은 감옥을 생각해서 옷을 차려입는다. 매번 새로 옷을 구매할 때마다, 그는 프렌이나 상테 교도소에 있을 동료들에게 그 옷이 어떤 효력을 미칠지를 가늠하는 것이다. 그대 생각에, 저들은 어떤 자들일 것 같은가? 거친 두세 놈, 처음 보는 그를 단박에 동급이라 판단하고, 굳은 얼굴 몇몇이 대뜸 악수를 청해오든지, 아니면 면회나 일일 산책에서 돌아오는

* 대표적인 사창가가 위치했던 파리의 거리.

시간, 멀리 윙크와 함께 입 한 귀퉁이로 "안녕, 미뇽" 하고 던지기 일쑤. 하지만 이 동료라는 자들은 현혹시키기 쉬운 멍텅구리들이 대다수다. 감옥이란 일종의 신이며, 신처럼 미개해서, 그가 금시계라든가 만년필, 반지, 손수건, 머플러, 구두 등을 조달한다. 그는 여자나 일상에서 마주치는 사람들 앞에 새 정장 차려입고 화려하게 나서기보다는, 중절모 비딱하게 눌러쓴 노타이 새하얀 실크 셔츠 차림에(몸수색 당하면서 넥타이를 빼앗겼다), 래글런 외투 단추 풀어헤친 모습으로 감방에 입장하기를 꿈꾼다. 딱한 재소자들이 벌써부터 존경심 가득한 눈으로 그를 바라본다. 그 등장 자체를 근거삼아, 그는 그들을 지배한다. 그들의 욕망을 떠올리며, 아마 이렇게 속으로 중얼거릴지도 모른다. '녀석들 표정 한번 볼만하겠는걸!'

이틀간의 감방생활은 남은 평생을 그 짓에 맞추어 살도록 그를 개조했다. 운명의 형태가 그 짓으로 빚어졌고, 아마도 도서관 책 모서리에 누군가 끼적인 아래 낙서를 읽은 그날 이후, 존재 자체가 돌이킬 수 없이 그 짓에 헌납되었음을 그는 아주 어렴풋이 알아챘다.

조심하시라.
첫째, 보갈로 유명한 장 클레망,
둘째, 때짜로 유명한 로베르 마르탱,
셋째, 마짜로 유명한 로제 팔그,
보갈은 프티프레(왕언니)에게 반하고,
마짜는 페리에르와 그랑도에게 반하고,
때짜는 말부아쟁에게 반했으니.

공포 중의 공포를 피하는 유일한 길은 그 짓에 자신을 내던지는 것이다. 따라서 그는 관능에 가까운 욕망으로, 저 이름들 중 하나가 자기의 것이기를 갈망했다. 그뿐만 아니라, 이런 무법천지의 영웅적이고 긴장된 태도에 언젠가는 그대가 지친다는 것을, 박탈당한 인간성을 회복하기 위하여 언제든 경찰 편에 설 수 있다는 것을 나는 알고 있다. 디빈은 미뇽의 이러한 측면을 전혀 모르고 있었다. 만약 알았다면 그를 더더욱 사랑했을 것인데, 그만큼 그녀에게 사랑이란 절망과 동격이란 얘기다. 일단 그들은 함께 차를 마신다. 디빈은 맑은 물을 찍어 삼키는 비둘기처럼 자기가 차를 마신다는 걸 알고 있다. 이를테면 비둘기 모양의 성령이, 만약에 차를 마신다면 말이지만, 차를 홀짝이듯이 말이다. 미뇽은 호주머니 속에 손 넣고 자바춤을 춘다. 그가 누우면, 디빈이 그를 핥아줄 것이다.

디빈은 두 손 모아 미뇽을 생각하면서 혼잣말을 하곤 한다.

"난 그를 숭배해. 그가 발가벗은 몸으로 누워 있는 걸 보면, 그 가슴을 제단 삼아 미사를 올리고 싶어진다니까."

미뇽이 그녀에 대해 이야기하는 것에 익숙해지기까지, 특히 그녀를 여성으로 대하며 말하기까지는 어느 정도 시간이 필요했다. 마침내 그런 것들이 가능해지긴 했으나, 아직도 그녀가 자기를 여자친구처럼 대하며 말하는 것을 그는 쉽게 용납하지 않았다. 그러면서도 조금씩 조금씩 그의 마음이 열렸고, 급기야 디빈이 그를 상대로 이런 말까지 할 수 있게 되었다.

"너 참 예뻐. 좆같이 예뻐."

미뇽이 밤과 낮의 출장에서 거두어온 우연의 결실은 다락방에 각종 술과 실크 스카프, 향수, 모조 보석들로 차곡차곡 쌓인다. 그 하나하나가 눈빛의 호소처럼 간결한 절도竊盜의 환상을 방안에 가지고 들어오는 것이다. 미뇽은 백화점 진열대와 주차된 차에서 도둑질한다. 그는 얼마 되지 않는 친구들을 털고, 할 수 있는 모든 곳에서 두루두루 훔친다.

일요일에 그와 디빈은 미사에 참례한다. 디빈은 금도금한 잠금쇠가 달린 미사 경본을 오른손에 쥐고 있다. 장갑을 낀 왼손으로는 외투깃을 단단히 여몄다. 그들은 아무데도 눈길을 주지 않고 걷는다. 그들은 마들렌성당에 도착해, 평신도석에 착석한다. 그들은 황금 장식을 걸친 주교들을 신뢰한다. 디빈은 미사에 경탄한다. 아주 자연스러운 것 말고는 미사 중에 아무 일도 일어나지 않는다. 사제의 모든 동작은 명료하면서 각기 정확한 의미를 품었고, 누구라도 취할 수 있는 동작들이다. 봉헌 의식을 주도하는 사제가 둘로 쪼개진 성체를 모아쥐는데, 그 잘려나간 경계가 다시 붙지는 않는다. 두 손 모아 성체를 들어올릴 때, 사제는 기적을 믿게 할 생각이 없다. 그래서 디빈은 소름이 돋는다.

미뇽이 기도를 읊조린다.

"하늘에 계신 우리 어머니……"

이따금 그들은 어느 못생긴 사제를 통해 성체를 영하는데, 그 사제는 그들의 입안으로 쌀쌀맞게 성체를 처넣는다.

미뇽이 미사 참례를 하는 또다른 이유는 사치 때문이다.

다락방에 돌아오자마자 둘은 입을 맞춘다. 사랑은 이제 정상적이고, 축성받아 적법한 것이 되었으므로, 마음 편하고 성스러워 보일 필요가 있기에, 디빈은 미뇽을 상대로 둘이 자연스럽게 추구하는 체위를 가르쳐주었다. 그녀는 반듯하게 등을 대고 누워, 미뇽으로 하여금 음경을 입안에 넣도록 했다. 그는 그녀 위에서, 배로 얼굴을 누르고, 털로 눈을 찌르는 가운데, 박자를 맞춰 움직인다. 그녀는 한손으로 자위를 하면서, 다른 손으로는 미뇽의 볼기짝을 주무른다. 그녀는 남자가 절정에 이르는 정확한 순간의 예측 방법을 체계적으로 익혔으며, 자기 손의 움직임에도 예의주시해 자신도 동시에 절정을 맞도록 한다. 미뇽의 음경을 따라 사출되는 정액이 입안으로 쏟아져내리는 것을 느낀다. 입안 가득 정액을 머금는 순간, 그녀의 정액도 헐떡거리는 상대의 널 수북한 다리에 방출된다. 그런 다음, 둘은 담배를 피우고, 늘 같은 차를 마신다. 서로 애무한다. 예전에는 디빈의 남성적인 부위가 미뇽을 질겁하게 만들곤 했다. 지금은 아랫배에 와닿는 그 단단한 느낌이 제법 괜찮다. 그는 마치 거울 속으로 들어가듯 디빈에게로 빠져든다. 친구의 다소 여린 미모는, 명확히 이해하는 건 아니지만, 성대하게 장례를 치르되 애도의 눈물 따윈 없었던 죽은 미뇽에 대한 향수를 그에게 이야기하고 있다. 그는 디빈이 미지근한 차를 입안에 한 모금 넣어 잠시 그대로 머금고는, 입에서 입으로 전달하기를 반복하도록 내버려둔다.

그들은 서로 마주본 채, 주인의 음경을 미녀 디빈의 통통한 허벅지 사이에 끼우고 잠잔다.

디빈은 자기 남자를 사랑한다. 그에게 타르트를 요리해주고, 구운 고기에는 버터를 발라준다. 그가 화장실에 있어도 그를 꿈에 그린다. 그 어떤 자세에서든 그녀는 그를 숭배한다.

소리 없는 열쇠가 문을 열자, 미켈란젤로가 〈최후의 심판〉에서 나체로 그린 자를 닮은 남성을 보여주기 위해 하늘이 둘로 갈라지듯이, 벽이 파열한다. 수정으로 된 문을 닫는 것처럼 부드럽게 문을 다시 닫은 뒤, 미뇽은 중절모를 소파에 팽개치고, 담배꽁초를 아무데나라기보다는, 천장을 향해 던진다. 디빈은 몸을 날려 자기 남자에게 달려들더니, 바짝 매달려 그를 핥고 얼싸안는다. 반면 그는 마치 바닷속 바위로 변한 안드로메다의 괴물처럼, 꼼짝도 하지 않고 뻣뻣하게 서 있다.

친구들이 죄다 멀리하기에, 미뇽은 이따금 디빈을 '록시'에 데리고 간다. 둘은 거기서 포커다이스*를 즐긴다. 미뇽은 주사위를 흔들어 섞을 때의 우아한 손동작을 좋아한다. 또한 그는 담배를 돌돌 말거나, 만년필 뚜껑을 여는 손가락의 우아한 움직임에 매료된다. 그는 자기 시간이 시로 흐르든, 분으로 흐르든, 초로 흐르든 관심 두지 않는다. 그의 인생은 지하의 천국으로, 바텐더, 포주, 호모, 밤의 미녀, 스페이드 퀸들이 득실거리지만, 어쨌든 인생이 천국이다. 한마디로 그는 호색한이다. 그는 좌변기가 있는 화장실을 겸비한 파리의 모든 카페 위치를 꿰고 있다.

그는 말한다. "일을 깔끔하게 치르려면, 나는 꼭 앉아야만 하거든."

연보랏빛 모자이크 타일이 깔린 생라자르역 카페 테르미뉘스 화장실에 정중히 내려놓을 배변 욕구를 창자 속에 고스란히 간직한 채, 그는 수 킬로미터쯤 아무렇지 않게 걸어간다.

나는 그의 태생에 관해 별로 아는 게 없다. 하루는 디빈이 내게 그의 이름을 말하긴 했는데, 아마도 폴 가르시아였을 것이다. 분명 그는 라일락 심장이 매달린 창문마다 신문지에 싸서 내던지는 배설물 냄새 가

---

* 주사위를 사용하는 포커 게임.

득한 동네들 중 한 곳에서 태어났음에 틀림없다.

미뇽!

그가 고수머리를 흔들면, 옛날 그의 선배들, 부랑배들이 귀에 달고 다니던 금빛 귀걸이가 흔들리는 것을 볼 수 있다. 그가 바짓단이 펄럭이도록 구둣발을 앞으로 쭉 내뻗는 행위는 여자들이 왈츠를 출 때 치마폭을 따라 구두 뒤축을 휘어감는 동작에 정확히 대응한다.

그런 식으로 둘은 분란 없이 살고 있다. 층계 아래에서 관리인은 그들의 행복을 늘 염탐한다. 그리고 저녁 무렵에는 천사들이 방을 비로 쓸고, 청소한다. 디빈에게 천사란 그녀가 없는 자리에서 일어나는 동작들이다.

그들을 이야기하는 내 기분이 얼마나 훈훈한지! 푸른색 또는 강물 빛깔 투박한 군복 차림의 프랑스 병사들이 쇠징 박은 군홧발로 쪽빛 창공을 두드린다. 비행기들이 질질 짠다. 온 세상이 공포에 질려 죽어간다. 각종 언어를 구사하는 오 백만의 젊은이가 잔뜩 발기한 대포들의 사정 행위로 죽어갈 것이다. 젊은이들의 살점은 파리떼처럼 쓰러지는 인간을 이미 방부 처리하고 있다. 살점은 소멸함으로써 존엄을 드러낸다. 그리고 나, 나는 여기서 어제와 오늘, 내일의 아름다운 사망자들을 편안한 마음으로 그려본다. 나는 연인들의 다락방을 꿈꾸고 있다. 첫번째 심각한 다툼이 일어났는데, 결국엔 사랑의 몸짓으로 마감한다. 디빈이 미뇽에 대해서 다음과 같은 이야기를 내게 해주었다. 어느 저녁, 잠에서 깬 그가 눈을 뜰 수 없을 만큼 피곤했는데, 다락에서 그녀의 인기척이 들리더라는 것이다. 그가 물었다.

"지금 뭐 해?"

디빈의 어머니 에르네스틴은 '빨래하다'를 '빨래통 돌리다'라고 말하는 습관이 있었다. 매주 토요일 어머니가 '빨래통을 돌렸던' 셈인데, 그래서 디빈 역시 이렇게 대답했다고 한다.

"나 지금 빨래통 돌리고 있어."

그런데 미뇽이 살았던 집에 욕조가 따로 없어서, 어린 미뇽은 늘 빨래통에 쪼그리고 앉아 목욕을 했다. 공교롭게도 오늘인가, 다른 어느 날인가, 내 기억엔 오늘 같은데, 잠을 자는 동안 미뇽은 꿈속 빨래통에 들어가 있었다. 자아 분석이라는 걸 할 줄도 모르거니와 해볼 생각을 품어본 적도 없는 그이지만, 운명의 장난에 대해서는, 마치 공포극의 트릭에 대해서만큼이나 예민하다. 디빈이 "나 지금 빨래통 돌리고 있어"라고 대답할 때, 그건 곧 "나 지금 빨래통인 척하고 있어"라는 뜻이리라 생각했다는 것이다. (어쩌면 그녀가 "나 기관차인 척하고 있어"라고 말했을지도.) 꿈에서 디빈을 관통했다는 느낌에 사로잡힌 그가 별안간 발기한다. 그가 꾸는 꿈속 성기가 디빈이 꾸는 꿈속 디빈을 관통하여, 그는 이를테면 영적인 방탕으로 그녀를 차지해버린다. 그러자 다음 문장이 정신에 오롯이 떠오른다. "심장까지 치밀도록, 자루 끝까지, 불알까지, 목구멍 가득."

미뇽은 사랑에 '빠져버렸다'.

나는 사랑이 불현듯 사람에게 엄습하는 방법을 창안하는 역할에 충실하고 싶다. 그것은 격정적인 사람의 가슴속으로 마치 예수님처럼 납시지만, 동시에 도둑놈처럼 은밀하게 잠입하기도 한다.

이곳에서도 어느 깡패 자식이, 두 경쟁자가 에로스에 눈뜨는 내용을 담은 유명한 비유를 일종의 대리 체험담을 통해 내게 이야기해주었다.

이런 식으로 말이다.

"내가 어떻게 해서 녀석에게 호감을 갖기 시작했느냐면 말이야……
빵에 있을 때였지. 날이 저물면 우리는 옷을 벗어야 했어. 교도관 앞에
서 속옷까지 깡그리 벗어, 아무것도 감추지 않았다는 걸 보여주어야 했
거든(로프나 줄, 칼 같은 것 말이야). 그래서 그 애송이 녀석과 나 둘 다
알몸이 되고 말았던 거야. 나는 눈을 가늘게 뜨고, 녀석이 말한 대로 정
말 근육이 대단한가를 살폈어. 너무 추워서 꼼꼼히 들여다볼 여유는 없
었지. 녀석 또한 재빨리 옷을 노로 입더라고. 실은 그 정도만으로도 제
법 괜찮은 놈인 건 알겠더군! 아, 눈에 뭐가 씌었는지 말이야!(장미비
가 송이송이 쏟아져내리는데!) 완전히 꽂혔다니까. 정말이야! 제대로
임자 만난 셈이지(도저히 이 말을 안 할 수 없는 게, 내가 아주 진을 다
뺐단 말이거든). 한 사오일을 그랬어……"

나머지는 우리의 흥미를 별로 끌지 않을 내용이다. 사랑은 최악의
덫을 이용한다. 가장 고급스럽지 못한, 가장 보기 드문 수단들을. 그리
고 우연의 일치들을 적극 활용한다. 나의 영혼을 아래에서 위로 가르는
날카로운 소리를 기다리며 긴장의 극을 달리던 바로 그 순간, 아이는
날카로운 휘파람을 불기 위해 손가락 두 개를 입안에 넣어야 했던 것
아닐까? 정녕 그 순간이 맞아떨어져, 두 존재가 피 튀기도록 서로 사랑
하게 되었던 것일까? "너는 나의 밤으로 들여온 태양. 나의 밤은 너의
밤으로 들여놓은 태양!" 서로의 이마가 부딪친다. 멀리 서서, 나의 몸은
너의 몸을 통과하고, 너의 몸은 멀리 나의 몸을 통과한다. 우리는 세상
을 창조한다. 모든 것이 변하고…… 변한다는 걸 안다!

서로 사랑한다는 것. 그것은 각자 떨어지기 전, 두 젊은 복서의 난투

극(경기가 아니라)과도 같은 것. 서로 트렁크를 찢어발겨 알몸이 되는 순간, 그들은 상대가 너무나도 아름답다는 사실에 놀라, 거울을 통해 자신을 바라보고 있다 생각하며 잠시 아연실색, 헝클어진 머리를 흔들어 털고―착각한 데 격분해―축축한 미소를 짓는다. 그러고는 그레코로만 레슬러들처럼 근육과 근육이 정확히 맞물리도록 부둥켜안고, 양탄자에 허물어지듯 널브러져, 뜨뜻미지근한 정액을 드높이 뿜어대니, 하늘을 가로지르는 그 은하수를 따라 나는 읽어내린다. 뱃사람의 별자리, 권투 선수의 별자리, 자전거 타는 사람의 별자리, 바이올린의 별자리, 아프리카 원주민 기병의 별자리, 그리고 단검의 별자리를. 디빈이 매번 수음 행위를 끝낸 직후 자신의 좆물을 내갈긴 다락방 벽에는 그렇게 새로운 하늘나라 지도가 그려진다.

　몽소공원을 산책한 뒤, 디빈이 다락방으로 돌아온다. 흐드러진 분홍 꽃송이들을 받쳐주는 버찌나무의 검은 가지 하나가 꽃병 밖으로 곧게 솟아 있다. 디빈은 마음이 아프다. 시골에 살 때, 농부들에게서 과일나무 귀히 여기는 법, 그 꽃을 장식품으로 여겨서는 안 된다는 법을 배웠다. 그때 이후 꽃을 꺾어 그 아름다움에 경의를 표하는 행위는 그녀에게 불가능했다. 부러진 꽃나무 가지는, 다 큰 처녀를 살해하는 것이 그대에게 거부감을 주는 것과 마찬가지로, 그녀에게 거부감을 준다. 그녀가 안타까운 심정을 털어놓자, 미뇽은 껄껄 웃는다. 대도시 아이답게 그는 시골뜨기의 소심함을 비웃는다. 디빈은 아예 끝장을 본다는 기분, 신성모독의 진수를 보여주겠다는 심보로, 어떻게 보면 자진해서 뛰어드는 행위란 그 행위를 극복하게 해주니까, 그리고 아마도 신경질적인 반응의 일환으로, 문제의 꽃을 찢어발긴다. 따귀 세례. 비명소리. 그래봐야 지지고 볶는 사랑싸움. 수컷에 손이 가는 순간, 디빈의 음경이 제일 먼저 반응할 것이요, 그녀의 모든 방어 동작은 자기도 모르게 애무의 형태로 변조되고 말 테니. 한 대 쥐어박으려고 내뻗은 주먹이 불시에 활짝 열려, 힘이 빠지면서, 스르르 빗겨난다. 장성한 수컷은 이들 연약한 마짜들에겐 지나치게 강한 존재. 예컨대 세크 고르기라면, 바지 속 혹처럼 불거진 거대한 남근에 굳이 손쓸 필요 없이, 그걸로 슬슬 문질러만 주어도 충분했다. 자석이 줄밥을 끌어당기듯, 끌어당기는 그에게서 몸을 떼어내려는 짓을 마짜늘로선 더이상 할 수가 없을 테니까. 사내들의 반격이 두렵지만 않다면, 애써 힘준 얼굴과 몸의 일그러짐이 창피하지만 않다면, 디빈 역시 육체적으로 얼마든지 강해질 수 있을 터였다. 하나 그녀에겐 수줍음이라는 게 있었다. 그 자신에게 달라붙는 모든 남성적 수식어에 대한 수줍음이었다. 이런 말을 입에 올릴 때면 늘 얼굴이 붉게 달아올랐다. "내 고추가 섰어." 은어에 대해서라면, 끼순이 동료들 이상으로 자제하는 편이었다. 혀와 이만 사용해 불량스럽게 휘파람을 불어댄다든가, 바지 호주머니에 양손을 찔러넣는 자세(이때 재킷은 단추를 죄다 풀고 앞자락을 양쪽으로 여봐란듯이 젖혀야 한다), 또는 벨트를 쥔 채 허리에 반동을 줌으로써 바지를 추어올리는 짓 따위를 어쩌다 할 경우, 그녀 스스로 엄청 당혹스러워 할 것이다.

수준 높은 마짜들이 쓰는 언어는 따로 있었다. 통속적인 은어는 사내들을 위한 거였다. 그것은 수컷의 언어였다. 카리브해 지역에서 남성들만 쓰는 언어처럼, 은어는 성별을 가르는 이차적 표지가 되어갔다. 그것은 수컷 새들의 화려한 깃털 색깔과도 같았고, 부족 전사들만 입을 수 있는 알록달록한 색상의 비단옷과도 같았다. 그것은 볏이기도 하고 박차이기도 했다. 듣고 이해함은 각자의 재량이나, 오직 남자들만 그것을 구사할 수 있었다. 그들은 태어나면서부터 그것을 말할 수 있는 제스처와 골반 움직임, 팔과 다리, 눈, 가슴팍을 선물로 받은 몸이다. 하루는 우리가 잘 가는 술집 중 한 곳에서 미모사가 감히 이런 표현을 썼을 때, "……개 노가리 까는 거야……", 남자들이 인상을 찌푸리더니, 그중 하나가 위협적인 톤으로 이랬다.

"깔따구가 센 척하기는."

남자들 입에서 튀어나오는 은어는 마짜들을 심란하게 만들지만, 차라리 그들만의 용도로 새로 빚어낸 표현들은, 일상적 세계에서 건너왔으나 포주들에 의해 왜곡되고 수상쩍은 필요에 따라 변질되어, 거리의 배수구든 자기네 침상이든 가리지 않고 침 뱉듯 하는 말들보다는 훨씬 덜 혼란스러운 편이다. 예를 들어, 그들은 말하곤 했다. "살살 해라." 또는 이런 말도. "가라, 그만하면 다 나았느니라." 후자는 복음서에서 따온 표현인데, 늘 입 한쪽 귀퉁이로 담배꽁초를 질겅이다가 축축 늘어지는 투로 흘리는 말이다. 결과가 좋게 끝난 모험담을 그런 독특한 표현으로 마무리했다.

"가라니까……" 그러다 더욱 퉁명스럽게, "거기까지."

그런가 하면 "납작 엎드려" 같은 표현을, 미뇽은 가브리엘(앞으로 등장할 군인인데, 그에게 정말 안성맞춤인 이 멋진 문장으로 능히 예고될 만한 자다. "내가 제일 잘나가")과는 전혀 다른 의미로 받아들였다. 미뇽은 정신 똑바로 차려야 한다는 말로 이해했음에 반해, 가브리엘은 아예 죽어지내라는 뜻으로 보았던 것이다. 일전에 내 감방에선 매춘부 기둥서방 하던 두 놈이 이렇게 말하지 않았던가. "이제 자리 깔아야지……" 잠잘 자리를 만들겠다는 뜻으로 한 말이지만, 순간 빛나는 아이디어가 뇌리를 스친 나는 가랑이를 서서히 벌리는 가운데, 젊은애들 영계짓하듯, 궁정 시동인 척 애쓰는 궁정 마부 내지 건장한 간수로 돌변해 있었다.*

이처럼 자랑삼아 떠들어대는 얘기들을 경청하느라 디빈은 관능으로 녹아난 상태였다. 마치 그녀 스스로 바지 단추를 풀고 손을 안으로 집어넣어 셔츠를 걷어올리는 기분이랄까. 멀쩡한 단어를 치장 또는 위장한답시고 쓸데없이 깃다붙인 음절들을 시원하게 털어내는 느낌.

은어는 프랑스의 각 마을들로 은밀하게 밀사들을 파견했고, 에르네스틴은 이미 그 마력에 당한 적이 있다.

그녀는 혼자 중얼거리고 있었다. "골루아즈, 꼬다리, 야리." 안락의자에 주저앉아, 담배가 토해내는 정액처럼 무거운 연기를 삼키면서 그런 단어들을 중얼거리는 것이었다. 자신의 몽상을 좀더 효과적으로 감추기 위해, 방에 처박혀 빗장까지 걸어 잠근 채, 담배를 피워댔다. 어느 저녁, 방에 들어서다가, 어둠 속에 타오르는 담뱃불과 맞닥뜨렸다. 처음에는 총구와 맞닥뜨리기라도 한 듯 질겁했는데, 놀란 마음은 오래가지 않았고 일말의 기대감에 자리를 내주었다. 어둠 속에 숨어 있을 수컷의 존재에 기가 눌리면서도 그녀는 몇 걸음 다가갔고, 이내 큼직한 안락의자로 쓰러졌다. 한데 그 순간 불빛이 사라지는 것이었다. 실은 방에 들어서자마자 출입문 바로 맞은편에 위치한 옷장 거울 속에서, 어둠으로 격리된 담뱃불 하나가 타고 있음을 알아챈 상태였다. 방에 들어

---

* '자리를 깔다'는 표현에서 '자리(page)'와 '시동(page)'의 동음이의 관계를 매개로 한 언어유희.

서기 직전 자신이 불붙인 담배였는데, 그나마 컴컴한 복도에서 성냥을 켠 것이 얼마나 잘한 일인지 모른다. 그녀의 진정한 결혼식은 바로 그 날 저녁에 거행되었다고 볼 수도 있다. 배우자는 모든 사내의 합성물인 '꼬다리'였고 말이다.

담배는 그녀에게 또다시 고약한 장난을 칠 것이다. 그녀는 마을의 중심가를 지나다가 젊은 불량배와 마주쳤다. 사내는 내가 잡지에서 오려낸 스무 명의 얼굴들 중 하나로, 그 작은 면상 한 귀퉁이에 꽁초를 끼워 문 채 휘파람을 불고 있었다. 에르네스틴과의 거리가 가까워진 순간, 그가 고개를 꾸벅 숙였는데, 어딘지 애정어린 추파를 던지는 인상이었다. 에르네스틴은 그가 '엉뚱한 흑심을 품고서' 이쪽을 바라보고 있다 생각했으나, 실은 얼굴에 불어닥친 맞바람 때문에 담배 연기가 눈에 들어가, 쓰라려서 어쩔 수 없이 고개를 숙인 것이다. 게다가 눈꺼풀까지 찡그리며 입모양을 뒤틀다보니, 전체적으로 일그러진 미소를 짓는 꼴이 되어 있었다. 에르네스틴은 급히 몸을 뒤로 뺐다가, 다시금 자세를 바로 했다. 상황은 그걸로 종결되었다. 불량배는 사실 에르네스틴은 안중에 없었고, 자신의 일그러진 미소와 깜빡이는 눈꺼풀도 그때 비로소 자각한 터였다. 그는 역시 불량스럽게 바지를 추어올림으로써, 방금 전 자신의 태도에 부합할 동작이 무엇인지를 보여주었다.

그대가 화들짝 놀라 난처해지는 만큼 그녀를 뒤집어지게 할 괴이쩍은 말들의 결합은 더 있는데, 가령 '종모자 쓴 양초'랄지 '불알 달린 여장부' 같은 표현이다. 필시 휘파람 불며 자바춤이라도 추었을 터. 자기 옷 호주머니를 두고도 그녀는 혼잣말로 '나의 깊은 곳'이라 중얼거리곤 했으니.

여자 친구 집에 놀러가서는 '나 좀 깨물어 먹어'로 시작해, '체벌 서비스'까지. 길 가는 미남자를 보면 '저 사람 나 때문에 섰다'며 꼭 한마디 한다.

디빈의 경우, 은어 사용으로 흥분하는 성향을 그녀에게서 물려받았을 거라고는 생각하지 마시라. 에르네스틴이 면전에서 은어를 사용한 적은 일절 없었으니까. 어느 앙증맞고 불량스러운 입에서 불쑥 튀어나온 '꼭지 돌아버리겠네'라는 말은, 엄마와 아들의 머릿속에 작지만 다부진 몸집과 불도그 같은 불만부성이 얼굴의 부랑아를 각인시키기에 충분했는데, 그가 바로 내 감방 벽에 나붙은 스무 명 가운데 하나인 젊은 영국인 복서 크레인이다.

미뇽의 안색이 창백하게 질려 있었다. 그는 얼굴이 발갛게 달아오른 네덜란드인을 기절시킨 뒤 가진 것을 강탈했다. 지금 그의 호주머니는 플로린화로 가득하다. 다락방에는 안전함에서 오는 진중한 기쁨이 감돈다. 디빈과 미뇽은 밤에 잠잔다. 낮에 그들은 알몸으로 대충 요기를 하고, 말다툼을 벌이는가 하면, 사랑 나누는 일을 깜빡한다. 잡음이 심한 라디오를 켜고, 담배를 피운다. 미뇽은 "제기랄"을 남발하고, 디빈은 그저 살갑게 굴고자, 이를테면 하룻밤 사형수 감방에 들어가 그 사형수의 좆에 얼굴을 묻는 시에나의 성녀 카타리나보다 더 살갑게 굴고자, 〈디텍티브 매거진〉을 읽는다. 밖에는 바람이 분다. 다락방은 전기 난방장치로 훈훈하게 데워졌고, 나는 이상적인 커플에게 약간의 휴식, 심지어 행복을 주고 싶다.

창문이 묘지를 향해 반쯤 열려 있다.

새벽 다섯시.

디빈은 성당 종소리를 듣고 있다(밤새 깨어 있었다). 어떤 선율 대신, 다섯 번의 타종 소리가 포도鋪道 위로 떨어진다. 그와 더불어, 삼 년 아니 사 년 전, 바로 이 시각, 소도시 거리를 헤매며 쓰레기통 속에서 빵 쪼가리를 찾던 디빈까지 그 젖은 땅 위로 떨어진다. 그녀는 새벽 삼종기도의 종소리가 늙은 여인네들과 진짜 죄지은 사람들, 거지들에게 교회의 문이 열렸음을 알릴 때까지, 이슬비 내리는 밤거리를, 조금이나마 몸이 덜 젖게끔 벽에 바짝 붙어 걷고 또 걸었다. (이제 독송미사의 종이 울면 디빈은 쉴 곳 없는 날들의 고난, 종이 울리는 나날을 다시 살아낼 것이다.) 향수 냄새 나는 다락방을 가득 채우는 아침 종소리가, 축축한 누더기 걸치고 미사에 참례하러 나타난 빈자의 모습으로 그녀를 둔갑시킨다. 지금 그녀는 어서 영성체를 하고 젖은 발 녹이며 쉬고 싶은 가난한 서민이다. 잠자는 미뇽의 따스한 몸뚱어리가 그녀 곁에 있다. 디빈은 눈을 감는다. 그녀의 눈꺼풀이 닫히는 순간, 그리하여 새벽에 태어나는 세상으로부터 그녀를 격리하는 바로 그 순간, 비가 내리기 시작하면서 그녀의 내면으로부터 갑작스러운 행복감이 솟구친다. 너무나 완벽한 행복이라 그녀는 크게 한숨 내쉬며 소리 높여 외칠 수밖에 없다. "나는 행복해." 잠이 들려는 참이었지만, 결혼한 여자의 행복을 더 뚜렷이 확인시켜주려는 듯, 퀼라프루아로 지내던 시절, 돌기와집에서 도망쳐나왔다가 발길 닿는 대로 흘러든 어느 소도시의 금빛, 장밋빛, 어스름한 아침마다 꼭두각시의 넋을 지닌—어찌 보면 순박하다고 할—부랑자들, 우애 넘치는 제스처로 모여들던 기억들이, 어떤 비애감도 없이, 고개를 든다. 그들은 대로변 벤치나 광장 벤치에서 방금 잠이

깼거나, 공원 잔디밭에서 갓 태어난 상태. 요양소, 교도소, 좀도둑질, 기마경찰대를 다루는 비법들을 서로 나눈다. 지나다니는 우유 배달부 따위 안중에 없다. 그는 그들 가운데 하나였다. 며칠 동안은 퀼라프루아도 그들과 다르지 않았다. 쓰레기통에서 찾아낸 머리카락 엉킨 크루통 몇 덩이를 먹고 살았다. 어느 저녁에는 너무 배가 고픈 나머지 그냥 죽어버릴까도 생각했다. 자살은 그의 최대 관심사였다. 페노바르비탈이면 깨끗이 해결 가능! 일련의 위기 상황이 그를 죽음 직전까지 몰아붙였던 것이 사실이기에, 나는 그가 어떻게 그걸 피할 수 있었는지, 어떤 알 수 없는 충격이─누구로부터의 충격인가?─그를 뒷걸음질치게 했는지 궁금할 뿐이다. 그러나 언젠가는 내 손 닿는 곳 어딘가에 독약이 든 유리병 하나 놓여 있으리니, 그걸 내 입가로 가져가기만 하면 그만. 남은 건 기다리는 일뿐. 견디기 힘든 불안 속에서 가공할 행위의 결과를 기다리고, 별것 아닌 동작 하나로 세계의 종말을 가져온, 돌이킬 수 없는 행위의 비범함에 경의를 표하는 일뿐. 나는 지극히 사소한 부주의가─때로는 하나의 동작이랄 수도 없는, 미처 끝내지 못한 동작이랄까, 할 수만 있다면 시간을 돌이켜 취소하거나 다시 하고 싶은, 아주 만만하고 익숙한, 너무 순간적이라 무시해버릴 수도 있을 것 같은 그런 동작이─물론 불가능하다!─이를테면 사람을 단두대로 끌고 갈 수도 있다는 사실에 결코 충격을 받은 적이 없다. 그대가 무의식중에 흘렸으되 취소할 수 없는 사소한 몸짓 하나로 고통스러워하는 내 영혼을 내 눈으로 목도한 날, 그리하여 자백하는 것밖에는 달리 방도가 없는 불행한 사람들의 고통을 실감한 바로 그날까지는 말이다. 기다릴 것. 기다리면서, 마음을 가라앉힐 것. 고통과 절망은 드러나든 은밀하든 탈출구가 존재할 경우에만 가능하므로. 그리고 죽음을 신뢰할 것. 예전에 퀼라프루아가 손도 못 댈 독사들을 신뢰한 것처럼.

그때까지는 독약 든 유리병이든 고압전선이든 현기증에 때맞춰 있어본 적이 없었다. 그러나 결국에는 퀼라프루아, 좀더 나중에는 디빈이 그 순간을 두려워할 것이기에, 자기들 결단이나 나태함으로부터 돌이킬 수 없는 죽음이 등장하도록, 그들은 '숙명'이 선택한 순간과의 빠른 조우를 고대하고 있다.

잠 못 이루는 도시의 밤, 어두운 거리마다 정처 없는 발걸음. 그는 간간이 멈춰 서서 창문 너머 각종 꽃과 아칸서스 잎사귀, 활 쏘는 큐피드, 사슴 문양을 아로새긴 레이스 커튼 자락을 통해 황금빛 내부를 들여다보았다. 어둡고 육중한 제단 속으로 베일 드리운 감실을 들여다보는 느낌이었다. 유리창 너머 양쪽 가장자리로 나뭇가지 형상의 촛대들이 잎사귀 무성한 수목 의장대를 이루어, 바실리카 성전 계단을 따라 에나멜, 메탈, 직물의 백합 덤불숲으로 도열해 있었다. 방황하는 아이들의 깜짝 선물 세트라고나 할까, 세상은 파블로바*의 발가락 못잖게 단단하고 민첩한 그들의 발가락이 직접 지구 주위로 짜나가는 마법의 망사 주머니 속에 유폐되고. 그런 유의 아이들은 눈에 보이지 않는다. 검표원은 열차에서, 형사는 선창에서 그들의 존재를 알아채지 못한다. 심지어 감옥 안에서도 그들은 마치 담배처럼, 문신용 잉크처럼, 달빛이나 햇빛처럼, 축음기 음악소리처럼 남몰래 잠입한 것 같다. 그들은 가장 작은 몸짓으로도, 가옥과 램프, 요람, 세례성사의 세계, 바로 인간 세

---

* 러시아 출신의 세계적인 발레리나 안나 파블로바를 가리킨다.

상 전체가 주먹이 이따금 은빛 거미를 박아넣는 수정 거울 속에 감금될 수 있음을 증명한다. 우리가 돌보는 아이는 현실을 한참 벗어난 터라, 자신의 방황에 대해서는 이런 정도의 기억만을 간직하고 있었을 것이다. "상喪을 치르는 도시 여자들은 전부 다 멋쟁이더군." 다만 그 자신 외로운 탓에, 소소한 애환들을 그냥 지나치지는 못했다. 아이가 갑자기 다가가자, 쭈그리고 앉은 채 검정 면 스타킹에 그대로 오줌을 지린 노파, 저녁식사 손님이 텅 빈 레스토랑, 은제 식기 세트와 크리스털 잔들, 조명이 눈부신 거울 앞에서, 그는 연미복을 갖춰 입은 웨이터들의 비극적 연기를 넋 놓고 관람중이었다. 그들은 첫번째 우아한 커플의 등장이 드라마를 바닥에 패대기쳐 산산조각내기까지, 현란하게 받아치는 말발을 통해 상석권上席權의 문제를 다투었다. 남색자들은 그에게 오십 상팀 겨우 쥐여주고는, 일주일 분량의 행복을 가득 채워 도망치곤 했다. 철도 분기점 대형 역사 대합실에서 그는 밤에 우울한 램프 불빛 앞세워 다량의 선로 위를 더듬어다니는 사내들 그림자를 지켜보고 있었다. 발과 어깨가 아팠다. 추웠다.

디빈은 떠돌이 생활에서 가장 고통스러운 순간들을 떠올리고 있다. 가령 밤에, 길 가던 자동차로부터 느닷없이 날아든 전조등 불빛이 그녀가 걸친 누더기를 적나라하게 비출 때.

미뇽의 몸이 뜨겁다. 디빈은 그 몸의 공동空洞 속에 누워 있다. 나는 그녀가 벌써 꿈을 꾸고 있는지, 그저 기억을 되짚고 있는지 알 수가 없다. "어느 날 아침이었어(동틀 무렵이었지). 내가 너의 방문을 두드렸지. 이 골목 저 골목을 헤매다니면서 넝마주이들과 부딪치고, 쓰레기나 걷어차는 짓도 더는 못하겠더라. 언제나 레이스, 레이스 속에, 레이스의 바다, 레이스의 우주 속에 감추어진 너의 침대를 나는 찾아 헤매고 있었던 거야. 세상 저 끝에서, 권투 선수의 주먹 한 방이 나를 아주 비좁은 하수구로 날려보냈더라고." 바로 그때 삼종기도 종소리가 울렸다. 지금 그녀는 레이스에 파묻혀 잠들고, 결혼한 그들의 육체는 표류한다.

오늘 아침, 나의 사랑하는 커플을 과도하게 어루만지던 하룻밤이 지나고, 나는 오물을 수거하러 온 교도관이 빗장을 뽑아내는 소리 때문에 잠에서 깼다. 나는 자리에서 일어나 변소까지 비틀대며 걸어갔다. 내게 희생당한 자들로부터 용서받을 수도 있었던 이상한 꿈을 미처 떨쳐내지 못한 상태였다. 그렇게 나는 턱 밑까지 공포에 빠져 있었다. 공포가 내 안으로 진입하고 있었다. 난 그걸 질경질경 씹었다. 그걸로 배를 채웠다. 그 사람, 나의 젊은 희생자는 가까이 앉아 있었는데, 맨다리를 오른쪽으로 꼬는 게 아니라, 허벅지 위에 걸쳐놓고 있었다. 그는 아무 말도 하지 않지만, 분명 이런 생각을 한다는 걸 나는 알고 있었다. '판사한테 내가 다 이야기했어. 넌 용서받은 거야. 게다가 판사석에 앉은 사람이 바로 나거든. 죄다 털어놔봐. 믿어도 좋아, 넌 용서받았다니까.' 꿈에서 당장 느끼기에 그는 공현절 파이 속 인형*보다 크지 않은, 샴페인 잔 바닥에 가라앉은 발치된 이빨 하나보다도 작은 시신의 모습이었으며, 허옇고 길쭉한 촌충들이 고리처럼 구불구불 감아오른 반파된 기둥들의 그리스풍 배경과 더불어 꿈에 어울리는 광휘를 두르고 있었다. 내가 어떤 태도였는지 지금은 딱히 기억나지 않지만, 그가 하는 말을 믿었다

---

* 주로 새해에 먹는 프랑스 디저트 갈레트 속에는 작은 인형이 숨겨져 있다. 인형이 든 조각을 받는 사람이 그날의 왕이 된다.

는 건 알고 있다. 잠 깨어 일어났다고 해서 세례받을 때의 심경이 내게서 떠나진 않았다. 그러나 감방이라는 구체적이고 정확한 세계와 다시 접촉한다는 것은 있을 수 없는 일이다. 나는 빵을 공급받는 시간이 올 때까지 다시 드러눕는다. 밤의 공기, 구멍이 막혀 노란 물과 똥이 넘치는 변소로부터 올라오는 냄새는, 두더지가 파헤친 검은 흙더미처럼 유년기의 추억을 솟아오르게 만든다. 하나가 다른 하나를 자극해, 고개를 들지 않을 수 없도록 만드는 것이다. 땅속에 묻혀 아예 사라져버렸다고 믿었던 삶 전체가 지표면으로, 내기로, 슬픈 태양에게로 솟아올라, 내가 아주 좋아하는 썩은 내를 풍기고 있다. 나를 너무나도 가슴 아프게 하는 추억이 있는데, 바로 돌기와집 화장실에 대한 추억이다. 그곳은 나의 피난처였다. 특유의 냄새와 어둠에 가려 희미하고 멀게만 느껴지던 삶—연민을 불러일으키는 그 냄새, 점토와 딱총나무 향기가 압도적이고, 변소는 마당 한쪽 끝, 산울타리 가까이에 있던—그것은 나에게 특히나 감미롭고, 사랑스럽고, 가벼운, 아니 중력에서 벗어나 가벼워진 무엇으로 다가오곤 했다. 나는 변소 바깥의 일들인 삶을, 벌레 먹은 구멍들이 숭숭한 좁은 판자벽 너머의 세상 전체인 삶을 이야기하고 있다. 그 삶은 채색된 꿈들이 그러하듯, 둥둥 떠다니는 것 같았다. 반면 나는 애벌레처럼 나의 구멍 속에 처박혀, 안전한 밤의 생존을 거듭했다. 이따금 잠이나 호수, 어머니 품속 심지어 근친상간에 빠져들듯, 대지의 영적인 중심으로 천천히 빠져들어가는 느낌이었다. 나의 행복한 시절은 결코 찬란한 행복의 시기가 아니었으며, 나의 평화는 문학자들과 신학자들이 '천상의 평화'라 일컫는 그런 것이 결코 아니었다. 만약 그랬다면 신이 나를 주목했다는 얘긴데, 신의 손가락 끝으로 정조준당하는 순간 나의 경악은 극에 달하고 말 터. 물론 잘 알고 있다, 병마에 시달리다가 기적의 힘으로 치유될 경우, 나는 계속 살아남길 거부하리라는 것을. 기적이란 추잡한 것. 내가 변소에서 찾아야 했던 평화, 변소의 추억 속에서 찾아야 할 그것은 마음을 편하게 해주는 안심할 만한 평화다.

가끔 비가 내렸고, 함석지붕을 들이받는 빗방울 소리가 들리곤 했다. 그러면 나의 서글픈 안락, 내 침울한 희열이 애도를 더하며 가중되는 것이었다. 문을 빠끔히 열면, 흠뻑 물먹은 마당, 빗줄기가 후려치는 채소들이 내 마음을 아프게 했다. 나는 그 독방 나무의자에 쭈그려앉아 몇 시간이고 머물렀다. 마치 고해소처럼, 존재의 가장 은밀한 부분을 적나라하게 드러내놓는 곳. 영혼과 육체를 악취와 어둠에 고스란히 내어준 채, 나는 불가사의한 흥분감에 사로잡히곤 했다. 텅 빈 고해소 역시 내겐 그와 똑같은 관능의 장소. 지난 패션잡지들이 몇 권 굴러다니고, 머프와 양산, 치맛자락 풍성한 드레스 차림의 1910년도 여성들 맵시가 삽화로 앉혀 있다.

발을 움직여 나를 자기들에게로 끌어당기고, 나를 에워싼 채 요부의 속눈썹처럼 검은 날개 파닥이는가 하면, 회양목 가지 같은 손가락으로 눈을 찔러대던 하위 정령들의 주술을 역이용할 수 있기까지, 내겐 참으로 오랜 시간이 필요했다.

이웃한 감방에서 누군가 물을 내렸다. 우리의 두 변소는 서로 인접해, 물이 내 쪽에서도 움직이고, 확 오르는 냄새가 나까지 몽롱하게 만든다. 팬츠 속 내 단단한 음경, 손만 대면 불쑥 고개 내밀어 담요를 볼록하게 밀어올린다. 미뇽! 디빈! 나만 여기 혼자로군.

미농이야말로 내가 애지중지하는 자. 거짓이든 진실이든, 결국에는 디빈의 어깨에 때로는 누더기를, 때로는 법복을 걸쳐주는 것이 나의 운명임을 그대는 믿어 의심치 않을지니.

천천히, 그러나 확실하게, 나는 그녀를 성녀로 만들기 위해 온갖 종류의 행복을 박탈하고자 한다. 이 불길이 그녀를 숯덩이로 만들면서 이미 묵직한 포승줄은 다 태워버렸다. 이제 새로운 포승줄이 그녀를 결박한다. 바로 사랑. 하나의 윤리가 탄생하는데, 예사로운 윤리는 분명 아니지만(디빈에게는 어울린다), 그 나름 선과 악을 가진, 윤리는 윤리다. 디빈은 성인聖人이 살아야 마땅한 그곳, 선악의 피안에 있지 않다. 그리고 사악한 천사보다 선한 내가 그녀의 손을 잡아 이끈다.

여기, 그대를 위하여 모아둔 '디빈 어록'*을 공개한다. 그녀가 지닌 일련의 모습들을 즉흥적인 방식으로 보여주는 것이 목적이므로, 시간의 경과를 판단하는 것은 전적으로 독자의 재량에 맡겨진 일이다. 일단 현재 이야기가 진행되는 1장에서 그녀의 나이는 스무 살에서 서른 살까지임을 밝혀둔다.

디빈 어록

디빈이 미농에게: "넌 나의 애물단지."

---

* 감방 벽에 남긴 낙서들을 의미한다.

—디빈은 검소하다. 그녀가 사치를 의식하는 건, 그것이 발산하는 어떤 신비감에 두려움을 느낄 때뿐이다. 마녀 소굴과도 같은 호화 호텔의 대리석, 카펫, 벨벳, 흑단, 크리스털 장식들이 생포하고 있는 드센 마법들을 우리는 단 하나의 몸짓으로도 해방시킬 수 있다. 아르헨티나 남자 덕분에 돈이 좀 모이자, 디빈은 곧바로 사치 훈련에 들어갔다. 우선 금속 장식을 박아넣고 사향을 먹인 레더 백을 구입한다. 매일 일고 여덟 번 기차를 잡아타고 호화 살롱칸에 들어가, 그물 선반에 가방들을 잔뜩 쟁여놓은 다음, 출발할 때까지 푹신한 의자를 점유한다. 그러고는 기적이 울리기 몇 초 전, 짐꾼 두세 명을 불러 짐을 모두 내리는데, 이번엔 자동차를 잡아타 고급 호텔로 몰게 하고는, 그곳에서 조신하고도 풍요로운 체류라 할 만큼 머문다. 일주일 내내 이처럼 스타 흉내를 즐기다보면, 카펫 위를 폼나게 걷는다든지, 일종의 호화 가구나 다름없는 제복 차림의 하인들을 상대로 말하는 법을 깨친다. 그런 식으로 마법을 길들이고 지상에 사치를 포박하는 것이다. 건물의 내장재와 내부 프레임, 가구들이 보여주는 루이 15세 스타일의 유장한 곡선들과 스크롤들이 이제 그녀의 삶을—이중 나선계단을 타고, 보다 고상한 차원으로 전개하듯이—무한정 우아한 분위기 속에서 지탱한다. 특히 그녀의 렌트카가 육중한 철문을 통과한다든지, 근사한 턴을 선보이며 여기 '에스파냐 공주님'이 타고 계심을 자랑할 때가 그러하다.

—죽음은 사소한 문제가 아니다. 디빈은 의젓한 품새가 바닥날까 벌써부터 걱정이다. 한마디로 당당하게 죽고 싶다. 공군 소위가 비행중 죽음과 맞닥뜨릴 경우, 정비공이 아닌 장교를 상대한다는 걸 죽음에게

확실히 깨우쳐주기 위해 일부러 군복 정장을 갖춰 입고 전투에 나서는 것처럼, 디빈은 꼬질꼬질한 기름때로 부옇게 색 바랜 대학원 수료증을 항상 품에 지니고 다닌다.

─어느 터프가이가 디빈에게: "너 뭐가 더 좋아? 내가 박는 거, 아니면 네가 빠는 거?"

디빈은 게걸스러운 표정에, 진지한 자세로 양손을 모으며 입을 동그랗게 만든다. "터프가이, 난 둘 다 동시에 하는 게 좋아."

─"걔는 단추처럼 멍청해……" (미모사는 '부츠단추'라고 말할 참이었다.)

디빈이 그윽한 표정으로 대꾸한다. "응. 바지단추처럼."

그녀는 언제나 금빛 아이보리 빛깔의 작은 모슬린 부채를 소매 속에 품고 다녔다. 자기도 모르게 아차 싶은 말을 내뱉고는, 마술사처럼 날랜 속도로 소매 속 부채를 빼들어 펼치는 순간, 그 힘찬 날갯짓이 얼굴 하단을 교묘히 가리곤 했다. 그렇게 부채는 평생 디빈의 얼굴 주위에서 가볍게 파닥거릴 것이다. 그녀는 르픽가의 가금류 판매점에서 자기만의 부채질을 처음 선보였다. 닭을 한 마리 사려고 언니와 함께 그곳을 찾았을 때다. 둘에서 가게를 둘러보는데, 문득 주인 아들이 들어왔다. 디빈은 그를 바라보면서 킥킥거리더니, 언니를 불렀다. 그리고 끈으로 묶여 진열대에 오른 닭의 꽁무니에 자신의 검지를 꽂아넣으며 소리쳤다. "어머, 여기 좀 봐, 세상에 어쩜 이렇게 예쁠 수가!" 그러고는 발갛게 달아오른 자신의 양볼에 재빨리 부채질을 하는 것이었다. 그녀는 촉촉해진 눈길로 다시 주인 아들을 바라보았다.

　—대로상에서 거나하게 취한 디빈을 순경들이 멈춰 세웠다. 그녀는 날카로운 목소리로 〈오소서 성령이여〉*를 부르고 있다. 행인 가운데 하얀 망사 베일을 걸친 부부들이 앞으로 나와 융단 깔린 기도대에 무릎을 꿇는다. 순경 둘이 사촌 결혼식 들러리를 섰던 자신의 모습을 잠시 떠올린다. 그럼에도 불구하고 그들은 결국 디빈을 경찰서로 연행한다. 길 위에서 그녀가 몸을 들이대며 비비대자, 잔뜩 꼴린 두 경찰관은 그녀를 갈수록 세게 붙잡는가 하면, 일부러 주춤주춤하면서 허벅지를 밀착해온다. 그들의 거대한 음경 두 개가 펄펄 살아 툭툭 건드리거나, 푸른색 두꺼운 모직 바지의 관문을 처절하게 흐느끼듯이 밀어붙인다. 성지주일 굳게 닫힌 성당문을 마구 두드리는 주임신부의 심정으로, 바지 앞섶을 안달내며 들볶고 있는 거다. 대로상에 삼삼오오 모여든 젊거나 나이든 마짜들이 저 장중한 혼인 송가 〈오소서 성령이여〉로 잔뜩 고양된 채 붙잡혀가는 디빈을 바라보며 말한다.

"쟤한테 쇠고랑을 채우겠는걸!"

"수병처럼 말이야!"

"유형수처럼 말이야!"

"산모처럼 말이야!"

끼리끼리 뭉쳐 지나치는 부르주아들은 아무것도 보지 못하고, 아무것도 모른다. 디빈이 어디론가 붙잡혀가고, 언니들이 그 모습을 애타게

---

* 9세기경에 만들어진 그레고리안 성가 중 하나로 성령강림대축일에 불린다.

지켜보는, 이런 사소한 일로 인해 저들이 안심하고 편안함을 누리는 상태를 약간이라도 벗어나는 일은 거의 일어나지 않는다.

다음날 저녁 풀려난 그녀는 다시금 대로변의 자기 자리로 돌아왔다. 한쪽 눈꺼풀이 시퍼렇게 부어올랐다.

"맙소사, 얘들아, 내가 기절할 뻔했지 뭐니. 경찰관들 여럿이 나를 부축했거든. 나를 빙 둘러싸더니 각자 체크무늬 손수건을 흔들어 부채질을 해주는 거야. 내 얼굴을 닦아주는 성녀聖女들이나 다름없었어. 내 성스러운 얼굴을 말이야. 정신 차려요, 디빈! 정신 차려! 정신 차리라고! 그렇게 외쳐대는데, 마치 내게 노래를 불러주는 것 같았어.

그들은 나를 어두운 독방으로 데려갔지. 하얀 벽에 누군가(오! 거기 낙서를 했을 바로 그 '누군가'의 존재를, 나는 연재소설의 기가 막히게 멋지고 불량스러운 페이지들, 거기 빼곡하게 들어찬 활자들 속에서 찾아낼 생각이다. 나는 그들 중 조반니 달레 반데 네레*를 추종하는 이의 꼭 끼는 더블릿과 롱부츠의 매듭을 푼다. 한 손은 비정한 주머니칼을 쥐고, 다른 손은 빳빳이 선 그의 남근을 움켜쥔 채, 나는 그를 하얀 벽을 마주하여 서 있게 한다. 이제 그는 지독하리만치 순결하고 어린 수감자다. 그는 한쪽 볼을 벽에 붙이고 서 있다. 키스를 시작으로, 수직 벽면을 핥는다. 탐욕스러운 석회 성분이 그의 침을 빨아들인다. 그런 다음 쏟아지는 키스 세례. 그의 모든 동작은 자신을 옥죄어 비인간적인 벽에 유폐시키는, 눈에 보이지 않는 어느 기사의 윤곽을 그리고 있다. 마침내 권태에 지치고 과도한 사랑에 질린 시종이 그림을 그리고⋯⋯)

---

* 이탈리아 메디치 가문 최후의 용병대장.

좆들의 파랑돌 춤*을 그려두었더군! 그래, 그렇다니까, 예쁜 언니들, 꿈을 꿔봐요, 몽롱한 술기운을 빌려 그리로 날아가보라고. 날개 달린 고추들, 아기천사처럼 오동통하고 진지한 육봉들, 당과류로 만든 화려한 자지들이 어지러이 춤추는 곳으로. 언니들, 그중에서도 더 꼿꼿하고, 좀더 단단한 몇몇 놈들은 으아리꽃덩굴과 메꽃, 한련꽃 그리고 바짝 달아오른 꼬마 포주들이 둘둘 휘감아오르고. 오! 그 모든 기둥! 독방은 전속력으로 비상하고, 난 그대로 돌아버려, 돌아버려, 돌아버려!"

달콤한 독방이여! 보석처럼 혹은 수학적 정리처럼 빛나는 강철 수갑이 내 두 손을 결박하는 순간, 체포당하는 상황의 항상 낯설고 끔찍한 경험들은 돌이킬 수 없는 내적 환시 속에 번쩍이는 섬광과 치명적인 속도로 각인되고, 이제 내가 악덕을 사랑하듯 사랑하는 이 독방은 그 자체로 나 자신의 위안을 내게 가져다준다.

감옥 냄새는 오줌, 포르말린, 물감 냄새다. 유럽의 모든 감옥에서 나는 그 냄새를 맡았고, 그 냄새가 결국 내 운명의 냄새가 되리라는 것을 알아차렸다. 나는 매번 추락할 때마다 나 이전에 징역 산 자들의 흔적들, 다시 말해 또다른 수감자가 나를 위하여 새겨놓았을 좌절과 후회와 욕망의 흔적들을 찾아 벽을 더듬는다. 친구 한 명이 남긴 우애의 흔적을 찾아 벽면을 샅샅이 탐색하는 거다. 우정이 정확히 무엇인지, 두 남자의 우애가 서로의 가슴과 어쩌면 살갗에까지 어떤 울림을 주는지 경험해본 적은 없지만, 감옥에서 내 또래의 잘생긴 사내를 만나, 그 친구

---

* 프로방스 지방의 민속춤으로 여러 명이 서로 손을 붙잡고 빙글빙글 돌며 추는 군무다.

가 아주 믿을 만하거나 연애질, 도둑질, 범죄적 욕망의 공범이 되어줄 만하다 싶으면, 나 역시 이따금 형제애 같은 우정을 갈망하기도 한다. 물론 그런 갈망이 서로의 내밀한 냄새를, 그 우정을 가르쳐주진 않는다. 사정상 내가 나 자신을, 아닌 줄 알면서도 수컷인 척 가장하기 때문이다. 나는 벽면에 어떤 끔찍한 비밀이 드러나기를 기다린다. 살인, 특히 남자들의 살인이랄지, 우정의 배반, 내가 빛나는 무덤이 되어줄 죽은 자들에 대한 모독 같은 것. 하지만 내가 찾아낸 건, 석고에 핀으로 긁은 몇 안 되는 글씨들, 사랑의 밀어나 객기어린 욕설, 그보다 더 자주 체념의 넋두리가 고작이다. "바스티유의 조조는 죽을 때까지 자기 애인을 사랑한다네." "내 심장은 어머니에게, 내 좆은 창녀들에게, 내 머리통은 데블레르*에게." 이 암벽 낙서들은 거의 언제나 여자를 향한 곰살궂은 찬사이거나 프랑스의 악동이면 누구나 아는 불량한 시구다.

숯덩이 희어져

그을음 사라져야,

나도 잊으리,

징역의 추억.

아울러 지나간 나날을 표시해둔 저 목신의 피리들!**

급기야 교도소 정문 대리석 벽에 새겨진 놀라운 낙서 "1900년 3월 17일 개소開所". 그것은 나로 하여금 첫 수감자를 투옥하기 위해 엄숙한

---

* 아나톨 데블레르(1863~1939). 프랑스의 유명한 사형집행인.

** 날을 세는 표식(////)을 은유한다.

모습으로 늘어선 교도관들의 행렬을 떠올리게 한다.

— 디빈: "내 마음 내 손 가는 대로, 구멍난 내 손 헤프기 짝이 없어, 내 손이 가방 속 더듬는데, 가방이 덜컥 닫혀, 내 마음 붙잡혔네."

— 사람 좋은 디빈. 그녀는 다부지고 균형잡힌 얼굴에, 숱 많은 머리 이마 위로 살짝 내려뜨린 사내들을 전적으로 신뢰한다. 그런 신뢰야말로 수컷의 용모가 디빈에게 행사하는 마력 그 자체에 바쳐지는 것 같았다. 비판적 사고에 능함에도 불구하고, 그녀는 속는 일이 허다했다. 불현듯 또는 점차적으로, 실상을 깨달은 그녀. 자기 태도를 전면적으로 뜯어고칠 생각을 했다. 결국 지적 회의주의가 감상적인 공감을 물리치고, 그녀의 마음에 자리를 굳혔다. 하지만 그런 와중에도 스스로에게 속는 행태는 여전했다. 왠지 끌리는 젊은 남자들에게 유난히 매몰차게 구는 것이었다. 그들의 고백을 때로는 미소로, 때로는 위축됨을 감추기 위한(이를테면 고르기의 불뚝한 사타구니 앞에서 위축되는 마짜들) 모호한 말로 받아넘기지만, 욕심만큼 잘 감춰지지 않는다. 씩 웃으며 잇새로 뺄은 미소를, 더 날카롭고 더 차갑고 더 아름다운 이를 드러내는, 보다 더 잔인한 미소로 되돌려받는 가운데, 그들의 육체적 아름다움에 굴복하지 않으려 애쓰는(그들로 하여금 안달나게 하려는) 디빈의 의도는 언제나 쉽게 노출되고 만다.

못돼먹은 자들에게 못돼먹게 군 걸 스스로 벌하는 뜻에서, 디빈은 자신의 결정을 물리고, 영문도 모르는 포주들 앞에 겸손해진다. 그러고도 모자라, 그녀의 선량함은 이제 소심함으로까지 치닫는다. 하루는 법

정에서 돌아오는 길에—그 당시 툭하면 마약사범으로 죄수 호송차 신
세를 졌는데— 한 노인에게 묻는다.

"얼마 때리던가요?"

노인이 대답한다.

"삼 년. 그쪽은?"

이 년 형을 받은 그녀는 이렇게 대답한다.

"삼 년이요."

"7월 14일*이라 그런지, 온통 파랑, 하양, 빨강 전지로군." 디빈은 경
멸의 대상인 그 색들을 배려하여 알록달록하게 옷을 갖춰 입었다.

디빈과 미뇽. 내가 보기에 이상적인 커플이다. 악취나는 빵에 처박혀
까칠한 모포를 뒤집어쓰고, 땀에 흠뻑 젖은 코와 휘둥그런 눈만 내놓은
채, 나는 그들을 바라본다.

미뇽은 거인이다. 그의 오목발이 지구의 절반을 뒤덮고, 헐렁한 하
늘색 실크 반바지 아래 두 다리로 버티고 선다. 그뿐만 아니라, 발딱
섰다. 얼마나 단단하고 차분하게 곧추서는지, 마치 손가락에 반지를
끼우듯, 숱한 항문과 질을 그의 육봉에 술술 끼워간다. 그는 발딱 섰
다. 워낙에 단단하고 차분하게 곧추선 터라, 하늘이 주시하는 그의 정
력은, 1940년 6월 14일 슬그머니 딴전 피우며 태양과 먼지 속을 행군
하는, 그리하여 침착하고 진지하게 우리 후장을 쑤시던 금발 전투부

---

* 프랑스혁명의 발단이 된 바스티유감옥 습격 사건이 일어난 날로, 국경일로 지정해 기념
한다.

대*의 침투력을 가졌다. 그래 봤자 바짝 긴장하여 벽날개 펼치고 선 미 뇽의 이미지에 지나지 않는 자들이다. 놈들의 무뚝뚝함은 유들유들한 기둥서방 노릇 하는 걸 방해한다.

　나는 눈을 감는다. 디빈: 나의 눈과 입, 팔꿈치와 무릎, 내 전신의 매력에서 흘러나온 무수한 유혹의 형상들. 그 형상들이 내게 말을 건다. "장, 나는 디빈으로 살아가고 미뇽과 부부로 지낼 수 있어서 얼마나 행복한지 몰라."

　나는 눈을 감는다. 디빈과 미뇽. 미뇽에게 디빈은 하나의 핑계, 어떤 계기에 지나지 않는다. 어쩌다 그녀 생각이 나면, 그 생각을 떨쳐버리려고 어깨를 으쓱할 것이다. 생각이란, 어깨에 발톱을 박아넣고 앉은 용이라는 듯이 말이다. 그러나 디빈에게 미뇽은 전부다. 그녀는 미뇽의 성기를 돌보는 입장이다. 넘치는 애정으로 그걸 어루만지는가 하면, 점잖은 사람들이 기분 동하면 입에 담는 비유적 표현을 활용해 그 이름을 불러준다. 꼬마, 요람 속 아가, 구유에 누운 예수, 따끈한 꼬마, 꼬마 동생 등등. 그녀의 입을 통해 나오지만 않았다면, 멀쩡한 의미로 통할 만한 표현들이다. 물론 디빈의 감정 또한 글자 그대로 그 이름들을 받아들인다. 미뇽의 음경은 오로지 그녀에게만큼은 미뇽 전체다. 그녀 입장에서 순수한 호사를 누리기 위한, 순전한 호사품인 셈이다. 만약에 디빈이 자기 남자의 몸에서 자색을 띤 뜨거운 성기 이상의 무언가를 보는 데 동의한다면, 그녀는 일단 항문에 이르는 그것의 강직도를 더듬어갈 것이고, 그의 신체 속으로 성기가 계속 이어지고 있음을 느끼면

---

* 2차세계대전 당시 마지노선을 우회하여 프랑스를 침공한 독일군을 가리킨다.

서, 급기야 눈, 코, 입, 핼쑥한 양볼, 곱슬곱슬한 머리, 송골송골한 땀방울로 이루어진 어떤 얼굴, 탈진하여 창백한 얼굴로 마무리될 흥분한 미뇽의 몸뚱어리 자체가 바로 그의 성기임을 가늠하게 될 것이다.

나는 이가 득실거리는 담요를 덮고 눈을 감는다. 디빈은 반바지를 빠끔히 열어, 자기 남자의 그 비밀스러운 구석을 손질했다. 불알에 향수를 뿌렸다. 털과 음경을 리본으로 장식하고, 바지 앞섶 단춧구멍에 꽃을 꽂았다. (미뇽은 바로 이 모습으로 그녀와 함께 저녁 외출을 한다.) 결론은 무엇이냐, 디빈에게 미뇽은 (어쩌면 신일지 모를) 존재의 상징이자 하늘에 남은 관념의 표상, 그 감각적 표출이면서 지상에 파견된 위풍당당한 대표자 이상도 이하도 아니라는 얘기다. 두 사람은 서로 교감하지 않는다. 어쨌거나 내 나름대로 프랑스 역사를 정리한 바에 따르면, 디빈은 감옥에 갇혀 18세기의 무성한 은어를 배우고, 그걸 통해 의사 표현하는 법을 깨쳐야 했던 마리 앙투아네트와 닮아 있다. 가엾은 여왕이여!

디빈이 새된 소리로 이렇게 말하면, "저들이 나를 법정으로 끌고 갔어요." 그 말은 레이스 장식을 길게 늘어뜨린 고풍스러운 드레스 차림의 늙은 솔랑주 백작부인을 떠올리게 만든다. 손목을 묶고 법원 타일 바닥을 무릎으로 기게끔, 군인들이 그녀를 끌고 간다.

"나 사랑 때문에 까무러쳐"라고 그녀가 내뱉는다.

이제 그녀의 삶은 멈추지만, 그녀 주위로 계속해서 삶은 흘러가고, 시간을 거슬러오르는 것처럼 보인다. 이러다가—눈 깜짝할 사이—최초의 원인, 시작에 가닿을지도 모른다는 생각에 질겁한 그녀는 몸을 움찔하고, 그것은 심장을 다시금 박동하게 만든다.

이 정신 나간 처자의 선량함에 대한 또다른 이야기. 그녀는 나중에 우리가 만날 어느 젊은 살인자(꽃피는 노트르담)에게 질문을 한다. 별것 아닌 그 질문이 살인자를 얼마나 고통스럽게 했는지, 디빈의 눈에 그의 얼굴은 척 봐도 느낄 만큼 일그러진다. 그 순간, 방금 자신이 초래한 고통을 신속히 차단하고 만회하기 위해, 그녀는 급하게 말을 더듬거리는가 하면, 감정이 격해져 눈물처럼 차오르는 침을 우물거리면서 이렇게 외친다.

"안 돼, 안 돼, 나야."

가족의 친구라는 사람은 내가 아는 이 동네 최고의 미친년이다. 미모사 2. 대人미모사, 일자非─인 그녀는 현재 어느 노인에게 빌붙어 살고 있다. 생클루에는 자신의 빌라가 따로 있다. 그녀는 미모사 2를 너무도 사랑하여, 당시 우유 배달부였던 그에게 자기 이름을 물려주었다. 2가 예쁘진 않지만, 별수없지 않은가? 디빈은 그녀를 초대해 차를 대접한 적이 있다. 오후 다섯시경, 그녀가 다락방으로 왔다. 디빈과 그녀는 볼에다 입을 맞추되, 서로 몸이 닿지 않게끔 주의를 기울였다. 미뇽과는 사내다운 악수를 나누었고, 디빈의 잠자리나 다름없는 소파에 앉았다. 차는 미뇽이 준비했다. 그 정도 애교는 있었다.

"여기까지 와줘서 고마워, 미모. 얼굴 보기가 참 힘드네."
"뭘 이 정도 갖고. 그나저나 오두막이 정말 괜찮은데. 멀리 공원도 있고, 꼭 사제관 같아. 망자들과 이웃하고 있어서 그만큼 멋진 거겠지!"

사실상 창문이 아주 멋지긴 했다.

한밤중 공동묘지에 달빛이 드리워지면, 디빈은 침대에 누워 깊고 환한 빛에 감싸인 묘지를 바라보곤 했다. 달빛이 얼마나 휘영청한지, 무덤의 풀과 대리석 아래로 망자들이 유령처럼 움직이는 광경이 선명하게 드러났다. 창틀 장식 너머 보이는 묘지는 마치 깊게 갈라진 두 눈꺼풀 사이로 드러나는 맑은 눈동자 같았다. 차라리 그것은 검둥이의 손바닥 한복판에 놓인 파란 유리 눈알처럼—금발 맹인의 안구라고니 할까—보였다. 검둥이는 춤을 추고 있었고, 말하자면 바람이 풀과 사이프러스나무를 흔들고 있었다. 춤을 추고 있었고, 선율적인 몸의 움직임이 해파리처럼 너울거리고 있었다. 디빈과 공동묘지의 관계는 이러했다. 일련의 문장이 텍스트를, 말하자면 어떤 글자는 이쪽으로, 어떤 글자는 저쪽으로 파고드는 것처럼, 묘지가 그녀의 영혼 깊숙이 파고들었다. 그녀 안의 묘지는 카페에 눌러앉아도, 대로를 거닐어도, 감방에 처박혀도, 이불을 뒤집어써도, 공중변소를 기웃거려도 늘 현존했다. 또는, 굳이 말하자면, 저 충직하고 온순한 개가 특유의 슬프고 선량한 눈빛으로 포주의 시선에 틈틈이 화답하면서 미농의 내면을 지켜왔듯이, 묘지는 그녀 안에서 현존하고 있었다.

미모사는 창문 밖으로, 고인들의 탁 트인 공간으로 상체를 내밀고 손가락을 뻗어 무덤 하나를 찾는다. 무덤을 발견하자마자 그녀는 날카롭게 소리친다.

"아! 못 말리는 년, 발랑 까진 년, 결국엔 골로 가버렸어! 차가운 대리석 아래 뻣뻣하게 누워버렸다고. 나는 너의 카펫 위를 걷는데 말이야,

쌍년!"

"너 완전 맛이 갔구나." 그렇게 중얼댔지만, 미뇽은 하마터면 창녀 취급하며 대차게 욕을 싸지를 뻔했다(은어를 사용해서).

"미뇽, 내가 맛이 간 건 아마도 너를 사랑해서겠지. 빌어먹을 미뇽, 근데 저길 보란 말이야, 저 무덤 속 샤를로트를! 샤를로트가 저기 누워 있다고!"

우린 함께 웃었다. 공동묘지의 무덤 하나를 영구 임대받아 묻혀 있는 샤를로트가 그의 할아버지임을 다들 알고 있었던 거다.

"루이즈는 어떻게 지내? (미모사의 아버지다) 뤼시는 어떻고? (어머니다)" 이번엔 디빈이 물었다.

"아이고, 디빈, 말도 마라! 그 아줌마들 너무 잘 지내서 탈이지. 웬만해선 골로 갈 일 없을 거야, 망할 년들. 순 걸레들이라니까."

미뇽은 마짜들의 수다를 좋아했다. 특히 친근한 사이일 경우, 수다떠는 방식이 마음에 들었다. 귀를 기울이며 차를 준비하는 동안, 그의 입 모양은 쾌속 범선을 닮아가고 있었다. 미뇽은 경직된 미소를 짓는 일이 없었다. 언제나 약간의 불안감이 가세해 미소에 가벼운 떨림을 부여하는 듯했다. 오늘은 평소보다 조금 더 불안해 보였다. 저녁에 디빈을 떠나기로 했기 때문이다. 이런 사정에 비추어, 미모사의 존재는 그에게 끔찍한 늑대와도 같았다. 디빈은 어떤 사태가 일어날지 아무것도 모르고 있다. 그녀는 자신이 버림받는다는 사실과 더불어 미모사가 행한 비열한 짓거리를 한순간에 직면하게 될 것이다. 일이 신속하게 추진되었기에, 미모사의 남자인 로제는 일찌감치 떠났다.

"나의 로제는 당장 전쟁을 선포할 거야. 아마존 전사로 돌변하겠지."

언젠가 미뇽이 장난삼아 로제를 다른 남자로 바꿔칠 때가 되지 않았느냐고 떠보자, 미모사가 한 말이다. 그러면서도 수긍하긴 했다.

우리 같은 사람들의 커플 관계, 이른바 가정이 굴러가는 법칙은 그대들의 법칙과 닮지 않았다. 우리는 사랑 없이 사랑한다. 거기엔 성사聖事적 의미가 전무하다. 호모들은 어마어마한 배덕자들이다. 육 년을 같이 살고도 서로 애착을 갖는다고 보지 않으며, 상처를 준다거나 잘못을 범한다는 생각 없이, 그야말로 눈 한 번 깜빡하는 순간 미뇽은 디빈을 버리기로 결정했다. 회한 따위는 없고, 디빈이 두 번 다시 자기를 보지 않겠다고 할까봐 그 점이 조금 불안할 뿐이다.

미모사의 경우는, 상대가 연적이기만 하다면 자기가 위해를 가한다는 사실에 얼마든지 만족할 사람이다.

두 마짜는 계속 쩩쩩거리고 있었다. 나누는 대화는 서로 눈알을 맹렬히 굴리는 것에 비해 진부하기만 했다. 그들의 눈꺼풀은 미동도 하지 않았고, 관자놀이는 움찔거리는 기색조차 없었다. 단지 안구가 오른쪽에서 왼쪽으로, 왼쪽에서 오른쪽으로 구르는가 하면, 시선은 일종의 볼 베어링 시스템에 준하여 움직이고 있었다. 이제 저들이 무얼 그리 속닥거리는지 귀기울여보자. 미뇽이 후피동물처럼 둔중한 걸음으로 다가가, 그 내용을 파악하기 위해 엄청난 노력을 쏟고 있다. 미모사가 속삭인다.

"친구야, 나는 언니들이 아직 바지를 입고 있을 때가 좋더라. 그 상태에서 우리가 시선을 주면, 바로 단단해지거든. 미쳐요, 미쳐! 주름이 잡히기 시작하는데, 그게 끝이 없어. 발 있는 데까지 주욱 내려간다니까. 한번 만져보면, 주름을 따라 누르지 않고 발가락까지 계속 내려갈 수 있다고. 좆이 아래로 이어지는 것 같거든. 그런 점에서는 수병들을 특히 추천할 만하지."

미뇽의 입가에 희미한 미소가 스쳤다. 그는 안다. 남자들의 좆에 자신은 무덤덤하나, 디빈이나 미모사의 경우는 다르다는 사실을. 더는 놀랄 일이 아니다.

미모사가 미뇽에게 말한다.

"안주인 행세를 하시는군. 우리를 멀리하겠다는 심사지."

그가 대답한다.

"나는 차를 준비할 뿐이야."

자신의 대답이 너무 애매하다고 생각했는지 그가 다시 말했다.

"로제한테선 소식 없어?"

"없네." 미모사가 말했다. "난 완전 외로운 여자야."

'나는 완전 박해받는 여자'라고도 말하고 싶었다. 보통 마짜들은 목소리나 제스처가 과해질 만한 감정을 드러내야 할 경우, 이렇게 말하는 걸로 만족했다. "나는 완전, 완전이야." 내밀한 어조, 거의 중얼거리는 식으로 말하면서, 눈에 보이지 않는 폭풍을 잠재우듯 반지 낀 손으로 허공을 살짝살짝 쓸어내리는 것이다. 눈에 불을 켜고 입술을 부르르 떨며 이를 드러내는 가운데, 아무데서나 자유분방하게 소리치고 욕망에 부푼 격정으로 대담한 몸짓을 마다않던 전성기의 대★미모사를 익히 아는 자라면 의아해할 터, 도대체 어떤 불가해한 온화함이 광란의 열정을 대체해버린 것인지. 디빈의 경우는 한번 넋두리를 시작하면, 스스로 지치기 전에는 멈추지 않았다. 처음 그녀의 넋두리를 들었을 때, 미뇽은 깜짝 놀라 멍하니 바라보고만 있었다. 그땐 실내여서 그러려니

했을 수도 있는데, 길거리에서 디빈이 다시 시작하자 그는 이렇게 말해주었다.

"닥쳐라, 계집아. 사내새끼들 보는 앞에서 나 모자란 놈 만들지 말고."

지독하게 단호하고 차갑기 그지없는 그 목소리에서 디빈은 '주인의 음성'을 알아보았다. 그녀는 자제했다. 그러나 알다시피, 자신을 억누르는 것만큼 위험한 일은 없다. 어느 날 저녁, 디빈은 클리시광장에 포수가 운영하는 어느 술집 (미뇽이 용의주도하게 그녀를 떼어놓고 혼자서 종종 들르는 곳인데) 카운터에서 계산을 한 다음, 거스름돈을 챙기다가 그만 웨이터 팁을 남겨두는 걸 깜빡했다. 뒤늦게 사태를 깨달은 그녀는 다짜고짜 외마디 비명을 내질러 거울과 조명을 산산조각내고, 포주들 옷을 갈기갈기 찢었다.

"맙소사, 나 완전 미쳤나봐."

오른쪽과 왼쪽에서, 불행의 매정한 속도로 따귀 두 대가 휘몰아쳐, 그녀를 강아지처럼 제압하고 입을 봉해버렸다. 이제 그녀는 카운터 앞에서 고개도 들지 못했다. 이미 미뇽은 폭발한 상태. 네온 불빛 아래 안색마저 파리했다. "꺼져." 그렇게 내뱉고는, 남은 코냑을 마지막 한 방울까지 홀짝였다.

아까 그 비명은 (미뇽은 이렇게 말하리라, "괜한 목청만 낭비하고 있어." 마치 '쩐을 까먹거나' '체중이 부는 걸' 걱정하듯이) 디빈이 미모사 1에게서 도용한 일종의 틱tic 중 하나였다. 마짜들이 다른 일행과 함께 길거리나 호모 카페에 모이면, 대화중 (입에서, 손에서) 꽃 무더기가 사방으로 분출하고, 세상 둘도 없이 평범한 분위기 속에서 일상의 소소한 문제, 이런저런 가정사가 도마에 오르곤 했다.

"나는 진짜, 진짜, 완전 음탕한 것 같아."

"아이고, 언니들, 난 하는 짓이 완전 창녀라니까."

"너―그거―아니―, (유독 길게 잡아끄는 억양 때문에 모두 주목한다) 난 산전수전 다 겪은 몸이란다."

"자, 자, 여기 천하의 화냥년 나가신다."

그중 한 명은 대로변에서 경찰관에게 불심검문을 당했다.

"당신 뭐 하는 사람이오?"

"저는 감동을 주는 여자랍니다."

그러고 나서는 제각각 "나 완전, 완전이야"를 주고받는 가운데 차츰 차츰 서로를 알아갔던 것이었으니.

동작을 취할 때도 마찬가지였다. 디빈의 동작은 아주 거창했는데, 호주머니에서 손수건을 꺼내 입에 갖다대기까지 거대한 곡선을 그렸다. 디빈이 어떤 동작을 취하려는지 읽어내고자 하는 사람은 매번 실패하는데, 하나의 동작 속에 두 개의 동작이 내포되는 경우가 많기 때문이다. 처음 구상한 동작이 목표에서 빗나가면, 다음 동작이 그걸 계속 이어가다가, 처음 어긋난 지점에 이르러 스스로를 접목시킴으로써 원래 목표를 달성한다. 예컨대, 호주머니에서 손을 빼면서 디빈이 의도했던 것은, 그대로 팔을 쭉 뻗어 레이스 장식이 보기 좋게 펼쳐지도록 손수건을 흔드는 것이었다. 허공에 대고 작별인사를 한다든지, 있지도 않은 이물질을 떨어내느라 흔드는 것이다. 향수 냄새를 풍기는 것은 하나의 핑계에 불과했다. 그녀는 다음과 같은 비탄의 심경을 토로하기 위하여 그처럼 거창한 동작이 필요했던 것이다. '나는 외로워. 누구든 나를 구원해줘.' 미농은 그 동작을 완전히 파괴하지 못하는 대신, 축소시켰다. 그렇다고 평범한 동작이 되게 한 건 아니고, 이종교배를 통해 기이한 무엇으로 만들어버렸다. 그는 문제의 동작을 전복시킴으로써, 전복적인 동작으로 바꿔놓은 것이다. 이런 제약들을 언급하면서, 미모사는 말했다.

"수컷들은 말이야, 우리를 모조리 관절염 환자들로 만들어버렸어."

미모사가 다락방에서 나간 뒤, 미농은 디빈과 싸움을 벌이고 떠날 만한 빙계를 찾아보았지만, 아무것도 발견하지 못했다. 그래서 더욱 그녀에게 화가 났고, 갈보 취급을 했으며, 결국 떠났다.

이제 세상에 디빈은 혼자다. 누가 있어 그의 애인으로 여길 것인가? 내가 찾고 있는 그 집시? 마르세유풍의 굽 높은 구두 덕분에 몸매가 기타처럼 보이는 바로 그자? 선원용 바지는 그자의 두 다리통을 돌돌 감아올라 엉덩이를 싸늘하게 틀어 조이지. 인파를 뚫고 그는 몇 걸음 디빈과 동행한다. 뒤에 바짝 붙어, 걸어가며 섹스한다. 자지로 그녀를 들어올리고, 손도 대지 않고 들어서 운반한다. 그런 다음, 선율이 흐르는 대저택까지 와서야 그녀를 내려놓는다. 바지 단추를 다시 채운다. 윙크한 번 하고, 배수구 진창에서 디빈이 목격한 저 상처 입은 바이올린을 건져낸다. 그리고 사라진다.

디빈은 외롭다. 나와 더불어 그렇다. 상태교도소 주변에서 경계 근무 서는 온 세상은 아무것도 모르거니와, 다른 여러 감방과 너무 비슷해서 익숙한 나조차 찾아가는 데 종종 애를 먹는 작은 독방의 혼란에 대해서도 무엇 하나 알고 싶어하지 않는다. 시간은 내게 일말의 휴식도 허락하지 않는다. 나는 시간의 경과를 느끼고 있을 뿐이다. 디빈을 어떻게 해야 할까? 미뇽은 설사 돌아와도, 오래지 않아 다시 떠나고 말 것이다. 이미 그는 이별의 맛을 음미해보았다. 하지만 디빈에게는 자신을 압박하고, 분해하고, 다시 붙이고, 부러뜨리는 시련들이 필요하다. 그렇게 해서 내가 발견하고자 하는 그녀의 본질 일부만이라도 내 수중에 남아야 한다. 로클로르 씨가 (파리교통공사 직원, 두에가 127번지) 아침 일곱시경, 자기 자신은 물론 주방에서 헝클어진 머리를 가다듬고 있는 로클로르 부인을 위해 우유와 〈르 프티 파리지앵〉을 가지러 갔다가, 집 앞 좁은 통로 바닥에 누군가 짓밟은 흔적이 있는 부채를 발견한 건 바로 그 때문이다. 플라스틱 손잡이에 모조 에메랄드가 박혀 있는 부채. 그는 쓰레기를 개구쟁이처럼 발로 찼고, 바깥 보행로와 배수구까지 밀어붙였다. 그건 디빈의 부채였다. 간밤에 디빈은 우연히 미뇽과 마주쳤고, 그가 떠난 것을 나무라지 않으면서 함께 걸었다. 미뇽은 휘파람을 불며 그녀가 하는 말을 듣고만 있었는데, 약간은 뉘우치는 심정이었을지도 모른다. 그런 두 사람을 미모사가 덮쳤다. 디빈은 땅에 닿을 듯 깍듯이 인사했지만, 미모사는 디빈이 처음 들어보는 남자 목소리로 이렇게 외쳤다.

"당장 꺼져, 이 더러운 창녀, 더러운 보갈 년아."

그가 바로 우유 배달부였던 것…… 일차적 본성이 이차적 본성을 제치고 아무 저항 없이 극렬한 증오의 형태로 분출되는 것은 그리 신기한 현상이 아니다. 마짜들의 성적 이중성을 시사하는 문제가 아니라면, 우린 이 장면을 굳이 언급하지 않았을 것이다. 디빈에 관해서도 우린 이 문제를 다시 살펴볼 것이다.

요컨대 심각한 상황이었다. 미뇽은 여기서 또다시 대단한 비열함을 선보이는데, (나는 비열함이란 하나의 적극적인 기질로서, 그 극렬함이 하얀 새벽처럼 환상을 살포하면, 겁쟁이 미소년들은 그에 휘말려 심해를 헤매다닌다고 생각한다) 결코 어느 한쪽 편을 들어주진 않았다. 그는 두 손을 호주머니 속에 찔러넣은 채 빈정거렸다.

"서로 죽여."

나의 귓가에 아직도 맴도는 빈정거림. 어느 저녁, 열여섯 살 먹은 한 소년도 내 앞에서 그랬다. 그 소년을 통해서 악마주의의 참뜻을 흰빈 깨쳐보시라. 디빈과 미모사는 서로 치고받았다. 건물 담벼락을 등진 채, 디빈은 가벼운 발차기를 날렸고, 주먹을 뻗어 위에서 아래로 허공을 두드렸다. 누구보다 강한 미모사가 세게 받아쳤다. 디빈은 가까스로 빠져나와 도망쳤는데, 반쯤 열려 있던 건물 출입구에 다다른 순간 미모사에게 덜미를 잡히고 말았다. 목쉰 소리와 어정쩡 뻗는 주먹질이 통로를 채우면서 싸움은 계속되었다. 세입자들은 깊은 잠에 빠져 있고, 관리인은 아무 소리도 듣지 못했다. 디빈은 생각했다. '관리인 아줌마의 이름이 마담 뮐러이니 아무 소리도 듣지 못할 밖에.' 거리는 한산했다. 미뇽은 여전히 호주머니에 손을 꽂고 보도에 서서, 거기 놓인 쓰레기통의 폐품들을 주의깊게 바라보았다. 마침내 그는 결정을 내리고 자리를 떴다.

"둘 다 너무 멍청한 년들이잖아."

길을 걸으며 그는 생각했다. '만약 디빈의 눈에 멍이 들면, 그 더러운 낯짝에 가래나 뱉어줘야지. 빌어먹을 호모들 같으니.' 그러고도 다시 디빈 곁으로 돌아왔다.

디빈은 자기 기둥서방과 친구 미모사를 그렇게 되찾았다. 다락방 생활이 재개되었고, 오 년을 더 이어갔다. 죽은 자들을 굽어보는 다락방. 밤의 몽마르트르. 광란의 자기 비하. 어느덧 우리는 삼십대로 접어들고…… 나는 여전히 이불 속에 머리를 처박고 손가락으로 눈을 후비면서, 생각은 먼 곳을 헤맨다. 내게 남은 것은, 눈을 후벼파는 손가락 때문에 썩어버린 머리통에서 떨어져나간 나의 아랫도리.

지나가는 교도관, 들여다보되 하느님 얘기는 전혀 하지 않는 부속 사제. 나는 이곳이 상태교도소임을 인지할 뿐 그들이 보이지는 않는다. 나를 간수하느라 고생하는 가엾은 상태교도소.

미뇽은 점점 더 깊이 디빈을 사랑한다. 다시 말해, 점점 더 자기도 모르게 사랑하고 있다는 얘기다. 말 그대로, 그는 집착한다. 그러면서 갈수록 그녀를 무시한다. 그녀는 다락방에 홀로 처박혀, 하느님께 자신의 사랑과 고통을 바친다. 예수회 수도자들이 말했듯, 하느님이 영혼 안으로 진입하는 방법은 수없이 많으므로. 금가루, 백조, 황소, 비둘기, 누가 알겠는가? 공중변소를 어슬렁대는 남창이라면 어떤가? 혹시 신학이 미처 정리하지 못한 방법론을 들고 나오진 않을까? 그 스스로 공중변소가 되기로 말이다. 또한 교회가 존재하지 않으니, 디빈을 위시한 모든 성인의 신성함(구원의 길이라고 하진 않겠다)이 어떤 형식을 취했을지 궁금할 수도 있겠다. 디빈이 유쾌한 마음으로 살아가고 있지 않다는 걸 명심하자. 벗어날 수 없기에, 그녀는 신이 베풀어주는 삶, 그리하여 그녀를 신에게로 이끄는 삶을 받아들이는 것이다. 하지만 신은 금장 두른 호사스러운 존재가 아니다. 그 신비스러운 옥좌 앞에서 그리스식 안목에나 걸맞을 조형적 포즈를 취한들 아무 실익이 없을 것이다. 디빈은 숯덩이처럼 타들어간다. 그녀가 허락만 한다면 나 고백하거니와, 내가 미소로 또는 폭소로 나에 대한 경멸을 받아넘기는 것은 아직은—과연 그럴 날이 올까?—경멸을 경멸할 줄 모르기 때문이오, 그 누구, 그 무엇에게도 우롱당하거나 능멸당하지 않도록 이미 나 스스로 땅에 납죽 엎드린 몸이기 때문이다. 나는 달리 도리가 없었다. 내가 늙어빠진 매춘부임을 내 입으로 밝히는 이상, 누구도 그보다 더한 욕을 할 수 없고, 결국 나를 모욕할 생각 자체가 좌절되고 마는 것이다. 내 얼굴에 그 이상의 침을 뱉을 자가 없어진다. 그런데 애기발 미뇽은 평범한 그대들과 다르지 않다. 그는 나를 경멸할 수밖에 없다. 나는 며칠 날밤을 새워가며 다음과 같은 놀이에 몰두했다. 억지로 울음을 눈망울까지 끌어올린 다음, 터뜨리지 않고 거기 그대로 머물게 놔둔다. 그럼 아침에 눈꺼풀이 돌처럼 굳고, 햇볕에 탄 것처럼 아리고 쓰리다. 눈망울 가득한 울음은 언제든 눈물 되어 흐를 수 있으나, 마치 독방에 갇힌 죄수처럼, 눈꺼풀에 가로막혀 그대로 머문다. 바로 그때, 나는 내가 품고 있는 큼직한 고통을 실감하는 것이다. 그럼 또다른 울음이 끌어올려질 순서가 된 것이고, 그렇게 울음은 지속된다. 이 모든 것을 나는 삼키고, 장난삼아 다시 뱉어낸다. 그 순간 나의 미소, 남들이 보면 궁핍 속의 허세라 부를 그것은 감정 해소를 위해 근육을 움직이고자 하는, 그 무엇보다 강렬한 욕구의 표출일 뿐이다. 요컨대 짭새를 따돌리기 위해 정반대 감정에서 표정을 따올 수밖에 없는 어떤 감정의 비극성이랄까. 그것은 연적의 싸구려 장식을 가져와 스스로를 가장한다.

물론 통속적이고 거창한 사랑 하나면 이런 불행쯤 박살낼 수도 있을 것이나, 미뇽은 아직 선택된 존재가 아니다. 좀더 나중에, 한 명의 전사戰士가 등장할 터. 그리하여 디빈은 파탄 그 자체인 자신의 인생에서 약간의 휴지기를 갖게 될 것이다. 미뇽은 일개 사기꾼일 뿐(디빈은 그를 '사랑스러운 사기꾼'이라 부르지만), 나의 이야기를 지켜내기 위해 일 단 그는 그 정도에 머물러야 한다. 그 정도에서만 내가 그를 달가워할 수 있다. 나는 그를, 부닥치는 순간 나 자신을 산산조각내버릴 모든 연 인과 똑같다고 생각한다. "무관심으로 똘똘 뭉치게 내버려두자. 맹목적 인 무관심으로 돌처럼 굳어지게 내버려두자고."

디빈은 이 문장을 그대로 가져가 꽃피는 노트르담에게 적용할 것이 다.

이런 상황 전개에 디빈은 쓴웃음을 짓는다. 가브리엘이 직접 이야기 할 것이다. 그를 사랑하던 한 장교가 있었으니, 더이상 잘해줄 길이 없 자, 그를 벌하였노라고.

꽃피는 노트르담은 여기 범죄의 문을 통해 엄숙하게 입장한다. 어둡 지만 으리으리한 계단으로 통하는 숨은 문. 그 누가 됐든 숱한 살인자 들이 걸어올라간 것처럼, 노트르담은 계단을 오른다. 층계참에 이르렀 을 때 그의 나이는 열여섯. 문을 두드리고 기다린다. 결심이 섰으므로, 가슴이 뛴다. 그는 자신의 운명을 완수하고 있음을 안다. 그리고 그가 (노트르담은 누구보다 더 그 사실을 잘 알거나 아는 것처럼 보인다) 매 순간 운명을 완수하고 있다면, 이 살인이 피의 세례를 통해 자신을 꽃 피는 노트르담으로 만들어줄 것임을, 그는 신비스러운 순수감정으로 확인한다. 문 앞 또는 뒤에서 그는 마치 백장갑을 착용한 약혼자처럼 흥분한 상태…… 나무 문짝 너머 한 목소리가 묻는다.

"누구야?"

"나." 젊은이가 중얼댄다.

신뢰감으로 열린 문이 등뒤로 닫힌다.

심장이 좌측, 살인자의 무장한 손 바로 앞에 위치하고, 모가지는 두 손으로 감아쥐기에 안성맞춤이니, 죽이기는 쉬운 일이다. 노인의 시신, 그런 식으로 죽을 팔자인 수많은 노인 중 하나의 시신이 파란 카펫 위에 누워 있다. 노트르담이 그를 살해했다. 암살자. 그가 그 단어를 떠올린다기보다, 차라리 내가 그와 함께 온 세상 은방울꽃, 봄날의 꽃망울, 도자기 방울, 유리 방울, 물과 공기 방울들이 일제히 울어대는 그의 머릿속 타종소리를 듣고 있다. 그의 머리는 노래하는 잡목림. 그 자신, 검정 재킷에 오렌지꽃 달고 바이올린 앞세운 채, 4월의 움푹한 길 리본 장식 휘날리며 정신없이 내달리는 결혼 축하연이다. 새파랗게 젊은 그, 꽃 무더기 흐드러진 계곡과 계곡을 건너뛰어, 늙은이가 비상금 잔뜩 숨겨놓은 매트리스로 돌진하리라 다짐한다. 그는 매트리스를 뒤집고 또 뒤집는다. 칼로 쨌다. 속을 뽑아낸다. 하지만 아무것도 발견하지 못한다. 작심하고 죽인 사람의 돈만큼 찾아내기 어려운 것도 없으니.

"이놈 도대체 쩐을 어디다 감춘 거야?" 그가 소리친다.

그 단어들은 발음되었다기보다, 그저 목구멍에서 하나의 덩어리로 감지되자마자 냉큼 침 뱉어져나온 것이다. 가래 끓는 소리다.

그는 이 가구 저 가구 옮겨다닌다. 신경이 곤두선다. 가늘게 파인 홈마다 손톱으로 후비고 다닌다. 천으로 덧댄 부분은 모조리 찢어발긴다. 문득 냉정을 되찾고 싶어, 수색을 중단하고 숨을 고른다. (적막 속에서) 모든 의미를 상실한 사물들 가운데, 그 일상적 용도가 더이상 존재하지 않는 지금, 가구와 사물의 영혼으로 이루어진 괴물 같은 세계에 자신이 덩그러니 남겨진 것을 느낀다. 급격히 공황 상태에 빠져든다. 그는 고무풍선처럼 팽창한다. 거대해진다. 자기 자신은 물론 세상을 다 삼킬 만큼 부풀었다가, 순식간에 쪼그라든다. 이곳을 빠져나가고 싶다. 되도록 천천히. 살해당한 자의 시신이나 행방불명된 돈, 낭비한 시간, 낭비한 행위는 더이상 생각하지 않는다. 경찰이 여기 어딘가 잠복하고 있을 거다. 빨리 튀어야 함. 그의 팔꿈치가 서랍장 위에 놓인 꽃병을 친다. 꽃병이 추락하면서, 이천 프랑이 그의 발 앞으로 우아하게 쏟아진다.

그는 아무 걱정 없이 문을 열고, 층계참으로 나온다. 몸을 기울여, 적막 속에 가가호호로 이어진 계단통 깊숙이, 반짝이는 수정구를 바라본다. 그러고는 밤의 카펫을 밟고 밤의 공기 속으로, 영원한 공간의 적막인 바로 이 침묵을 가로질러, 영원 속을 한 계단 한 계단 걸어내려간다.

밖이다. 삶은 이제 구질구질하지 않다. 경쾌하게, 그는 알고 보니 갈보집인 작은 여관까지 달려가, 방을 하나 빌린다. 이제야 그를 진정시키기 위해 진정한 밤, 별들의 밤이 조심조심 다가오고 있다. 약간의 공포심이 속을 메스껍게 한다. 그간 수많은 사내가 내게 얘기하던 바로 그것, 살해당한 자에 대하여 살인자가 느끼는, 초보자로서의 신체적 거부감. 그대도 느끼지, 안 그래? 죽은 자는 가혹하다. 그대의 죽은 자는 그대 안에서, 그대의 피에 섞여들고, 그대 혈관 속을 흘러, 그대의 땀구멍으로 스며나온다. 그리하여 묘지의 꽃들이 시체에서 피어나듯, 그대 심장은 그를 통해 살아가니…… 그대의 죽은 자가 그대의 눈과 귀, 입을 통해 그대 밖으로 나온다.

꽃피는 노트르담은 송장을 게워내고 싶다. 이미 와버린 밤은 공포를 가져다주지 않는다. 방에서 창녀 냄새가 난다. 악취와 꽃향기가.

우린 말했다. "공포에서 벗어나려면, 공포 깊숙이 잠겨야 해."

살인자의 손이 저 혼자 발기한 음경을 더듬는다. 이불 위로 그걸 어루만지는데, 처음에는 새가 파닥거리듯 가볍고 부드럽게, 나중엔 와락 움켜잡아 강하게 그러쥔다. 마침내 용두질하고, 절정에 올라, 목 졸린 늙은이의 이빨 빠진 입안에 사정해버린다. 그는 곯아떨어진다.

살인자를 사랑한다는 것. 찢어진 책의 표지를 장식한 젊은 원주민 혼혈과 공모하여 벌이는 범행을 사랑한다는 깃. 내가 실인을 노래하고 싶은 건, 살인자들을 사랑하기 때문. 꾸밈없이 살인을 노래할 것. 예컨 대, 노래를 통해 속죄에 이르기를 바란다는 등 허세 떨지 않으면서― 사실은 엄청 바라지만―살인하고 싶은 것이다. 언젠가 얘기한 적이 있다, 이왕이면 늙은이보다 금발의 미소년을 죽이고 싶다. 그리하여 살해자와 피살자를 연결하는 (한쪽이 다른 쪽 덕분에 존재하므로) 언어 고리에 의해 이미 하나로 묶인 만큼, 처절하게 우울한 낮과 밤을 나는 유령의 성으로 떠돌아 근사한 유령의 방문을 받아보겠노라고. 그럼에 도 내가 예순의 죽은 남자나 늙든 젊든 여자의 시신을 분만하는 끔찍한 일만큼은 피해가기를. 일몰의 으리으리한 예식에 감탄하면서, 그동안 지겹도록 나의 살인 욕구를 은밀히 만족시켜왔거늘. 눈동자는 지긋지긋하게 노을에 물들어왔던 것이니. 이제는 손이 나설 차례. 그런데 살인이라는 것, 장, 너를 죽인다는 것. 그건 내 손에 죽어가는 너를 똑바로 바라보면서, 나 자신 어떻게 행동할지를 정확히 인지한다는 것 아니겠는가?

다른 누구보다 나는 필로르주를 생각하고 있다. 〈디텍티브 매거진〉

에서 오려낸 그의 얼굴은 그 자신의 죽음과 죽은 그의 젊음, 죽음에 대한 그의 의지와 그가 죽인 멕시코인 시신의 얼음장 같은 낯빛으로 벽을 어둡게 한다. 그는 서로를 상쇄하는 두 극단인 빛과 어둠의 격돌을 통해서만 표출될 수 있는 섬광을 벽에다 뿌린다. 밤이 그의 눈동자에서 나와 얼굴 전체로 퍼져나간다. 그의 얼굴은 폭풍우 치는 밤의 침엽수림을 닮았고, 가녀린 나무들, 벽의 균열과 울퉁불퉁한 물결 모양의 철책 담장을 따라, 내가 밤을 지새우던 공원들을 닮았다. 가녀린 나무들. 오, 필로르주여! 밤의 공원에서처럼 태양들이 돌고 도는 세상들 속에 외로운 너의 얼굴이여! 그리고 공원의 가녀린 나무들처럼 너의 얼굴 위에 어렴풋이 드리워진 슬픔. 너의 얼굴은 어둡다, 백주 대낮 웬 그림자 하나 너의 영혼에 드리워진 듯이. 그걸 너는 아주 가벼운 한기로 느꼈을 터, 새겼다기보다는 하나하나 그려진, 수천의 가볍고 섬세한 십자 문양 미세 주름이 네 얼굴 온통 베일로 뒤덮으니, '미세 망사'라 불리는 그 망사의 베일이 드리워질 때보다 더 미묘한 전율로 네 몸 전율케 하리.

이미 살인자는 내게 존경을 강요하고 있다. 희소한 체험을 거쳤을 뿐더러, 삐걱거리는 널판이든 푸른 허공이든 난데없는 제단을 밟고 올라 신으로 거듭나니 말이다. 물론 지금 나는 의식적인 살인자, 나아가 냉소적인 살인자를 말하고 있다. 그 어떤 서열의 권위에도 기대지 않고 오로지 자기 책임하에 죽음을 선사하는 자. 살인하는 군인에게 책임이 없듯, 정신병자와 질투하는 자, 용서받을 줄 알고서 살인하는 자에게는 책임이 없으니. 반면, 일컬어 버림받은 자, 자기만을 직시하는 자는 차마 우물을 들여다보지 못해 망설이다가, 어느 한순간 호기심 많은 탐구자, 우스꽝스러운 대담성을 발휘해, 두 발 모아 훌쩍 뛰어들었던 것. 실종자.

필로르주, 내 새끼, 내 친구, 나의 독주毒酒여, 너의 그 예쁘장하고 위선적인 머리통이 날아갔구나. 스무 살. 너는 스무 살이거나 스물두 살이었지. 나도 그만큼은 먹었다!…… 난 너의 명성이 탐난다. 멕시코 감방에서였다면, 넌 나를 골로 보내버렸을 테지. 몇 달간 독방생활에서 넌 나를 기억하며 그 목구멍과 코에서 끓어오른 물컹한 가래침을 부드러이 뱉어냈을 거다. 나는 단두대에 가뿐히 오를 것이다, 필로르주, 바이트만, 태양천사, 소클레도 그랬으니까. 행복한 인생을 숱하게 꿈꾸었다고 해서 내가 그 신세를 면하리라고는 전혀 생각하지 않는다. 나를 즐겁게 해줄 준비가 되어 있는 나의 정신은, 주문에 따라 영예롭거나 매혹적인 모험들을 제작해냈다. 이따금 머릿속에 떠올려보건대, 무엇보다 슬픈 건, 내겐 지난 영적 조화의 총체였음에도 불구하고 그 모든 창작의 대부분이 깨끗이 지워졌다는 사실이다. 심지어 그것들이 존재했는지조차 이젠 알지 못한다. 어쩌다 그런 삶들 중 하나를 꿈꿀 때는 그것이 마치 새로운 삶인 양 받아들이고, 나의 테마에 승선하여 나는 항해한다. 십 년 전 이미 그것에 승선했고, 망각의 바다 속으로 기진맥진 침몰했음을 기억하지 못한 채. 도대체 어떤 괴물들이 나의 심연에서 삶을 지속하는가? 그들의 분비물, 배설물, 그들의 잔해가 나의 표피에 모종의 미美와 추醜를 북돋아 피어나게 하는 것인지. 그들의 영향력, 그 멜로드라마의 매력이 느껴진다. 나의 정신이 계속해서 아름다운 망상들을 만들어내지만, 오늘에 이르도록 실체를 갖춘 것은 하나도 없다. 전혀. 단 한 번도. 이제 내가 몽상을 시도할라치면, 목은 바짝 타들어오고, 절망이 두 눈을 지지면서, 수치심이 고개를 떨어뜨려, 나의 몽상은 산산조각나버린다. 가능한 행복은 여전히 내게서 도망치고, 내가 그것을 꿈꾸었으므로 그것이 내게서 도망침을 나는 안다.

뒤이은 낙담으로 나는, 멀리 배가 보이자 구조되는 줄 알았다가 문득 자기 안경알에 어떤 흠집, 김이 서려 있음을―배의 돛인 줄 알았던 것―깨달은 조난자가 되고 만다.

하지만 내가 한 번도 꿈꾼 적 없는 일은 언제든 내게 일어날 수 있다. 불행을 꿈꾼 적이 없기에, 내가 앞으로 치러야 할 일은 거의 불행밖에 없는 셈이다. 이를테면 불행하게 죽는 일이 남았는데, 단두대가 아닌 전쟁터에서 명예롭게 전사하는 전쟁 영웅들을 내 그토록 꿈꾸었기 때문이다. 그러고 보니 남은 게 있긴 있다.

그걸 이루려면 어떻게 해야 할까? 별로 할일 없다.

꽃피는 노트르담은 내가 여태 말한 살인자들과 공통점이 전혀 없었다. 그는―이를테면―결백한 살인자였다. 필로르주 얘기로 다시 돌아가서, 그의 얼굴과 죽음은 언제나 내 주위를 맴돈다. 스무 살 때, 그는 푼돈 한번 훔치겠다고 애인인 에스쿠데로를 살해했다. 재판받는 자리에서 그는 재판부를 조롱했다. 사형집행인이 잠을 깨우자 이번에는 사형집행인을 비웃었다. 멕시코인의 뜨겁고 향긋한 피의 끈적한 정신에 잠이 깨자 대놓고 면전에서 비웃었을 것이다. 어머니의 그림자에 잠을 깨면, 어머니를 다정하게 경멸해주었을 터다. 이렇듯 노트르담은 가슴 속에, 그리고 그 희푸른 치아에, 눈동자를 휘둥그렇게 만들지언정 공포심조차 앗아가지 못할 미소를 담은 채, 필로르주를 향한 나의 사랑으로부터 태어났다.

하루는 미뇽이 거리를 어슬렁거리다가 사십대 나이의 어떤 여자와 마주쳤는데, 이 여자가 느닷없이 그를 미치도록 사랑하게 되었다. 나로 말하자면, 이 여자가 통통하고 불그스레한 자기 얼굴을 하얀 분으로 떡 칠하는 꼴을 두고 볼 만큼, 내 애인들에 홀딱 반한 여자들을 증오하는 입장이다. 하여 그 자욱한 분가루가 사람을 발그레한 모슬린 천 뒤집어 쓴 반투명 전등갓처럼 보이게 만드는데, 덕분에 그녀는 친근하면서도 사치스러운, 공들인 매력의 소유자로 화한다.

길을 지나면서 미뇽은 담배를 피우고 있었고, 때마침 옴팡지게 입 벌린 여인의 영혼, 정숙함을 가장하여 던져진 낚싯바늘 냉큼 물어버리는 야무진 틈바귀와 맞닥뜨렸다. 만에 하나 터진 구멍이 느슨하거나 그 보드라운 속살이 너덜거리는 날엔, 그댄 끝장이다. 미뇽은 담배를 검지와 중지의 첫째 마디에 끼우는 대신, 나무 아래 또는 밤을 마주한 사내들과 소년들이 오줌을 누기 위해 고추를 붙잡는 식으로, 손가락을 동그랗게 모아 엄지와 검지로 꼬집듯 집었다. 여자는 (디빈과 함께 그녀 이야기를 할 때, 그는 '갈보'라는 표현을, 디빈은 '그 여자'라는 표현을 썼다) 이런 자세의 미덕은 물론, 그 세세한 부분을 포함해 자세 자체가 무슨 의미를 갖는지 이해하지 못했다. 그럴수록 매혹의 힘은 더더욱 신속하게 그녀를 휘어잡았고. 왜인지는 모르지만 그녀는 알고 있었다, 미뇽이 불한당임을. 그녀에게 불한당이란 무엇보다 불알 당당한 수컷이기 때문. 그녀는 홀딱 반한 상태지만, 때가 너무 늦었다. 그 투실투실한 몸집과 물러터진 여성성으로는 단단한 음경과의 긴박한 접촉에 익숙해진 미뇽을 감동시킬 수 없었던 것이다. 여자가 곁에 있을 때 그는 마냥 덤덤할 뿐이었다. 음습한 구렁 앞에서 그는 질겁했다. 그럼에도 거부감을 이겨내기 위해 애썼고, 어떻게든 이 여자에게 정을 붙여 돈이라도 좀 챙겨볼까 싶어 노력했다. 그는 정중한 남자처럼 보이려 무진 애를 썼다. 그러나 더는 어찌할 수 없는 시점이 왔고, 자기가 좋아하는 대상은—조금 이른 시기였다면 소년이라 했겠지만, 지금은 남자라고 말하는 게 맞다. 왜냐면 디빈은 남자니까—남자임을 털어놓았다. 마나님은 펄쩍 뛰더니 보갈이라는 단어를 입에 올렸다. 미뇽은 그녀의 따귀를 갈긴 다음 떠났다.

하지만 그는, 디빈이 비프스테이크인 상황에서, 디저트가 사라지는 것을 원치 않았다. 그래서 하루는 그녀가 매일 베르사유에서 오다가 내리는 생라자르역에 가서 기다렸다.

생라자르역은 영화배우들의 기차역이었다.

꽃피는 노트르담은 터무니없이 마른 몸매에 젊은 스타일의 가볍고 헐렁한, 요컨대 범행을 저지른 날 입었고 자신이 사망할 날에도 입을 바로 그 유령 같은 느낌의 회색 플란넬 의상을 걸치고서 르아브르행 티켓을 끊으러 나와 있었다. 그는 개찰구로 들어가면서 지폐 스무 장이 빼곡하게 들어찬 지갑을 흘렸다. 지갑이 빠져나간다고 느낀 순간 후딱 뒤를 돌아보았는데, 그걸 집어드는 미뇽이 눈에 들어왔다. 침착하게, 그리고 필연적으로 미뇽은 지갑을 꼼꼼히 들여다보았다. 진짜 도둑이긴 했으나 타고난 포즈가 그다지 자연스럽지만은 않았기에, 그는 시카고나 마르세유의 양아치 흉내를 내는 것이었다. 이런 단순한 언급은 불량배에게 꿈이 얼마나 중요한가를 예감케 해주지만, 내가 정작 말하고 싶은 것은 영웅심에서 오는 고귀함 따위와는 무관한, 그저 그런 건달들만 내 주위에 득실거릴 거라는 얘기다. 내가 사랑한 자들은 그대가 아주 질 나쁜 깡패라 부를 만한 자들이리라.

미뇽은 지폐를 셌다. 거기서 열 장을 떼어내 자기 호주머니 속에 챙겼고, 나머지는 멍하니 바라보는 노트르담에게 내밀었다. 둘은 친구가 되었다.

대화는 그대 마음대로 상상하시라. 그대가 좋아할 만한 주제를 고르시라. 다만 그들이 동족의식을 느낀다거나, 첫눈에 서로를 사랑한다거나, 범인의 눈엔 보이지 않지만 반박 불가한 표징에 따라 미뇽이 스스로 도둑임을 드러낸다는 사실만큼은 받아들이시라…… 가장 허무맹랑하게 있을 법하지 않은 일들을 떠올려보시라. 서로 은어를 통해 접근함으로써 각자의 내밀한 존재가 혼절케 하시라. 느닷없는 포옹으로 또는 우애의 입맞춤으로 그들을 한데 엮어보시라. 뭐든 그대 좋을 대로 해보시라.

미뇽은 그 돈을 발견해서 행복했다. 그럼에도 적절함과는 완전히 동떨어지게, 이까지 앙다문 채 말하지 않을 수 없었다. "멍텅구리는 아니군." 노트르담은 부글부글 끓었다. 그러나 어쩌겠는가? 그 자신, 피갈-블랑슈 구역에서 잔뼈가 굵어, 진짜배기 기둥서방을 면전에 두고 지나친 허세를 부리면 안 된다는 걸 모르지 않았다. 미뇽에겐 포주의 인상이 워낙 두드러졌다. '일단 조심해야 한다'고 노트르담은 직감했다. 어쨌든 그는 지갑을 분실했고, 그 지갑을 미뇽이 발견한 셈이다. 그다음은 이렇다. 미뇽은 꽃피는 노트르담을 양복점과 구두점, 모잣가게로 이끌었다. 그리고 두 사람 모두를 대단한 매력과 힘을 지닌 남자로 만들어줄 온갖 잡동사니를 주문했다. 스웨이드 벨트, 펠트 중절모, 체크 넥타이 등. 그러고는 바그람가도의 호텔에 체크인했다! 바그람이라니, 권투 선수들이 싸워 이긴 격전의 무대로다!*

그들은 아무것도 하는 것 없이 시간을 보냈다. 샹젤리제대로를 오르내리면서 친밀감이 서로를 뒤섞도록 내버려두었다. 그들은 여자들 다리에 대해 이러쿵저러쿵 얘기했는데, 딱히 재치 있는 자들이 아니기에 말의 내용에는 별다른 묘미가 없었다. 뾰족한 가시 끝이 감정을 긁어 찢는 일 없이, 지극히 자연스럽게 시의 정체된 바닥을 이리저리 미끄러졌다. 그들은 재수가 좋아 금전을 손에 쥐는 철없는 불량배일 뿐, 근사하게 영어를 뇌까리며 달러라는 단어를 중얼대는 미국 건달을 구경하는 만큼이나 그들에게 돈을 내어주는 일이 내겐 즐거움이었다. 지친 몸을 이끌고 호텔로 돌아오면 로비에 있는 큼직한 가죽 안락의자에 털썩 앉아 장시간을 보내곤 했다. 그곳에서도 역시 친밀감의 연금술은 작동하고 있었다. 웅장한 대리석 계단이 레드카펫을 덮은 복도로 걸음을 안내했다. 사람들은 그걸 밟으며 말없이 걷고 있었다. 마들렌성당 대미사 때 오르간 연주가 멈춘 다음 카펫 위를 걸어다니는 사제들의 모습을 지켜보면서 미농은 저 장님과 벙어리의 신비, 으리으리한 호텔에서 느끼는 카펫 위의 발걸음이 새삼 불편하게 다가왔다. 이끼 위를 천천히 걸으며 그는 불량한 말투로 중얼댄다. "뭔가 대단한 게 있는 것 같군." 마호가니와 대리석이 촛불을 켜고 끄는 대형 호텔 복도 끝에서도 미사가 거행되고 있는 걸 보면 말이다. 혼례와 장례가 뒤섞인 의식이 한 해를 가로지르며 비밀리에 펼쳐지고 있다. 사람들은 그곳을 그림자처럼 이동한다. 이는 곧 황홀한 내 도둑의 영혼이 트랜스 상태로 진입할 기

---

* 바그람가도에는 20세기 초 프랑스의 유명한 복싱 경기들이 개최된 바그람 홀이 있다.

회를 결코 놓칠 리 없다는 뜻일까? 인간의 신발 밑창은 바닥에 붙어 있는데, 우리만 발끝으로 날아다니는 기분이란! 이곳에서도, 프렌교도소에서처럼, 꼬리를 물고 길게 이어지는 향긋한 복도들은 정교하고 수학적인 내벽의 완강함에도 불구하고, 내가 선망하는 저 호텔 털이범의 영혼을 되찾게 해준다.

상류층 고객들이 눈앞에서 지나다니고 있었다. 그들은 모피 외투와 장갑, 모자를 벗고 포트와인을 마시면서 크레이븐과 아바나*를 피워댔다. 벨보이가 분주하게 움직였다. 둘은 마치 자신들이 영화 속 등장인물인 것처럼 느꼈다. 몽상 속에 동작을 섞어가며, 미뇽과 꽃피는 노트르담은 형제애와도 같은 우정을 조용히 짜 나아가고 있었다. 그런 그들을 더 잘 짝지어주지 않기란 내게 얼마나 어려운 일인가. 미뇽으로 하여금, 햇살 머금은 기둥처럼 따스하게 반짝이는 육중하고도 미끈하게 빠진 자지를 새파랗게 젊은 살인자의 O 자로 벌린 구강을 향해, 무의식과 순결의 반동을 가미한 대찬 허리 동작으로, 희열을 갈망하며, 깊숙이 쑤셔박게 만들지 않기란 얼마나 어려운가 말이다. 정액은 목구멍을 범람하고, 감사의 마음에 겨운 그는 생각한다. '오, 미뇽, 이 모두가 다 너이기에 가능해.'

그럴 수도 있겠으나, 그렇게는 되지 않으리라. 미뇽과 노트르담. 내아무리 엄밀하게 그려간다 해도 그 둘의 운명이란, 가능했을 수도 있으나 나로 인해 성사되지 못할 일로 인하여—아주 희미하게—끊임없는 고통에 처할 것이다.

---

* 각각 미국산 담배와 쿠바산 시가.

하루는 노트르담이 사람 죽인 일을 아주 태연하게 털어놓았다. 그러자 미뇽은 디빈의 존재를 털어놓았다. 노트르담은 자신이 실은 꽃피는 노트르담이라 불리고 있음을 밝혔다. 두 사람 다 서로에 대한 신망 속에 가로놓인 덫을 아무 흠집 없이 벗어나려면 보기 드문 유연성을 발휘해야만 했다. 이런 경우, 미뇽의 섬세함은 더없는 매력을 발산했다.

꽃피는 노트르담은 소파에 누워 있었다. 발치에 앉은 미뇽이 사연을 털어놓는 그를 쳐다보고 있었다. 살인에 관한 이야기. 미뇽은 우중충한 무언극의 무대가 되어버렸다. 공모의 우려와 치기어린 우정, 밀고의 욕망과 취향이 거기서 서로 맞섰다. 아직 별명을 공개하는 일이 남아 있었다. 결국에는 그 단계로 점점 다가갔다. 수수께끼 같은 이름이 입에서 새어나오는 동안, 살인자의 대단한 미모가 뒤틀리는 것을, 그 나른한 얼굴에 똬리 튼 대리석 뱀 무더기가 흉포하게 꿈틀거리는 걸 지켜보기란 얼마나 괴롭고 불안한 일인지, 미뇽은 그런 고백의 엄중함을 깊이 실감했고, 이러다가 노트르담이 끈적거리는 좆물덩어리들을 토해내는 게 아닐까 궁금했다. 그는 두 손 사이에 어린아이의 대롱거리는 손 하나를 쥐었다.

"……근데 말이야, 사내 녀석들은 나를 다른 식으로 불렀거든……"

미뇽은 손을 그대로 잡은 채, 눈빛으로 고백을 유도해내고 있었다.

"나온다, 나온다."

작업이 진행되는 내내, 그의 눈은 친구의 눈을 떠나지 않았다. 처음부터 끝까지, 그는 입가에 흔들림 없는 미소를 띠고 있었다. 표정과 숨결의 아주 미세한 변화만으로도 무너져버릴, 아주 작은 것에도 동요될 만한 감정 상태에 있었기 때문…… 자칫 꽃피는 노트르담을 박살냈을

지도 모르는 상황이었다.

방안에 이름이 울리자 당황한 살인자는 자신의 몸을 활짝 열었고, 그 안쓰러운 살점들에서 마치 후광처럼 솟아난 제단에는, 빛과 육신의 여인이 장미꽃에 에워싸여 누워 있었다.

제단은 치욕의 뻘밭 위를 일렁이다가 그 속으로 가라앉았다. 살인자. 미뇽은 그를 자기 쪽으로 끌어당겼고, 좀더 잘 끌어안기 위하여 약간 실랑이를 벌였다. 눈을 감자마자 나의 꿈이 내 의지에 복종해준다면, 그 두 사람을 여러 다른 체위로도 꿈꾸어볼 수 있을 텐데. 하지만 낮엔 늘 재판 문제로 골머리를 앓고, 밤엔 잠의 전조 현상들이 나를 에워싼 환경을 발가벗겨 그 속의 사물과 에피소드를 파괴하는 가운데, 정작 나 자신은 어느 저녁 폭풍우 몰아치는 황량한 들판을 헤맬 때만큼이나 외로운 몸을 이끌고 잠의 경계를 배회할 따름이다. 미뇽, 디빈, 노트르담은 오로지 나를 통한 그들 생존의 위안과 더불어 전속력으로 내게서 도망쳐나간다. 도망치는 것만으로는 만족하지 못해, 나의 꿈, 아니 내 잠의 끔찍한 부실함 속으로 궤멸하고, 해체되어, 그 스스로 내 잠이 되어간다. 그들은 내 잠의 질료 속으로 녹아들어 잠을 구성한다. 나는 침묵으로 구조를 요청하고, 나는 물풀보다 나른한 내 영혼의 두 팔 흔들어 신호를 보낸다. 땅에 단단히 발붙인 친구의 호의를 바라서라기보다는, 완강한 형상이 나로 하여금 그 영원성을 믿게 만드는 애정의 어떤 결정체를 향해서.

나는 소리친다. "나를 붙잡아! 나를 단단히 붙잡으라고!" 나는 독방들의 밤, 저주받은 정신들의 밤을 가로지르고, 심연의 구렁과 교도관들의 입을 파고들어, 판사들의 가슴팍을 관통하고자 하는, 그리하여 감방이 뿜어대는 병든 공기가 만들어낸 거대한 악어로 하여금 나를 아주 서서히, 서서히 집어삼키게 할 악몽을 향해 돌진한다.

그건 판결에 대한 두려움.

법의 정의와 나의 운명이 내 불쌍한 어깨를 무지막지하게 내리누른다.

이미 얼마나 많은 형사들, 말 그대로 밤낮없이 삥이치는 경찰관들이 내가 제출한 수수께끼를 풀어내려고 악착같이 매달렸던가? 나는 사건이 그만 종결된 것으로 알고 있었다. 그러나 내가 모르는 사이 나를 물고늘어지는 그들, 주네의 행적이 남긴 발광성 궤적을 따라 소위 주네 케이스를 파고들면서, 그들은 꾸준하게도 어둠 속의 나를 추적해왔던 거다.

내가 에고이즘적 자위행위를 종교적 의식의 경지로 격상시킨 것은 잘한 일이다! 내가 동작을 개시하기만 하면, 추잡하고 초자연적인 전환에 따라 진실이 변위한다. 내 안의 일체가 찬미자로 변한다. 내 욕망의 장식물들이 가진 외적 비전이 나를 이 세상으로부터 멀리 떼어놓는다.

고독한 자의 쾌락, 고독의 동작은 너 자신만으로 자족하게 한다. 네가 내밀하게 소유한 타인들은 의식하지도 못하는 사이 너의 쾌락에 봉사하고, 쾌락은 깨어 있는 너의 사소한 동작에까지 모든 이를 향한 고도의 무관심을, 어느 날 사내 녀석과 동침하여 화강암 타일 바닥에 마빡이라도 박은 것 같은 어색한 분위기를 부여할 것이다.

내 손가락들에 날개를 달아주기까지는 오랜 시간이 필요하리라! 한 십 년쯤. 나의 착한, 다정한 친구여, 나의 감방이여! 나만의 독방이여, 나 너를 이토록 사랑하네! 다른 도시에서 자유로이 살아야 한다면, 그래도 나는 감옥을 찾아갈 거야. 가서 내 타입들, 나와 같은 부류의 공간을 찾아, 결국엔 너와 재회하겠지.

어제, 예심판사가 나를 호출했다. 상테교도소에서 법원까지 가는 동안, 덜컹거리는 독방식 죄수 호송차의 역겨운 악취 때문에 나는 속이 뒤집혔다. 그런 상태로, 침대 시트처럼 얼굴색이 새하얀 판사 앞에 출두한 거다.

그의 집무실에 들어서자, 비밀스러운 먼지투성이 범죄 파일들이 만개함에도 불구하고 디빈 역시 녹격했넌 빠개신 바이올린 때문인지 횡량한 기운이 나를 휘어잡았다. 그리고 바로 이 그리스도로 인하여 나는 연민의 정에 마음이 활짝 열렸다. 이자의 존재, 내 희생자가 나를 용서하러 오는 꿈으로 인하여. 실제로 판사는 훈훈한 미소를 짓고 있었다. 나는 내 꿈속 희생자의 미소를 알아보았고 그 희생자가, 어쩌면 고의로 예심판사와 혼동한 재판장이자 예심판사임이 분명함을 나는 기억해냈으며 다시금 깨달았다. 그에게서 용서받았음을 자각한 뒤, 논리로 얻어낸 확신이 아닌 평화에 대한 열망, 남자들의 삶으로 회귀하고자 하는 갈망을 통해 얻어낸 신념 속에서(질서에 이바지하여 인간 가운데 자기 자리를 되찾음과 동시에 작정하고 비열해짐으로써 인간에게서 멀어지도록, 미뇽을 부추겨 경찰을 돕게 만드는 이 갈망), 모든 것이 용서를 통해 망각되고 마비됨을 확신한다고 나는 자백했다.

서기가 진술을 기록했고, 내가 서명했다.

내 변호사는 깜짝 놀라, 어쩔 줄 모르고 있었다. 대체 내가 무얼 어쨌기에? 누가 나를 속였지? 천국? 신의 거처이자 궁궐인 천국.

나는 법원 구치소의 차갑고 어두운 감방을 향해 복잡한 지하 통로들을 되짚는다. 미로를 파고드는 아리아드네. 펄펄 살아 숨쉬는 세상, 제일 성성한 육체를 가진 인간들이 대리석으로 서 있다. 내가 지나는 통로에 나는 황폐를 파종한다. 죽은 눈빛으로 나는 도시들과 돌처럼 굳어버린 주민들을 더듬는다. 그러나 출구는 없다. 자백을 번복하기, 그것을 취소하고, 그것을 짜나간 시간의 실을 잡아당겨, 스스로를 풀어헤치고 파괴하도록 만들기란 불가능하다. 도망칠까? 말도 안 돼! 미로는 판사들의 판결문보다 훨씬 더 배배 꼬여 있다. 나를 끌고 가는 교도관은? 내 손목에 수갑을 채운 구릿빛 혈색의 덩치 큰 사내? 이자를 유혹할 계획을 재빨리 떠올려본다. 그 앞에 무릎을 꿇고, 먼저 허벅지에 이마를 기댄다. 그 푸른 바지 앞섶을 정성스레 더듬어 개방한다…… 미쳤어! 내가 완전히 맛이 갔군. 나는 왜 일찌감치 약국에서 스트리크닌을 몰래 훔쳐 나오지 않았는고? 가지고 있다가 수색당할 때만 숨기면 됐을 텐데. 언젠가, 공상의 나라—유일하게 거주할 만한 곳, "인간사 그토록 하찮아, 스스로 자존하지 않고서는 부재하는 것만이 아름답구나"(포프)*—가 너무 지겨우면 나는 행위를 장식하는 쓸데없는 짓거리 없이 대뜸 독을 취하리. 친구들이여, 작별할 준비로 무르익은 나를 보라.

이따금 어떤 표현들의 미처 알아채지 못한 의미를 불현듯 깨달을 때가 있다. 그럼 우리는 그 표현들을 체험하고 그것들을 중얼거린다. 예컨대 "내 발밑에서 땅이 꺼지는 기분이야"라는 표현을 보자. 이건 실제로 체험하지 않고도 내가 수도 없이 읽고 말한 문장이다. 그럼에도 잠에서 깨어나 내가 검거되었던 바로 그 순간의 기억이 되살아날 때(간

---

* 18세기 영국 시인 알렉산더 포프. 인용한 시구는 포프가 쓴 것이 아니며, 주네의 착각으로 보인다.

밤의 악몽, 그 잔해), 불과 몇 초의 시간이 흐르는 동안 해당 문장을 되뇌는 것만으로도 나는 그 표현을 낳은 몽환적인 감각에 휘둘리거나, 밤에 낭떠러지로 추락할 때처럼 밑이 훅 꺼지는 느낌에 얼마든지 사로잡힐 수가 있는 것이다. 지난밤, 나는 그렇게 추락했다. 어떤 자비로운 팔도 나를 붙잡아주려고 뻗어나오지 않을 것 같다. 대신 몇몇 바위들은 어쩌면 돌의 손을 내밀어줄지도 모른다. 하지만 그걸 붙잡기에는 내가 너무 멀다. 그리하여 나는 다시금 추락하고 있었으니. 최후의 충격을 늦추기 위하여—나 자신이 추락하는 느낌은 바로 그 추락하는 동안의 희열에 버금가는 절대적 절망의 도취감을 불러일으키므로. 또한 그것은 잠 깨어나기를 두려워하는, 심연의 바다에 곤두박질치는 충격을 늦추고 자살이나 강제노동을 앞둔 감방에서 황망하게 잠 깨는 일을 지연하고자, 존재하는 사물들로의 회귀를 거북해하는 취기이기에—나는 파국들을 축적하였거니와, 낭떠러지의 수직성을 따라 일련의 불상사들을 촉발하였고, 나의 도착점에 대한 무지막지한 제동 요소들을 소환하였던 것이다. 그리고 바로 다음날, 좀처럼 흩어지지 않는 꿈의 영향 하에 나는 그 모든 무거움을 조각조각 쌓아올렸고, 그것들이 나의 최종 기일을 뒤로 미루어주리라 어지러이 희망하였다. 나는 천천히 가라앉고 있었다.

하지만 내 방 426호로 돌아오자, 내 작업의 달콤함이 나를 들뜨게 한다. 앞뒤로 덩실거리는 것처럼 느껴지는 허리에 두 손을 얹고 처음 몇 걸음을 떼면서부터 나는 뒤에 붙어 걷는 미뇽이 나를 막 관통하는 것만 같다. 이만 프랑이라는 돈이 영원하진 않을 테니 결국엔 떠나야 할 저 팔라스호텔의 푸근한 안락 속으로 돌아와 있는 거다.

호텔에 체류하는 동안, 미뇽은 다락방에 발을 들인 적이 없었다. 그는 디빈을 소식 하나 없이 방치했고, 우리의 애인은 불안에 시달리며 죽어가고 있었다. 노트르담과 그에게 돈이 떨어졌을 때, 이제 돌아갈 때가 되었다고 생각했다. 둘 다 가짜 임금 같은 복장을 한 채, 그들은 차에서 훔친 담요들로 바닥에 살인자를 위한 잠자리를 마련해둔 다락방으로 돌아왔다. 거기, 디빈과 미뇽 바로 가까이에서 살인자는 잠을 청했다. 그들이 함께 들어오는 것을 보고, 디빈은 자신이 이미 잊혀 대체된 존재가 되었음을 느꼈다. 아무것도 아닌 사람. 우리는 두 녀석을 서로 맺어주고 있는 근친상간의 유형을 조만간 살펴볼 것이다.

디빈은 자기 남자를 포함한 두 남자를 위해 열심히 일했다.

지금까지 그녀는 자기보다 아주 조금 연상이고, 좀더 근육이 있는 힘센 남자만 사랑했었다. 그런데 정신적으로 육체적으로 꽃의 특성을 갖춘 꽃피는 노트르담이 나타난 것이다. 그야말로 홀딱 반해버렸다. 어떤 힘에 가까운 새로운 감정이 디빈의 내부에서 (식물이 발아하듯) 솟아올랐다. 남성화되는 느낌이랄까. 광적인 희망이 복받쳐 사람을 강하고 당당하고 활기차게 만들었다. 몸의 근육이 자라는 느낌이었고, 미켈란젤로가 노예를 조각한 바윗덩어리로부터 스스로 솟아나는 기분이었다. 팽팽한 긴장 속에 근육 하나 움직이지 않고서, 라오콘이 괴물뱀을 움켜쥐고 비틀어대듯 자기 안에서 몸부림쳤다. 그러더니 더욱 대담하게 맨주먹으로 권투를 하겠다고 나서는가 하면, 이내 대로변에서 실컷 두들겨맞는 것이었다. 그도 그럴 것이 자기가 취할 동작을 결정할 때, 전투 효과를 따지기보다는 맵시 있는 불량배처럼 보이게끔 그럴싸하게 겉멋 다듬는 데 더 열심이었으니. 동작을 취하면서, 이를테면 벨트라인을 추어올려 방어 자세를 취할 경우, 승리하는 것을 포함해 모든 걸 희생해서라도 권투 선수 디빈보다는 인기 만점의 어떤 복서, 아니 근사한 복서들 여럿을 합친 존재로 보여야만 하는 것이었다. 그녀가 애써 추구한 것은 수컷 같은 동작들일 뿐, 진정 수컷의 동작은 드물었다. 그녀는 휘파람을 불었고, 두 손을 호주머니에 찔러넣었다. 이런 흉내가 어찌나 어색한지, 단 하룻저녁에 네다섯 명을 뭉뚱그려 연기하는 것 같았고, 결국엔 다중인격의 풍부함에 도달했다. 계집에서 사내로 옮겨갈 때마다 그 전환은—워낙 생소한 태도라—얼토당토않은 실수투성이. 남자아이를 깽깽이 뜀박질로 뒤쫓기도 했다. 그녀는 언제나 정신 산만한 덜렁이처럼 구는 것으로 시작했는데, 살인자를 유혹하려면 남성적인 씩씩한 모습을 보여야 함을 갑작스레 떠올리고는, 익살스러운 제스처로 동작을 마무리했다. 이런 이중의 양식을 통해 그녀는 기이한 분위기를 뒤집어썼고, 자신을 평상복 차림의 소심한 어릿광대, 독기 품은 광녀로 만들어갔다. 마침내 암컷에서 강인한 수컷으로 변신의 대미를 장식하는 뜻에서 남자 대 남자의 우정을 구상했는데, 이는 인상이 결코 모호하다고 할 수 없는 완벽한 기둥서방 타입의 어떤 사내에게로 그녀를 이끌 참이었다. 보다 확실하게 일을 처리하기 위해 그녀는 마르케티라는 인물을 설정했다. 그자에게 어울리는 육체를 고르는 건 쉬운 일이었다. 외로운 계집의 은밀한 상상력, 그 모든 밤의 망상 속에는 이미 각종 허벅지와 팔뚝, 상반신과 얼굴, 머리 모양, 치아, 목덜미, 무릎의 표본이 구비되어 있었으며, 그것들을 이리저리 조합해 영혼을 바쳐도 좋을—어떤 조합이 구현되든 그를 위해 바칠 늘 한결같은 영혼, 그녀 스스로 꼭 가져보고 싶었던 바로 그 영혼—살아 숨쉬는 남자를 만들어낼 능력 또한 그녀는 확보하고 있었으니 말이다. 일단 설정이 끝나자, 마르케티는 그녀 곁에서 몇몇 모험을 비밀리에 겪어냈다. 그리고 어느 밤, 그녀는 마르케티에게 털어놓았다. 이제 자신은 꽃피는 노트르담이 지겨우니, 그자를 넘겨주겠노라고. 남자다운 악수로 합의가 이루어졌고, 꿈은 다음과 같이 진행되었다. 마르케티가 호주머니에 손을 찔러넣은 채 허름한 방으로 왕림하신다.

"안녕, 꼬마." 그가 디빈에게 말을 건넨다.

그는 자리에 앉고, 사내들끼리 대화가 시작된다. 일 얘기다. 노트르담이 돌아온다. 마르케티와 악수를 나눈다. 상대가 꼭 계집애처럼 생겼다며 마르케티가 농을 던진다. 나로 말하자면 (디빈은 속으로 중얼거리고 있다) 그냥 못 본 체하고 있다. 분명히 말하지만, 노트르담은 지금 내 덕에 마르케티와 즉석에서 떡 한번 쳐보려고 한다. (마르케티의 성이 너무 멋져서 따로 이름을 물어볼 생각이 나지 않는다.) 나는 삼 분 간 방 정리에 몰두한다. 그들을 등지고 있을 수 있게 내 위치를 잡는다. 슬쩍 뒤돌아본다. 둘이서 가볍게 입을 맞추고 있다. 마르케티는 이미 바지 앞섶을 개방했다. 사랑이 시작된다. 나는 둘 다 거의 벌거숭이가 될 때까지 내버려둔다. 수사슴들처럼 흥분하고 있다. (디빈은 아래턱과 그 턱살 사이로 혀를 들이민 채, 이들이 수사슴보다 더 잘 발기한다고 생각한다.) 노트르담의 배 위에 엎어진 마르케티는 자신의 육봉을 들이밀고는 깊이 쑤셔박는다. 내가 접근한다. 나 역시 발딱 선다. 나는 바지 앞섶을 연다. 내가 손으로 무엇을 어루만지고 있는지는 나도 모른다. 아마도 마르케티의 허벅지일 것이다. 드디어 내 머리가 가까이 다가간다. 나의 혀가 마르케티의 음경의 뿌리, 나머지 전체를 꽃피는 노트르담의 몸속에 처박은 채 털에 수북이 덮여 부르르 떨고 있는 그 밑동에 가닿는다. 나의 혀는 음경과 항문 주변을 핥고 있다. 나는 결합을 축복하는 중이다. 언제나 나를 초조하게 만들고 또한 감탄하게 하는 이 기적을 찬양하는 거다. 둘이 하나되는 정확한 교점과 순간을.

미뇽은 넋 나간 표정으로 디빈을 바라보았다. 노트르담은 자신이 유발하는 그런 짓에 대해 아무것도 알아채지 못하고 있었다. 다락방에 단둘이 있던 어느 날 디빈은 결국 노트르담을 비역하기로 결심했고, 그는 기꺼이 모든 장난에 응해왔을 뿐이나. 그도 그럴 깃이, 분명히 말히지만, 꽃피는 노트르담은 너그러운 친구니까. 너그럽다는 건, 다시 말해 장난에 관대하다는 뜻이니까. 그들은 서로 부둥켜안았는데, 이미 입을 맞추면서부터 좀더 열정적이고 더 힘있는 노트르담이 부르르 떠는 혀로 디빈의 입을 파고들었다. 그의 혀가 상대의 입술과 이빨을 열어젖히면서, 당당하게 안으로 진입했다. 결정적인 행동으로 넘어가고 싶어진 디빈은 노트르담의 바지 단추를 풀어헤치고 바닥에 눕힌 뒤, 옷 밖으로 튀어나온 그의 육봉을 흔들어대며 몸 위에 걸터앉았다. 이제 탄력 있는 그 음경을 대차게 한번 꿰어볼 참인데—즐거움에 늘 미소 짓는 그—아랫배에 딱 달라붙은 청년의 통통하고 단단한 자지를 보자 수컷에게 몸 바치는 희열, 그 익숙한 현기증이 복받쳐오른다. 그녀는 노트르담의 음경을 두 손 가득 그러쥐고 자신의 몸안으로 미끄러지도록 삽입했다. 발갛게 달아오른 얼굴로 한결같은 미소를 지으며—그럴 때 얼굴을 보면, 타오르는 덤불의 신*이 빙의라도 한 것 같은데—미뇽이 디빈에게

---

* '불붙은 떨기(le buisson ardent)'. 「출애굽기」 3장 1~6절 참조.

그토록 자주 했다는 얘기를, 이번에는 노트르담이 상체를 꼿꼿이 세운 채 말했다. "애기야, 너를 내줘. 너 자체를 내줘야 하는 거야." 디빈은 무서운 반동으로 들썩이는 그의 둔부를 바짝 끌어당겨 밀착했다. 급기야 그가 절정에 도달했다. 디빈이 굴복한 거다. 그녀의 허벅지에 느껴지는 정액의 온기는 꽃피는 노트르담의 것. 행복이라는 거창한 상처로 피 흘리며 가쁜 숨 몰아쉬다 굴복한 것인 만큼, 본의 아니게 간발의 차로 굴복한 것이었다. 요컨대, 그녀는 자기 영혼을 다시금 추스르고 있었다. 그대는 그걸 알고 있었나? 새파란 청년을 오래오래 소중히 사랑하다가, 더이상 그런 영웅적인 행위를 할 수 없게 되자, 내가 놓아버리는 거다. 근육과 정신이 축 늘어진다. 말 그대로, 나는 비틀거린다. 급기야 나는, 나를 고문하고 나를 꺾어 누르는 근육들을 미친듯이 흠모한다. 죽음처럼 드높은 비극의 절정에서 지나치게 오랜 시간을 흘려보낸 뒤의 흐느낌이 그러하듯, 그런 군림에는 나를 진정시키는 힘이 있다.

노트르담이 일어나 수건으로 몸을 닦는 동안, 디빈은 창피를 무릅쓰고 속옷 자락 걷어붙인 채, 떡하니 버티고 선 그를 경탄의 눈으로 빤히 바라보며 자신을 용두질하고 있었다. 디빈은 그와 같이 당당해본 적도 없고, 그처럼 원기 왕성한 모습을 보인 적도 없었다. 요컨대 디빈은 남성화되어본 적이 없었다. 그녀는 늙어버렸다. 지금 한 청년으로 인해 그녀는 마냥 흔들리고 있었다. 스스로 늙었다는 기분이 들고, 그런 확신은 박쥐의 날개들로 엮은 장식용 벽걸이처럼 그녀의 내부에서 펼쳐졌다. 그날 저녁, 다락방에서 혼자 벌거벗은 채 그녀는 털 하나 없이 매끈하면서도 깡마른, 군데군데 뼈마디가 튀어나온 자신의 하얀 몸을 새로운 눈으로 들여다보았다. 그녀는 자기 몸이 창피해, 서둘러 불을 껐다. 그것은 18세기 십자고상에 등장하는 예수의 상앗빛 몸뚱어리였으며, 신령 또는 신성의 이미지를 닮았거나 그것과 여하한 관계가 있다는 사실 자체만으로도 구토를 유발했다.

하지만 그런 고충에도 불구하고 새로운 희열이 내면에서 움트고 있었으니.

자살에 앞선 희열. 자신의 일상적 삶을 디빈은 두려워했다. 그 육신과 영혼이 상해버렸다. 우기雨期가 있는 것처럼, 그녀에게 눈물의 시기가 도래했다. 일단 조명 스위치를 돌려 밤을 형성하고부터는, 자기 몸 안의 안정을 보장해줄 침대 밖으로 결코 나서지 않을 작정이었다. 자기 몸안에 머문다는 사실 자체로 충분히 보호받고 있음을 느끼는 거다. 밖은 공포가 지배한다. 그러나 어느 밤, 그녀는 대담하게도 다락방 문을 열었고 어두운 층계참에 한 발을 내디뎠다. 계단은 바닥에서부터 그녀를 부르는 세이렌*들의 신음소리로 가득했다. 정확히 말해 신음도 노래도 아니었고, 엄밀하게는 세이렌도 아니었지만, 그곳으로 추락하면서 직면할 죽음 또는 광기로의 초대인 것만은 분명했다. 기겁한 나머지 그녀는 다락방으로 돌아왔다. 다음 순간 자명종이 요란하게 울렸다. 공포가 그녀를 비껴갈 경우, 그날은 또다른 고문에 시달리는 날이었다. 얼굴이 붉게 달아오르는 고통. 아무것도 아닌 일 가지고도 그녀는 홍당무, 딸기요정, 홍시마마로 돌변했다. 그렇다고 해서 자기 직업에 수치심을 갖는다고 생각하면 안 된다. 아주 어린 나이에 전력을 다하여 절망을 파고듦으로써 수치심 따위는 일찌감치 씹어 삼켰다. 디빈

---

* 그리스신화에 나오는 바다의 요정으로, 아름다운 노랫소리로 뱃사람을 흘려 바다에 빠져 죽게 만든다.

은 자기 자신을 창녀 값하는 늙다리 매춘부라 칭함으로써 애초에 있을 법한 조롱과 욕설을 차단해왔다. 다만 흔히들 생각하기에 아무 의미 없고, 지극히 사소해 보이는 일들로 얼굴을 붉히는 일이 종종 있는데, 잘 따져보면 누군가 본의 아니게 던진 말이나 행동이 자신을 모욕했을 경우 얼굴에 홍조가 짙게 번진다는 것을 깨닫곤 했다. 결국 별것 아닌 일이 디빈에게는 치욕의 주범인 셈이다. 몇 마디 말에 불과한 것들로도 바닥 아래까지 내려앉을 만큼, 이런 식의 모욕감은 다시금 퀼라프루아의 존재를 불러들이고 만다. 결국엔 비밀이 되지 못할 말들이 모든 것을 비워내는 상자 마술과 더불어 되풀이되고 있었다. 닫히고 봉인된 말들, 난해한 말들. 그것들이 활짝 열릴 때, 의미는 한꺼번에 튀어나와 우리를 어리둥절하게 만든다. 미약philtre의 죽을 저으며 읊조리는 마법의 주문은 원두를 갈아 만든 커피에 치커리를 섞은 다음 필터filtre로 거르는 노처녀에게로 나를 이끌었다. 커피 찌꺼기를 가지고(이건 마술인데) 나를 마법의 세계로 데려가는 것이다. '미트리다트'*라는 단어. 어느 아침, 느닷없이, 디빈은 그 단어를 발견한다. 단어는 어느 날 스스로 활짝 열렸고, 퀼라프루아에게 자신의 미덕을 보여주었다. 아이는 천오백 년에 이르도록 수세기를 연이어 뒷걸음질치더니, 신관神官들의 로마 깊숙이 파고들었다. 이제 디빈의 인생에서 바로 그 시기를 한번 훑어보기로 하자. 당시 구할 수 있는 유일한 독이 아코나이트였기에, 매일 밤 빳빳하게 주름 잡힌 기다란 나이트가운을 걸치고서 그는 정원에 면한 방문을 열고, 난간을 넘었으며—그것은 연인, 좀도둑, 무희, 몽유병자,

---

* Mithridate. 고대 로마에서 숭배된 태양신 '미트라(Mithra)'와 '베풀다'라는 뜻의 'da'가 결합된 표현, 즉 '미트라가 베풀어준'이라는 뜻이다.

협잡꾼에게 어울리는 동작인데ㅡ딱총나무, 뽕나무, 산사나무들을 울타리처럼 둘러쳤으나 텃밭 사이사이 목화와 금잔화로 용케 멋을 부려 놓은 채소밭으로 곧장 뛰어들었을 터다. 퀼라프루아는 투구꽃잎을 무더기로 채취했고, 6인치 자로 일일이 크기를 측정했으며, 매번 함량을 늘여 돌돌 말아 한입에 삼켰을 것이고. 하지만 그 독에는 살해의 효능 말고도, 살해당하는 자를 죽음 가운데서 신속하게 되살리는 또다른 효능이 있었으니. 혀를 다소곳이 내밀어 면병을 받아 삼키는 소녀가 신인神人에게 매료당하듯, 아이는 입을 통하여 르네상스의 마력에 사로잡히곤 했다. 보르자 가문, 점성술사들, 포르노 작가들, 군주들, 수녀원장들, 용병대장들 모두 비단옷 두른 딱딱한 무릎 위에 알몸의 그를 받아 안았고, 진주색 새틴 재킷 차려입은 흑인 재즈 뮤지션의 당당한 가슴팍처럼 흔들림 없는 석재로 깎아 세운 음경에 그가 부드러이 자신의 볼을 갖다댔다.

그것은 녹색 알코브 안에서 벌어진 일. 단도와 향수 뿌린 장갑, 사악한 면병 형태의 죽음이 대미를 장식하는 축제. 퀼라프루아는 달빛을 받아 저 독살자들, 남색자들, 야바위꾼들, 마법사들, 전사들, 고급 매춘부들의 세계 자체가 되어버렸다. 그는 자신을 둘러싼 자연, 있는 그대로의 채소밭에 홀로 버려진 몸. 한 시대와 더불어 빙의하고 빙의당한 자로서, 버려진 삽과 가래 나뒹구는 양배추와 양상추 밭이랑 사이사이 달빛 담가 맨발로 거닐었던 것, 도도한 동작에 질감 좋은 양단洋緞 자락 휘잡아 끌면서. 역사라든가 소설에 나온 그 어떤 이야기도 꿈의 덩어리를 구성하지 못했다. 단지 몇몇 마법의 단어들이 중얼중얼 어둠을 채우면 그로부터 시동侍童 또는 잘생긴 난봉꾼 기사가 밤의 휘장을 날리며 모습을 드러내고…… "흰독말풀, 독말풀, 벨라도나……"

차가운 밤기운이 흰옷 자락 타고 내리며 몸서리치게 하는데, 그는 활짝 열린 창문으로 접근하였고, 창틀 틈새로 기어든 다음, 창을 닫고 널찍한 침상에 드러누웠다. 낮에 그는 책들의 무게에 짓눌린 소심하고 창백한 초등학생으로 회귀했다. 신들린 밤을 지새우고 나면 반드시 낮에 그 흔적이 남기 마련. 그것은 마치 영혼의 다크서클과도 같은 것. 에르네스틴이 그에게 입혀주는 옷은 아주 짧은 푸른색 서지 천 반바지와 하얀색 자기 단추로 뒤에서 여미는 학생용 검정 가운. 이어서 앙증맞은 장딴지를 가리는 검은 면양말과 거무튀튀한 빛깔의 나막신을 신겨주었다. 누가 상을 치른 것도 아닌데, 그렇게 검정 일색으로 옷을 입히니 왠지 안쓰럽다. 그는 쫓기는 아이들의 종족, 설익은 나이에 주름부터 생기고, 화산처럼 격한 성격을 다스리지 못하는 부류에 속했다. 급변하는 감정으로 얼굴 표정이 발칵 뒤집어진다. 평화는 뿌리째 뽑혀, 입술이 불어터지고, 이마가 일그러져, 눈썹들은 섬세한 발작으로 요동친다. 친구들이 놀이중에 그를 '먹통'이라 부를 때면 대놓고 엿 먹는 기분. 하지만 이런 부류의 아이들, 부랑아들이 흔히 그러하듯, 매혹적이거나 무시무시한 수완 몇 가지 가방 속에 챙겨가지고 다니기 일쑤다. 여차하면 그걸 꺼내들어, 포도주 얼큰히 취하며 몰래 사랑 나눌 아늑한 피난처 한두 곳쯤 눈앞에 펼칠 수 있다. 쫓기는 도둑처럼 마을 학교 지붕을 통해 퀼라프루아는 도주했고, 은밀한 오락시간récréation을 틈타 (아이는 하늘과 땅을 재창조하는 자re-créateur) 의심 없는 학생들 틈에서 '어둠의 자식 장'을 발견했다. 수업이 끝나는 대로 그는 학교에서 제일 가까운 집으로 귀가했고, 그럼으로써 오후 네시 부모와 교사들로부터 해방된 초등학생들의 부두교 의식에 참여하는 것을 피할 수 있었다. 그의 후미진 방에 있는 마호가니 가구들은 가을 풍광을 담은 색판화가 장식하고 있는데, 그 속에 알아볼 수 있는 형체가 요정 셋의 새파랗게 질린 얼굴뿐이어서 아예 쳐다보지도 않았다. 유년기는 인습적인 유년기에 부합하는 인습적인 신화를 거들떠보지 않는다. 유년기는 화려한 채색 삽화의 요정들이랄지 장식용 괴물들을 경멸한다. 내게 요정이란 뾰족한 콧수염 기른 날렵한 푸주한, 폐병 걸린 여교사, 약사. 만인이 곧 요정이었으며, 말하자면 접근 불가에 신성불가침한 후광으로 고립되어, 나로서는 그 너머의 지속성을―즉 논리와 안정적 요인을―찾아보기 어려운, 조각조각이 새로운 질문을 제기하여 나를 초조하게 만드는 동작들밖에는 감지할 수 없는 존재들이었다.

퀼라프루아는 자기 방으로 들어갔다. 그 즉시 자기만의 바티칸에 들어선 교황. 책과 공책으로 가득한 가방을 짚 의자에 내려놓고 침대 밑에서 상자 하나를 끄집어낸다. 거기 오래된 장난감들, 귀를 접거나 오려낸 사진들, 털 빠진 곰 인형이 바리바리 모였는가 하면, 어둠의 침대 밑, 아직도 빛이 번쩍이고 연기 자욱한 영광의 무덤으로부터 그는 직접 제작한 잿빛 바이올린을 꺼내든다. 주저하는 동작으로 얼굴이 빨개진다. 일주일이나 됐을까, 그걸 만든답시고 사진첩의 두꺼운 판지와 빗자루 토막, 하얀 실 네 가닥을 바이올린 줄 삼아 끙끙대면서―머릿속으로 궁리만 할 때와는 달리―당해야 했던 온갖 수모, 등뒤에서 누가 침 뱉을 때의 그 모진 수치심보다 더 혹독한 굴욕감에 그는 시달려야 했다. 납작한 모양의 잿빛 바이올린, 이차원적 바이올린. 공명판과 목만 있고, 그 위로 기하학적이고 엄정한 하얀 실 네 가닥이 지나가는 기상

천외한 허깨비 바이올린. 활은 손수 껍질을 벗겨낸 개암나무 막대기. 처음 퀼라프루아가 바이올린을 사달라고 하자, 어머니는 움찔했다. 그녀는 수프에 소금을 뿌려대고 있었다. 강물, 불꽃, 군기軍旗, 루이 15세의 구두 뒤축, 파란색 타이츠 차림의 시동, 그 시동의 요리조리 꼬여들어간 영혼 중 어느 것도 그녀의 눈에 선명한 이미지로 포착되지 않았다. 다만 그것들 각각이 초래한 파란의 검정 잉크빛 호수로의 잠수, 그 혼란이 죽음과 삶 사이에서 잠시 그녀를 지탱해준 것인데, 이삼 초가 지나자 정신이 돌아왔고, 수프에 소금을 치던 손을 떨게 만든 신경 발작이 그녀를 움찔하게 한 것이다. 퀼라프루아는 모르고 있었다, 고문당하는 형상의 바이올린이 예민한 어머니를 불안하게 한다는 것을. 그런 바이올린이 유연한 고양이들과 함께 어머니의 꿈속을 배회하고, 담벼락 모퉁이를 기웃거리며, 부랑아들끼리 밤의 전리품을 배분하는 발코니 아래를, 깡패들이 어슬렁거리는 가스등 주변을, 산 채로 껍질 벗겨지듯 삐걱거리는 계단 아래를 하염없이 방황한다는 것을. 에르네스틴은 아들을 죽일 수 없어 통곡했다, 퀼라프루아는 죽일 수 있는 존재가 아니므로. 아니 그의 안에서 무언가를 죽이자 또다른 무엇이 태어나게 되었음을 우리가 알기에. 회초리와 채찍, 곤장과 따귀 때리기는 힘을 잃든지 차라리 그 효능이 변하는 법. 바이올린violon이라는 단어는 더이상 발음되지 않았다. 음악을 공부하기 위하여, 다시 말해 잡지를 장식한 어느 예쁘장한 소년과 똑같은 포즈를 취하고자 퀼라프루아는 악기를 제작했으나, 에르네스틴 앞에서는 결코 'viol'*로 시작하는 단어

---

* 프랑스어로 '강간'이라는 뜻.

를 입에 올리고 싶지 않았다. 제작은 밤에, 극비리에 이루어졌다. 낮에는 오래된 장난감 상자 깊숙이 처박아두었다. 그리고 저녁만 되면 그 것을 꺼내들었다. 굴욕을 견디면서, 다락방에 있던 낡은 교본의 조언에 따라 왼손가락으로 하얀 실을 지그시 누르는 방법에 대하여 홀로 학습했다. 소리 없는 학습을 할 때마다 그는 지쳐갔다. 줄을 켜는 활의 실망스러운 소음은 그의 영혼에 소름을 돋게 만들었다. 소리의 환영들로 이루어진 침묵의 긴장 속에서 심장은 미세하게 파열하고 있었다. 바이올린을 공부하는 내내 울화통이 치밀었고, 새해를 맞이할 때면 늘 그렇듯, 왠지 창피하고 떳떳지 못한, 지속적인 수치심 속에서 학습을 이어갔다. 행복을 기원하는 우리의 인사는 거만한 하인들, 문둥병자들의 그것처럼 재빨리 속삭이고 마는 식이다. 어차피 주인들에게나 어울리는 제스처이기에, 우리는 서로를 환대하기 위하여 그들의 의상을 이용해 먹는 기분이다. 견습 집사가 착용하는 깃 없는 연미복처럼, 그것은 우리에게 불편하다. 어느 저녁, 퀼라프루아는 비극 배우의 기괴하고 과장된 동작을 취했다. 하나의 동작이 방을 벗어나 밤으로 진입하더니 별들 가운데로, 큰곰좌와 더 먼 곳으로 나아갔고, 자기 꼬리를 물고 도는 뱀처럼, 어두운 방의 어둠, 그 속에 빠져 죽어가는 아이에게로 회귀했다. 그는 저음에서 고음으로 천천히, 장엄하게 활을 켰고 마지막 찢어지는 굉음은 그의 영혼을 썰어버렸다. 침묵, 어둠 그리고 하나하나 떨어져나갈 저 잡다한 요소들을 분별하고픈 바람은 그렇게 구성構成의 시도를 무너뜨렸고, 그는 두 팔과 바이올린, 활을 떨군 채 아이처럼 울었다. 그 작고 힘없는 얼굴 위로 눈물이 흘러내렸다. 어쩔 도리가 없음을 다시 한번 깨달았다. 어떻게든 구멍을 내려고 애썼던 마법의 투망이 그를 옥죄어 고립시켰다. 공허한 마음으로 그는 작은 화장 거울로 다가가 자기 얼굴을 들여다보았고, 자기가 키우는 못생긴 강아지에게나 품을 애정을 그 얼굴에서 느꼈다. 어디서 온지 모를 어둠이 터를 잡고 있었다. 퀼라프루아는 아랑곳하지 않았다. 오로지 거울 속의 얼굴, 그 변화에만 관심이 있었다. 빛을 머금은 채 눈꺼풀에 감싸인 안구, 명암이 만들어내는 훈영暈影, 입가의 검은 자국, 숙인 고개를 떠받친 빛나는 집게 손가락. 거울 속 얼굴을 들여다보려고 고개를 숙이다보니 눈을 치뜰 수밖에 없고, 마치 영화 속 배우가 그러하듯 음험한 표정으로 자신을 쳐다보게 되는 것이었다. '나는 위대한 예술가가 될 수 있었는데 말이야.' 그런 생각을 명확히 한 건 아니나, 생각이 두른 광휘가 그로 하여금 고개를 조금 더 숙이게 만들었다. '운명의 무게랄까.' 그런 느낌이었다. 광택나는 자단紫檀 화장 거울 속에서 그는, 종종 떠오르던 다른 많은 장면과 본질적으로 다를 게 없는 장면 하나가 언뜻 스쳐지나가는 것을 보았다. 그 자신 호주머니에 손을 넣은 채 어슬렁거리는 어두운 방, 창살 가지런한 그 방 창문 아래 웅크리고 앉은 작은 소년.

대도시들이 모래 자욱한 그의 유년기로부터 솟아오르고 있었다. 하늘 아래 선인장 같은 도시들. 초록빛 태양 같은 선인장들, 쿠라레 독을 바른 뾰족한 빛들의 방사체. 보이지는 않지만 현존하는 태양 너머, 동굴처럼 깊은 하늘로 꽃피어 일어나는 거대한 목련의 쏟아지는 매혹과 향기와 빛의 차양 아래, 사하라처럼, 아주 미세하거나 거대한—아무도 모르는—그의 유년기. 불타는 모래 위 바로 그 유년 시절이, 몽골인의 눈꺼풀 사이로 보이는 저 낙원의 쏜살처럼 가늘고 잽싼 순간들, 보이지는 않지만 현존하는 목련의 일별一瞥과 더불어 바싹 말라갔던 것이다.

그것은 시인이 말하는 순간들과 모든 점에서 유사했으니.

> 나는 보았네 사막에서
> 너의 열린 하늘을……

에르네스틴과 그의 아들이 거주해온 가옥은 성당을 빼놓고는 마을에서 유일하게 돌기와 지붕을 얹은 건물이었다. 그것은 장방형의 중요한 식조건축물로서, 바위 틈새를 파고든 영웅직인 균열처럼 길을 이는 복도에 의해 전체가 두 토막으로 나뉜다. 에르네스틴은 남편이 현지 성곽의 검푸른 해자垓字 속으로 투신자살하며 남겨준 상당한 규모의 연금을 보유하고 있었다. 양탄자 바닥에서 황금빛 천장까지 으리으리하게 늘어선 거울들 앞을 거닐며, 여러 하인을 거느리면서 호사스럽게 살 수도 있었던 거다. 하지만 꿈을 죽이는 사치와 미용을 그녀는 끝내 거부했다. 사랑도 마찬가지. 옛날에는 사랑이 항상 그녀를 단단한 바닥에 내려놓았고, 여차하면 거친 녀석들 패대기치는 레슬러의 완력으로 꼼짝 못하게 만들어주었다. 스무 살에 그녀는 하나의 전설을 낳은 적이 있다. 훗날 마을 사람들이 그녀를 떠올릴 때면, 여름에 건초 작업하러 아버지 집에 내려올 때마다 직사광선과 건초로부터 피부를 지키기 위해 두텁게 처바른 특수 미용크림을 보존한답시고 눈과 입만 빠끔히 내놓은 채, 마치 바이트만처럼, 부상당한 파일럿 저리 가라 할 만큼 얼굴 전체를 거즈 붕대로 친친 동여맨 어느 괴짜를 언급하지 않을 수 없을 것이다. 그러나 인생의 고초는 마치 산성 물질처럼 그녀의 존재를 뒤덮고 지나갔으며, 그 보드라움을 갉아먹었다. 이제 그녀는 사람들이 단순하고 친근하게, 웃는 얼굴로 말해줄 수 없는 모든 것이 두려웠다. 오직 그 두려움만이 탐욕(미모)의 권세에 다시 빠지는 일의 위험성을 입증하고 있었다. 결박의 정도가 느슨할지언정, 가까이 할 경우 여지없이 그녀의 정신을 잃게 할 탐욕의 권세란 강고하기만 할 뿐. 예술, 종교, 사랑은 성스러움으로 포장되어(성스러움, 이른바 영적인 것 앞에선 비웃지도 웃지도 않기에, 서글프기만 하다. 신에 관해서도 그러하다면, 신은 서글픈 것인가? 그렇다면 신은 고통스러운 개념이란 말인가? 신이 악인가?) 언제나 그것을 호위하는 예의바름을 통해 접근할 문제였다. 마을이 가진 부속물 중에는, 개구리들 득실대는 해자로 둘러싸인 봉건시대 고성과 공동묘지와 미혼모들을 수용한 미혼모 수용 시설 그리고 세 개의 아치 그림자가 비치는 맑은 물 위로 세 개의 아치형 교각을 갖춘 다리가 있었고, 아침이면 거기 짙게 드리웠다가 주변 풍광을 드러내며 서서히 걷혀가는 안개가 있었다. 태양이 그런 안개를 조각조각 베어내면, 머잖아 안개의 누더기들은 검고 앙상한 나무들에 옮겨가 떠돌이 집시 소년의 의상을 입혀주곤 했다.

모서리가 날카로운 파란 기왓장들, 건물의 화강암 석재들, 키 큰 창문의 유리들이 쾰라프루아를 세상으로부터 고립시켰다. 강 건너 사는 사내아이들의 놀이는 수학과 기하학이 복잡하게 만든 낯선 놀이. 산 울타리를 경계로 이루어지는 그들의 유희에 방목중인 염소와 망아지는 열성 구경꾼들이었다. 놀이하는 당사자들, 학교와 부락을 벗어난 아역 배우들은 시골 아이들 고유의 개성을 되찾았고, 소 치기 소년, 티티새 새알 서리꾼, 암벽 등반가, 호밀 서리꾼, 자두 서리꾼의 모습으로 돌아갔다. 그들은 쾰라프루아가 어떤 존재인지 짐작만 할 뿐, 명확하게는 알 수 없었다. 그런 그들이 퀼라프루아에게 유혹적인 악마의 종족이라면, 퀼라프루아는 그들에게 고독과 기교, 에르네스틴의 전설과 자기 집 돌기와 지붕의 위엄을 무의식적으로 행사하는 존재였다. 모두가 그를 미워하면서도, 그의 머리 모양, 그가 메고 다니는 가죽 책가방의 우아한 품새가 부러워 열에 들뜬 꿈에 시달리지 않는 꼬맹이가 거의 없었다. 돌기와 지붕을 얹은 가옥이라면 필시 엄청난 재화로 가득한 공간일 터, 그 한복판을 퀼라프루아는 위엄을 갖춰 천천히 돌아다니다가, 가구를 톡톡 두드려보거나 매끈한 바닥을 미끄러지듯 움직이며, 궁궐과 다름없다고 여겨지는 분위기를 배경삼아 왕자의 미소를 짓고, 또 어쩌면 카드 게임을 즐겼을지도 모른다. 퀼라프루아는 왕가의 비밀을 감추고 있는 것만 같았다. 하긴 요즘 아이들 웬만하면 왕들의 후손이어서, 마을 초등학생들이 퀼라프루아를 진지하게 눈여겨보기에는 무리가 있었다. 그럼에도 각자 속으로 잘 감춰왔던, 결국 저들의 폐하께 누가 될 출신 성분을 너무 명명백백히 드러냄으로써 그에게 죄를 짓고 마는 것이었다. 왜냐면 왕이라는 개념 자체가 이 속세의 것이기 때문. 육신의 계승을 통해 보유한 것이 아닌 이상, 그런 건 노력으로 획득하되 은밀하게 향유할 일이다. 자기가 보기에도 너무 천박해지기 싫다면 말이지만. 아이들의 꿈과 몽상은 밤에 서로 교차하는 가운데 자기도 모르게 격렬한, 거의 물불 안 가리는 방식으로 (바로 이때 강간이 일어나지) 서로를 소유해왔다. 자기들 구미에 맞게 아이들이 재창조하여, 이미 말했듯이, 아이들이 지배하게 된 마을은 기이한 밤의 마을 출신인 저들로선 하나도 기이하지 않은 습관들로 얽히고설켜, 저녁 무렵 누이들은 바이올린 케이스처럼 니스를 칠한 비좁은 전나무 상자 속에 사산한 아이들을 담아 공동묘지에 매장하고, 또다른 아이들은 숲속 공터로 달려가, 산지기 아저씨들 가죽 반바지 빵빵한 허벅지만큼이나 우람한 너도밤나무와 참나무 둥치에 둥근달이 볼세라 홀라당 깐 아랫배 바짝바짝 들이대니, 껍질 벗겨진 바로 그 자리, 앙증맞은 하얀 배때기 보드라운 살갗에 봄날 분출하는 수액을 받아내는가 하면, 이탈리아 여자는 늙은이, 병자, 마비 환자들을 살피며 지나갔다. 그들의 눈에서 여자는 영혼을 채집하고, 죽어가는 소리를 귀담아 들으며(늙은이들은 태어나는 아이들처럼 죽어가), 그들을 제 마음대로 다루었다. 그것은 자비로운 마음이 아니었다. 밤 못잖게 기이한 낮의 마을엔 성체축일이나 삼천기도일, 정오의 태양으로 이글거리는 들판을 행렬이 가로지르고 있었다. 백옥 같은 얼굴의 여자애들은 하얀 드레스와 화관으로 치장하고, 성가대 아이들은 녹청으로 뒤덮인 향로를 바람에 흔드는데, 경직된 표정의 아낙네들 초록이나 검정의 물결무늬 의상을 갖춰 입고, 검은 장갑을 착용한 사내들이 칠면조 깃털로 장식한 동방풍의 닫집을 받쳐들었다, 그 아래 향로를 품고 걷는 사제들. 태양을 우러러, 호밀과 소나무와 개자리풀들을 지나더니, 물웅덩이에서 뒤집어진 채 하늘 향해 발을 뻗는다.

그것이 디빈의 어린 시절 일부다. 그 밖에 다른 많은 것을 우리는 좀더 나중에 이야기할 것이다. 어차피 다시 언급할 내용이니까.

요컨대 사랑은, 가브리엘이 귀띔하기 전까지는, 디빈으로 하여금 하느님의 분노를, 예수의 경멸을, 아니 성처녀의 달짝지근한 혐오를 두려워하게 만든 적이 없다. 분노, 경멸, 신성한 혐오와 같은 두려움의 씨앗들을 자기 안에서 느끼는 순간, 디빈은 사랑을 가지고 하느님, 예수님,

성처녀가 하나같이 머리 조아리는, 더 높은 신을 만들었기 때문이다. 그런가 하면 툭하면 얼굴을 붉히는 가브리엘은, 그 불같은 기질에도 불구하고 디빈을 사랑하지 않기에 지옥을 두려워한 거다.

미뇽이 아니라면 누가 그녀를 사랑했을까?

꽃피는 노트르담은 웃으며 노래했다. 그는 에올리언하프처럼, 신체의 줄을 가로지르는 푸르스름한 미풍처럼 노래를 불렀다. 그는 몸으로 노래했다. 그는 사랑하지 않았다. 경찰은 그를 의심하지 않았다. 그도 경찰을 의심하지 않았다. 이 아이의 무관심이 그 정도이기에, 신문조차 구매할 필요가 없었다. 그에겐 자기만의 가락이 있었다.

디빈은 미뇽이 영화관에 있고, 가게 좀도둑인 노트르담은 백화점에 있다고 믿었다. 그런데…… 미제 구두에 무척 부드러운 모자, 금팔찌를 착용한—요컨대 완전 양아치—미뇽이 저녁 무렵 다락방 계단을 내려오는 것이었다. 그리고…… 피할 수 없는 존재인 군인이 나타났다. 어디서 왔을까? 바깥? 디빈이 앉아 있을 술집? 베네치아의 타종 장치처럼 회전문이 돌 때마다 활 쏘는 병사, 유들유들한 시동, 고급 남창, 기둥서방이 차례차례 등장했다. 아드나 양을 모시던 시절, 귀걸이를 착용했던 그 바다 대선배들, 요즘은 대로를 거닐 때마다 가랑이에서 터지고 새는 날카로운 휘파람소리.

가브리엘이 나타났다. 나는 또한 그가 큰길을 따라 마을로 내달리는 마귀 들린 개처럼 거의 수직에 가까운 비탈을 달음박질치는 걸 보고 있다. 그가 동네 잡화점에서 방금 고깔과자 봉지를 사서 나오는 디빈과 충돌할 것 같다는 생각이 뇌리를 스치는 순간, 유리 출입문에 매달린 종이 두 번 울렸다. 나는 그대에게 마주침에 대한 이야기를 하고 싶었을지도 모른다. 나는 마주침을 촉발한─또는 촉발하는─순간이 시간의 바깥에 위치한다는 생각을 가지고 있다. 충돌이 그 주변의 시간과 공간을 발칵 뒤집어놓는다는 생각. 그런데 어쩌면 내 착각일 수도 있다. 왜냐하면 지금 하고 싶은 얘기는 내 책 속에 틀어박힌 녀석들에게 내가 부추기고 강요하는 마주침에 관한 것이니까. 어쩌면 내 시선이 우연히 가닿는 인파로 북적대는 거리처럼, 지면紙面에 고정된 순간들 가운데 그러한 마주침이 존재할지도 모른다. 온기와 애정은 사람들을 순간 너머로 데려다놓는다. 나는 매혹되고 만다. 이유는 모르나, 저 군중은 내 눈에 달콤하기만 하다. 나는 몸을 돌려 다시 바라본다. 더이상 온기와 애정을 느끼지 못한다. 거리는 내게 불면의 아침처럼 침울해진다. 나의 명석함이 돌아오고, 시詩가 내쫓은 시상詩想을 내 안에 되돌려놓는다. 상당히 잘생긴 청년의 얼굴, 누군지 잘 알아볼 순 없었지만, 일순 군중을 환히 밝히고는 사라졌다. 이제 천국의 의미는 내게 낯설지 않다. 그리하여 디빈은 가브리엘과 마주친 것이다. 그는 그녀 앞을 지나가면서 등짝을 마치 벽처럼, 절벽처럼 펼쳐 보였다. 딱히 널찍한 벽이랄 수는 없었지만, 그가 세상을 향해 아주 장엄한 품새를, 말하자면 점잖은 힘을 펼쳐 보였기에, 디빈에게는 그것이 흡사 청동으로 된 어둠의 장벽이어서, 그로부터 거대한 날개를 펼친 검독수리 한 마리가 날아오르기라도 할 것만 같았다.

가브리엘은 군인이었다.

군대, 그것은 포병의 귀에서 흐르는 붉은 피. 그것은 스키를 십자가 형틀로 삼은 설원의 엽보병, 구름의 말을 타고 영원의 경계에서 급정거하는 아프리카 용병, 외인부대 소속 복면왕족들과 형제애로 뭉친 살인자들. 그것은 함상에서 발기한 선원들의 바지 앞섶을 대신하는 덮개, 굳이 변명하자면, 작전중 포대 장치에 걸리는 걸 방지하기 위함이라나. 마침내, 기둥서방을 싸고도는 창녀들처럼, 돛대를 빙글빙글 에워싸 세이렌들을 호리는 선원들 스스로가 군대다. 그들은 부채를 펼치는 에스파냐 여인처럼 돛을 휘감으며 웃음을 터뜨리거나, 호주머니에 두 손 찔러넣고 갑판에 나가 뱃사람들의 진정한 왈츠를 휘파람 분다.

"그래서 세이렌들이 순순히 걸려들까?"

"그들은 자기들 몸과 수병들 몸의 농족 관계가 끝나버리는 바로 그 장소를 꿈꾸지. '신비가 시작되는 곳은 어디일까'를 늘 고민해. 그때 비로소 노래를 하는 거야."

가브리엘은 최전방 보병이었다. 두터운 재질의 하늘색 군복을 착용했다. 나중에 그가 좀더 잘 보이고, 그의 존재가 크게 문제시되지 않을 때, 비로소 우리는 그의 초상화를 시도해보리라. 디빈은 너무도 당연히 그를 대천사라 부른다. 그런가 하면 '나의 독한 술'이라 부르기도 한다. 가브리엘은 자신에 대한 칭송을 군말 없이 수용한다. 그냥 받아들이는 것이다. 사실 디빈은 미농이 걱정돼서, 무엇보다 그가 불쾌할까봐, 가브리엘을 감히 다락방에 데려간 적이 없다. 저녁 시간 대로변 산책로에서 그를 만나면, 그는 자신의 인생 이야기를 조곤조곤 들려준다. 그것 말고는 아는 게 별로 없는 거다. 디빈이 말한다.

"대천사야, 지금 그 얘기는 너의 인생 이야기가 아니잖아. 그건 나도 모르는 내 인생의 지하도인걸."

그리고 덧붙인다. "나는 마치 너를 내 뱃속에 품은 것처럼 사랑해." 또는 이렇게 말한다.

"너는 내 친구가 아니라, 나 자신이야. 내 심장, 아니 내 성기지. 내게서 뻗은 가지 하나라고."

그럼 가브리엘이 당황하면서도 뿌듯한 기분에 씩 웃으며 대꾸한다.

"요 앙큼한 뚜쟁이 같으니!"

그가 미소 짓자 입 가장자리에 하얗고 섬세한 거품이 보글거렸다.

한밤중 그들과 우연히 마주친 왕자마마께선 설교중인 주교처럼 손가락을 동그랗게 구부려 고리 모양을 만들더니, 속눈썹 톡 쏘듯이 디빈을 향해 "바쁘셔!" 툭 던지고는 줄행랑친다.

블랑슈에서 피갈까지 가는 길에 다른 몇몇도 그런 식으로 아는 척하며 두 사람을 축복해준다.

점점 나이들어가는 디빈 입장에서는 걱정에 사무쳐 식은땀 흘리기 마련. 늘 궁금해하는 딱한 여자가 따로 없다. "과연 나를 사랑해줄까? 아! 새로운 남자친구를 발견했건만! 무릎꿇고 받들어 모시니, 눈짓 한 번으로 용인해줄 뿐이로구나. 이젠 꾀를 내어 그를 사랑으로 이끌어갈 궁리를 해본다." 어디서 들은 얘긴데, 매일 개밥을 주면서 주인의 오줌 한 숟가락을 그 속에 넣어 섞으면 개를 잘 따르게 만들 수 있다고. 디빈은 한번 시도해보기로 한다. 대천사를 저녁식사에 초대할 때마다, 요리에다 자기 오줌을 살짝 첨가하는 것이다.

나를 사랑하게 만든다는 것. 이를테면 연인끼리 서로의 얼굴에 얼굴 그림자를 드리우듯, 흥분되는 빛과 어둠의 통북투 같은 신비의 성지, 금단의 도시와도 같은 사랑을 향해 순박한 한 인간을 천천히 이끌어가는 일. 대천사에게 개의 맹종을 가르치기, 배우게끔 강요하기. 온기를 품었으되 당최 움직임이 없는 아이를 한참 어루만지자, 서서히 열이 오르면서, 점점 부풀고, 빵빵해져, 불끈불끈 솟구치리니. 그리함으로써 디빈은 사랑받으리라!

다락방 소파에서 그녀는 몸을 배배 꼰다. 큼직한 대팻날 아래 대팻밥처럼 온몸이 돌돌 말린다. 허옇게 살아 있는 두 팔을 비트는가 하면, 둥글게 말았다 펴면서 어둠을 교살한다. 언젠가는 가브리엘을 데려와야만 했었다. 커튼이 걷히면, 방긋방긋 피어오른 방귀의 오묘한 유향이 얼어붙은 향내로 오랫동안 곰팡 슨 만큼, 그는 육중한 어둠에 처한 자신을 발견할 터였다.

디빈은 하얀 장식이 달린 푸른색 실크 잠옷을 입고서 소파에 늘어져 있었다. 자꾸만 눈을 찌르는 긴 머리카락과 말끔히 깎아버린 턱수염, 깨끗한 입과 로션으로 반들반들한 얼굴. 그럼에도 그녀는 이제 막 숙취 속에 부스스 일어난 사람처럼 보였다.

"앉아."

한 손을 내밀어 소파 끄트머리에 자리를 권하고는, 다른 쪽 손가락을 곧게 뻗으며 물었다.

"어때, 괜찮아?"

가브리엘은 하늘색 군복을 입고 있었다. 허리춤엔 가죽 요대를 느슨하게 착용해 축 늘어뜨렸다.

거친 모직에 우아한 푸른색을 띤 제복이 디빈을 흥분시키고 있었다. 훗날 그녀는 이렇게 말했다. "그가 입은 바지 때문에 꼴리더라고." 푸르더라도 섬세한 재질이었다면 투박한 재질의 검정색 옷보다는 그녀를 덜 흥분시켰을 것이다. 그건 시골 사제의 예복이자 에르네스틴의 복장이며, 잿빛의 거친 모직은 또한 감화원 아이들의 제복이니 말이다.

"그런 옷감 가렵지 않아?"

"멍청하긴. 셔츠에 속옷까지 입었는걸. 살에 닿지도 않는데 뭐가 가렵겠어."

디빈은 정말이지 기가 막혔다. 어떻게 하늘색 복장을 하고서 머리와 눈동자는 저토록 까맣 수 있단 말인가!

"자, 체리브랜디. 실컷 마셔. 나도 한 잔 주고."

가브리엘은 씩 웃으며 잔에 독주를 따른다. 한 잔 쭉 들이켜더니, 다시금 소파에 걸터앉는다. 둘 사이에 살짝 어색한 기운이 감돈다.

"근데 여기 좀 답답하네. 나 웃옷 벗어도 돼?"

"오! 얼마든지 벗어."

그는 요대를 풀고 웃옷을 벗는다. 요대에서 나는 소리가 작전을 마치고 돌아오는 한 무리 병사들의 땀에 전 소리로 다락방을 가득 메운다. 전에도 말했지만, 디빈 역시 몸에 헐렁한 하늘색 옷을 걸치고 있다. 금발인 그녀는 밀짚모자를 쓴 탓에 얼굴이 주름진 것처럼 보인다. 미모사가 말했듯이 주글주글한 얼굴인데(미모사는 당시 디빈에게 상처를 주려고 그렇게 말했지), 가브리엘은 이 얼굴이 마음에 든다. 과연 그런지를 알고 싶은 디빈이 촛불처럼 바르르 떨며 말한다.

"나 늙었어. 이제 곧 서른이야."

그러자 가브리엘은 거의 반사적으로 상대의 의중을 배려하여, '그렇게 보이지 않는걸' 따위의 입에 발린 거짓말은 내뱉지 않는다. 대신 이렇게 대꾸한다.

"나이가 그쯤은 돼야 사람이 쓸 만하지. 세상을 알 만큼 알게 되잖아."

그러고는 덧붙이기를,

"진정한 나이라고나 할까."

디빈의 눈과 치아가 반짝이자, 군인의 그것들도 반짝거린다.

"아이고, 분위기 봐라."

그는 웃지만, 나는 그의 불편한 기색을 느낀다. 그는 손바닥으로 제 바지 앞섶을 천천히 쓰다듬는다.

"이것 좀 봐."

"미쳤어, 대천사."

디빈이 빙그레 웃으며, 별로 신경쓰지 않는 척한다. 한숨을 내쉰다. 정복당하고픈 기대다.

"왜, 놀랐어?"

"내가? 그 정도쯤이야."

가브리엘이 씩 웃는다. 내가 말한 적 있는 그 섬세한 거품이 이빨 사이로 보글거린다. 그가 디빈에게로 몸을 기울인다. 다시 말해, 감히 자기 몸통을 그녀에게 바짝 붙이려 한다는 얘기다. 벗어나려고 애쓰는 동작은 오히려 가브리엘의 팔을 끌어당겨 그녀를 붙잡도록 부추기는 결과를 초래한다. 잽싸게, 그녀는 몸을 뺀다.

"그냥 한번 하자. 내가 싫어?"

"누구 들어오면 어쩌려고?"

그는 문 쪽으로 점프해 열쇠를 잠그기 무섭게 다시 몸을 돌려 침대로 뛰어든다.

"됐지?"

디빈은 외면하며 웃는다. 그런데, 보통은 단단할 때조차 다리 사이에 끼여 얌전히 수그리고 있을 그녀의 자지가 오늘은 주인을 배신한다. 그녀는 더이상 거부할 수 없다. 일단 입술에 입술을 포갰다가 얼굴이 서서히 미끄러지면서, 상대의 입술에 눈꺼풀을 가져가 키스를 유도하는 것, 이런 걸 애정의 키스라고 하지. 푸른색의 거친 껍질 속, 그가 입은 하얀 실크 속옷이 푸른 아마포 잠옷 자락과 뒤엉켜 서서히 출렁이니, 대성당 기둥 혹은 숲속 깊숙이 은은하게 펄럭이는 잔다르크의 깃발이 따로 없다. 디빈은 상대의 앙다문 입술 사이로 혀를 들이밀었다가, 단호한 가브리엘의 혀끝에 밀려 살금살금 뒤로 무르는가 싶더니, 결국엔 포옹까지 푼다.

"쌍년, 내 바지나 벗겨, 어서!"

디빈은 웃을 뿐 꼼짝하지 않는다. 가브리엘은 한 손으로 바지 단추를 푼다. 디빈은 아무것도 보지 않는다. 다만 뱃가죽을 타고 미끄러지듯 올라오면서 가브리엘과 자신의 배 사이에 단단히 끼어드는 남근을 느끼고 있다. 그녀는 여전히 웃고 있지만, 어느 순간 몸부림을 쳐 탈출을 시도한다. 그 바람에 더욱 흥분한 가브리엘이 몸에 반동을 주어 남근을 디빈의 입 근처까지 갖다놓는다. 근데 이건 침대 안쪽 끝으로 미리 몸을 빼둔 디빈이 의도한 일이기도 하다. 대천사의 두 손이 유영을 하듯 상대의 머리카락을 헝클었다 펼쳤다 어루만진다. 웃고만 있을 뿐 말 한마디 없는 디빈의 얼굴을 바라볼 강단이 아직은 없는 거다. 그러니 고개를 숙이고 있어야 한다. 마침내 두 손으로 가브리엘의 소금기 머금은 엉덩이를 가볍게 더듬으면서, 그 입이 슬그머니 벌어진다. 가브리엘은 그녀의 머리카락을 계속 어루만져 덥수룩한 자기 털에 뒤섞고 싶다. 이제 곧 허벅지에 잔뜩 힘이 들어갈 텐데, 그녀가 숨막혀할까봐 걱정된다. 그가 생각하는 것은 어린아이 같은 애원이다.

"디빈, 먹어."

부드럽게, 마치 수줍어하는 것처럼, 그는 자지를 입으로 가져간다. 하지만 웃는 입은 스스로를 닫아버린다. 그는 들어가길 원한다.

"어서! 요 계집아, 먹으란 말이야! 다 먹어!"

그렇게 또 내뱉자, 이번에는 디빈의 입이 활짝 벌어지면서 또 웃는다. 이제 그는 길쭉한 베개 위에 무릎을 꿇는다. 땀이 난다. 갑자기 두 손으로 상대의 머리통을 붙잡더니 자기 아랫배에 갖다붙인다. 그리고 소리친다.

"어서 빨아! 디빈!"

비명에 가까운 외침이다. 이어서 아이가 조르는 소리.

"입에 넣지 않으면, 목을 졸라버릴 거야(숨을 헐떡이고). 진짜 조른다! 조르게 만들지 마. 자, 먹어봐."

그러면서 입을 짓누른다. 그녀는 입을 빠끔 열다가 다시 닫고, 고개를 돌리며 웃는다. 디빈의 목이 가쁜 숨 몰아쉬는 대천사의 손아귀에 들어가 있다.

"어서, 어서! 아니면 너 죽는다."

지금처럼 디빈이 경쾌하고, 신성하며, 세상사에 초연한 적이 없다. 심지어 꼴리지도 않는다. 입을 끝내 내주지 않을 수도 있고, 목 졸려 죽을 수도 있으며, 그럼으로써 가브리엘을 단두대로 보내버릴 수도 있다. 자기도 사실 죽고 싶지만, 그가 동의할까 겁나서 말할 엄두는 나지 않는다. 다만 그를 죽어야 할 놈으로는 단정한다. 하지만 지상의 섬광 속에 당장 눈에 띄는 건 따귀를 후려치는 거대한 남근. 웃음이 뚝 그친다.

그녀의 얼굴이 극도로 진지하고, 종교적으로 변모한다.

"너 참 아름다워."

입이 벌어지고, 열망으로 양볼이 깊어지면서, 그녀는 한층 더 예민해진다.

....

좆물의 맛. 수컷에게 평온을 가져다주는 데서 오는 달콤함. 매번 그랬듯이, 디빈은 즐길 수가 없었다. 반면 가브리엘은 그녀의 몸을 타고 내려가, 그 거품 보글거리는 입으로 아직 좆물 가득한 그녀의 입을 내리눌렀다. 좆물을 미처 삼키지 못한 이유는 지금까지 뜨거운 아랫배의 무게에 목이 눌려 삼키기가 여의치 않았기 때문이다. 그녀가 유희에 변화를 주자 대천사가 받아들인다. 둘은 서로 이를 맞댄 채 신비스러운 정액을 주거니 받거니 한다. 마침내 그녀가 삼킨다. 그녀는 행복하다. 가브리엘은 이제 파리한 몸뚱이로 그녀 위에 축 늘어진다. 날다가 지친 두 천사, 전신주에 앉았다가 바람에 휩쓸려 쐐기풀 구덩이로 곤두박질 친 그들은 더이상 순결하지 않다.

하루는 밤에 대천사가 목신牧神으로 돌변했다. 그는 마주보고 디빈을 껴안았는데, 갑자기 더 강력해진 그의 남근이 아래서 파고들어 볼깃살을 툭툭 건드리며 관통을 모색하는 것이었다. 약간 몸을 숙이면서 경로를 발견하자, 그는 가차없이 쑥 들어왔다. 가브리엘은 대단한 재주를 터득해, 몸은 꼼짝 않으면서 자신의 그것을 성난 말의 음경처럼 부르르 떨게 만들 줄 알았다. 그는 평소 잘 흥분하는 성질 그대로 밀어붙였고, 복받치는 힘을 주체 못해 콧구멍과 목구멍을 떨며 위풍당당한 말 울음을 터뜨렸는데, 어찌나 맹렬한 기세인지, 디빈은 반인반마의 몸뚱어리 전체가 자신을 뚫고 들어오는 것 아닌가 싶었다. 마침내 그녀는 나무 속 요정처럼 사랑에 취해 정신을 잃고 말았다.

유희는 갈수록 잦아졌다. 디빈의 눈에선 빛이 났고 피부는 갈수록 유연해졌다. 대천사는 색마로서의 자기 역할에 충실했다. 그 와중에 〈라마르세예즈〉*를 불러젖혔는데, 그때부턴 수컷만이 당당한 프랑스인이자 갈리아의 수탉**으로서 대단한 자부심에 도취하는 것이었다. 그런 다음 전장에서 죽는 셈이다. 하루는 저녁에 대로변에 서 있는 디빈과 마주친 그가 이렇게 말했다.

"나 휴가 얻었어. 너를 위해 얻은 휴가야. 가서 뭐 먹자. 오늘은 내가 돈이 좀 있거든."

디빈이 눈을 들어 그의 얼굴을 쳐다보았다.

"그럼 나 사랑하는 거야, 대천사?"

가브리엘은 짜증스럽다는 듯 어깨를 으쓱하고는 이를 앙다문 채 대꾸했다. "그러다 따귀 맞는다. 모르겠어?"

디빈은 눈을 지그시 감았다. 웃고 있었다. 가라앉은 목소리로 말했다.

"가버려, 대천사. 가버리라고. 그만하면 지겹도록 봤어. 넌 날 너무나 즐겁게 해, 대천사."

그녀는 마치 꼿꼿한 직립 자세로 말하는 몽유병자처럼 말하고 있었다. 얼굴엔 미소가 고정되어 있었다.

"가라니까, 이러다 또 네 품에 안긴다. 오! 대천사야."

---

* 프랑스의 국가.
** 프랑스의 비공식 국가 상징.

그녀는 중얼거렸다.

"오! 대천사."

가브리엘은 웃으며 자리를 떴다. 부츠를 신어, 느린 걸음으로 엉거주춤 걸었다. 그는 조국 프랑스의 전쟁에서 사망했는데, 투렌성 문 앞 어딘가 그가 쓰러진 장소에 독일 병사들이 그를 매장했다. 그 무덤 묘석에 디빈이 와서 앉았을 수도 있다. 앉아서 지미와 함께 크레이븐을 한 대 피웠을지도.

우린 그곳에 앉아 있는 그녀를 알아본다. 긴 다리를 꼰 채 담배를 쥔 손이 입가에 멈춰 있다. 그녀는 웃고 있다, 거의 행복하게.

그라프로 들어서며 디빈은 미모사를 발견했고, 미모사도 그녀를 쳐다보았다. 둘은 손가락을 가볍게 까닥이는 사소한 신호로 인사를 대신했다.

"안녕! 예쁜이, 노트르담은 잘 있고?……"

"오! 말도 마. 걔 날랐잖아. 노트르담은 완전히 날랐어. 튀어버렸다고. 천사들이 채간 거지. 내게서 도둑질한 거나 마찬가지야. 미모, '비탄에 젖은 나' 좀 봐. 구일기도 해줘, 수녀나 되어버릴까봐."

"노트르담이 아주 뛴 거야? 정말 날랐어? 거참 지독하구먼. 완전 날라리 아냐!"

"잊자. 잊어버리자고."

미모사는 자기 테이블로 디빈이 와서 앉길 바랐다. 저녁 내내 어쩜 이렇게 걸려드는 놈 하나 없느냐며 푸념을 늘어놓았다.

"나 요즘 일요일마다 사교춤 모임 나가잖니. 얼른 진 한잔 마셔라,

얘."

디빈은 웬지 불안했다. 그녀는 노트르담이 뭔가 좋지 못한 일에 연루되었다가 적발됐을지 모른다는 생각에 괴로워할 만큼 그를 사랑하는 건 아니었다. 하지만 마치 성체를 삼키듯 미모사가 그의 사진을 삼켰던 일만은 똑똑히 기억하고 있다. 노트르담이 "너 정말 더러운 년이로구나" 했을 때 그녀가 얼마나 기분 나빠했는지를. 그럼에도 디빈은 웃었고, 키스라도 하려는 듯 미모사의 얼굴 가까이 미소 띤 얼굴을 바짝 갖다댔다. 두 얼굴이 문득 너무 가까워지니 둘이서 결혼식이라도 올리는 것 같았다. 같은 생각이 스쳤을까, 두 마짜 모두 기겁을 했다. 여전히 신성한 미소를 지으며 디빈이 중얼거렸다.

"난 너 싫어."

말로 내뱉은 건 아니다. 문장이 목구멍 속에서 형태를 갖추긴 했다. 그러다 해질녘 토끼풀처럼 곧바로 얼굴이 쪼그라든 거다. 미모사는 아무것도 눈치채지 못했다. 디빈은 미모사의 기이한 성찬식을 항상 비밀로 하고 있었다. 혹시라도 노트르담이 그 일을 알게 되면 생각이 바뀌어 경쟁자를 향해 은근한 접근을 시도할까 그게 싫었기 때문이다. 노트르담은 노골적인 마짜라기보다 내숭 떠는 타입. 남창인 만큼 창녀였다. 디빈은 스스로를 합리화하고 있었다. 자신은 오로지 꽃피는 노트르담이 자만의 죄를 피하길 바랄 뿐이며, 비도덕적이 되는 건 대단한 고생일뿐더러 고통을 초래하는 기나긴 우회로를 통해서만 그리되는 법이라고. 그녀의 인성은 수많은 감정과 그에 모순되는 또다른 감정들이 서로 얽히고설키고, 묶였다가 풀리고, 뒤엉켰다가 풀어 헤쳐지는 하나의 뒤죽박죽 요지경이었다. 스스로 자학을 하는 셈이었다. 대표적인 욕망은 이런 데서 드러났다. '미모사는 아무것도 몰라야 해. 쌍년, 미워죽겠어.' 그야말로 현실에서 직접 태어난 순수한 욕망인데, 반드시 그런 형태로 무얼 욕망하진 않았다. 천국의 성인 성녀들이 소리 죽여 지켜보고 계셨으니까. 디빈이 그들을 무서워한 건 그들이 무시무시해서, 즉 나쁜 생각을 응징하는 자들이라서가 아니었다. 석고로 만들어져 레이스나 꽃밭에 발을 딛고 서 있으면서도 모르는 게 없는 존재들이기 때문이었다. 머릿속에서 그녀는 말했다. '노트르담은 정말이지 오만하거든! 그만큼 어리석고.' 이건 첫번째 명제를 자연스러운 결론으로서 함축하는 말인데, 그나마 도덕적 겉치레 삼아 굳이 언급하는 거다. 허세 쩌는 그녀가 다음과 같이 얘기한다면, 그건 엄청 노력한다는 뜻이다. "이년은 아무것도 몰라야 해, 더러운 계집애 같으니." (물론 미모사 얘기.) 나름 '미사여구'를 동원하는 가운데 증오의 감정을 숨기고 있기 때문이다. 만약 디빈이 미모사를 지칭해 '이년'이 아닌 '이놈'이라 말했다면, 문제는 보다 심각하다고 볼 수 있다. 이 경우는 나중에 확인할 기회가 있을 거다. 미모사가 자기와 즐기자는 뜻으로 자리를 권했을 거라 생각할 만큼 디빈은 허황된 사람이 아니었다. 그녀는 경계하면서 큰 소리로 말했다.

"난 요즘 인디언놀이 한다."

"요즘 뭐 한다고?" 미모사가 물었다.

디빈은 웃음을 터뜨렸다.

"아하! 그러니 내가 얼마나 미친년이냐!"

미모사의 남자인 로제는 뭔가 수상쩍은 기운을 눈치챈 게 분명했다. 그가 설명을 바랐다. 자신이 미모사 2의 상대가 되지 못한다는 것을 디빈은 경험을 통해 알고 있었다. 언제 그 효력을 발휘할지는 알 수 없으나 그 예리함이 탐정 못잖다는 건 여러 증거가 뒷받침하는 사실이니까. '미모 저놈은 지극히 사소한 단서로도 감을 잡겠지.' 다른 어느 누구도 그걸 판독하여 설명을 이끌어낼 순 없을 테지만.

"그래서, 너도 가려고? 노트르담이랑 같이? 너 참 못됐다. 이기주의자야!"

"이것 봐요, 천사, 우리 나중에 보자고. 오늘은 내가 좀 바빠서."

디빈은 자기 손바닥에 입을 맞춘 다음, 미모사 쪽으로 후우 불었다. (미소를 지으면서도 디빈의 얼굴은 난데없는 라루스 사전 표지 속 여성의 진지한 표정을 취하고 있었지. 민들레 씨앗을 바람에 날리는 귀부인 말이야.) 그러고는 눈에 보이지 않는 연인의 팔에 휘감기듯 훌쩍 사라졌다, 묵직하면서도, 나른하게 그리고 열광적으로.

노트르담이 오만하다든지 미모사가 사진을 삼킨 걸 알게 되면, 그녀에게 조금은 더 호감을 갖게 될 거라 생각하는 건 디빈의 착각이었다. 노트르담은 오만한 사람이 아니다. 사진에 대해서도, 그저 어깨를 으쓱할 뿐 웃지도 않고 그냥 이러고 말 것이다.

"꼬맹이가 고생하는군. 이젠 종이까지 처먹어."

이런 냉담함은 아마도 노트르담이 미모사와는 그 무엇도 공감하지 못하고, 욕망의 대상을 이미지 그대로 삼킴으로써 궁극적으로 합체할 수 있다고 믿는 그 정서를 조금도 이해하지 않기에 가능한 것이었다. 요컨대 노트르담은 미모사의 그런 행위가 자신의 남성다움 또는 남성미에 대한 흠모의 표시라는 사실을 전혀 인식하지 못했다. 결론적으로 그는 이와 같은 성격의 그 어떤 욕망도 품고 있지 않았다는 얘기다. 반면 앞으로 보겠지만, 그에게 어울리는 것은 경건한 숭배다. 하루는 디빈이 미모사에게 이런 대답을 했다는 사실에 주목하자. "노트르담은 아무리 오만해도 과하지 않을 사람이야. 나는 그를 재료삼아 오만의 석상이라도 하나 만들어볼까 해." 속으론, 아예 오만으로 돌처럼 굳어버리라는 생각을 하면서 말이다. 노트르담의 젊고 다정스러운 점은, 실제로 다정다감할 때가 종종 있기에 하는 말인데, 거친 지배자에게 복종하고 픈 디빈의 욕구 충족에 방해가 되고 있었다. 오만과 석상의 개념은 아주 적절하게 어울렸고, 그 둘에 묵직한 경직성이라는 개념 또한 희한하게 잘 부합했다. 그러나 노트르담의 오만이 결국 하나의 평계에 불과하다는 걸 우리는 알고 있다.

이미 말했듯이, 애기발 미뇽은 더이상 다락방을 찾지도 않았고, 튈르리공원 숲에서 노트르담과 만나지도 않았다. 그는 자신의 비루한 짓거리를 노르트담이 죄다 알고 있다는 걸 짐작도 못하고 있었다. 디빈은 다락방에서 차와 슬픔만으로 연명했다. 자신만의 비애를 먹고 마셨다. 그 시큼한 음식이 몸을 말리고 정신을 부식시켰다. 평소 유지하던 미용 클리닉 등 각종 관리로는 바짝바짝 야위는 몸집과 시체처럼 변하는 피부를 어찌할 수 없었다. 아주 정교하게 가발을 착용했지만, 망사로 된 착용 부위가 관자놀이를 통해 고스란히 드러났다. 이마의 접합부 역시 파우더와 크림으로 죽자고 처바른들 표가 났다. 누가 봐도 머리가 인공물임을 알 수 있었다. 예전 다락방 시절, 미뇽이 그저 그런 기둥서방이었다면 이런 일체의 치장들을 얼마든지 우습게 여겼을 터다. 하지만 그는 음성들에 귀기울일 줄 아는 포주였다. 그는 비웃지도 웃지도 않았다. 그는 아름다웠고 자신의 미모를 중시할 줄 알았다. 그걸 잃으면 모든 걸 잃는다는 걸 잘 알고 있었다. 그리하여 미모를 단단히 유지하는 난해한 기술들 앞에서 어떤 감흥까지는 느끼지 못해도, 덤덤하게 바라볼 뿐 최소한 잔인한 비웃음은 흘리지 않았다. 자연스러운 일이었다. 나이든 애인들이 얼마나 많이들 그가 보는 앞에서 화장을 고쳤나. 훼손된 미모가 너무나도 쉽게 복구되는 광경을 얼마나 많이 지켜보았던가. 매음굴의 숱한 방에서 그의 입회하에 펼쳐지던 능란한 복구 작업들, 그중 한 여자는 립스틱을 치켜들고 잠시 주저하는 모습을 그에게 들키기도 했지. 디빈이 가발을 착용할 때는 그가 여러 번 도와주었다. 요령 있는 동작을 가미해, 이를테면 자연스럽게 가발을 착용하도록 해주었다. 그렇게 디빈을 사랑하는 법을 미리 배워둔 것이다. 그는 그녀를 구성하는 온갖 기괴함에 깊이 젖어들어 있었다. 그걸 하나하나 되짚어보았다. 너무 희고 건조한 피부, 깡마른 몸매, 움푹 꺼진 눈, 파우더로 메운 주름들, 기름 발라 바짝 붙인 머리, 금박으로 때운 치아. 무엇 하나 건성으로 지나치지 않았다. 늘 이런 식이었어, 그는 속으로 중얼거렸고 계속해서 꼴리는 중이었다. 절정의 느낌을 알기에, 그는 지금 제대로 걸렸다. 언제 봐도 근육질에 털투성이인 미뇽은 인공미가 두드러진 마짜를 좋아했다. 디빈처럼 잔머리 굴리는 것은 전혀 통하지 않았다. 미뇽은 이런 종류의 방탕에 온몸을 내던져왔다. 그러고는 점점 지쳐간 거다. 그는 디빈을 방치하더니 결국 떠나버렸다. 다락방에서, 당시 그녀는 끔찍한 절망에 시달렸다. 하루하루 불어나는 나이는 그녀를 관 속으로 인도하고 있었다. 결국 그녀는 더이상 움직이지도, 교태를 부리지도 못하게 되었다. 그때 처음 그녀를 찾아온 사람들은 마치 은퇴한 년처럼 군다고도 했다. 그런데도 여전히 침대와 문 앞의 쾌락을 놓지는 않고 있었다. 찻집을 두리번거리지만 애인을 돈 주고 사는 쪽은 이제 그녀 자신. 사랑을 나누는 중에는 무시무시한 광란을 경험하곤 했다. 예컨대 완전히 맛이 가버린 사내 녀석이 무릎 꿇고 열심히 일하는 그녀의 머리채를 엉망진창 만든다든가, 더 난폭하게는, 머리를 바짝 끌어당겨 가발을 홀러덩 벗겨버리는 일이 종종 있었다. 그녀의 쾌락은 미세한 걱정거리들로 북적거렸다. 딸치기 위해 그녀는 다락방에 칩거했다. 낮이건 밤이건 죽은 자들의 창문, 망자들의 내닫이창을 커튼으로 가린 채 그녀는 누워만 있었다. 차를 마시고 케이크를 먹었다. 그러다가 이불 속에 머리를 파묻고, 둘, 셋 아니 넷이서 함께하는 난교 파티를 상상하는 것이었다. 모든 참여자가 동의하에 그녀에게, 그녀 안에다 그리고 그녀를 위해서 한꺼번에 싸질러야 한다. 음경으로 몸에 구멍을 뚫어주던 날씬하나 튼튼한, 그 강철 같은 허리의 추억이 되살아나고 있었다. 어떤 취향인지는 개의치 않으리라, 그냥 녀석의 짝이 되어주리라. 이 모든 발정의 유일한 과녁이 되어줄 것이며, 사방에서 달려드는 관능에 동시에 몰입하도록 정신을 긴장시킬 것이다. 그녀의 몸뚱어리가 머리부터 발끝까지 떨고 있었다. 낯선 인격체들이 몸 전체를 뚫고 지나가는 느낌이었다. 몸이 소리쳤다. "신이야, 신이 여기 있어!" 그러고는 맥없이 축 늘어졌다. 배 위에만 정액이 묻었는데, 그녀는 머리카락과 입까지 모두 훔쳐냈다. 쾌감은 이내 무뎌졌다. 그제야 디빈은 남성의 몸뚱어리를 착용했다. 느닷없이 강하고 근육질이 된 그녀는 강철처럼 드센 자신이 호주머니에 손을 찔러넣고 휘파람 날리는 광경을 목도했다. 그녀 자신에 의거하여 행동하는 자신을 발견했다. 예전에 남자답게 굴려고 애썼을 때처럼, 마침내 허벅지로, 견갑골로, 팔뚝으로 근육들이 마구 뻗치고 단단해짐을 감지했다. 그러자 아팠다. 이런 유희 역시 흐지부지 잦아들었다. 그녀는 바짝 말라비틀어지고 있었다. 두 눈은 더이상 퀭하지 않았다.

이때 비로소 그녀는 알베르토의 추억을 찾아 나섰고 그에게 만족했다. 그는 무뢰한이었다. 마을 전체가 그를 경계했다. 그는 날치기였고, 난폭했으며, 무지막지했다. 그의 이름이 회자되는 곳에서 여자들은 항상 거부감을 표하면서도, 밤에 고된 일과로부터의 갑작스러운 도피가 허용된 시간만큼은 그의 막강한 허벅지, 묵직한 손 이야기가 대세를 이루었다. 항상 호주머니에 처박히든지 옆구리를 더듬다 말고 가만히 있거나, 팽팽하게 부푼 바지 앞섶을 들출 때 조심스럽게 천천히 움직이는 그 손 말이다. 그의 손은 크고 두툼했다. 손가락은 짤막한 편이나 엄지는 큼직했으며, 금성구가 불룩하니 두드러졌다. 두 손이 팔 끝에 마치 퉁퉁한 멧장들처럼 매달려 있었다. 어느 여름 저녁, 뭔가 놀라운 소식만 있으면 만사 제쳐놓고 마을 구석구석 퍼뜨리기 바쁜 아이들이 알베르토가 뱀을 무더기로 잡고 있다는 얘기를 떠들고 다녔다. 노파들은 속으로 '뱀잡이 알베르토라, 그것 참 어울리는구먼' 하고 중얼거렸다. 그럼으로써 그자를 악마의 자식으로 몰아붙일 이유가 하나 더 느는 셈이었다. 몇몇 학자들은 독사를 산 채로 잡아올 경우 상당액의 웃돈을 쳐주기도 했다. 알베르토로 말하자면 언젠가 놀다가 의도치 않게 뱀을 한 마리 잡아 산 채로 넘기고는 약속된 금액을 받은 적이 있다. 그렇게 해서 새로운 직업이 생긴 것인데, 그는 이 일을 즐기기도 했지만 이 일 때문에 자신에게 화가 나기도 했다. 그는 초인도 부도덕한 호색한도 아니었다. 그저 평범한 생각을 가졌으되, 관능의 혜택을 남보다 조금 더 두

드러지게 받은 청년에 불과했다. 그는 지속적인 쾌락 속에 있거나, 지속적인 취기 속에 있었다. 필연적으로, 퀼라프루아는 그와 만나게 될 터였다. 때는 여름, 아무 길이나 닥치는 대로 거닐던 그에게 저멀리 사람 윤곽이 눈에 들어왔다. 순간, 지금까지의 모든 발걸음이 바로 저 실루엣을 만나기 위함이었음을 직감했다. 알베르토는 호밀밭 바로 옆 길가에서 꼼짝 않고 있었다. 누군가를 기다리는 것처럼, 그는 로도스의 거상 같은 자세로, 혹은 철모를 착용한 독일 초병들이 우리 프랑스인들에게 즐겨 과시하던 단단하고 늠름한 자세로, 아름다운 두 다리 떡하니 벌리고 서 있었다. 퀼라프루아는 그를 사랑했다. 아무렇지도 않은 듯 용감하게 그의 앞을 지나치는 순간 퀼라프루아는 고개를 살짝 숙이며 얼굴을 붉혔고, 입가에 미소를 머금은 알베르토는 걸어가는 그를 말없이 바라보았다. 그때가 열여덟 살, 하지만 디빈은 그를 다 큰 성인인 것처럼 회상하고 있다.

다음날 그는 다시 그곳에 가보았다. 알베르토가 거기 있었다. 길가에 초병 내지는 동상의 모습으로. 입 모양을 일그러뜨리는 미소와 함께 그가 말했다. "안녕?"(그 미소는 알베르토 고유의 것, 바로 그 자신이었어. 그의 뻣뻣한 머릿결이랄지, 피부색, 걸음걸이 따위는 누구라도 같을 수 있고 애써 흉내라도 내겠지만, 미소만큼은 그럴 수 없었지. 사라진 알베르토를 찾고 있는 지금, 디빈은 자기 입으로 그 미소를 흉내냄으로써 제 얼굴에 그의 얼굴을 그려 보이길 원해. 그녀는 자기 근육을 일그러뜨려, 평소 멋지다고 여기는 주름을 만들어내기도 하지. 그럼으로써―입 모양을 일그러뜨릴 때도 같은 생각―알베르토와 비슷해지는 셈인데, 그 생각을 하며 거울 앞에 선 어느 날, 자신의 구겨진 인상이 별처럼 아름다운 그 미소와는 아무 상관이 없다는 걸 깨닫고 마는 거야.) "안녕?" 퀼라프루아가 우물우물 대꾸했다. 서로 그렇게 인사를 나눈 게 전부였으나, 그날 이후 에르네스틴은 돌기와집을 수시로 비우는 그의 모습에 익숙해져야 했다. 하루는,

"내 가방 좀 보여줄까?"

알베르토가 버들가지를 촘촘히 엮어 만든 작은 자루를 가리키며 말했다. 그날은 사납고 우아한 독사가 딱 한 마리 들어 있었다.

"내가 열어?"

"오! 안 돼, 안 돼, 열지 마." 파충류에 대해서 여전히 남보다 강한 거부감을 떨치지 못하는 그가 서둘러 말했다.

알베르토는 자루를 열지 않는 대신, 가시나무로 여기저기 찢긴 거칠고도 부드러운 손을 퀼라프루아의 목덜미에 얹었고, 소년은 하마터면 그대로 무릎을 꿇을 뻔했다. 또다른 날에는 독사 세 마리가 마구 뒤엉켜 꿈틀거리고 있었다. 머리는 거친 가죽으로 싸매서 끈으로 동여매진 상태였다.

"만져봐도 돼. 너한테 아무 짓도 못하니까."

퀼라프루아는 꼼짝도 하지 않았다. 유령이나 하늘의 천사가 나타나도 그보다 더 겁에 질려 옴짝달싹 못하지는 않았을 것이다. 뱀한테 완전히 홀려서 고개를 돌리지도 못했다. 다만 금방이라도 토할 것만 같았다.

"왜, 무서운 거냐? 나도 전에는 그랬어."

사실이 아니었다. 단지 아이를 안심시켜주고 싶었다. 알베르토는 단호하면서 침착하게, 의젓한 동작으로 손을 파충류 더미 속으로 집어넣

었다. 그리고 길고 가느다란 한 마리를 끄집어내는데, 꼬리가 채찍처럼 그의 팔뚝에 둘둘 말려 찰싹 달라붙어 있었다. "만져봐!" 그렇게 말하면서 그는 아이의 손을 비늘로 덮인 차가운 뱀의 몸 쪽으로 끌어왔다. 하지만 퀼라프루아는 주먹을 꼭 쥐고 있어서 손가락 마디들만 겨우 뱀과 접촉할 뿐이었다. 그건 만진다고 할 수 없는 것이었다. 냉기가 섬뜩했다. 혈관을 통해 냉기가 스며들었고 그렇게 입문 의식이 진행되었다. 장막이 걷히고 있었다. 뭐가 뭔지 당최 분간을 할 수 없는 그 어떤 광활하고 장중한 그림들이 지금 눈앞에 펼쳐지고 있는 것인지 퀼라프루아는 알 길이 없었다. 알베르토는 또다른 뱀을 집어들어 퀼라프루아의 팔뚝에 올려놓았다. 녀석은 첫번째 뱀이 그의 팔을 둘둘 감은 것과 똑같은 방식으로 둘둘 감았다.

"자, 봐, 이년들은 널 해치지 않아." (알베르토는 뱀을 여자 취급했지.)

예민한 알베르토, 마치 손가락 끝에서 단단해지는 음경을 감지하듯, 복받쳐오르는 흥분감으로 점점 뻣뻣해지다가 일순 소스라치는 소년의 몸을 느끼고 있었다. 뱀들에 대해서는 은밀한 우정이 고개를 들고 있었다. 그런데도 아직 만지지는 않았다. 다시 말해 촉지 기관인 손가락 끝, 즉 맹인들이 사물을 읽어내는 손가락 끝의 볼록한 민감 부위로는 아직까지 뱀을 살짝 스친 적도 없었다. 결국 알베르토가 그의 손을 열어, 음산하고 차갑고 미끈거리는 몸뚱어리를 밀어넣어야 했다. 그것은 계시였다. 그 순간부터 알베르토의 거룩한 손이 그의 손을 놓지 않는 한, 아니 허벅지 한쪽이라도 그의 허벅지에 맞닿아 있는 동안은 뱀의 족속이 언제든 그를 침범해 들어올 수 있고, 타고 넘을 수 있으며, 슬그머니 비집고 들어올 수 있을 것 같았다. 그때 느끼는 것은 오로지 우호적인 즐거움, 일종의 애정. 요컨대 그는 더이상 예전의 그가 아니었다. 퀼라프루아와 디빈. 섬세한 취향은 그대로되, 이 두 존재는 앞으로 항상 자신이 혐오하는 대상을 사랑할 수밖에 없을 것이며, 이는 곧 단념을 의미하므로, 그들의 신성함을 구성하는 요인이 되어줄 것이다.

알베르토는 그에게 뱀 채집법을 가르쳐주었다. 먼저 뱀이 양지바른 바위에서 잠을 자는 정오를 기다려야 한다. 아주 천천히 다가가, 검지와 중지를 구부려 그 사이로 머리 바로 아래 목 부위를 단단히 그러쥐는 거다. 그래야 물거나 미끄러져 빠져나가지 못한다. 그런 다음, 절망적으로 식식거리는 뱀의 머리에 신속하게 덮개를 씌우고 끈을 동여매, 상자에 넣어야 한다. 알베르토는 코르덴 바지를 입었고, 각반을 착용했으며, 회색 셔츠는 팔꿈치까지 소매를 걷었다. 이 책에 등장하는 모든 수컷이 그러하듯, 그는 미남인데다, 강인하고 유연하지만, 자신의 매력은 안중에도 없었다. 굵고 드센 그의 머리카락은 눈을 덮으면서 입까지 내려오는데, 곱슬머리에 허약한 체격의 소년에게는 왕관의 위용 못잖은 느낌을 주기에 충분했다. 두 사람은 보통 아침 열시경, 화강암 십자고상 근처에서 만났다. 잠시 여자애들을 소재로 수다를 떨다가 자리를 옮겼다. 아직 추수 전이었다. 금속 같은 밀과 호밀로 이루어진 불가침의 영역. 그곳에서 둘은 확실한 피난처를 찾을 수 있었다. 비스듬히 숙이며 기어들어가던 그들 앞에 불현듯 밭의 정중앙이 나타났다. 그곳에 몸을 쭉 뻗고 누워 정오를 기다렸다. 처음에 퀼라프루아는 알베르토의 팔을 가지고 장난을 쳤다. 다음날은 그 장난이 알베르토의 다리로 옮겨갔다. 이어지는 날에는 자지를 장난감으로 삼았고, 그걸 빨았다. 이 추억에 디빈은 황홀해졌고, 휘파람 부는 소년처럼 볼을 볼록거리며 자신의 모습을 음미했다. 알베르토는 그 자신 기진맥진해 쓰러질 때까지 소년의 몸 구석구석을 유린했다.

하루는 퀼라프루아가 말했다.

"나 집에 갈래, 베르토."

"집에 간다고? 그럼 이따 저녁에 봐, 루."

왜 '이따 저녁'에 보자고 했을까? 알베르토의 입에서 너무나 즉각적으로 튀어나온 말이어서 퀼라프루아는 당연히 그래야 할 것처럼 느꼈고, 이렇게 응답했다.

"이따 저녁에 봐, 베르토."

하지만 하루가 저물고 다음날이 되어서야 그들은 다시 만났으며, 알베르토는 그리될 것을 알고 있었다. 그는 생각에 없는 말을 불쑥 내뱉었다면서 바보같이 웃었다. 퀼라프루아도 문제의 발언이 무얼 의미하는지 정확하게 파악하지는 못하고 있었다. 우리를 매혹하고 나서야 그 논리적 문법적 의미를 드러내는 천진한 시편들처럼, 그 문장은 당혹스럽기만 했다. 퀼라프루아는 정말로 매혹당해 있었다. 돌기와집은 그날이 세탁하는 날이었다. 마당 건조장에는 길게 늘어뜨린 침대 시트들이 미로를 이루어 그 일대를 유령들이 돌아다니고 있었다. 알베르토가 거기서 그를 기다리는 것은 당연했다. 하지만 몇시에? 딱히 정해주진 않았다. 여배우의 팔이 무대의 배경 그림을 흔들듯이, 바람이 새하얀 시트들을 흔들어대고 있었다. 밤은 늘 그러하듯 서서히 두터움을 더해가고, 어둠이 채워가는 드넓은 영역에 걸쳐 견고한 건축물을 축조해갔다. 김이 모락모락 나는 둥근달이 하늘로 솟을 즈음 퀼라프루아의 산책이 시작되었다. 연극은 그렇게 막이 오를 참이었다. 알베르토는 도둑질을 하러 올 것인가? '깔치에게 줄' 돈이 필요하다고 했지. 그래 깔치가 있었던 거로군. 그러니 진짜 상남자다. 도둑질하러 올 만하다. 언젠가 그는 돌기와집의 가구 배치에 대해 물어본 적이 있다. 그 생각이 퀼라프루아는 마음에 들었다. 알베르토가 그것 때문에 나타나주기를 바랐다. 달이 잠 없는 인간들에게 감동을 주려는 계산된 위엄을 두른 채 하늘에 오르고 있었다. 밤의 적막을 구성하는 수많은 소음이 금관악기의 강렬한 음색과, 살인 현장과 열쇠 소리가 들리지 않는 감옥의 기괴함―끔찍함― 을 거느리며, 마치 비극의 코러스처럼 소년의 주위를 압박해 들어오고 있었다. 퀼라프루아는 샌들 바람으로 침대 시트 사이를 돌아다녔다. 미뉴에트처럼 가벼운 몇 분의 시간이 불안과 애정을 일깨우며 지나가고 있었다. 그는 까치발로 춤을 추기도 했는데, 벽과 통로를 만들고 있는 시트들, 시체처럼 음험한 부동자세로 버티고 있는 저들이 서로 공모한다면, 그늘을 찾아 들어온 경솔한 야만인들을 가지로 휘감아버린다는 더운 나라 어떤 나무들처럼, 당장이라도 소년을 감금, 질식시켜버릴지도 모를 일이었다. 그가 정녕 비논리적인 발끝걸음으로만 지면을 딛는다면, 결국에는 땅에서 떨어져나가 다시는 돌아오지 못할 우주 한복판, 그 무엇으로도 멈출 수 없는 공간 속에 내동댕이쳐질지도 모르는 일이었다. 그는 샌들 바닥 전체를 지면에 밀착시켜 꾹 눌렀다. 샌들이 최대한 안정감 있게 그를 지탱해줄 수 있도록. 역시 춤을 아는 사람은 달랐다. 〈씨네몽드〉*에서 그는 다음과 같은 내용의 기사를 찢어 가지고 왔다. "사진 속 튀튀 차림의 어린 발레리나, 두 팔 머

---

* 1928년에서 1971년까지 발행된 영화 주간지.

리 위로 둥글게 모으고, 땅에 꽂힌 투창처럼 푸앵트를 유지." 사진 바로 아래엔 전설적인 인물이 소개된다. "우아한 용모의 케티 뤼플레, 나이 12세." 이 아이는 놀라운 예지적 감각을 가지고 있어, 여태껏 무용수나 무대, 배우를 본 적이 전혀 없음에도 불구하고, 앙트르샤, 바튀주테* 같은 춤동작과 튀튀, 토슈즈, 무대막, 풋라이트 등을 다룬 발레 논문을 술술 이해하더라는 거였다. 니진스키Nijinsky라는 단어의 모양새를 놓고 서는 (N의 솟아오르는 기세, j의 하강과 삐침, k의 삐침과 도약 그리고 y의 추락 등, 이름의 문자적 형태 자체가 어느 발로 바닥을 짚어야 할지 모르는 사내의 도약과 추락, 반동에 의한 재도약의 과정을 그려 보이고 있다는 얘기) 해당 예술가의 경쾌한 풍모를 알아맞히기도 했다. 언젠가 베를렌Verlaine이 음악적인 시인의 이름일 수밖에 없음을 알아낸 것도 같은 맥락이다. 그는 춤을 독학으로 깨쳤고, 바이올린 연주법을 스스로 터득했다. 그래서 춤도 연주하듯이 추었다. 그의 모든 행동은 행동 자체가 요구하는 개별 동작들로 이루어지는 것이 아니라, 인생을 영속적인 발레로 변모시키는 안무에 의거하여 설정, 진행되는 것이었다. 그는 빠른 시간 안에 푸앵트 동작을 성공했고 어디에서나 그 동작을 즐겼다. 모닥불용 땔감을 주워 모으는 동안에도 그렇고, 헛간에서도, 버찌나무 아래에서도 그랬다…… 나막신은 아예 벗어놓고, 검정색 모직 천으로 만든 토슈즈를 착용한 채, 손으로 키 작은 나뭇가지들을 붙잡아가며 잡초더미 위에서 춤추었다. 그는 하얀 망사 튀튀 차림의 무희가 되고픈 작은 인형들로 시골 들판을 북적거리게 만들었으나, 결국

---

* 대개 주테바튀라고 하며, 도약했다 내려오면서 다리를 교차시켰다가 착지하는 발레 동작.

그 모두는 검정 학습복 차림으로 버섯이나 민들레를 찾아다니는 창백한 초등학생에 지나지 않았다. 그가 가장 우려하는 것은 이런 꼴로 발각되는 것, 특히 알베르토의 눈에 띄는 것이었다. "그럼 내가 뭐라고 해야 하지?" 스스로를 구할 자살의 종류를 고민한 끝에 목매달기로 결정을 보았다. 그날 밤 얘기를 해보자. 그는 나뭇가지의 미세한 움직임, 건조하고 희미한 바람결에 화들짝 놀라 벌벌 떨었다. 달빛이 열시를 타종했다. 그러자 고통스러운 초조감이 뒤따랐다. 아이는 심장과 목구멍에서 질부를 발견했다. 알베르토는 오지 않을 것이며, 술이나 잔뜩 퍼마실 거라는 게 이제야 분명해졌다. 알베르토의 배신에 대한 생각으로 온정신이 압도당한 나머지, 퀼라프루아는 이렇게 또박또박 말했다. "나의 절망은 거대하다." 보통 혼자 있을 땐 자기 생각을 큰 소리로 또박또박 말할 필요가 없는 법. 하지만 오늘만큼은 비극에 관한 내밀한 감각이 그로 하여금 특별한 행동 지침에 따를 것을 명하고 있다. 하여, 그는 이렇게 선언했다. "나의 절망은 거대하다." 코를 훌쩍였을 뿐, 울지는 않았다. 그를 중심으로 한 무대배경은 비현실적인 불가사의의 외양을 상실했다. 구도가 변한 건 아니었다. 똑같은 백색 시트들이 하중으로 휘어진 철삿줄에 매달려 있고 별빛 흩어진 하늘도 여전했지만, 그 의미가 달라져 있었다. 거기 펼쳐지고 있는 드라마가 비장함의 단계, 파국으로 치닫고 있었던 거다. 이제 배우로서는 죽는 일만 남은 상황. 내가 무대배경의 의미가 예전과 같지 않다고 썼을 때, 그건 무대배경이 퀼라프루아에게 그리고 훗날 디빈에게는, 그 누구에게와도 다른 어떤 것으로 다가간다는 뜻이 아니다. 요컨대, 철삿줄에 매달려 건조중인 세탁물은 언제나 있는 그대로다. 그는 자신이 침대 시트 사이에 갇혀 있다는 것을 너무나도 잘 알고 있다. 내가 바라는 건 거기, 달빛을 머금은 친숙하지만 뻣뻣한 시트들에 감금당한 자에게서 불가사의한 무언가를 목도하라는 것이다─가령 시트들을 통해 화려한 비단 벽지라든가 대리석 궁전 복도를 상상했을 에르네스틴과는 정반대로 말이지. 계단이란 단어를 떠올리지 않고서는 계단 자체를 한 걸음도 오르지 못하는 그녀, 만약 똑같은 상황이라면 깊은 실망감에 빠지고야 말았을 것이며, 배경의 속성을 아예 바꾸도록 조처해, 새하얀 대리석 무덤으로 탈바꿈시킴으로써, 무덤처럼 아름다운 자신의 고통으로 과대포장하고야 말았을 터다. 퀼라프루아의 경우는 아무것도 움직이지 않았다. 무대배경의 이런 초연함이야말로 그의 적개심을 가장 효과적으로 부각해주고 있었다. 사건 하나하나, 사물 하나하나가 그를 경탄하게 만드는 기적의 결과물이었다. 동작 하나하나 역시 그러했다. 그는 이제 자기 방, 정원, 마을을 이해하지 못했다. 그는 아무것도 이해하지 못했고, 어떤 돌멩이가 돌멩이라는 사실조차 이해하지 못했다. 실재하는 것, 가령 지나치게 실재한 나머지 더이상 실재하지 않게 된 무대배경에 직면한 순간, 경악의 체험을 통해서 그는 단순하고 원초적인 감정들(고통, 기쁨, 자만, 수치)의 왜곡된 먹잇감이 되어버렸다……

그는 극장에서 술에 취한 어릿광대가 넉넉한 옷소매나 잡초더미에 기대, 또는 강렬한 달빛 아래 기절해 쓰러지듯 잠에 빠져들었다. 다음날 알베르토에게는 아무 말도 하지 않는다. 호밀밭에서의 낚시와 빈둥거림은 이제 매일 정오 그들의 일상이었다. 밤에 알베르토는 문득 호주머니에 두 손 찔러넣고 휘파람을 불면서 돌기와집 주변을 어슬렁대보자는 생각을 했다.(그는 쇳소리를 가미해가면서 휘파람을 기막히게 불었어. 휘파람 즉흥연주는 분명 그만의 매력으로 작용했지. 마법의 휘파람이라고나 할까. 여자들이 홀렸고, 남자들은 그 위력을 실감하고 시기했지. 어쩌면 휘파람으로 뱀까지 매혹했는지 몰라.) 하지만 실행에 옮기지는 않았다. 그에 대한 마을 사람들 감정이 안 좋았으니까. 더군다나 사악한 천사처럼 밤에 드나든다면 말해 무엇 하리. 그는 잠을 잤다.

그들은 독사들과 더불어 그들만의 사랑 행위를 계속 이어갔다. 디빈은 그 모든 일을 기억하고 있다. 그때가 인생의 가장 아름다웠던 시기였노라고 그녀는 생각한다.

대로변 어느 밤, 그녀는 세크 고르기와 맞닥뜨렸다. 비록 대천사 가브리엘의 그림자에 불과하지만, 태양을 품은 듯 쾌활하고 덩치 큰 검둥이는 괜찮은 건수를 찾아다니고 있었다.

세크 고르기의 인상착의는 다음과 같다. 신장 177센티미터. 체중 88킬로그램, 계란형 얼굴, 숱 많고 곱슬곱슬한 검은 머리, 검은 눈동자, 검은 피부, 금으로 때운 어금니 하나를 제외하면 완벽한 치아, 납작코, 발기시 길이 28센티미터 굵기 14센티미터에 달하는 남근.

복장은 어깨와 허벅지가 꼭 끼는 회색 모직 정장 차림인데, 둥그런 불알의 윤곽을 적나라하게 드러낸 장 뵈를린*의 타이츠보다 그가 입은 재킷이 더 외설적이다. 핑크색 넥타이에 크림색 실크 셔츠. 여러 개의 금반지와 진짜인지 가짜인지 모를(무슨 상관이랴!) 다이아몬드 반지. 손가락 끝엔 놀랄 만큼 길게 손톱들을 길렀는데, 전체적으로 어두운 빛

---

* 니진스키의 뒤를 잇는 스웨덴 출신 안무가, 무용가.

깔의 손톱 뿌리만큼은 일년생 성성한 헤이즐넛처럼 밝은 빛깔이다. 디빈은 곧바로 열여덟 살 디빈으로 돌아갔다. 비록 막연하긴 하나, 자신이 더운 나라에서 흑인으로 태어났다고 천진난만하게 생각하고 있다. 고르기는 그녀가 나이들었음을 알아보지 못할 것이고, 주름살도 가발도 눈치채지 못할 것이다. 그녀는 말한다.

"어머나! 너구나! 이렇게 반가울 수가!"

세크는 빙그레 웃었다.

"그래, 잘 있었어?"

디빈은 그에게 냉큼 달라붙었다. 살짝 뒤로 몸이 젖혀지는 듯했지만, 그는 비교적 꼿꼿한 자세로 잘 버텼다. 책가방 되는대로 비껴 맨 채 오줌 안 튀게 하려고 장딴지에 잔뜩 힘준 꼬마 녀석의 완강한 부동자세랄까, 전에 루가 목격한 알베르토의 바로 그 자세이기도 했다. 로도스의 거상처럼 두 다리 넓게 벌리고 착검 상태의 소총 입 높이까지 치켜든 더없이 남성적인 초병의 자세.

"너 어떻게 지낸 거야? 여전히 색소폰 불고?"

"아니, 그거 관뒀어. 나 이혼했다. 밴조랑 이제 끝났다고!"

"아니, 왜? 밴조 꽤 괜찮은 여자였는데."

이 대목에서 디빈은 그 좋은 성격을 뛰어넘어, 이렇게 덧붙였다.

"살이 좀 찌고 땅딸막한 편이지만, 그래도 성격 하나는 끝내줬잖아. 그래, 요즘은 뭐 하고?"

고르기는 그날 밤 일이 없었다. 실은 지금도 호객을 하던 중이었다. 돈이 필요하다는 거다. 디빈은 군말 없이 사정을 들어주었다.

"얼마지, 고르기?"

"오 루이."*

간명했다. 그는 백 프랑을 받아 쥐고서 디빈을 따라 다락방으로 향했다. 검둥이에게는 나이가 없다. 마드무아젤 아들린이라면 우리에게 이렇게 설명해주었을 거다, 검둥이들은 셈을 하고 싶어도 계산이 뒤죽박죽 헷갈리고 말기 때문에 어쩔 수 없다고. 자기들은 재규어 세 마리의 죽음과 더불어 홍작의 시대, 편도나무가 꽃 피는 시기에 태어났다는 걸 잘 알고 있는데, 그런 사정이 난데없는 숫자와 뒤섞이면 헷갈릴 수밖에 없는 거라고. 우리의 검둥이 고르기는 싱싱하고 활력이 넘쳤다. 그의 허리 움직임은, 흑인 살해범 빌라주가 감옥에서 종종 그러하듯 방 전체를 요동치게 했다. 오늘 글을 쓰고 있는 바로 그 독방에서 나는 저 거만한 체취의 검둥이가 풍기는 시체 냄새를 되찾고자 했으며, 결국 그놈 덕분에 조금이나마 더 실감나는 세크 고르기의 모습을 기술할 수 있었던 거다. 내가 냄새를 얼마나 좋아하는지는 이미 얘기한 적이 있다. 땅에서, 변소에서, 아랍인들 엉덩이에서 나는 강한 냄새들, 특히 내 똥이 아닌 방귀 냄새는 아주 혐오스러워, 이곳에서도 얼른 이불 속에 손을 넣어 오목하게 모은 손아귀에 와해된 나의 방귀를 모아 잽싸게 코로 가져가는 것이다. 그렇게 코에 도달한 내 방귀야말로 행복의 숨은 보물을 활짝 공개해준다. 나는 심호흡을 한다. 크게 숨을 들이마신다. 나는 거의 딱딱해진 방귀가 콧구멍으로 들어와 몸속으로 하강하고 있음을 감지한다. 그런데 나를 기분좋게 해주는 건 오직 나 자신의 방귀 냄새지, 너무 잘생긴 녀석들의 방귀 냄새는 역겨울 뿐이다. 심지어 어

---

* 프랑스 국왕이 새겨진 금화로, 1루이는 20프랑에 해당한다.

떤 방귀 냄새가 내게서 나온 것인지 다른 놈에게서 나온 것인지 살짝만 헷갈려도 더이상 그 맛을 보지 않는다. 내가 알고 지내던 당시, 클레망 빌라주는 죽음보다 더 지독한 냄새로 독방을 가득 채우곤 했다. 외로움은 달콤하다. 그것은 쓰라리다. 누구나 거기선 정화의 사전 작업처럼, 머리에서 지난 모든 정보를 깨끗이 비워내야 한다고 생각한다. 그러나 그대가 내 글을 읽는다면, 사정이 전혀 그렇지 않다는 걸 잘 알게 될 것이다. 나는 짜증이 났다. 검둥이가 나를 어느 정도는 치유해주었다. 그의 특별한 성적 능력이 나를 진정시켜주기에 충분했던 것 같다. 그는 바다처럼 강했다. 빛을 발하는 그의 표정은 치료약보다 더 마음을 안정시켰다. 그의 존재 자체가 주술적이었다. 나는 잠을 자고 있었다.

그가 손가락 사이로 굴리고 있는 병정의 두 눈은 분홍빛 반들반들한 얼굴에 나의 펜이 그려넣은 두 개의 페르마타에 불과하다. 나는 앞으로 검둥이의 가슴에 누운 코발트색 병정하고만 맞닥뜨릴 것이며, 그때마다 어김없이 그의 체취와 섞이면서 감방을 오염시키는 테레빈유 냄새 때문에 짜증이 나고야 말 것이다. 프랑스의 또다른 감옥에선, 왕궁의 통로처럼 곧게 뻗어나간 복도들이 엮어가는 기하학적 문양들을 따라, 복도 크기에 압도당한 죄수들의 헝겊 신발 바닥이 쭉쭉 미끄러지곤 했다. 문 앞을 지날 때마다 나는 그곳 수감자의 범주가 새겨진 표찰을 읽었다. 처음 몇 개는 '독방 감금'이었고, 그다음 몇 개는 '유배형'이었으며, 다음은 '강제노동'이었다. 이쯤에서 나는 충격받았다. 당장 보는 앞에서 형이 집행되고 있었다. 하나의 단어이기를 그친 무언가가 구체적인 몸체를 갖춰가기 시작했다. 나는 복도 끝까지 가본 적이 없었다. 내게는 그것이 세상 끝을 보는 것과 같았고, 마치 모든 것의 종말을 경험하는 것처럼 느껴졌기 때문이다. 그런데도 그 끝은 내게 신호를 보내왔고, 나를 불러 들뜨게 만들었다. 아마도 나는 복도 끝까지 가보긴 할 거다. 비록 허무맹랑한 생각인 건 알지만, 그곳 문들엔 '사형' 내지는 좀 더 무시무시하게 '극형' 같은 말들이 새겨져 있을 거라 나는 믿고 있다.

감옥 이름은 안 알려줄 생각이지만, 이곳 수감자들에겐 각자 작은 마당이 주어지는데 거기 벽을 메운 벽돌마다 친구에게 남기는 메시지가 새겨져 있다. '세바스토의 B. A. A. ―토폴의 자코,* 일명 V. L. F.가 뤼시앵 드 라 샤펠에게'랄지 간절한 호소, 어머니께 드리는 봉헌이 있는가 하면 일종의 공시대公示臺 같은 발언도 있다. 이를테면 '집스 바 Gyp's Bar의 폴로가 밀고자다.' 새해 첫날에 교도소장이 재소자 모두에게 막소금 한 봉지씩을 돌린 것도 바로 이 감옥에서였다.

감방에 들어서자 덩치 큰 검둥이가 제일 큰 놈조차 자기 새끼손가락보다도 작은 꼬마 납병정들을 파란색으로 칠하고 있었다. 그는 그것들을 옛날 루-디빈이 개구리를 집어들 때 그랬던 것처럼 한쪽 허벅지만 잡아 들고서 몸 전체에 파란색을 펴 바르고 있었다. 그런 다음 바닥에 내려놓아 제멋대로 널린 채 마르도록 두었다. 그러지 않아도 조그만 것들이 정신없게 어질러져 있는 판에, 검둥이는 그것들을 음탕한 포즈로 서로 짝지어 더욱 짜증스럽게 만들었다. 외롭다보면 음탕한 기질이 그만큼 기승을 부리는 모양이다. 그는 미소와 이마 주름으로 나를 맞이했다. 클레르보 중앙교도소에서 오 년을 복역한 다음 이곳으로 왔고, 유배 떠나는 날을 기다리며 일 년째 머무는 중이라고 했다. 그는 자기 여

---

* '세바스토'와 '토폴' 모두 파리의 세바스토폴대로를 가리킨다.

자를 살해하고 나서 초록색 작은 털 뭉치들이 달린 노란색 실크 쿠션에 앉힌 다음, 벤치 모양으로 벽돌을 쌓아 벽을 발라버린 자다. 그는 누구나 신문에서 읽었을 이야기를 내가 기억하지 못하자 기분이 상했다. 그만큼 불행한 사건이 인생을 파괴했기에 지금과 같은 명성이 있는 것이니, 지독한 불행이 아니고서야 어찌 군주가 아닌 햄릿이 되랴.

그가 말한다. "나 클레망이야. 클레망 빌라주."

그의 분홍빛 손바닥과 통통한 손이 납병정들을 고문했을 거라고 나는 믿었다. 어린아이의 이마처럼 둥글고 주름 한 점 없이 말끔한 그의 이마가 (갈*이라면 아마 '여성적 특질이 두드러진 이마'라고 했을 터) 병정들에 거의 바짝 붙을 만큼 열중해 있었다.

"병사들을 제작중이지."

나는 그들에게 색을 칠하는 법을 배웠다. 감방이 그들 천지였다. 탁자, 선반, 바닥 할 것 없이 시체처럼 차갑고 단단한 미세 전사들로 온통 뒤덮여 있었다. 무진장한 수량과 비인간적으로 작은 크기 때문에 그들에게는 어떤 기이한 영혼이 감지되고 있었다. 밤에 나는 그들을 발로 흩어놓았다. 짚 매트를 깐 다음, 그들 가운데서 잠을 잤다. 릴리풋**의 거주민들처럼 그들이 나를 결박하면, 풀려나기 위해 나는 대천사 가브리엘 앞에 디빈을 바쳤다.

낮에 검둥이와 나는 조용히 일했다. 하지만 언젠가 그가 자신의 무용담을 털어놓으리라는 걸 나는 확신하고 있었다. 사실 나는 그런 종류의 이야기를 좋아하지 않는다. 나와는 무관하게, 얼마나 많은 이가 그

---

* 프란츠 요제프 갈(1758~1828). 골상학의 창안자.
** 조너선 스위프트의 소설 『걸리버 여행기』에 나오는 소인국 이름.

걸 떠들어댔을까 생각하게 되고, 그러다보면 이야기라는 게 서로 무한정 돌려가며 입는 옷처럼 느껴져서…… 아무튼, 내게도 사연이 있다. 그건 내 눈에서 드러난다. 감옥에도 침묵의 이야기가 흐르는 법이고, 간수 역시 자기 사연을 가지고 있으며, 심지어 납병정들조차 공허한 이야기를 하나씩 간직하고 있다. 공허하다니! 납병정의 발이 깨지면, 남은 부위에 구멍이 뻥 뚫린다. 그들의 내부가 텅 비어 있음을 말해주는 이 확실한 단서는 나를 기쁘게도 슬프게도 한다. 집에 마리 앙투아네트 왕비의 석고 흉상이 하나 있었다. 오륙 년 붙어살아도 그 존재를 의식하지 못한 나는 조각상의 쪽머리가 갑자기 깨져나간 어느 날, 흉상 내부가 텅 비었음을 예감한다. 그걸 확인하려면 텅 빈 공허 속으로 내가 뛰어들어야 했겠지만. 그러한 신비, 무無와 부정의 신비가, 마을에서 루-디빈에게 그랬듯이, 내게 신호를 보내고 스스로를 드러내는 마당에 그깟 살인마 검둥이의 사연이 무슨 대수인가. 거기서 성당은 도깨비 상자 역할을 맡았다. 미사 의식이 루를 장엄한 분위기에 길들이는 가운데, 종교 축일이 돌아올 때마다 그는 당혹스러움을 감수해야 했다. 어딘가 은닉처에서 금빛 가지 촛대, 백색 에나멜 백합, 은자수 장식의 제단보가 튀어나오고, 제의실에서는 초록색, 보라색, 흰색, 검은색 벨벳 또는 무아레 재질의 장백의, 중백의, 새로 만든 면병이 나서는 것을 목격했기 때문이다. 처음 들어보는 뜻밖의 성가가 울려퍼지는데, 그중 가장 황당했던 건 혼인미사 때나 부르는 〈오소서 성령이여〉였다. 그 노래의 마력이라면 설탕 입힌 아몬드와 밀랍으로 만든 오렌지 꽃송이의 마력이랄까, 하얀 베일의 마력(여기 또하나 첨가하여, 기이하게도 빙하에 억류당한 마력이 있을 텐데, 나중에 얘기하기로 하자), 첫영성체자들의 술 장식 완장들과 하얀 양말들의 마력. 그것이야말로 내가 혼례의 마력이라 부를 수밖에 없는 것. 이를 언급하는 자체가 매우 중요한 문제로, 어린 퀼라프루아를 지고의 황홀경으로 보내버린 마력이 바로 그것이기 때문. 이유를 나는 말할 수 없다.

신랑 신부 앞에 그가 받쳐든 쟁반에는 하얀 천이 덮여 있고 그 위에 금반지가 놓여 있다. 사제가 성수채를 들고 십자성호를 그으며 끄트머리 네 곳에 살짝살짝 반동을 주면, 반지 위에는 작은 물방울이 네 번 떨어진다.

성수채는 항상 작은 물방울로 촉촉이 젖어 있다. 아침마다 발기해 오줌을 누고 난 알베르토의 자지처럼.

성모기도소의 벽과 천장은 석회로 하얗게 단장했고 성모께선 수병의 셔츠 칼라처럼 푸른색 앞치마를 착용했다.
신자들을 마주한 제단이 깔끔하게 정비되었다. 신을 마주하고서는 뒤죽박죽 먼지투성이 나무의자들과 거미줄 천지.

여자 걸인의 지갑은 알베르토의 누이가 입은 장밋빛 실크 드레스의 남는 기장으로 만든 거다. 그러나 성당 기물들은 퀼라프루아에게 친숙해졌다. 머잖아 이웃 마을의 성당만이 그에게 새로운 장관을 연출할 수 있었다. 차츰차츰 그곳의 신들이 자리를 비웠는데, 아이가 접근하는 대로 줄행랑을 치는 것이었다. 그애가 내민 마지막 질문에는 따귀처럼 통명스러운 답변이 돌아왔다. 한번은 정오 무렵, 벽돌공이 기도소 입구를 고치고 있었다. 이중 사다리 꼭대기까지 기어올랐으나, 그가 퀼라프루아에게 대천사처럼 보이지는 않았다. 이 아이는 훌륭한 성상화가들의 경이로움을 진지하게 바라볼 줄 몰랐던 것이다. 벽돌공은 벽돌공이었다. 게다가 잘생긴 청년이기도 했다. 그의 코르덴 바지는 볼기짝에 착 달라붙다가 다리 쪽으로는 헐렁했다. 목선이 깊이 파인 셔츠 바깥으로 수북이 드러나는 체모, 나무 아래 여린 풀들 틈에서 솟은 나무둥치처럼 불끈 솟아오른 목덜미. 성당문은 활짝 열려 있었다. 투는 코르덴 바지가 드리워진 하늘 아래 머리와 눈을 낮춘 채, 사다리 아래를 지나 성가대까지 조심조심 나아갔다. 벽돌공은 그를 보고 아무 말도 건네지 않았다. 꼬마가 신부님께 무슨 장난이라도 칠까 기대는 하고 있었다. 퀼라프루아의 나막신은 양탄자가 덮인 지점까지 바닥 타일을 요란하게 두드렸을 뿐이다. 그는 샹들리에 아래 멈춰 섰고 태피스트리로 장식된 기도대에 무척이나 경건한 자세로 무릎을 꿇었다. 무릎을 꿇는 그의 자세는 일요일마다 알베르토의 누이가 바로 그 기도대에서 취하는 자세를 따온 것이다. 그 아름다움으로 자신을 치장하고 있다. 그런 식으로 어떤 행위란, 그를 수행하는 자가 힘을 가졌을 경우에만 나름의 미학적 도덕적 가치를 부여받는 게 아니던가. 내가 또 궁금한 것은, 아주 부적절하고 멍청한 노래가 흘러나올 때, 유명한 걸작 앞에서 느끼는 것과 같은 방식으로 내 안에서 일어나는 감정이란 도대체 무얼 의미하느냐는 거다. 그것은 우리가 각자 자신 안에서 느낄 수 있도록 위임된 힘이며, 그렇기 때문에 우리는 차에 탈 때 몸을 숙이는 동작을 감수하는 것이다. 몸을 숙이는 순간, 아득하기 그지없는 어떤 기억이 우리를, 길거리나 영화에서 같은 식으로 숙이는 걸 본 적 있는 스타나 왕 혹은 무법자(여전히 왕 같은 무법자)로 만들어주기 때문이다. 가령, 내가 오른발 발꿈치를 들고 오른팔을 들어 벽에서 내 작은 거울을 떼어낸다든가 선반에서 내 반합을 집어드는 동작은 나를 T 아무개 공주로 변모시켜준다. 언젠가 그림 한 장을 보여주고 나서 도로 제자리에 놓기 위해 같은 동작을 취하는 걸 내가 본 것이다. 상징적인 동작을 계속해서 반복하는 사제들은 상징이 아닌 미덕, 그러나 최초 행위자의 미덕과 하나됨을 실감한다. 미사 의식과 더불어 주거침입과 절도 행위의 동작 하나하나를 재연함으로써 디빈의 장례를 집행한 사제는, 그날 단두대에 오른 주거침입 강도의 여러 동작을 '적장의 전리품' 삼아 스스로를 치장하고 있었다.

그리하여 퀼라프루아가 성당 입구 성수반에서 물 몇 방울 적시기 무섭게, 제르맨의 단단한 젖가슴과 볼깃살이 그에게 이식되었고, 얼마 후엔 근육이 그렇게 되어, 당시 유행에 맞춰 그 모두를 짊어지고 다녀야 했다. 그러고도 그는 자세와 중얼거림으로 기도를 했는데, 고개 숙이기 그리고 성호 긋기의 고상한 완만함에 주로 방점을 찍었다. 성가대석 구석구석으로부터, 제단의 모든 성직자 좌석으로부터 어둠의 호명이 진행되고 있었다. 작은 등이 빛을 발하고 있었다. 정오에 그것은 한 남자를 찾고 있었다. 휘파람을 부르는 벽돌공은 삶과 세상에 속해 있었고, 루만 이곳에서 홀로 온갖 잡동사니의 주인임을 느끼고 있었다. 파이프 오르간의 호출에 응답하는 일, 고체처럼 꽉 들어찬 어둠 속으로 들어서는 일…… 그는 소리 없이 일어섰고, 나막신이 앞장서 바닥을 디뎌 푹신한 모직 양탄자 위로 지극히 조심스럽게 그를 운반해갔다. 검게 절은

파이프의 묵은 담뱃진만큼, 연인이 뱉어내는 숨만큼 독성을 품은 오래된 향료 냄새가 그의 동작 하나하나에 잇달아 고개 드는 두려움을 마비시키고 있었다. 시간을 뒷걸음질하게 만드는 바로 그 냄새에 멍하니 취해, 마치 심해 잠수부처럼 지치고 무른 근육으로 느리게 움직이다보니, 퀼라프루아는 오늘, 여기 있는 것 같지가 않았다. 루가 실수로 거인의 걸음을 디디기라도 한 듯 갑작스레 제단이 손닿는 곳에 나타나자, 신성모독을 저지른 것 아닌가 싶었다. 사도신경이 돌 탁자 위에 엎어져 있었다. 적막이 현존하는 특이한 적막이어서 바깥 소음들이 침범하지 못했다. 소리는 아이들이 던진 썩은 과일들처럼 두꺼운 성당 벽에 부딪혀 산산조각났는데, 설사 그 소리가 들려도 적막에는 아무런 장애가 되지 않았다.

"퀼라!"

벽돌공이 불렀다.

"쉿! 성당 안에서 소리지르지 마."

두 마디 대사가 적막의 축조물 속에―도둑질하러 들어간 저택의 바로 그 적막―거대한 균열을 만들어놓았다. 감실의 이중 장막이 잘 여며지지 않은 탓에, 흡사 단추 풀린 바지 앞섶처럼 음란하게 틈새가 벌어져 있었고, 그 사이로 문을 닫아건 작은 열쇠가 돌출해 있었다. 퀼라프루아의 손이 열쇠에 가닿자, 정신이 돌아왔다가 순식간에 도로 빠져나갔다. 기적이다! 내가 저 면병을 하나 집어먹으면 그로부터 피가 돌 것이다! 무분별하게 유포된 유대인에 관한 이야기, 성체를 물어뜯는다는 신성모독적인 유대인, 아이들 혀에서 떨어져나온 면병이 식탁보와 바닥 포석을 피로 물들인다는 기적의 이야기들, 성물 장물아비 불한당들의 이야기가 지금 이 불안한 순간을 준비해두었던 것이다. 그렇다고 루의 심장이 보다 격하게 뛰었다고는 말할 수 없다. 오히려 이곳 신자들 사이에 '성모의 손가락'이라 불리기도 하는 디기탈리스류의 어떤 식물이 박동의 속도와 강도를 가라앉혔을 뿐 아니라, 귀의 울림 현상도 없으니까. 적막이 그의 귀로부터 솟아났다. 까치발을 하자 열쇠가 눈에 들어왔다. 숨을 멈추었다. 기적이다. 석고상이 좌대에서 굴러떨어져 그를 쓰러뜨리리라 예상하고 있었다. 틀림없이 그러리라 확신했다. 그 자신 입장에선, 일이 벌어지기 전에 이미 일은 벌어진 거였다. 그는 사형수의 체념으로 천벌을 기다렸다. 그것이 임박했음을 알기에, 편안하게 기다렸다. 요컨대, 그는 행동이 잠재적으로 완수된 이후에나 행동에 들어갔다. 적막은 (그것은 사각형에 이르고, 입방체에 도달했어) 금방이라도 성당을 폭파시켜, 신이 하는 일, 불꽃놀이를 결행할 참이었다. 거기 성합이 있었다. 뚜껑은 이미 열었다. 워낙 엉뚱한 행동이라, 그는 행동을 수행하는 자신을 구경하고 싶은 호기심을 느꼈다. 꿈이 허물어질 뻔했다. 루-퀼라프루아는 면병 세 개를 집어 양탄자 바닥에 떨어뜨렸다. 그것들은 머뭇머뭇, 맑은 날씨에 떨어지는 낙엽처럼, 활공하며 하강했다. 적막이 아이에게 달려들어, 떼로 몰려드는 권투 선수들처럼 몰아붙이더니, 어깨부터 바닥에 내리꽂았다. 그는 성합을 놓쳤고, 양탄자 위에 떨어진 그것은 공허한 소리를 토해냈다.

그리고 기적이 일어났다. 기적이란 없었다. 신은 바람이 빠졌다. 신은 속이 텅 비었다. 무엇의 구멍이든 하나의 구멍일 뿐이다. 마리 앙투아네트의 석고 두상처럼, 구멍난 납덩어리들에 불과한 장난감 병정들처럼, 하나의 예쁘장한 형상.

그렇게 나는 사람 형상의 무수한 구멍들 틈에서 살아가고 있었다. 나는 바닥에 놓인 매트리스에 누워 있는데, 하나뿐인 침대에선 클레망이 잠을 자기 때문이다. 마치 돌로 된 제단이나 벤치 위에서처럼 길게 누운 그를 나는 아래서 올려다보곤 했다. 그는 밤에 딱 한 번 변소 갈 때만 몸을 움직였다. 그것을 더할 나위 없이 신비스럽게 수행했다. 비밀리에, 침묵 속에. 그가 내게 이야기해준 사연이란 다음과 같다. 그는 과들루프 출신으로 카프리스 비엔누아*에서 누드 댄서로 일했다. 소냐라는 이름의 네덜란드 여자와 몽마르트르의 작은 아파트에서 살았는데, 우리가 지켜본 디빈과 미뇽의 생활 방식은, 이를테면 부르주아들 생각에 단 하나의 숨결로도 부서질 것처럼 경쾌하고 화려한 것이었다. 부르주아들이 검둥이 댄서와 권투 선수, 매춘부, 군인 등 시 창조자들의 삶의 시를 즐기긴 하나, 그것이 얼마나 끔찍한 일들로 가득하고, 조악한 현실에 얽매인 삶인지는 알 리 없지만 말이다. 1939년 5월 새벽녘, 이른바 포주와 창녀 사이에 흔히 일어나는 장면 하나가 벌어졌다. 그날 수입이 시원찮았던 거다. 소냐가 떠난다는 말을 했다. 그가 따귀를 때렸다. 그녀는 울부짖었다. 그녀는 독일어로 욕을 했지만, 건물에는 약삭빠른 사람들만 득실거려 아무도 반응이 없었다. 이제 그녀는 침대 밑에 숨겨둔 가방을 꺼낼 생각을 했고, 아무 말 없이 그 안에 소지품들을 쟁여넣기 시작했다. 덩치 큰 검둥이가 그녀에게 다가갔다. 그는 호주머니에 두 손을 찔러넣고 말했다.

---

* '빈의 환상'이란 뜻의 카바레 이름.

"그만둬, 소냐."

어쩌면 입에 담배를 물었을지도 모른다. 그녀는 가방 속에 계속해서 스타킹과 원피스, 잠옷, 수건을 욱여넣었다.

"그만두래도, 소냐!"

그녀는 짐을 쌌다. 가방은 침대 위에 놓여 있었다. 클레망은 자신의 정부를 그대로 밀어붙였다. 균형을 잃은 여자는 뒤로 발랑 누웠고, 그 바람에 은빛 구두를 신은 두 발이 남자의 코앞까지 치솟았다. 네덜란드 여자는 아주 작은 비명을 내뱉었다. 검둥이는 그녀의 발목을 움켜잡고 마치 마네킹을 치켜들듯 여자의 몸을 번쩍 들어올렸다. 이어서 현기증 나는 동작, 태양의 동작으로 반 바퀴를 빠르게 휘두르는가 싶더니, 구리로 된 침대 기둥에 여자의 머리를 그대로 때려박았다. 클레망은 사건을 그의 부드러운 크레올어*로 이야기해주었는데, 단어를 잘라먹으면서 문장 끝을 길게 끌었다.

"알겠나, 장. 내 그년 대가릴 거기 때려박았단 말이지. 그년 대가리가 구리 침대에 박살났단 말이거든."

그는 손가락 사이에 장난감 병정을 하나 쥐고 있었는데, 완벽하게 대칭적인 그 얼굴이 바보 같은 인상만을 부각하고 있었다. 그런 원초적인 그림들, 수감자가 감방 벽에 긁어 새기거나 도서관 책들에 끼적이는, 때로는 가슴팍에 문신으로 그려넣는 빤한 그림들, 이를테면 눈은 정면을 바라보는데 얼굴은 옆얼굴인 그림이 주는 불쾌감에 대해, 그는 미주알고주알 잡담을 늘어놓았다. 마침내 클레망은 사태가 벌어진 직

---

* 서로 다른 언어를 쓰는 사람들 사이에서 형성된 언어를 말하며, 여기서는 프랑스어와 과들루프 원주민어의 혼합어를 뜻한다.

후 자신이 일종의 몽환상태에 빠져버렸음을 털어놓았다. 그의 말대로라면, 태양이 작은 창문을 통해 들어오고 있더라는 거다. 이전에는 그런 성향을 전혀 감지하지 못했는데, 분명 태양은 악의를 품고 있었다. 태양은 유일하게 살아 숨쉬는 사물이었다. 일개 소품을 뛰어넘어, 태양은 자신만만하고 교활한 증인. 증인처럼 중요한 존재이자(거의 언제나 검찰 측 증인), 주역에서 배제된 배우처럼 시샘하는 존재였다. 클레망은 창문을 열었다. 그러자 자신의 범죄를 공개적으로 자백한 사람처럼 보였다. 거리가 방안으로 일거에 몰려들면서, 자신도 한몫하겠다는 듯 참극의 질서와 무질서를 흔들어댔다. 비현실적인 분위기가 한동안 이어졌다. 검둥이가 창밖을 내다보았다. 거리 끝에 바다가 보였다. 지금 나는, 자기가 저지른 행위의 처참한 공포를 이겨내는 살인자의 정신 상태를 재구성하려 애쓰면서, 유사시 그 공포에 매몰되지 않을 최선의 방법(내 적성에 가장 잘 부합하는 방법)이 무엇인지를 은밀히 점검하고 있는지도 모른다. 잠시 후, 소냐를 처치하는 온갖 방안이 진열대에서 선택을 바라는 물건들처럼 종류별로 또는 서로 뒤죽박죽인 상태로, 밀집하여 한꺼번에 그의 앞에 제시되었다. 순간, 벽으로 발라버린 시신에 대한 이야기가 기억에 떠오른 것은 아니었다. 그럼에도 이 방법만큼은 그 스스로 선택하기 전에 마치 누군가에 의해 지정된 것처럼 느껴졌다. "그래 내 문부터 잠갔지. 열쇠 호주머니 넣었어. 가방 치우고, 침대 말끔히 정리했고. 그리고 소냘 반듯이 눕혔단 말이거든. 재밌는 건 말야, 소냘 그대로 팽개쳐놨더라고. 낯짝 피 잔뜩 엉겨붙은 채 말야." 하루종일을 이어갈 영웅주의의 기나긴 삶은 바로 그렇게 시작되었다. 우선 강력한 의지력을 발휘해 그는 상투성에서 탈피했다. 지금 그의 정신은 초인간적인 영역에 거하며, 거기서 그는 신이었다. 도덕적 통제에서 벗어나 자신의 모든 행위를 주관하는 특별한 세계를 단번에 창출했다. 그는 스스로를 승화시켰다. 그는 자신을 장군으로, 사제로, 제사장으로, 전례 집전자로 만들었다. 그는 명령하고, 단죄하고, 희생 제물을 바치고, 봉헌을 했으되, 소녀를 죽이진 않았다. 그는 당혹스러운 본능을 바탕으로 그와 같은 기교를 발휘해 자신의 행위를 정당화했다. 정신 나간 상상력을 타고난 사람들은 이래서 상당한 시적 역량을 덤으로 갖추어야 한다. 우리의 우주와 그 가치들을 부정함으로써 압도적인 여유 속에 영향력을 행사하는 것이다. 난생처음 뛰어들려고 하는 물이나 허공 앞에서 두려움을 극복하고자 애쓰는 사람처럼, 그는 깊이 숨을 들이마셨다. 그리고 아주 차가운 결단 속에 스스로 무심하고 초연한 존재가 되었다. 돌이킬 수 없이 완료된 일은 체념하고 받아들였으며, 수습 가능한 일에는 악착같이 달려들었다. 그는 자신의 기독교 신앙을 외투처럼 벗어던졌다. 자신이 저지른 행동들을, 살인을 단죄하는 신과는 아무 관련 없는 어떤 은총의 소산으로 승화시켰다. 그는 정신의 눈을 막아버렸다. 하루 온종일, 마치 자동장치가 작동하듯이, 그의 육체는 이곳 현실에서 비롯하는 것이 아닌 질서에 따라 움직이고 있었다. 살인이라는 흉포한 행위에 그가 그렇게 충격을 받은 건 아니었다. 그가 식겁한 건 시체 때문이었다. 백인 시체가 그를 혼란스럽게 하는 반면, 흑인 시체는 덜 불편했다. 그래서 아파트를 나서며 출입문을 세심하게 잠갔고, 날이 막 밝아갈 즈음 공사장에 가서 시멘트 10킬로그램을 구했다. 10킬로그램이면 충분했다. 세바스토폴대로 근처 조금 외진 동네에서는 흙손을 하나 샀다. 거리를 걸으며 그는 인간의 영혼을 되찾았고, 사람처럼 행동했다. 자기 행동에 일상의 의미를 부여했다. 이를테면 벽을 바르는 일의 의미랄까. 그는 벽돌 오십장을 사서 빌린 수레로 가까운 길목까지 끌고 온 뒤 일단 거기 놔두었다. 벌써 정오였다. 아파트 안으로 벽돌들을 들여오는 일이 문제였다. 그는 한 번에 대여섯 개씩 벽돌을 보듬어 안고 외투로 표 안 나게 가린 채, 수레에서 아파트까지 열 번을 오갔다. 모든 자재가 갖춰졌고, 그는 다시금 자신의 낙원에 들어섰다. 그는 망자를 발가벗겼다. 이제 그는 혼자였다. 망자를 벽난로 가까운 벽에 기대 세웠는데, 그렇게 세운 자세로 벽을 바를 생각이었으나, 시체가 이미 앞으로 오그라든 상태였다. 다리를 펴려고 해봤지만 나무토막처럼 딱딱하게 굳어 있었다. 뼈들도 폭죽 터지듯이 요란한 소리를 냈다. 그래서 벽 발치에 오그라든 자세 그대로 놓고 작업을 시작했다. 천재적인 작품일수록 그것을 작업하는 자와 상황이 얼마나 잘 맞아떨어지느냐에 많은 것을 빚지기 마련이다. 작업이 끝나자, 클레망은 시체가 벤치의 형상으로 기막히게 처리되었음을 깨달았다. 마음에 들었다. 그는 의욕적이면서 초연한 몽유병자처럼 일하고 있었다. 현기증을 피하기 위해 심연을 들여다보길 거부했다. 그것은 나중에, 백 쪽쯤 지나서, 꽃피는 노트르담이 저항하지 않은 바로 그 망상이다. 그때 만약 주춤했다면, 다시 말해 지금 이렇게 부여잡고 있는 쇠창살과도 같은 엄정함을 늦추었다면, 그 즉시 그는 무너져버리고 말았을 것이다. 무너진다는 것, 그건 당장 경찰서로 달려가 목놓아 울어버린다는 뜻이다. 그 점을 그는 잘 이해하고 있었고, 자신에 대한 격려와 기원을 섞어가며 일하는 가운데, 속으로는 수없이 각오를 되뇌었다. 이야기를 하는 내내 납병정들이 그의 크고 경쾌한 손가락들 사이를 빠르게 달리고 있었다. 나는 잔뜩 주의를 기울였다. 클레망은 미남이었다. 카엔 반란* 때 그가 살해당했다는 건, 〈파리 수아르〉를 통해 알려진 사실이다. 그래도 그는 미남이었다. 어쩌면 내가 만나본 가장 잘생긴 흑인이었는지도 모른다. 덕분에 구체화할 세크 고르기의 이미지를 나는 기억을 더듬어가며 또 얼마나 뻔질나게 주물러 댈 것인가. 그 역시 잘생기고, 신경질적이며, 저속하기를! 아마도 그의 운명이 그를 좀더 아름답게 치장해주는 것인지도 모르지. 저녁이면 들리던 저 평범한 노래가 그 많은 기결수가 웅크린 감방들을 거쳐 나에게 다다르면서 이만큼 가슴 저린 노래로 변모하듯이 말이다. 머나먼 출생지, 밤마다 알몸으로 춤을 추었다는 사실, 그리고 범죄 행각, 이 모두가 그라는 존재를 시로 에워쌌다. 전에도 말했지만, 그의 이마는 둥글고 매끈하며, 길게 굽은 눈썹과 더불어 눈은 늘 웃고 있었다. 온화하고도 의젓한 사람. 거세된 목소리로 그는 군도群島의 오래된 노래를 흥얼거리곤 했다. 그러다 어쩐 일인지, 경찰이 결국 그를 체포했다.

꼬마 병정들은 침략 작전을 계속했고 어느 날 십장이 여분의 병정을 데리고 온 거다. 빌라주가 내게 우는소리를 했다.

"나 지쳤어. 보라고, 또 병정이란 말이거든."

그날부터 그는 한층 더 과묵해졌다. 그가 나를 미워하는 건 알겠는데, 이유가 무언지는 도저히 알 수 없었다. 그렇다고 우리의 동지적 관계가 달라지는 건 아니었다. 다만 그가 미움과 짜증의 감정을 온갖 비열한 태도로 드러내기 시작했는데, 나는 속수무책 당할 수밖에 없었다.

---

* 1946년 기아나의 카엔에 배치된 세네갈 원주민 보병 부대에서 일어난 반란.

어차피 그는 무적이었으니까. 하루는 아침에 일어나자마자 침대에 앉더니 방안을 가만히 둘러보는 것이었다. 태아 종족인지 중국 형리들인지 모를, 비웃음 묻어나는 무감각한 표정의 바보 같은 작은 인형들이 사방 가득 널려 있었다. 거인을 향해 군대가 속이 울렁거릴 정도의 파상 공세를 펼치는 형국이었다. 그는 속이 뒤집히는 것 같았다. 그는 부조리한 바다 속으로 가라앉는 중이었고, 절망의 소용돌이에 휘말려 나까지 파멸의 구렁텅이로 끌어들이고 있었다. 나는 병정을 하나 붙잡았다. 바다에, 사방 천지에 천, 만, 십만의 병정들이 있었다! 내 따뜻한 손아귀에 굳이 한 놈을 골라 움켜쥐었는데도, 녀석은 차갑게 식어 숨도 쉬지 않고 있었다. 방 전체가 온통 푸른빛투성이였다. 단지 속에는 푸른 진흙이, 벽과 내 손톱에는 푸른 얼룩이 있었다. 무염시태의 앞치마처럼 푸른빛, 에나멜처럼 푸른빛, 군기軍旗처럼 푸른빛. 작은 병정들이 거대한 파도를 일으켜 방을 흔들어대고 있었다.

"내 꼴 좀 보란 말이거든."

클레망은 침대에 앉아 짧고 날카로운 신음을 토해내고 있었다. 긴 팔을 들어올렸다가 무릎 위로 맥없이 떨어뜨렸다(여자들이 보통 그렇게 하지). 그는 하염없이 울고 있었다. 아름다운 두 눈에 넘실거리던 눈물이 이내 입까지 주르륵 흘러내렸다. "아이고! 아이고!" 그러나 이곳에 혼자 있는 나는 손도 대지 않고 내 안을 파고들던 그 탄력 넘치는 육봉밖에는 기억에 없다. 내 안 아득한 곳까지 거칠게 파고들어온 그의 자지, 내가 기억하는 그 살아 움직이는 연장을 위해 신전이라도 지어 바치고 싶어. 다들 그것에 사로잡혀 있거든. 디빈은 세크 고르기에게, 또다른 놈들은 디오프, 엔골로, 스마일, 디아뉴에게.

고르기와 같이 있을 때 디빈은 늘 정신이 없다. 그는 마치 고양이가 생쥐와 놀듯 그녀와 놀았다. 그는 가혹했다. 소파에 드러누워 양팔을 몸에 반듯이 붙인 자세로 움직이지 않도록 그녀에게 강요했다. 그 위로 활처럼 몸을 젖히면, 몽둥이가 거무튀튀하고 단단한 뱃가죽을 방패처럼 거세게 두드렸다. 그는 디빈을 울게 만들었다. 그녀가 만지는 것을 그는 원치 않았다. 그는 단번에 그녀를 덮쳤다. 디빈의 음경이 구부러졌다. 고르기는 그녀의 입에 키스했다. 그의 혀는 단단하고 준엄했다. 그것은 입술과 이빨을 강제로 열었고, 일단 진입하자 나사송곳과 낙지, 거머리, 육봉으로서의 자기 일을 충실히 수행해나갔다. 둘은 너나없이 흠뻑 젖어들었다.

검은 가슴팍에 뺨을 기댄 채—가발은 잘 안착되어 있다—디빈은 자신의 맥빠진 혀와는 달리 그토록 힘찼던 혀를 반추한다. 디빈 안의 모든 것이 뭉그러져 있다. 그런데 뭉그러짐과 빳빳함은 혈액이 풍부한 가 덜 풍부한가로 결정되는 신체 조직의 문제에 지나지 않는다. 그리고 디빈은 빈혈을 앓고 있지 않다. 그냥 좀 무른 타입이랄까. 말하자면 성격이 여리고, 볼이 보들보들하며, 혀가 흐물흐물하고, 음경이 물렁물렁하다. 반면 고르기는 그 모든 것이 단단하다. 디빈은 이처럼 물러터진 서로 다른 것들 사이에 어떤 관계가 유지될 수 있다는 사실을 놀라워한다. 단단함이란 남성다움을 의미하지…… 그런데 고르기가 딱 한 부분만 단단하다면…… 하긴 신체 조직의 문제니까…… 설명은 디빈을 그렇게 따돌리고 만다, 오직 이 생각만을 남기고서. '나는 완전히 물러터졌어.'

그리하여 고르기는 오와 열로 정렬한 무덤 위를 날아다니는 다락방에 거주하게 되었다. 그는 옷가지와 기타 그리고 색소폰을 가지고 왔다. 그는 기억을 더듬어 소박한 선율을 연주하면서 시간을 보냈다. 창밖 실편백나무들이 열중하고 있었다. 디빈이 그에게 특별한 애정을 가진 건 아니었다. 그녀는 사랑 없이 그저 차 한 잔 타주곤 했으나, 돈이 떨어지면서 다시 거리의 일에 나서야 했고, 그걸로 지루함을 피할 수 있었다. 그녀는 노래를 부르곤 했다. 그녀의 입가로 애정과 과장이 어우러진 미완의 선율이 흐르는데, 광란을 들쑤실 민한 원시의 찬가 같기도 하고, 어떤 기도인지 시의 낭송인지, 신령들의 욕망인 피와 공포, 사랑으로 오염되었음에도 불경스럽고 순수한 폭소를 금지하는 원초적 제의의 약호略號, 그것이 요구하는 근엄한 자세와도 어울렸다. 예전에 미뇽은 싸구려 페르노주를 마셨다. 오늘 고르기는 비싼 독주로 제조한 칵테일을 마시는 대신 음식은 별로 안 먹는다. 하루는 아침에, 아마 여덟시쯤 되었을 텐데, 노트르담이 다락방 문을 두드렸다. 디빈은 똑바로 누워 세상모르고 잠들어 있는 검둥이의 왠지 사바나 냄새가 날 것 같은 그림자 속에 웅크리고 있었다. 문 두드리는 소리가 그녀를 깨웠다. 얼마 전부터 그녀가 밤에 잠옷을 입는다는 건 다 알려진 사실이다. 고르기는 계속 자고 있었다. 그의 따뜻한 복부를 타고 넘다가 촉촉하지만 단단한 허벅지에 발끝이 걸리면서 그녀는 말했다.

"누구요?"

"나야."

"누구?"

"오, 젠장! 날 모르겠어? 일단 문부터 열어, 디빈."

그녀는 문을 열었다. 시야에 포착된 검둥이의 모습보다 더 강렬한 냄새가 노트르담에게 상황을 이해시켰다.

"냄새 한번 고약하네. 세입자가 있군. 나쁘지 않은걸. 그나저나 나 좀 자야겠어. 기진맥진이야. 자리 좀 있지?"

고르기가 잠에서 깨어나고 있었다. 아침에 대개들 그러하듯, 그는 곧 추선 자신의 상태에 난처해했다. 원래 그는 수줍음을 타는 편이었으나 백인들의 뻔뻔함을 배운 뒤로는 그들을 닮겠다는 객기 속에 훨씬 더 파렴치한 짓이 가능해졌다. 자칫 자신의 태도가 우스꽝스럽게 보일지 모른다는 생각에 그는 일부러 이불을 덮지 않았다. 그리고 아무렇지도 않은 듯, 초면인 노트르담에게 악수를 청했다. 디빈이 서로를 소개했다.

"차 마실래?"

"좋지."

노트르담이 침대에 올라앉았다. 그는 이미 냄새에 익숙해져 있었다. 디빈이 차를 준비하는 동안, 그는 신발끈을 풀기 시작했다. 매듭이 마구잡이로 매여 있었다. 누가 봐도 빛이 없는 곳에서 신을 신었다 벗었다 했구나 싶었다. 그는 재킷을 벗어 바닥에 내던졌다. 물은 곧 끓을 것이다. 그는 신발과 양말을 한꺼번에 후딱 벗어버리려고 했다. 발에 땀이 났기에, 냄새라도 풍길까봐 찜찜했던 것이다. 깔끔하게 성공은 못했지만, 발냄새는 나지 않았다. 그는 검둥이를 쳐다보지 않으려 조심하면서 이런 생각을 했다. '내가 지금 눈덩이 옆에서 곯아떨어져도 모자랄 판인데…… 좀 꺼져줘야 하는 거 아냐?' 고르기에 대해서는 디빈도 딱히 자신할 수 없었다. 혹시 마약 단속반과 내통하는 수많은 끄나풀 중

하나는 아닐지 알 수 없는 노릇이었다. 반면 노트르담에 대해서는 의문을 품을 여지가 없었다. 노트르담은 언제 봐도 한결같은 사람이었다. 눈이라든가 입꼬리가 그다지 지친 기색은 아니고 머리만 약간 엉클어졌지만, 그중 몇 가닥은 눈을 덮었고, 숙취에 전 얼굴인 건 분명했다. 그는 침대 가장자리에 걸터앉아 무릎에 팔꿈치를 괸 채 부스스한 머리를 긁으며 기다렸다.

"물 끓고 있어?"

"응, 끓어."

소형 전기스토브 위에 올린 하얀 유리 플라스크 안에서 보글보글 물이 끓고 있었다. 디빈이 차에 물을 부었다. 그렇게 세 잔을 준비했다. 고르기도 자리를 잡고 앉았다. 자기 자신에서 시작해 주변 사물과 존재들을 서서히 흡수하면서 잠이 깨는 모양이었다. 비로소 존재함을 느끼고 있었다. 그는 주저주저하며 몇 가지 의견을 발설했다. 덥고, 모르는 사내가 있고, 나는 발기했고, 차를 끓였고, 손톱에 얼룩이 묻었고(그의 친구 중 한 명과 악수하기를 원치 않았던 미국 여자의 얼굴), 지금 시각 여덟시 십분. 이 낯선 사내에 관해 디빈이 언급했을지 모른다는 사실을 그는 기억하지 못했다. 매번 그를 소개할 때마다 디빈은 '어떤 친구'라고 말했다. 모르는 사람 면전에서 자기를 지칭할 때 절대로 꽃피는 노트르담이라 부르지 말라는 게 살인자의 요구였던 것이다. 어쨌든 그건 별로 중요한 일이 아니다. 고르기가 그를 한번 더 쳐다본다. 약간 돌아간 옆얼굴과 뒤통수를 보고 있다. 안전핀으로 벽에 부착한 바로 그 머리통이다. 그런데 실물이 더 낫다. 노트르담이 고르기 쪽으로 살짝 고개를 돌리며 말했다.

"어이 친구, 자리 좀 비켜주지. 내가 밤새 한잠도 못 잤거든."

"아! 그래, 눈 좀 붙여. 난 일어날 테니까."

알다시피 노트르담은 결코 양해를 구하는 법이 없었다. 모든 게 그의 탓도 아니거니와, 무슨 일이든 일어나기 마련이고(질서에 따라), 자기와는 아무런 상관이 없으며, 특별히 주목할 일도 평가할 일도 없을뿐더러, 요컨대 유일하게 가능한 질서에 따라 모든 일이 벌어진다는 투였다.

"이봐, 디빈, 내 바지 좀 줄래?" 검둥이가 말했다.

"잠깐, 차 마셔야지."

디빈은 그와 노트르담에게 각각 찻잔을 하나씩 건넸다. 이렇게 해서 망자들, 꺾인 꽃들, 술 취한 무덤꾼들, 햇빛에 갈가리 찢긴 음험한 유령들을 모두모두 굽어보는 다락방 3인 생활이 다시 시작되는 셈이다. 유령은 연기도 아니고 투명 또는 불투명한 유체도 아니다. 그것은 공기처럼 맑은 무엇이다. 낮에, 특히 낮에는 우리가 유령을 그대로 통과해 지나다닌다. 그러다 가끔 우리가 취하는 동작 어느 하나에 이르러, 가령 허벅지끼리 서로 엇갈리면서, 우리의 윤곽을 따라 지나는 붓의 선처럼 유령의 윤곽이 그려지는 수가 있다. 디빈은 저 공기처럼 경쾌한 마르케티와 며칠을 보낸 적이 있다. 그는 노트르담과 동반 도주를 했고, 그를 혼란스럽게 했으며—거의 살해할 뻔—그런 그의 유령을 통과할 때마다 노트르담의 몸에는 반짝거리는 조각들이 묻어났는데, 미뇽과 그 절친한 친구(아마도 '좋은 친구'라 말하고 싶었을 텐데, 한번은 '아름다운 친구'라고 한 적도 있지) 눈에 그것들은 보이지 않았다. 노트르담이 담배를 하나 집는다. 한데 마르케티가 짓궂게 손가락을 튕겨 그 담배를 상자 밖으로 튀어나가게 한다. 거의 어디서나 마르케티 유령의 잔해가 노트르담에게 달라붙는다. 그로 인해 노트르담은 몰라보게 변한 것이다. 유령 누더기가 그에게 잘 맞지 않는 거다. 정말이지 변장한 티가 확연한데, 사육제 때 가난한 소작인들이 속치마와 숄, 반장갑, 루이 15세풍 뒤축과 단추가 달린 반장화, 캐플린 모자, 할머니와 누이 옷장에서 훔친 세모꼴 스카프를 이것저것 동원한 솜씨다. 조금씩 조금씩, 한 잎 두 잎, 꽃피는 노트르담은 자신의 모험담을 떼어낸다. 진실일까, 거짓일까? 둘 다일 것이다. 마르케티와 함께 그는 18세기풍 개폐식 책상의 금고를 턴 적이 있다. 당시 경비원 숙소로 연결된 전선을 절단하다 말고, 마르케티(서른 살의 코르시카 출신 금발 미남자, 그레코로만형 레슬링 챔피언)가 그의 입술에 손가락을 대고 이렇게 말했다.

"이제 조용할 거야."

필시 카펫 바닥에 웅크리고서 그들은 금고 번호를 알아내려 했을 것이고 나이와 머리카락, 반들반들한 애인 얼굴들, 배수와 약수를 섞어가며 이리저리 번호를 끼워맞추느라 무진 고생한 끝에 겨우 성공했을 터다. 결국 뒤죽박죽 얽힌 숫자들이 질서정연한 아라베스크로 정렬하자 책상의 개폐식 문짝이 방긋 열렸다. 둘은 현금 삼십만 프랑과 모조 보석 액세서리를 챙겼다. 마르세유 도로를 달리는 자동차 안에서 (왜냐하면, 설사 떠날 생각을 하지 않았다 해도, 이런 일을 해치운 다음에는 대개 항구로 직행하기 마련이며, 항구란 세상 끝에 위치하는 법이므로) 마르케티는 신경과민 말고는 다른 어떤 이유도 없이 노트르담의 관자놀이를 가격했다. 문장이 새겨진 금반지가 출혈을 일으켰다. 급기야 마르케티는 차라리 그를 총으로 갈겨버릴까도 생각해봤다. (노트르담은 그 사실을 나중에 알게 되었는데, 마르케티가 동료 한 명한테 털어놓았기 때문이지) 마르세유에 도착해 물건을 서로 나누었고, 노트르담은 그에게 일체의 전리품을 맡겼다. 마르케티는 아이를 버려두고 도망쳤다.

"개자식이지, 그렇지 않아, 디빈?"

"네가 홀딱 빠져서 정신 못 차렸잖아." 디빈이 말했다.

"얼씨구, 별 헛소리 다 듣네."

하지만 마르케티는 미남이었다. (노트르담 얘기로는, 그가 입은 두터운 스웨터가 마치 벨벳처럼 몸에 착 달라붙더라는 건데, 바로 그런 점에서 헤어나올 수 없는 매력을 느끼는 거야. 벨벳 장갑 속의 강철 손이랄까.) 푸른 눈동자의 코르시카 금발…… 그레코로만형 레슬링…… 문장이 새겨진 금반지…… 노트르담의 관자놀이에서 피가 흘렀다. 요컨대, 그는 방금 자신을 살해한 다음 되살려놓은 자에게 목숨을 빚진 셈이었다. 마르케티가 은혜를 베풀어 세상을 다시 살게 해주었으니. 그러고 나서 다락방에 돌아오자 노트르담은 슬퍼서 즐거워진다. 미뉴에트 선율에 맞춰 죽음의 시를 흥얼거리는 것 같기도 하다. 디빈이 귀기울인다. 그는 마르케티가 붙잡히는 즉시 쫓겨날 거라고 말한다. 유배형에 처해 떠난다는 것이다. 노트르담은 유배형이 무엇인지 정확하게 알지 못한다. 젊은 친구 하나가 재판 얘기를 하면서 딱 한 번 언급하는 걸 들은 게 전부다. "유배형에 처하다니 지독해." 하긴 그 말만으로도 무시무시한 형벌임을 능히 짐작할 수 있다. 감옥들과 그 생각 많은 투숙객들을 익히 아는 디빈이 보기에, 마르케티는 의식儀式에 맞춰 스스로 각오를 다질 것이다. 노트르담에게 납득시키기를, 아마도 사형수가 황혼에서 새벽까지 밤을 꼬박 새워가며 머릿속에 떠오르는 모든 노래를 불러대는 것처럼 말이다. 마르케티는 티노 로시*의 목소리로 노래를 불러댈 것이다. 그는 보따리를 꾸릴 것이다. 그 안에 가장 아름다운 정부들의 사진을 챙길 것이다. 자기 어머니 사진도 마찬가지. 면회실에서 어머니와 포옹할 것이다. 떠날 것이다. 그뒤부터는, 바다일 것이다, 다시 말해 악마의 섬, 검둥이들, 럼주 양조장, 코코넛 열매, 파나마모자를 쓴 거류민들. 미녀! 마르케티는 미녀를 연기할 것이다! 그는 미녀가 되리라. 그렇게 생각하면 나는 마음이 뭉클해져, 무지막지한 자들의 근육에 압도당한 그의 아름다운 근육을 위해 애정어린 눈물도 흘릴 수 있을 것 같다. 포주인데다 엽색가이자 호색한이니, 유형지의 여왕이 될 것이다. 그리스 조각 같은 근육은 어디에 써먹을까? 더 젊은 부랑아가 올 때까지 그는 '불꽃'으로 불릴 것이다. 아니다. 신이 그를 불쌍히 여기는가? 법령상 더는 카옌으로 떠날 수 없게 되었다. 유형수들은 생이 끝날 때까지 본토 내륙지역에 머물 것이다. 미녀가 되고 싶은 희망, 그 기회가 말살된 것이다. 그들은 자신의 진정한 조국, 자신들을 거부하기에 살아서는 본 적 없는 그 조국을 그리워하며 죽어갈 것이다. 그의 나이 서른. 마르케티는 생이 끝나는 날까지 사방 하얀 벽에 둘러싸여 지낼 것이다. 권태에 찌들지 않으려고 그는 한 번도 현실화된 적 없는, 앞으로도 실현될 가망이 전혀 없는 상상의 삶에 천착하게 될 것이며, 이는 곧 희망의 죽음이 될 것이다. 도박용 주사위 형태의 감방에 갇힌 호사스러운 인생. 그러니 나는 마음이 편하다. 이 번지르르하

---

* 코르시카섬 출신의 프랑스 샹송 가수.

게 생긴 건방진 포주는 보잘것없는 존재들의 전유물이던 고통을 알아야 한다. 우리는 호사스러운 삶을 통해 우리 자신이 화려한 역할을 맡을 수 있도록 최선을 다할 것이다. 그렇게 온갖 꿈을 다 꾸어도 살아 움직이는 진짜 삶을 살기엔 너무도 허약한 우리, 어쩌다 그 꿈 중 하나가 현실이 된들 우린 결코 행복하지 못할 것이다. 껍데기뿐인 희열조차 이미 고갈되었으며, 영광과 풍요의 숱한 가능성, 그 허상의 기억을 거듭 반추해왔으니 말이다. 우린 무감각해졌다. 우리의 나이는 마흔, 쉰, 예순. 식물적인 소소한 고생에 시달릴 뿐, 우린 무감각해져 있다. 이제 자네가 나설 차례, 마르케티. 돈 버는 방법은 꾸며대지 말라, 밀수를 위한 확실한 루트 정보는 돈 주고 사지 말라, 보석상을 후린다든지, 계집들 가진 것 털고, 신부들을 회유하고, 가짜 신분증 뿌린답시고 새로운 수법 찾으려 들지 말라(웬만해선 죄다 닳고 닳은 터라), 도주를 시도할 용기가 없다면, 갑자기 행운을 거머쥘 생각일랑 거두는 편이 나을 테니(목표가 무언지 스스로 특정하지도 못할 바엔). 이는 만사 고충을 피하는 길, 감방에 처박혀 최대한 즐기도록 하게나. 나 너를 사랑으로 증오하나니.

디빈 어록 (속편)

그대가 그녀의 비참한 현실을 주장해도, 디빈은 여전히 대로를 군림하는 위치다. 차림새가 형편없는 신참이(열다섯 살쯤 되었을까) 경솔하게 윙크하자, 기둥서방이 밀치며 말한다.

"저 아가씬 디빈이라고 한다. 넌 걸레에 불과하고."

디빈을 아침 여덟시쯤 시장에서 마주친 거였다. 장바구니를 손에 쥐고서 그녀는 야채와 오랑캐꽃, 달걀 값을 흥정하고 있었다.

그날 저녁, 친구 다섯이 차를 놓고 둘러앉아 있다.

"아무튼 자기들, 디빈이 이제 하느님과 결혼한 거라고. 새벽 첫닭이 울면 일어나 성체를 모시러 간다잖아, 죄를 뉘우치면서 말이야."

그러면 다들 입을 모은다.

"맙소사, 디빈이 제대로 돌았구먼!"

다음날.

"있잖아, 경찰서에서 디빈을 완전히 발가벗겨 세웠는데, 온몸이 상처 투성이더래. 어지간히 얻어터졌나보더라고. 미뇽이 두들겨팼다지."

친구들이 일제히 반응한다.

"저런, 저런! 디빈이 맞을 짓을 한 모양이네."

사정인즉, 디빈은 미뇽도 다른 고객들도 전혀 눈치 못 채게 고행자들이 입는 거친 속옷을 착용하고 있었던 것.

누가 디빈에게 말한다(재복무를 원하는 군인).

"나 같은 빈털터리는 어떻게 해야 살아갈 수 있나?"

디빈이 대답한다.

"일해."

"당장 할일이 없는걸."

이자는 디빈을 부추길 심사로 자꾸 말을 건다.

"좋은 방법 없어?"

그녀가 '도둑질이라도 해'라고 대답해주길, 생각이라도 하길 바라는 거다. 하지만 디빈은 감히 그럴 수 없었다. 비슷한 경우 자신이 취할 법한 태도를 떠올리자, 손에 배고픔을 달래줄 빵 부스러기를 담아 새들에게 먹으라고 내미는 모습이 그려지는 것이었다. 그녀는 속으로 중얼거렸다. '구걸해.'

디빈이 말한다.

"우리는 저녁에 자전거 선수들이 휘파람으로 노래의 화환을 두르며 천상의 비탈을 아찔하게 질주해 내려오는 광경을 지켜봤어. 우리가 골짜기에서 기다리노라면, 그들은 작은 진흙 알갱이 형상으로 우리에게 나타나지."

디빈의 자전거 선수들은 내 안에 고대의 공포를 솟구치게 한다.

좀더 단도직입으로 고백하거니와, 어떤 대가를 치러서라도 나는 나 자신으로 돌아와야 한다. 이 책을, 나는 유죄판결을 받은 내 삶의 요소들을 승화시키고 전치시켜서 만들어내고자 했다. 그것이 내 강박의 그 무엇도 이야기하지 않을까봐 걱정이다. 살을 발라내 뼈를 드러내는 문체에 정진한다고는 하나, 정작 내가 바라는 건 이 감방 구석에 처박혀 푸른 리본과 눈처럼 하얀 속치마, 꽃으로 채워진 책 한 권을 그대에게 바치는 것이다. 그보다 더 나은 소일거리가 없으므로.

산 자들의 세계가 내게서 그다지 먼 것은 결코 아니다. 내가 수단 방법을 가리지 않고 최대한 멀리할 뿐. 칠흑 같은 하늘의 금빛 점 하나가 되기까지 세계는 점점 뒤로 물러나, 우리가 사는 세계와 그것 사이를 가로지른 심연이 너무 깊어, 현실에서 남은 건 우리네 무덤뿐이다. 그리하여 나는 여기서 진짜 죽은 자의 생존을 시작한다. 갈수록 점점 더, 나는 이 생존으로부터 온갖 잡다한 사실을 잘라내, 특히 사소한 것들, 가령 진짜 세상이 여기서 불과 20미터 떨어진 저 담벼락 너머에 펼쳐 있음을 신속히 내게 상기시킬 요소들부터 하나하나 가지를 쳐낸다. 온갖 심려 가운데, 이 사회의 기성 체제가 요구하는 것임을 가장 효과적으로 환기할 만한 것들부터 우선적으로 떨쳐낸다. 예를 들어 구두끈을 이중 매듭으로 묶는 일은, 세상에서 수 킬로미터를 걷는 동안 구두끈이 풀리지 않도록 그렇게 매듭을 동여매왔음을 내게 너무도 확연히 상기시킨다. 나는 바지 앞단추를 채우지 않는다. 단추를 채운다면, 거울 앞에서 또는 변소에서 볼일 보고 나올 때마다 나 자신을 점검해야할 테니까. 나는 저곳에서라면 결코 부르지 않았을 노래를 부른다. 이를테면 이런 고약한 노래. "우리야말로 불쾌한 놈들, 악랄한 놈들, 껄렁한 놈들……" 내 나이 열다섯, 라로케트감옥에 있을 때 부른 그 노래가 매번 다시 감옥생활을 할 때마다 기억에 떠오른다. 그리고 다른 데서라면 절대 읽지 않을 걸 (그럴 거라고 믿어) 읽고 있다. 폴 페발*의 소설들 말이다. 나는 감옥의 세계, 그곳의 배척당한 습관들을 신뢰한다. 나는 죽어서, 진짜 죽은 자로 살 수만 있다면 무덤에 들어가 살기를 감수하는 것과 같이, 그곳에서 살기를 감수하겠다. 다만 기분전환은 일과의

---

* 19세기 프랑스 소설가. 주로 범죄소설, 환상소설을 썼다.

변화가 아닌 그 본질에 기인해야 한다. 청결하거나 위생적인 행위는 일절 하지 않는다. 청결과 위생은 속세의 일이다. 재판 관련 수다를 즐긴다. 꿈을 많이 꾼다. 겉멋에 너무 신경쓴다든지, 넥타이와 장갑 이외의 새로운 액세서리로 치장해선 안 된다. 지나친 멋부림은 포기하고, 잘생겨 보이고 싶어하지 않는다. 다른 걸 원하고, 다른 언어를 사용한다. 그리고 자신이 영구히 감옥에 갇혔음을 진심으로 믿는다. '삶을 만들어간다'는 게 바로 그런 것. 일요일과 공휴일과 날씨에 대한 관심을 포기한다. 나는 수감자들의 습관을 확인했을 때 충격받지 않았다. 그들은 그 습관들로 인해 살아 숨쉬는 자들의 범주에서 제외된다. 성냥을 세로로 자른다든지, 직접 부싯돌을 만드는 일, 담배꽁초 열 모금 빨기, 감방 안을 빙글빙글 맴돌기 등등. 나는 여태껏 그런 삶을 내 안에 은밀히 간직해왔다고 생각하며, 직접 접할 기회만 있다면 언제라도 그 실재성을 외부로 드러내리라 믿고 있다.

하지만 지금 나는 두렵다. 징조들이 나를 쫓고 나 또한 참을성 있게 그들을 쫓는다. 그들은 악착같이 나의 파멸을 고집한다. 재판정에 출두하면서 나는 목격하지 않았던가, 어느 카페의 테라스, 아마도 회전하는 작은 원탁에 둘러앉아 황금빛 맥주를 들이켜며, 배불뚝이 둥근 유리잔 너머로 별들을 관찰하던 수부 일곱 명. 그런가 하면 자전거 타고 신에게서 신에게로 메시지를 전달하는 메신저 보이, 이에 문 철삿줄에 동그란 램프가 대롱대롱 매달려, 그 불빛에 발갛게 달아오른 소년의 얼굴을 보지 않았던가? 지극히 순수한 경이는 스스로 경이롭다는 사실을 알지 못하는 법. 수많은 원圓과 구球가 내 안을 떠돌고 있다. 오렌지, 일본식 당구공, 베네치아식 램프, 곡예사의 굴렁쇠, 운동복 차림의 골키퍼가

들고 있는 공. 나는 내면의 천문학을 통째로 확립, 조절해야 할 것이다.

두렵다고? 어차피 내게 일어날 일보다 더 나쁜 일이 일어날 수 있을까? 육체적 고통만 아니라면, 나는 아무것도 겁나지 않는다. 도덕은 내게 실 한 가닥으로 매달린 무엇. 그런데 나는 두렵다. 선고 전날, 문득 깨닫고 보니, 진지하게 생각해본 적 전혀 없이 지난 팔 개월을 오직 이 순간만 기다려왔다는 것 아닌가! 내가 공포로부터 자유로운 때란 극히 드물다. 헛것을 보지 않는 때가 거의 없으며, 대부분의 시간을 어떤 존재나 사건들에 대한 부시무시한 지각에 시달린다. 심지어 통념상 더없이 아름다운 대상에 대해서는 특히 더 그렇다. 어제 우리 열두 명 피의자는 예심판사실로 출두할 시간을 기다리며 구치소 비좁은 감방에 서로 다닥다닥 붙어서 있었다. 나는 제일 구석, 변소 가까이 있었다. 연신 웃으면서 별 볼 일 없는 경험담을 늘어놓는 젊은 이탈리아인이 내 옆에 있었다. 한데 그 이야기들이 목소리와 억양, 외국인 특유의 프랑스어 구사 덕분에 왠지 비장한 울림을 갖는 것이었다. 나는 그를 인간으로 변신한 짐승으로 간주했다. 그가 바로 이 특권을 앞세워, 언제든 마음만 내키면 나를 자칼이라든가, 여우, 뿔닭으로 만들어버릴지 모른다는 느낌이 들었다. 그가 누릴 것으로 생각되는 특권과 관련하여 내가 나 스스로에게 최면을 걸고 있었는지도 모른다. 한때 그는 어린 포주를 상대로 뻔하고 지겨운 대사 몇 마디를 주고받기도 했다. 이를테면 "내가 여자를 홀라당 벗겨버렸지"라고 했는데, 워낙 좁은 감방에 바짝 붙어 뜬금없이 튀어나온 말이라, 혹시 나를 사랑하고픈 마음에서 저러는 게 아닐까 싶기도 했지만, 또 아주 거칠게 내뱉은 말이라, 보통 토끼를 잡아먹을 때 "녀석을 홀라당 벗겨 먹었다"라고 하듯이, 아니면 '늙은이를 홀라당 벗어버리시오'*라는 말도 있듯이, "내가 여자를 홀라당 벗겨버렸지"라고 말한 건 아닌가 싶었다. 그런가 하면 이런 말도 했다. "교도소장 말이야, 나를 보더니 이러더군. '녀석 참 또라이일세.' 그래서 나도 대꾸했지. '저 같은 또라이나 돼야 소장님 같은 또라이에 잘 어울리지요.'" 나는 아기가 입에서 옹알거리는 '또라이'**라는 단어를 곰곰 생각해본다. 끔찍하다. 불가사의한 공포감이 하도 크다보니, 그때의 기억이 떠오를 때마다 (주사위 도박에 관해서야) 어린애 두 명이 공중에 대롱대롱 매달려, 침묵 속에서 각자의 대사를 외쳐대는 것 같았다. 나는 그들이 공중에 떠 있던 것을 기억한다고 분명히 확신하기에, 나도 모르게 머릿속에서 그들이 혹시나 공중부양을 가능케 하는 모종의 기술을 구사한 것은 아닌지, 눈에 보이지 않는 스프링이랄까, 마루 밑에 무언가 감춰진 장치가 있었던 것은 아닌지 자꾸만 탐색하게 된다. 하지만 그런 일은 불가능하기에 나의 기억은 몽상의 신성한 공포 속을 헤매고 있다. 내가 탐색중인 무시무시한 순간들, 그 속에서 거부감 없이는 자신의 몸과 마음을 들여다볼 수 없다. 도처에서 나는 진부한 사건들에 맞닥뜨린다. 겉으로는 해로울 것 없어 보이나, 나를 더없이 추악한 공포 속에 처박아버린다. 마치 시체인 내가 열심히 뒤쫓던 시체가 바로 나인 것처럼. 변소 냄새다. 지금 보이는 손, 결혼반지를 낀 사형수의 손이다. 근무자가 들이미는 국그릇을 받아 쥐고자 그는 감방 배식구로 손을 내민다. 그 자신은 드러내지 않은 채 내민 손, 그것은 마치 조작된 신전의 신의 손과도 같다. 밤낮없이 불을 켜두는 감방, 그곳은 시간과

* Dépouillez le vieil homme. '낡은(나쁜) 습관에서 벗어나라'는 의미.
** coco. 아이들 말로 '달걀'을 뜻하기도 한다.

공간의 합금인 죽음의 대기실—45×24시간 이어질 운명의 철야제. 바지를 내리고 하얀 법랑 변기에 앉은 미뇽. 얼굴을 찡그리고 있다. 따뜻한 덩어리들이 잠시 매달려 있다가 떨어지면서 훅하고 냄새가 뿜어나자, 나는 이 금발의 주인공이 똥으로 가득찬 상태였음을 알게 된다. 그리고 꿈이 나를 통째로 꿀꺽 삼켜버린다. 나를 물어뜯는 것은 벼룩. 처음에는 인간적이다가 갈수록 인간을 초월하는, 지능적으로 나를 물어뜯는, 아주 지랄맞은 놈이라는 걸 나는 안다.

나의 감옥을 물망초 다발로 폭파시킬 만큼 독이 든 시를 그대는 아는가? 내 안에 거주하면서 나로 하여금 모든 동물 주민의 안식처가 되어주도록 강요하는 완벽한 젊은이를 살해할 무기 말이다.

제비 몇 마리가 그의 팔 아래 보금자리를 꾸민다. 그곳에다 마른 흙을 다듬어 둥지를 만든 것이다. 벨벳 느낌의 황갈색 애벌레와 그의 머리카락이 한데 뒤섞여 있다. 그의 발밑에는 한 무리의 벌떼, 그의 눈 뒤에는 독사 한 무더기. 그는 꿈쩍도 않는다. 단지 두 손 모으고 사제에게 혀를 날름대고는 곧바로 눈을 내리뜨는 첫영성체 여자아이들 때문에 다소 불쾌할 뿐이다. 그는 눈처럼 차갑다. 나는 그가 엉큼하다는 걸 안다. 황금도 여간해선 그를 웃게 하지 못한다. 그럼에도 그가 웃을 땐, 천사의 축복이 임한 것이다. 어떤 풍운아가 주머니칼이라도 휘둘러 내게서 그를 떼어내겠다며 기꺼이 나서줄까? 그러려면 우선 몸부터 날래야 하고, 눈도 좋아야 하며, 지극히 냉정해야 할 터. 게다가……그를 제거한 자리에는 살인자가 대신 들어설 것이다. 그는 밤새 동네 술집을 전전하다가 아침에 귀가했는데 수병들, 온갖 계집과 두루 놀아나 그중 한 계집의 피 묻은 손자국을 뺨에 새기고 돌아왔다. 그는 아주 멀리 떠나버릴 수도 있지만, 비둘기처럼 충실하다. 전날 저녁, 늙은 여배우가 머리에 꽂고 다니던 동백꽃을 그의 단춧구멍에 꽂아주었다. 나는 그걸 구겨버리고 싶었다. 꽃잎이 투명하고 미지근한 굵은 물방울로 변하면서 양탄자 바닥에 뚝뚝 떨어졌다(양탄자 바닥이라니? 내 감방엔 납작한 돌들만 깔려 있는데). 지금 나는 감히 그를 똑바로 쳐다보지 못한다. 내 눈이 그의 수정 같은 육체를 통과하는 동안, 그 속을 가득 채운 견고한 각도들이 무수한 무지개를 만들어 나를 눈물 흘리게 하기 때문이다. 끝.

그대에겐 별것 아니게 보일지 모르나, 이 시는 나를 위로해주었다. 나는 그걸 싸질렀다.

디빈이 말한다.

"내가 살아 있지 않다는 생각을 넘어, 이제 사람들이 더이상 나를 생각하지 않는다는 사실을 받아들인다."

배신행위로 인해 미뇽의 인간관계가 줄어든 반면, 디빈의 경우는 더 늘었다. 하도 기이해서 유명한 디빈의 수첩, 두 장 중 한 장은 연필로 자글자글 동그라미를 쳐 뭔가를 지운 흔적들로 지저분한 탓에 미뇽을 자극했고, 급기야 디빈 스스로 그것들은 코카인을 흡입한 날들을 체크한 것이며 예금 잔액과 납부할 비용, 약속들이 적혀 있을 뿐이라고 털어놓아야 했던 바로 그 수첩에서, 우리는 이미 3인의 미모사와(고급 절도의 여걸이신 대미모사의 승리 이후 일종의 미모사 계보가 몽마르트르를 접수하다시피 했지) 오리안왕비, 첫영성체, 자물통, 소냐, 발포성

백포도주, 뚱땡이, 남작부인, 루마니아 왕비(왜 루마니아 왕비냐고? 실은 그녀가 왕을 사랑했다는 얘기가 있는데, 그것도 남몰래 루마니아 왕을 사모했다는 거야. 이유인즉, 그 남자의 검은 머리와 검은 콧수염이 집시 같은 풍모를 연출하기 때문이라나. 천만인을 대표하는 수컷에 의해 후장을 관통당할 경우, 그녀는 남자 천만 명의 좆물이 자기 안으로 흘러들면서, 음경이 마치 깃대처럼 자기를 매달고 태양을 향해 행진하는 느낌일 거라고), 유황냄새 풀풀 날리는 악녀 모니크, 그리고 레오 여사의 이름을 읽어낸다. 밤이면 밤마다 이들은 상큼한 즐거움, 음침한 댄스홀의 솔직함 따위와는 관계없는 비좁은 술집들을 전전했다. 거기서 서로 사랑하였으되, 그것은 더할 나위 없이 우아한 꿈을 통해 우리가 경험하는 일련의 공포심, 두려움을 동반하는 것이었다. 우리의 사랑에는 서글픈 발랄함이 깃들고, 물가를 거니는 휴일의 연인보다 더한 지혜가 있어봤자 그런 우리에겐 불행을 의미할 따름이다. 이곳의 웃음은 비극으로부터만 피어나니, 그건 곧 고통의 비명. 그 여러 술집 중 한 곳에서 디빈은 여느 저녁과 같이 가짜 진주로 엮은 조촐한 남작관男爵冠을 머리에 쓰고 있었다. 모피 목도리 깃털 아래로 목 힘줄이 또렷이 드러나는 그녀의 모습은 머리에 관을 착용한 문장紋章 속 독수리를 닮아 있다. 그런 그녀를 지금 미뇽이 마주하고 있는 거다. 주위의 다른 테이블들에 미모사들과 앙티네아,* 첫영성체가 보인다. 다들 그 자리에 없는 친구들을 두고 수다떨고 있다. 쥐디트가 들어오더니, 디빈 앞에서 머리가 땅에 닿도록 인사한다.

---

* 1919년 피에르 브누아가 발표해 높은 판매고를 올린 소설 『아틀란티스』의 주인공 아틀란티스 여왕.

"봉주르, 마담!"

"지랄하네!" 디빈이 외친다.

"인형이 말을 다 하네요." 젊은 독일인이 받아친다.

디빈이 웃음을 터뜨린다. 진주로 엮은 관이 바닥에 떨어져 산산조각난다. 짓궂은 즐거움이 다채로운 톤을 부여하는 애도의 표시가 뒤따른다. "우리 디빈 여사께서 폐위되셨나이다!⋯⋯ 폐비廢妃 납시오!⋯⋯ 가엾은 유배녀 납시오!⋯⋯" 작은 진주 알갱이들이 마룻바닥에 뿌려진 톱밥 속으로 굴러드는 순간 그것은 아이들을 상대로 행상인이 헐값에 팔아먹는 유리구슬처럼 보이고, 그 유리구슬은 우리가 수 킬로미터에 이르는 놋쇳줄에 매일같이 꿰는 유리구슬과 비슷해, 다른 감방에선 그걸로 장례용 화관을 엮는데, 그 화관이라는 것이 어린 시절 묘지에 아무렇게나 방치되어 녹슬고 부서지고 비바람에 풍화한 나머지, 검게 변색된 놋쇳줄 끄트머리엔 푸른 날개를 단 아주 작은 분홍빛 천사 사기 인형만 간신히 매달린 그런 화관을 닮아가는 것이다. 카바레 안의 모든 마짜가 난데없이 무릎을 꿇는다. 오로지 남자들만 스스로 직립한다. 그러자 디빈은 까칠한 웃음소리를 연속적으로 뱉어낸다. 그게 그녀의 신호다. 모두 바짝 긴장한다. 그녀는 입을 크게 벌려 의치를 빼내 머리 위에 올려놓더니, 불안하지만 당당하게, 변조된 목소리로 버럭 외치고는 입술을 입안에 말아넣는다.

"에라 빌어먹을 아줌마들 같으니, 난 그래도 여왕이 될 거라고."

내가 디빈은 순수한 물로 이루어졌다고 말했을 때, 그녀가 눈물을 깎아 만들어진 존재임을 보다 정확히 명시했어야 했다. 그녀가 어떤 동작을 취하든 다음과 같은 행동을 실행하는 데 반드시 필요한 대담성에 비하면 아무것도 아니다. 머리카락 속에서 의치를 꺼내 그것을 도로 입안에 넣어 끼우는 행동 말이다.

여왕의 대관식을 풍자하는 것은 그녀에게 사소한 문제가 아니었다. 돌기와집에서 에르네스틴과 같이 사는 지금은 더더욱 그렇다. 귀족이란 위엄을 갖추는 것. 제아무리 평등주의자라 해도—인정하고 싶진 않겠지만—그와 같은 위엄은 어느 정도 수긍하기 마련이다. 위엄 앞에서는 두 가지 태도, 즉 공손과 불손만이 가능하다. 다만 둘 다 위엄의 권능을 인지하고 있음을 명백히 드러낸다. 귀족이란 신성한 것이다. 신성한 것은 우리를 에워싸고 우리를 압도한다. 그것은 지극히 구체적인 종속관계다. 교회 또한 신성한 것이다. 다만 에스파냐 범선들처럼 황금을 가득 실어 둔하고 무거워진 의식들, 영성과는 거리가 먼 고리타분한 의미들로 번잡해진 형식들이, 교회를 귀족적 위엄과 미의 가치가 만연한 속세의 제국으로 전락시킬 뿐이다. 몸이 가벼운 퀼라프루아는 그 위력에서 자유롭지 못해—조금이나마 조예가 있었다면 말이지만—예술에 빠지듯 관능적으로 그것에 빠져든 셈이다. 귀족의 계보는 우선 그 성명들이 뱀 이름처럼 무겁고 이질적이며(지금은 잊힌 옛날 신들의 이름처럼 어렵기도 하고), 기호와 방패꼴 문장들 또는 오랜 가문의 토템들, 숭배하는 동물들, 전투 구호, 작위명, 모피 문장, 에나멜 문양들처럼—무덤, 묘비, 양피지 족보에 찍힌 인장처럼 가문을 비밀로 봉인하는 방패꼴 문장들—기이하다. 그것은 아이를 매료시켜 왔다. 판독하기 어려우나 시간과 더불어 확실히 실재하는 거친 전사들의 행렬에서, 아이는 자신이 그 최종 주자라 굳게 믿고 있었다. 그리하여 전사들 자체인—초가 마을에 갇혀 살아온 창백한 아이에게로 귀결되는 것만이 그 존재 이유였던ㅡ행렬은 햇볕에 그을린 병사들의 당장 눈에 보이는 행렬 이상으로 아이를 감동시키는 것이었다. 하지만 아이는 귀족이 아니었다. 마을의 어느 누구도 귀족이 아니었고, 귀족의 기미조차 느껴지지 않았다. 그런데 하루는 다락방 잡동사니 가운데서 카프피그가 쓴 낡은 역사책을 발견한 것이다. 수많은 기사와 무관 남작의 이름이 기록되어 있었는데, 그중 눈길을 끈 단 하나의 성이 있었으니 바로 '피키니'였다. 에르네스틴의 처녀 시절 성이 다름 아닌 피키니였던 것. 그렇다면 분명 귀족이라는 얘긴데. 카프피그 씨가 저술한 『프랑스 헌법과 행정의 역사』(447쪽) 한 토막을 인용해보자. "……마르셀과 파리시 행정관들이 주최한 삼부회의 은밀한 예비 모임은 다음과 같이 이루어졌다. 장 드 피키니를 비롯해 무장한 몇몇 사람이 나바르왕이 유폐된 작은 성으로 접근했다. 장 드 피키니는 아르투아 총독인데, 아미앵의 평민들로 구성된 무장한 자들이 담벼락 아래 사다리를 고정시켰다. 그들은 초병들을 급습했으나 딱히 폭력을 가하지는 않았다……" 해당 가문에 대해 좀더 정확한 정보를 얻기 위해, 그는 카프피그 가문의 역사를 처음부터 끝까지 정독했다. 아마 할 수만 있다면 도서관을 탈탈 털었을 것이고, 온갖 고문서를 파고들었을 것이다. 박학자의 소명이란 대개 이런 식으로 싹을 틔우는 법인데, 그의 경우는 화려한 이름들의 바다에 솟은 저 작은 섬 하나를 발견하는 것에 그쳤다고 할 수 있다. 그나저나 에르네스틴의 이름에는 어인 일로 귀족 혈통을 나타내는 소사小辭 'de'가 없느냔 말이다! 그녀의 문장은 다 어디 있는가? 도대체 어떤 문장을 가지고 있는가? 에르네스틴은 책의 저 대목에 대해, 자신의 귀족 혈통에 대해 알고는 있었나? 조금만 덜 어리고 덜 몽상적이었어도, 퀼라프루아는 447쪽 한 귀퉁이가 손가락에서 묻은 땀자국에 현저히 문드러진 것을 눈치챘을 것이다. 에르네스틴의 아버지는 저 책을 알고 있었던 게 분명하다. 같은 기적이 그로 하여금 동일한 대목을 펼쳐보게 했고, 문제의 이름에 눈이 가게끔 했다. 퀼라프루아는 귀족이라는 것이 그 자신보다는 에르네스틴의 몫이어서 다행이라 느꼈다. 그만으로도 우리는 이미 그의 운명이 지닌 어떤 징표를 목도한 셈인데, 마음만 먹으면 얼마든지 에르네스틴에게 접근할 위치에 있다는 점, 그녀에게 특별한 호의를 요구하거나, 친밀한 관계를 누릴 수 있다는 점이 그에게는 보다 적절했던 것이다. 군주 본인보다는 군주가 아끼는 신하가 되는 것, 신이 되는 것보다 신의 사제가 되는 것이 사랑과 은혜에 굶주린 대다수 인간에게는 훨씬 적절한 일인 것과 마찬가지로 말이다. 퀼라프루아는 자신이 발견한 사실을 털어놓지 않을 수 없었다. 다만 에르네스틴과 이 문제를 어떻게 논의할지 몰라, 그는 덮어놓고 이렇게 말했다.

"엄마는 귀족이야. 프랑스의 옛날 역사책에서 엄마 성을 봤어."

그는 귀족제도에 대한 경멸을 드러내기 위해 일부러 빈정대는 웃음을 지었다. 학교 선생님은 수업 내용이 8월 4일 밤*을 환기할 때마다 귀족의 사치스러운 허영을 집요하게 들먹이곤 했다. 퀼라프루아는 경멸이란 곧 무관심이라 생각하고 있었다. 내가 하인 앞에서 쩔쩔매듯, 에르네스틴은 아이들, 그중에서도 특히 자기 아이 앞에서 쩔쩔매곤 했다. 그녀는 얼굴이 벌겋게 상기되었고, 뭔가 들켰다고 생각했다. 아니면 들

---

* 프랑스대혁명 초기인 1789년 8월 4일 밤 국민의회에서 봉건제 폐지가 의결되었다.

켰다고 생각해서 얼굴이 붉어진 건지, 그건 모르겠다. 실은 그녀도 귀족이 되고픈 마음이 있었다. 예전에 같은 얘기를 자기 아버지 앞에서 꺼냈는데, 그때 아버지 역시 얼굴이 빨개졌다. 그 역사책은 오래전부터 집안 어딘가에서 그럭저럭 족보 역할을 담당하고 있었을 터다. 그런 것을, 아마 자신을 비운의 백작부인이라든가 온갖 감투와 명예가 버겁기만 한 후작부인쯤으로 상상하느라 지쳐빠진 에르네스틴이 허망한 마법의 장난에서 벗어나기 위해 아예 다락방 멀찍이 그걸 처박아버렸을 것이다. 하지만 머리 위에 놓아두는 것으로는 그로부터 해방될 수 없다는 사실을 알지 못했다. 효과적인 유일한 방법은 질펀한 땅속에 파묻어버리든지, 물속에 던져버리거나 불에 태워버리는 것이니 말이다. 그녀는 대꾸하지 않았지만, 퀼라프루아가 그 마음을 읽었다면, 스스로 긴가민가하면서도 왠지 마을 사람들이나 도시에서 온 관광객들보다 자기를 나아 보이게 해줄 이놈의 인정받지 못한 귀족 혈통의 참상을 능히 확인했을 터다. 그녀는 가문의 문장을 자세히 묘사했다. 현재 그녀가 문장학의 지식을 갖추고 있는 건 맞다. 도지에* 문장 총람을 파헤치기 위해서 직접 파리까지 달려가기도 했으니까. 거기서 그녀는 역사를 깨쳤다. 이미 말했듯이, 학자가 이와 다른 방식, 다른 동기로 움직이는 법은 거의 없다. 문헌학자는 이런 식으로, 즉 자기 좋을 대로, '열쇠clé'라는 단어와 '무릎genou'이라는 단어가 재현되는 '노예esclave'라는 단어의 시적 묘미로부터(자극은 어디까지나 육체적 능력에서 오기에, 그렇게 믿을 수 있지) 자신의 어원학적 관심이 비롯한다고(게다가 딱히 아

---

* Pierre d'Hozier. 프랑스의 왕실 계보 학자로, 루이 14세 때 12만에 달하는 프랑스 귀족의 계보를 가문별로 취합해 문장 총람으로 집대성했다.

는 바도 없으면서) 고백하지는 않는다. 어느 날 암컷 전갈이 수컷 전갈을 잡아먹는다는 사실을 배운 젊은이는 곤충학자가 될 결심을 하고, 독일의 프리드리히 2세가 혼자서 아이들을 키웠다는 걸 알게 된 다른 젊은이는 역사학자가 될 결심을 하는 것이다. 에르네스틴은 귀족 혈통에 대한 욕심을 털어놓는 수치스러움을, 그보다는 덜 파렴치한 죄를 재빨리 털어놓음으로써 모면하고자 한 거다. 부분적으로 고백하는 전략. 이건 참 오래된 술책이다. 나는 자발적으로 조금만 고백하고 마는데, 그럼으로써 정말 중요한 문제를 효과적으로 감출 수 있기 때문이다. 예심판사는 변호사에게 내가 만약 연극을 했다면 기막힌 연기력을 발휘했을 거라고 말했다. 하지만 정작 예심 과정에서 나는 처음부터 끝까지 일관된 연기를 보여주지 못했다. 나는 변론에서 무수한 오류를 저질렀는데, 그건 다행이었다. 서기는 내가 일부러 순진한 척해서 어설픈 인상을 주려 한다고 믿는 눈치였다. 반면 판사는 나의 진정성을 받아들이는 것 같았다. 그 둘 다 틀렸다. 처음에는 그들이 모르는, 내게 불리한 일부 사실들을 자진해서 환기한 건 사실이다. (몇 번이나 반복해서 내가 이렇게 말했으니까. "그때가 밤이었습니다." 내 입장에 불리하게 작용할 만한 사정을 발설한 셈인데, 판사는 그 점을 내게 주지시키면서, 교활한 범인이라면 그런 발언을 하지는 않았을 걸로 생각했어. 졸지에 나는 초보일 수밖에 없는 사람이 되어버린 거지. '그때가 밤이었다'고 발언할 생각을 한 건 예심판사실에서 조사받을 때였는데, 바로 그날 밤과 관련하여 내가 숨겨야 할 일들이 조금 있었기 때문이지. 밤이라는 또다른 범법 사항에 대한 추궁을 피해볼까도 생각해봤지만, 어차피 흔적을 남기지 않은 일이라 그다지 중요하다고는 생각하지 않았어. 그런데 그만 중요성이 발아하더니 무럭무럭 자라나는 거야―당최 이유를 모르겠더군―그리고 나는 기계적으로 '밤이었다'는 점을, 기계적일 뿐 아니라 일부러 강조해서 발언했던 거야. 그런데 두번째 심문 과정에서 나는 사건과 날짜를 별로 혼동하고 있지 않다는 사실을 갑자기 깨닫게 되었지. 내가 어찌나 철저하게 계산하고 앞을 내다보며 말을 하는지, 판사는 당황하는 눈치였어. 너무나도 능수능란했거든. 나야 내 사건만 신경쓰면 되는 일이지만, 판사가 처리할 일은 스무 건에 달한다고. 그래서 판사가 내게 추궁한 질문은―그가 좀더 섬세하거나 시간 여유가 있다면 제기했을 만한, 또는 내가 답변을 미리 준비할 만한 의문점들에 대해서가 아니라―상당히 투박한 사실들, 이를테면 판사가 고려해볼 거라고 내가 상상조차 하지 않았기에 굳이 시간을 투자해 들여다보지도 않은 사실들에 대한 것이었어.) 에르네스틴은 범죄를 착상해낼 만큼의 시간적 여유가 없었다. 그녀는 방패꼴 문장을 이렇게 묘사했다. "은색과 청색의 열 조각 기저 문양에 황금 혀 적색 사자의 중첩. 정상엔 요괴 멜뤼진.*" 그것은 뤼지냥 가문의 방패 문장이었다. 퀼라프루아는 그 화려한 시를 귀기울여 듣고 있었다. 에르네스틴은 예루살렘 왕들과 키프로스섬 영주들을 거느린 이 가문의 역사에 대해 정통했다. 브르타뉴의 그들 성채는 아마도 멜뤼진이 축조했다는 설이 있지만, 에르네스틴은 그런 것엔 관심을 두지 않았다. 그건 전설에서나 거론되는 이야기였고, 그녀의 정신은 비현실을 축조하기 위해서도 단단한 질료가 필요했다. 전설이란 헛소리에 불과하다. 대담한 알레고리를 꿈꾸는 몽

---

* 켈트신화에 등장하는, 상체는 여자 하체는 뱀인 요괴.

상가들을 올바른 길에서 벗어나게 하려고 만들어낸 요정 같은 존재를 그녀는 믿지 않았다. 대신 "바다 너머 파견된 원정대가…… 군가를 부르며……"와 같은 역사적 문장을 읽으면서 밀려드는 감동에 휩싸이곤 했다.

그녀는 자기가 거짓말을 한다는 걸 알고 있었다. 유구한 혈통으로 위세를 드높이려 했다가, 결국 밤과 땅, 육신의 부름에 시달리는 상태가 되고 만 것이다. 그녀는 자신의 뿌리를 찾고 있었다. 느끼고 싶었다, 자신의 두 발을 끌고 지나간 흔적. 닌폭하게, 근유을 드러내며, 왕성하게 번식하는 명가名家의 힘을. 요컨대, 가문家紋의 문양 그 자체가 그녀의 존재를 고양시키고 있었다.

미켈란젤로의 모세가 웅크리고 앉은 자세는 작업해야 할 대리석 덩어리의 응집된 형태 때문에 불가피했다는 설이 있다. 디빈에게는 걸작을 완성하도록 부추기는 괴이한 대리석 덩어리가 언제까지나 제시되고 있는 셈이다. 퀼라프루아가 도주중에 공원에서 맞닥뜨린 기회 또한 마찬가지였다. 그는 오솔길을 가고 있었는데, 그 가장자리에 다다른 순간, 잔디를 밟지 않으려면 온 길을 되돌아나가야 한다는 걸 깨달았다. 자신의 동작을 살피면서 그는 '뒤로 돈다'는 생각을 했다. 회전하는 순간의 '돌다'라는 단어가 그로 하여금 제자리에서 잽싸게 반 바퀴 회전을 수행토록 했다. 만약 벌어진 신발 밑창이 모래 위에 끌리면서 상스러운 소리를 내지만 않았다면(주목할 점은, 퀼라프루아든 디빈이든 섬세하고 까다로운, 요컨대 얌전 떠는 취향을 지닌 탓에―상상 속에서 우리 주인공들은 괴물들에게 끌리는 소녀적 성향을 보이므로―항상 내키지 않는 상황에 처하기 일쑤였다는 사실이야), 그는 의식적으로 다듬어낸 절제된 춤동작을 시도할 참이었다. 아니나 다를까, 신발 밑창에서 소리가 났다. 정신이 번쩍 들어 그는 고개를 숙였다. 그러고는 아주 자연스럽게 생각에 잠긴 태도를 취하면서, 느린 걸음으로 발길을 돌렸다. 공원을 거닐던 사람들이 그가 지나가는 것을 지켜보았고, 다들 자신의 창백한 얼굴과 깡마른 체격, 당구공처럼 둥글고 무겁게 내리뜬 두 눈에 주목하리라는 걸 퀼라프루아는 감지했다. 그는 더 깊이 고개를 숙였고, 한층 더 느리게 걸었다. 누가 봐도 열정을 다해 기도하는 분위기 그 자체인지라, 그는 속으로가 아니라 웅얼대며 탄식하듯 이렇게 말했다.

"주여, 저는 당신이 선택한 자들 가운데 있나이다."

몇 걸음 옮기지 않아 신이 그를 끌어다 앉힌 곳은 그만의 왕좌였다.

디빈은—다시 그녀 얘기로 돌아가보자—대로변 가로수에 기대서 있었다. 나이 어린 애들 중에 그녀를 모르는 애는 없었다. 껄렁한 사내아이들 가운데 세 명이 그녀에게 다가왔다. 일단 무엇 때문인지 모를, 아마도 디빈을 비웃는 미소를 띤 채 다가와 아는 척을 하더니, 요즘 몸 파는 일은 잘되어가느냐고 물었다. 디빈은 연필을 쥐고 있었다. 연필은 그녀의 손톱 위에서 기계적으로 놀아 불규칙한 레이스를 그리고, 좀 더 의식을 기울여 마름모꼴 문양과 원형의 장미창, 호랑가시나무 잎사귀를 그렸다. 불량배들은 그녀를 조롱했다. 좆이 찌르면 아플 거라고도 말했다, 노친네들이 어쩌고저쩌고…… 여자들이 더 매력 있다는 둥…… 자기들도 기둥서방 노릇이나 해보자는 둥…… 그 밖에 이런저런 말들, 물론 어떤 악의가 있어서 하는 얘기들은 아니다. 하지만 디빈은 상처 입는다. 거북함이 점점 도를 더해간다. 대가리에 피도 안 마른 애송이 양아치들이다. 그리고 그녀는 서른 살이다. 따귀를 한 대 후려 갈겨 조용히 시킬 수도 있다. 하지만 저들은 일단 수컷이다. 비록 나이는 어리나, 단단한 근육과 눈빛을 지녔다. 세 명 모두 운명을 관장하는 여신들처럼 완강하기 짝이 없다. 디빈의 볼이 후끈 달아오른다. 그녀는 손톱 그림에만 진지하게 신경쓰는 척, 오직 그것만이 관심사인 척한다. 그리고 머리를 굴린다. '이렇게 말하면, 흥분하지 않은 것처럼 보이겠지.' 그녀는 애들 앞으로 손을 쓱 내밀어, 보란듯이 손톱을 드러내고는 활짝 웃으며 말한다.

"내가 새로운 유행을 선도할 거다. 그래, 이른바 첨단 패션이지. 어때, 예쁘지? 우리 쪽 여자, 저쪽 여자 할 것 없이 앞으로는 손톱에다 모조리 레이스를 그리고 다닐 거야. 페르시아에서 화가들을 초빙하면, 그들이 손톱에 돋보기로나 제대로 들여다볼 수 있는 세밀화를 그려넣을 거라고! 아하, 대박이다!"

불량배 세 놈 모두 황당하다는 표정이었고, 그중 하나가 대표로 내뱉었다.

"우리 디빈이 갈 데까지 가셨네."

그제야 다들 자리를 떴다. 바로 거기, 그 순간부터 페르시아풍 세밀화로 손톱을 장식하는 패션이 유행으로 자리한 셈이다.

디빈은 미뇽이 영화관에, 상품 전시 관리자인 노트르담이 백화점에 있을 것으로 생각했다. 아메리칸 스타일 슈즈와 펠트 모자, 금팔찌를 착용한 미뇽이 저녁 무렵 계단을 내려오고 있었다. 건물 출입문을 지나면서부터 그의 얼굴에서 푸르스름한 금속성 반사광이, 조각 같은 단단한 윤곽이 사라져갔다. 그의 눈빛 역시 시선이 더이상 느껴지지 않을 때까지, 두 개의 텅 빈 구멍으로 하늘이 들락거릴 때까지 서서히 뭉그러지고 있었다. 하지만 그는 걸어가면서 여전히 어깨를 흔들어댔다. 그는 튈르리공원까지 가서 철제 팔걸이의자에 앉았다. 어디서 오는 길인지 모를 노트르담이 바람결에 휘파람을 불며 부수수한 머리로 나타나 또다른 의자에 착석했다. 얘기는 이렇게 시작했다.

"어디까지 했지?"

"내가 전투 이겼어, 당연한 일이지. 그래서 지금 파티중이야. 알잖아, 장교들이 나를 위해 잔치판 벌여주는 거, 그럴 만도 하지. 지금은 내가 훈장 나눠주고 있어. 너는 어때?"

"좋아…… 난 아직도 헝가리 왕일 뿐이지만, 네가 나를 서유럽 황제로 옹립하기 위해 작업중이잖아. 무슨 말인지 알지? 정말 대단할 거야, 미뇽. 소인은 늘 그대 곁을 지킬 것이오."

"물론이지, 쩐따."

미뇽은 꽃피는 노트르담의 목에 팔을 둘렀다. 그대로 키스를 하려는 것이었다. 순간, 노트르담에게서 난폭한 젊은이 여덟 명이 튀어나왔다. 마치 그의 부피와 구조 자체를 켜켜이 형성해온 요소들인 것처럼, 납작한 상태로 그의 몸에서 분리되어 나오는 것 같았다. 그들은 목을 자르기라도 할 것처럼 미뇽에게 달려들었다. 이건 하나의 신호였다. 그는 노트르담의 목을 풀어주었다. 공원은 너무도 평온해, 그 자체로 아무런 앙심 없이 용서를 베풀었다. 왕다운, 황제다운 위엄과 더불어 대화가 재개되었다. 노트르담과 미뇽은 각자의 상상으로 서로를 휘감고 있었다. 디빈이 고객의 거짓말을 자신의 거짓말로 둘둘 감아버리듯이,

그들은 각각의 선율을 현란하게 펼쳐가는 두 대의 바이올린처럼 서로를 집요하게 장식해나가고 있었다. 그렇게 브라질 밀림의 칡넝쿨보다 더 촘촘히 얽히고설킨 요지경 속에서 둘 중 어느 누구도 상대가 아닌 자기만의 주제를 펼쳐나간다고 자신할 수가 없었다. 이런 놀음은 상대를 속이기 위해서가 아니라 매혹하기 위해서 의식적으로 진행되어온 것이다. 탁 트인 공원의 어둠 속에서 또는 미지근하게 식은 크림커피를 앞에 두고 시작된 일이, 매춘업소 안내 데스크로까지 이어졌다. 거기서 조심스럽게 자기 이름을 대고 자기 신분증을, 조심스럽게, 제시한다. 그럼에도 고객들은 언제나 디빈이라는 순수하고 음흉한 물에 빠져 익사하는 것이었다. 굳이 애쓰지 않고도 그녀는 말 한마디, 어깻짓 한 번, 눈 살짝 깜빡임만으로 모든 거짓말의 얽힌 매듭을 풀어버렸다. 그런 식으로 그가 초래하는 감미로운 혼란은, 하나의 문장을 읽거나 그림을 볼 때 또는 음악적 모티프를 듣는 순간 내가 경험하는, 그리하여 결국 내가 발견하는 어떤 시적 상태와도 같은 무엇이었다. 이는 내 깊은 곳에서 벌어지는 갈등의 맑고 빛나는, 우아하면서도 불현듯 떠오르는 해결책이다. 그것을 발견한 뒤 내게 찾아드는 평화야말로 해결의 증거인 셈. 그러나 이 갈등은 선원들이 보통 창녀의 매듭이라 부르는 매듭의 일종이다.

현재 디빈의 나이 삼십대라는 사실을 어떻게 설명할 것인가? 내가 나 자신에 대해 말하고자 하는 욕구를 달래기 위해서는 그녀가 지금 내 또래여야 하니 말이다. 간단히 말해, 나는 신세한탄을 좀 하고 싶고, 독자가 나를 사랑하게 만들고 싶은데 말이다! 스무 살에서 스물일곱 살에 이르는 기간 동안, 디빈은 불규칙한 간격을 두고 간간이 우리

가운데 나타나면서 복잡다단하고 굴곡 심한 유녀遊女의 삶을 고집했다. 그것은 장중한 호사의 시절이었다. 하얀 호화 요트로 지중해를 순항한 다음, 그보다 더 멀리 동남아 열도까지 두루 돌았다. 언제나 그녀 자신은 물론, 자기가 가진 재력에 적당히 만족할 줄 아는 젊은 미국인 애인의 눈높이도 훌쩍 뛰어넘는 유람이었다. 베네치아에 요트를 대고 다시 돌아왔을 땐, 어느 영화감독이 그녀에게 홀딱 빠졌다. 둘은 또 몇 달간, 거인 경비대와 말 탄 기병대가 주둔해도 괜찮을 황폐한 궁전의 어마어마한 방들에서 살았다.

그다음은 빈. 날개를 활짝 펼친 검독수리의 비호 아래 자리한 어느 황금빛 호텔. 휘장을 두르고 닫집을 갖춘 침상 깊숙이 영국인 부호의 품에 안겨 잠이 든다. 그리고 육중한 리무진에 탑승해 유유히 드라이브를 즐긴다. 파리로 돌아와, 몽마르트르 뒷골목 동료들과의 해후. 기 드 로뷔랑과 함께 르네상스의 우아한 성곽을 향해 다시 출발. 그녀는 그곳의 고결한 성주. 자기 어머니와 미뇽을 그리워하고 있었다. 미뇽은 그녀에게서 우편환을 꼬박꼬박 받아왔고, 가끔은 그걸 보석으로 대신 받기도 했다. 하루는 해질 무렵 그걸 재빨리 되팔아, 친구들 저녁을 한턱 냈다지. 파리로 돌아왔다가 다시 떠나기를 반복하였으되, 그 모두가 뜨겁고 금빛 찬란한 광란의 호화판 여정이었다. 일체가 호사의 극치여서, 이따금 훈훈한 이모저모를 떠올리는 것만으로도 가엾은 수인의 고달픈 인생이 사라지고, 마음으로나마 위안을 누리기에 충분하다. 화려한 몽상이 실재한다는 생각에서 위로받는 것이다. 결코 내게 허락될 리 없는 호사일지라도 처절한 열정을 다해 머릿속에 떠올리다보니, 가끔은 (한 번 이상) 아주 작은 것으로도—가령 눈에 띄지 않을 만큼 가벼운

삶의 변화—호사가 내 삶을 에워싸고, 실제로 내 것이 되어, 내 마음껏
누리기에 충분하다는 믿음을, 조금만 고심해도 대차게 판 벌일 마법의
주문을 충분히 발견할 수 있다는 신념을 갖추게 된 것이다.

하여 나는 디빈을 위해 더없이 안락한 호화 아파트를 만들어내고 그
안에 나 자신 들어가 마음껏 뒹군다.

결국 돌아온 그녀는 한층 더 노골적인 마짜의 삶에 빠져든다. 싸구
려 술집들을 전전하며 스스로를 증식한다. 보란듯이 몸을 흔들고 털을
고르면서, 우리가 취하는 모든 동작을 향해 장미꽃, 진달래, 작약 꽃잎
을 흩뿌린다, 성체축일을 맞아 길에 쏟아져나온 소녀들이 꽃을 뿌려대
듯이. 그녀에게 미모사 2는 절친이자 숙적. 이년을 이해하기 위해서는
여기 '미모사 어록'이 있다.

디빈에게 한마디.

"나는 내 애인들이 죄다 안짱다리였으면 좋겠어. 경마 기수들처럼.
그래야 내 위에 올라탈 때 허벅지에 더 찰싹 달라붙지."

타베르나클*의 마짜들.

그중 하나, 아무개 후작부인이라던가?……

"미모사 2는 말이야, A 아무개 백작의 문장을 자기 볼기짝에 새겼대.
엉덩이 전체엔 36대에 걸친 귀족 혈통을, 그것도 색조 잉크로."

---

* 카바레 이름. '성막' 또는 '감실'이라는 뜻.

디빈이 그녀에게 꽃피는 노트르담을 소개해주었다. 며칠이 지나, 자상한 아가씨답게 살인자의 즉석사진 한 장을 그녀에게 보여주는데, 미모사 그 사진을 받아들더니, 혀를 쓱 내밀어 사진을 올려놓기 무섭게 꿀꺽 삼켜버리고는 하는 말.

"나 그대의 노트르담을 열렬히 사모하여, 그녀를 받아 모시나이다."

디빈에 대해서, 첫영성체에게 하는 이야기.

"생각해보라니까, 디빈 양께선 정말 위대한 비극 배우처럼 행동하시거든. 처신이 보통 깔끔한 게 아니야. 상황이 심상찮다 싶으면 반쯤 돌아서고, 상대가 떠나버리면 그땐 자기도 깨끗이 돌아선단 말이지. 메리 가든*처럼 일단 무대 뒤에선 뒷말이 무성하지만 말이야."

타베르나클과 주변 술집의 모든 마짜가 미모사에 대해서 하는 말.

"걘 아주 꼴통이야."

"못돼먹은 년 같으니."

"그냥 걸레야 걸레."

"사탄 마누라."

"독사야."

디빈은 이와 같은 자벌레나방의 삶을 가볍게 받아들인다. 그녀는 알코올과 네온 불빛에 벌써 얼큰히 취한데다, 그들의 한결같이 자극적인

---

* 드뷔시의 오페라 〈펠레아스와 멜리장드〉에 출연해 유명해진 스코틀랜드 출신의 소프라노.

제스처와 요란한 수다에 특히 더 취해버린다. 그녀는 "이놈의 막가는 인생살이가 지긋지긋하다"는 말을 입버릇처럼 달고 살았다. 머리 하면 강아지 머리가, 애교점 하면 퐁파두르 부인이, 차 하면 러시아티가 떠오르듯 '막간다'는 표현은 그녀에게 자연스러운 일상어였다. 그러는 사이 미뇽이 다락방을 비우는 날은 늘어만 갔다. 아예 밤새도록 나타나지 않는 날이 허다했다. 거리 전체가 여자들뿐인 샤르보니에르가 그를 채가더니, 이젠 오로지 여자 한 명에 빠져 지내는 모양이었다. 앞으로 오랫동안 우리가 그를 볼 일은 없을 것이다. 진열대에서 물건 슬쩍하는 짓은 벌써 관두었고, 지금은 기둥서방 대접받으며 지내는 처지다. 그의 통통한 남근이 기막힌 솜씨를 발휘해주는가 하면, 레이스처럼 섬세한 손길은 포주 마담 지갑이나 터는 일에 활용하고 있으니 말이다. 이어서 노트르담이 종적을 감추기 시작했지만, 그는 머잖아 우리와 재회하게 된다.

내가 스스로를 과장해온 모험담에서 돌아나오자마자 느낀 것들을 나 자신에게 상기시키지 않는다면, 또한 디빈에게는 그 자신의 무기력함을 상기시키지 않는다면, 눈부신 마르케티의 운명이 나와 디빈에게 무슨 의미가 있겠는가. 무엇보다 꽃피는 노트르담의 이야기가 현재의 시간을 달래주는 것은 살인자가 사용하는 단어들 자체가, 유별난 불량배들이 '달러dollar'를 정확한 악센트로 발음하듯, 잘생긴 불량배들이 그 많은 별들로 뱉어낸 마법의 단어들이기 때문이다. 그럼에도 불구하고 골든 브릴리언트 실크 스팽글 넘치도록 부유한 음성에 실려 바람으로 화하는 유행가들, 그 경이로움이 온 세상을—그중에서도 가장 지독하게 음울하여, 장세니슴*에 이르기까지 새카맣게 타들어간, 공장 노동자들의 헐벗고 냉엄한 세상을―휘감아버리는 이 더할 나위 없이 진기한 시적 현상은 과연 무어라 해명할 것인가. 그 노래들이 노동자들의 무거운 입으로 불린다는 걸 안다면, 나 거기 담긴 가사들 생각할 때마다 수치심에 견딜 수 없을 것이다. 그 안에 서로 부딪치며 맴도는 말들…… 사랑의 포로…… 애정…… 도취…… 장미 정원…… 호화 별장…… 대리석 계단…… 숨겨둔 애인…… 사랑스러운 여인…… 보석…… 왕관…… 오, 나의 여왕…… 낯선 여인이여…… 황금빛 살롱…… 화류계의 미인…… 꽃바구니…… 육체의 보물…… 황금빛 일몰…… 내 가슴 깊이 그대를 사랑해…… 꽃이 만발하여…… 저녁 빛깔…… 세련된 핑크빛…… 요컨대 강렬한 호사의 탐닉을 표현한 단어들, 루비를 박아넣은 단도처럼 저들의 살점을 후벼팔 게 분명한 어휘들. 어쩌면 별다른 생각 없이 그 노래들을 부를지도 모른다. 호주머니에 두 손 찔러넣고, 저들은 그저 흥얼거리는 것이다. 그리고 나, 부끄럽고 딱한 나는 가장 무지막지한 노동자도 하루 온종일 이들 화환을 번갈아 두르는 것만으로 의기양양해짐을 알고는 소스라친다. 골든 브릴리언트 부유한 음성 속에 장미와 물푸레나무 꽃 피어나고, 소박하든 화려하든 그 모두 양치기 소녀이자 공주 마마, 젊은 처녀들인 것을. 보라, 저들이 얼마나 아름다운지! 추진하는 기관차처럼 기계와 더불어 거칠게 다루어진 그들의 몸뚱어리가 스스로를 치장한다, 오가다 마주치는 수십만 불량배들의 단단한 몸뚱어리가 감동적인 표현들로 스스로

---

* 신의 은총과 구원, 자유의지의 문제를 고도의 도덕적 엄정성을 바탕으로 재해석한 가톨릭 교리.

를 치장하듯이. 바람 부는 대로 입에서 입으로 가벼이 떠돌아, 차마 글이 될 수 없었던 대중문학에서 그들은 이렇게 등장하니 말이다. '귀여운 낯짝' '앙증맞은 망나니' '빌어먹을 깜찍이' '예쁘장한 잡년'('귀엽다' '앙증맞다' '깜찍하다' '예쁘장하다' 등의 표현이 나나 내게 소중한 대상에 붙을 경우, 나는 속이 뒤집혀. 심지어 누가 내게 "장, 너 참 머리카락 예쁘다"라든가 "너의 그 앙증맞은 손가락"이라고 하면 나는 큰 충격을 받는다고) 이런 표현들은 젊은 사람들과 일종의 선율적 관계를 맺고 있는 것이 분명한데, 꿈의 불결함에서 비롯한 그들의 초인적 아름다움이 워낙에 강렬하여 우리는 단번에 그것을 뚫고 들어가지 않을 수 없으며, 이 또한 너무도 본능적이어서 우리가 그들의 아름다움을 아예 '소유하고 있다'는(그 말이 갖는 두 가지 의미, 즉 소유함으로 충만해진다는 뜻과 소유함으로 극복한다는 뜻 모두에서), 그야말로 절대적으로 소유하고 있어 그 소유에 어떤 의혹의 여지도 있을 수 없다는 느낌을 갖게 된다. 가령 어떤 동물들은 시선을 통해 우리로 하여금 단번에 그들의 절대적 실존을 소유하게끔 만든다. 예컨대 뱀이나 개의 경우. 우리는 눈 깜빡할 사이에 그들을 '파악'하고, 심지어 그들이야말로 파악하고 있다는 생각까지 하게 되며, 그로 인해 공포와 뒤섞인 일말의 불안을 경험하는 것이다. 저런 표현들은 그리하여 노래한다. 귀여운 낯짝들, 앙증맞은 망나니들, 빌어먹을 깜찍이들, 예쁘장한 잡년들은 수정이 손가락에 반응하듯 그 음악적 굴절에 반응하긴 하나, 이를 충실히 재현하려면 악보에 일일이 기록해야 할 터, 거리의 노래에 실려다니는 그것을 지켜보노라면, 그들이 눈치채지 못하는 사이 지나가버릴 것 같은 느낌이다. 다만 이따금 그들 몸이 꿈틀대거나 바짝 긴장할 때면, 용케 굴절을 잡아내, 전 존재를 통해 그것과의 관계를 보여주고 있음을 나는 깨닫는다.

루-디빈의 혹독한 유년기는 이후 그녀의 쓰라린 삶을 완화해주려는 목적에서 존재했던 셈이다. 돌기와집에서 가출했을 당시 그녀는 감옥에 수감된 상태였으니 말이다. 체포되기까지의 세세한 과정은 굳이 들출 것도 없다. 일개 순경 한 명만으로도 사형수에 걸맞은 트랜스 상태로 그를 몰아넣기에 충분했다. 누구나 살아가면서 한번은 왕위에 등극하는 열광의 순간을 경험하듯, 인간이라면 누구나 거치는 넋 나간 흥분 상태 말이다. 도망치는 아이들은 학대받았다는 핑계를 대기 마련이다. 그렇다고 곧이곧대로 믿어주는 것은 아니지만, 아이들은 그런 핑계를 아주 참신하면서, 자기들 이름과 얼굴을 비롯한 개인 사정에 적절히 부합하는 상황들로 기막히게 치장하는 법을 잘 알고 있다. 하여 그간 읽어온 도망치고, 감금당하고, 유린당하고, 팔려나가고, 버려지고, 강간당하고, 폭행당하고, 고문당한 아동들에 대한 소설이며 기사 내용이 빠르게 소환되는 가운데, 판사나 신부, 헌병처럼 제아무리 의심 많은 사람이라도 속으로는 '하긴 모르는 일이지'라며 중얼거리고, 싸구려 소설의 책장들로부터 스멀스멀 올라오는 유황 연기가 아이들을 달래고, 칭송하며, 위로해주는 것이다. 퀼라프루아의 경우는 계모에 관한 이야기를 지어냈다. 결국 계모가 그를 감금했다는 얘긴데, 심성이 독하고 사악해서라기보다, 그냥 습관적으로 그랬다. 그의 독방은 어둡고 비좁을 뿐 아니라, 엄밀히 따져 독방도 아니었다. 어두운 한쪽 구석에 불결한 거적더미가 부스럭대는가 싶더니, 지저분한 갈색 더벅머리가 슬그머니 드러나면서 배시시 웃었다.

"어이, 친구!"

퀼라프루아는 그처럼 불결한 장소와 역겨운 표정 모두 처음이었다. 그는 대꾸하지 않았다, 목이 메어 말이 안 나왔다. 오직 저녁만이 노곤함으로 그의 혀를 유연하게 풀어내, 터놓고 이야기하게 만들 수 있었다.

"너 노친네들 소굴에서 탈출했구나?"

조용하다.

"어허, 이것 봐, 어린 친구, 말 좀 해보라니까. 나 무서운 사람 아니야. 남자끼리 얘기 좀 하자고."

그는 웃으면서 가느다랗게 뜬 눈을 이리저리 굴렸다. 갈색 누더기 속에서 그가 몸을 뒤채자, 쇠 긁히는 소리가 났다. 이걸 어떻게 받아들여야 할까? 때는 밤이었다. 닫힌 천창으로는 꽁꽁 언 하늘이 빛나고, 그 안에서 별들이 자유롭게 움직이고 있었다. 그리고 저 공포스러운 재앙인 기적이 찬란하게, 그러나 놀랄 만한 정확도를 갖춘 수학 문제의 해답처럼, 폭발했다. 왜소한 부랑자는 거적더미를 요염하게 걷어올리면서 물었다.

"내 다리 좀 떼어내게 도와줄래?"

무릎 아래서 잘려나간 한쪽 다리에 나무 막대가 벨트와 버클들로 단단히 고정되어 있었다. 세상 모든 장애와 관련하여 퀼라프루아는 파충류를 볼 때 느끼는 거부감을 가지고 있었다. 당장 공포가 엄습하기 일쑤였고, 그럼 영락없이 뱀에게서 멀어졌다. 그런데 지금은 산도 들어올릴 믿음의 힘, 넉넉한 두 손의 든든한 착수, 그 모든 눈빛과 현존으로 소통해줄 알베르토가 곁에 없었다. 루는 버클들을 일일이 풀어 허벅다리를 자유롭게 해주었다. 그야말로 숭고한 노력을 기울여 일차적 난관은 극복한 셈이다. 그런 다음 불에 손을 갖다대듯 나무 막대로 조심스레 손을 옮겨 자기 쪽으로 잡아당기는가 싶더니, 다음 순간 의족을 가슴에 끌어안고 있었다. 이제 그것은 하나의 살아 있는 수족, 외과 시술로 몸통에서 분리된 다리나 팔과 다를 것 없는 개체였다. 지난밤 의족은 구석 벽에 기댄 채 밤새도록 홀로 서 있었다. 어린 장애자는 루에게 노래를 불러달라고 부탁했으나, 루는 알베르토를 생각해서 지금은 상중이라 그럴 수 없다고 대답했다. 둘 중 어느 누구도 의아해할 이유는 아니었다. 퀼라프루아가 그 이유를 댄 것은 이유 자체가 하나의 치장이 되어, 검정 모슬린 천을 통해 추위와 소외로부터 보호받기 위해서였다.

"가끔은 브라질로 도망치고 싶었지. 하지만 이놈의 다리짝 때문에 쉽지 않았어."

절름발이에게 브라질은 수많은 바다와 태양 너머의 한 섬. 운동선수처럼 떡 벌어진 체격에 거친 얼굴의 남자들이, 황금구와 왕홀을 양손에 나누어 든 옛날 그림 속 황제들처럼, 한 손에는 가늘고 오글오글하게 껍질을 벗겨낼 큼직한 오렌지를, 다른 손에는 묵직한 부엌칼을 쥐고서 저녁이면 성요한 축일의 모닥불 같은 거대한 불 주위로 모여 앉는 곳이었다. 이러한 비전이 뇌리를 좀처럼 떠나지 않아, 그는 여차하면 "수많은 태양……"이라는 말을 입에 올렸다. 요컨대 비전에서 떨어져나온 단어-시가 바로 그 비전을 화석처럼 굳히기 시작하는 것이었다. 감방이라는 밤의 입방체에선 '브라질'이라는 단어에 이끌려온 오렌지들이 태양처럼 (몸에 꼭 끼는 파란 운동복 차림으로 철봉에서 대회전을 수행하는 곡예사의 다리와 어지러이 섞이면서) 빙글빙글 맴돌고 있었다. 그러자 루는 얼마 전부터 속에서 길을 모색해오던 생각의 파편이 보글보글 솟아오르는 걸 지켜보며 이렇게 말했다. "사람들은 무얼 갈구하는가?" 이는 스스로 감옥에 갇힐 걸 예견한 어느 저녁 그가 머릿속으로 중얼거린 문장이었다. 하지만 과연 그가 마호가니 화장대 안에 들어가 있을 것을 예상했을까? 아니, 차라리 무의식적 지각이 단어를 통해서 장소(그의 방)와 지난 순간을, 그리고 그 두 개념을 중첩시켜 마치 예지력을 발휘하는 것처럼 믿게 만듦으로써 현새의 순간까지도 (그렇다면 이 방의 기억을 되살려낸 것은 무엇일까?) 연상해낸 것은 아닐까?

아이들은 잠을 잔 것이다. 그러고는 청소년 교정을 위한 감화 시설에―또는 집단 수용소에―다들 맡겨졌다. 소년원에 당도한 첫날부터 루-디빈은 독방에 처박혔다. 거기서 하루종일 웅크리고 지냈다. 그는 저주받은 아이들의 비밀이라 의심되는 것에 대하여 늘 예의 주시하고 있었다(가령 그들은 팔에다 '불행의 자식들'이라는 문구를 새기고 다니지). 마당에서는 먼지투성이일 것이 분명한 작은 발들이 아주 느린 템포로, 무거운 나막신을 들어올리고 있었다. 짐작건대, 벌받는 아이들이 입 꾹 다문 채 원을 돌고 있는 중이었다.

잠깐 쉬는 사이, 이런 말들이 들렸다.

"……열쇠 보관실 창문으로……"

"……"

"제르맹이야."

"……"

"그래, 오늘 저녁 그를 보면."

"……"

"와! 정말 대단한 일이야."

그에게 들려온 목소리는 신중한 아이들이 손을 오므려 입을 가림으로써 한쪽 방향으로만 소리가 나가기 때문에―거리의 여자가 들고 다니는 등불처럼―희미했다. 그것은 마당에서 독방에 수감된 친구에게 던지는 말이기에, 그에 대한 대답까지는 퀼라프루아에게 들리지 않았다. 아마도 소년원에서 그리 멀지 않은 중앙교도소의 탈옥수 얘기인 듯했다. 소년원이란 이 모든 찬란한 햇살이 차단된 칙칙한 골방 생활을 연명하는 세계이며, 아이들은 존경하는 마음으로 상상해온 사나이들, 간수들 면전에서 대담하고 당당하게 허세부리는 터프가이들 속에 언제 자기도 나이들어 한몫 끼어보나 학수고대하는 처지였다. 지옥에 갈 구실인 진짜 범죄를 저지를 수 있을지 기대에 부푼 채로 말이다.

감화원에 수용된 불량소년들은 어쩔 수 없이 드러나는 악동의 역할을 온갖 기지를 발휘해가며 완수했다. 사용하는 어휘는 악령을 불러내는 마법의 주문으로 잔뜩 흉악해지고, 취하는 동작마다 숲속의 목신에게나 어울릴 음흉한 기운이랄까, 여차하면 타고 넘을 뒷골목 담벼락이나 음산한 그늘을 연상시켰다. 이 작은 세계를, 외설스러운 냉소만이 감지되게끔 적절히 조정하면서, 부푼 치마 차림의 발레리나 같은 복장으로 수녀들이 지나다니고 있었다. 퀼라프루아는 즉각 그녀들을 위하여 그로테스크한 발레곡을 하나 작곡했다. 시나리오에 따라 그녀들은 울타리로 봉쇄된 마당에 쏟아져나왔고, 마치 북방 낙토의 밤을 지키는 그라이아이*가 샴페인에 대취한 듯, 모두 웅크린 채 두 팔 치켜들어 머리를 흔들어댔다. 잠시 조용. 이어서 그들은 둥글게 원을 그렸고, 초등학생들이 원무를 추는 방식 그대로 회전하기 시작했으며, 마침내 황홀경에 빠진 이슬람 수도승처럼 각자 제자리를 빙글빙글 돌면서 웃다 지쳐 쓰러질 지경까지 치달았는데, 그러는 사이 부속사제는 근엄한 태도로 성체현시대를 치켜들고 그 한복판을 가로지르는 것이었다. 그토록 신성모독적인 춤은—그런 춤을 꿈꾸는 신성모독적인 상상력은—만약 성인이었다면 유대인 여자를 강간하면서 마음이 불편했을 깃처럼, 퀼라프루아의 마음을 거북하게 만들었다.

툭하면 몽상에 빠지는 성향에도 불구하고, 또는 어쩌면 바로 그 몽상 때문에, 그는 매우 신속하게 외관상 다른 동료들과 비슷한 상태로 돌아갔다. 또래 친구들이 평소에 그를 놀이에서 배제시켰다면, 그는 자신을 왕자로 만들어주는 돌기와집 때문에라도 기꺼이 그렇게 되었다. 그렇더라도 이곳에선 그도 다른 아이들 보기에, 길에서 주워온 일개 떠돌이 소년에 불과했으며, 별로 특이할 것도 없는 잡범에 지나지 않았다. 다만 조금 멀리서 굴러들어왔다는 점 하나가 다르다면 다를까. 깔끔하게 잔인한 태도와 음란함과 상스러움이 과도하게 드러나는 제스처들이 일련의 뚜렷한 인상을 만들어냄으로써, 뻔뻔하고도 파렴치한 성격의 아이들은 그를 자기들과 같은 부류로 보게 되었다. 반면 그 자신은 어디까지나 떳떳하게 처신하고, 끝장 볼 때까지 모두가 기대하는 인물로서 버텨나가겠다는 생각과 더불어 약간의 예의까지 가미되어,

---

* 그리스신화에 메두사의 언니로 등장하는 세 자매. 태어날 때부터 백발 노파이며 눈 하나와 이빨 하나를 공유한다.

그런 분위기에 순순히 응해주었다. 그는 실망시키고 싶지 않았다. 그래서 몇 차례 사고가 벌어질 때도 적극 동참했다. 전문 갱단처럼 폐쇄적으로 조직된 소규모 패거리의 몇몇 일원들과 어울리면서 감화원 내부를 겨냥한 소소한 절도 행위를 도운 적이 있다. 듣기로, 원장수녀가 명문가 출신이라는 얘기가 있었다. 그녀는 누구든 자기 사정 좀 봐달라는 자가 있으면 그 면전에서 이런 식으로 내쳤다. "나는 주님을 모시는 하녀 중의 하녀일 뿐입니다." 그 정도 대단한 자부심으로 버티는데 무안하지 않을 자가 있으랴. 그녀는 루에게 왜 도둑질을 했느냐고 물었다. 그는 이렇게 대답할 수밖에 없었다.

"다른 애들이 나를 도둑으로 생각해서요."

원장수녀는 아이의 이런 섬세함을 하나도 이해하지 못했다. 그저 위선으로밖엔 보지 않았다. 더욱이 퀼라프루아는 이 수녀에 대해 이상한 방식으로 생겨난 일종의 반감을 갖고 있었다. 그가 이곳에 도착한 날, 원장수녀는 그를 아담하면서도 예쁘장하게 장식된 작은 응접실에 따로 불러 기독교적인 삶에 관해 이야기했다. 루는 얌전히 들었고, 이렇게 시작하는 문장으로 대답을 할 참이었다. "제 첫영성체 날······" 하지만 실수로 다음과 같이 말이 튀어나왔다. "제 결혼식 날······" 당황한 나머지 그는 다리에 힘이 쭉 빠졌다. 큰 결례라도 범한 것 같은 기분이었다. 얼굴이 빨개지고 말을 더듬거렸다. 정신을 추스르려 애썼으나 허사였다. 원장수녀는 스스로 자비의 미소라 부르는 표정을 입가에 머금으며 그를 지그시 바라보고 있었다. 자기 내면으로부터 진흙 바닥을 한껏 휘저어놓고 뒤늦게 오렌지꽃 조화로 꾸민 관을 쓴 채 하얀 새틴 드레스 자락 길게 늘어뜨려 수면으로 거슬러오른다는 생각에 기겁을 한 퀼라프루아는, 이 더할 나위 없이 아름답고 엉큼한 사태를 초래하고 또 목격한 노파가 그렇게 미울 수 없었다. '나의 결혼식이라니!'

다음은 어느 감화 시설에서의―또는 집단 수용소의―밤에 관한 이야기다. 공동 침실의 움직임 없는 해먹들에서는 담요 속으로 머리통들이 하나둘 사라졌다. 실장은 침실 끄트머리에 작은 내실을 하나 차지하고 있다. 삼십 분가량 침묵이 강제되었는데, 그야말로 바위 괴물과 온갖 역병이 득시글거리는 속에서 호랑이의 숨죽임에 다들 긴장하는 정글의 침묵이었다. 의식에 따라 아이들이 죽은 자들 가운데서 부활한다. 뱀의 머리처럼 신중하고, 지혜롭고, 교활하고, 독과 독니를 가진 머리통들이 하나둘 모습을 드러내는가 싶더니, 갈고리 소음 하나 없이 해먹 밖으로 몸뚱이들이 일어난다. 공동 침실의 전체 양상은―위에서 내려다볼 경우―달라지지 않는다. 수용자들이 간교한 계략을 짜내 담요를 도톰하게 부풀려, 안에 사람 몸이 누운 것처럼 보이게 만드는 것이다. 모든 일은 그 아래서 벌어진다. 재빨리 기어서, 다들 하나로 모인다. 공중에 매달린 도시는 텅 비었다. 규석을 때리는 쇳조각이 부싯깃에 불꽃을 일으키면, 지푸라기처럼 가느다란 궐련에 불을 붙인다. 그리고 담배를 피운다. 삼삼오오 해먹 아래 자리잡고 드러누워, 모조리 실패로 돌아갈 탈출 계획을 엄중하게 짜기 시작한다. 수용자들은 살아 숨쉬고 있다. 그들은 각자 자유인이자 밤의 주인임을 알고 있으며 독재자, 귀족, 평민 신분에 따라 엄격하게 운영되는 왕국을 조직한다. 그들의 머리 위엔 하얀 흔들의자들이 버려진 채 방치되어 있다. 야간에 할 중요한 일, 밤을 매혹하기 위해 설정된 기막힌 작업은 뭐니 뭐니 해도 타투다. 섬세한 바늘이 피부에서 피가 나도록 수많은 점을 찍어가는 사이, 의외의 지점에 그대를 위한 기상천외한 형상이 펼쳐진다. 가령 여기 수용자가 옷을 벗으면, 그에 따라 랍비가 천천히 토라를 펼치고, 피부 전체에 걸쳐 신비의 전율이 퍼져나간다. 순수하고 무심한 기둥에 상형문자를 새기자 성스러운 기둥으로 재탄생하듯이, 새하얀 살갗 위에 찌푸린 인상처럼 촘촘히 자리한 푸른 점들은 아이에게 모호하면서도 강력한 위엄을 부여한다. 마치 토템 기둥처럼 말이다. 가끔은 눈꺼풀이랄지, 겨드랑이, 사타구니, 볼기짝, 페니스, 심지어 발바닥에까지 문신을 새기기도 한다. 대게 이국적인 기호들을 많이 활용하는데, 그런 기호들의 특성상 내포된 의미가 풍부한 편이었다. 이를테면 팬지꽃, 활, 화살에 꿰뚫려 피 흘리는 심장, 서로 겹쳐진 얼굴, 별, 초승달, 화살, 제비, 뱀, 선박, 삼각날 단도, 그 밖에 각종 좌우명과 경고 문안, 무시무시하고 예언적인 문장들.

해먹 아래서 이러한 마법 같은 일들이 이루어지는 가운데 사랑이 움트고, 타올랐다가, 잦아들었다. 증오, 탐욕, 애정, 위로, 복수 등 통상적인 사랑의 온갖 장치가 작동했다.

집단 수용소를 살아 숨쉬는 자들의 왕국과는 별개의 왕국으로 만든 것은 상징의 변화였고, 어떤 경우에는 가치의 변화였다. 수용자들은 감옥에서 쓰는 언어와 인척관계에 있는 일종의 방언을 사용했으며, 그에 따라 자기들 나름의 윤리관과 정치학을 운용하고 있었다. 종교의식이 뒤섞인 정부 체제는 미의 보호자로서 무력을 절대시하는 체제였다. 그들의 법은 매우 진지한 태도로 준수되었다. 그들은 웃음이 자기들의 그런 태도를 훼손한다고 보았고, 그리하여 웃음을 적대시한다. 또한 그들은 비극적 자세에 경도되는 비상한 소질과 적성을 갖추고 있다. 범죄란

비딱하게 잘못 쓴 베레모와 더불어 시작된다. 그들의 법률은 추상적 결정을 통해 태어난 것이 아니다. 그것은 신적 권한에 입각해 그 시간적 차원과 영적 차원이 영유領有되는 미와 무력의 천국으로부터 어떤 영웅이 내려와 일일이 가르쳐준 것이다. 그들은 영웅의 숙명에서 벗어나지 못하기에, 집단 수용소 마당, 필멸의 존재 가운데서 빵집 조수라든가 열쇠 수리공의 모습을 한 그들과 매일 마주칠 수 있다. 수용자의 바지 호주머니는 하나뿐이다. 이 또한 그들을 세상으로부터 고립시키는 요인이다. 단 하나의 호주머니, 그것도 왼쪽. 사회시스템 전체가 의복의 이 단순한 디테일 하나로 흔들린다. 그들의 바지에는, 악마의 딱 달라붙는 반바지에 호주머니가 하나도 없듯이, 수병의 바지에 앞트임이 없듯이, 호주머니가 하나뿐이다. 그렇다고 마치 수컷의 성징이 절단되기라도 한 듯—사실상 그런 것이나 마찬가진데, 호주머니란 유년기에 너무도 중요한 역할을 담당하기에, 우리 입장에선 계집애들보다 우위에 있음을 표하는 상징이나 마찬가지—그들이 그걸 창피하게 생각하지 않는다는 사실엔 의문의 여지가 없다. 집단 수용소에서 중요한 것은, 해병대에서처럼, 바지다. 남자가 되고 싶으면, "너의 바지를 지켜라". 나는 어른들이 꿈의 인물처럼 살려는 각오로 준비중인 아동을 위하여 신학교 등록을 해두는 그 대담무쌍함에 감탄을 금치 못한다. 아이들을 이처럼 심술궂거나, 매력적이거나, 경솔하거나, 기지가 반짝이거나, 불안하거나, 음흉하거나, 단순하기 짝이 없는 꼬마 괴물로 만들어버릴 요인들을 그토록 기막히게 파악하고 있다는 사실이 그저 놀라울 뿐이다.

퀼라프루아에게 도망칠 생각을 갖게 한 건 수녀들 복장이었다. 그는 옷들 자체가 품은 계획을 그저 현실화하면 되었다. 수녀들은 빨랫감을 건조장에 널어둔 채 몇 날 밤을 그대로 방치했고, 스타킹과 수녀모를 작업장에 놔두고서 문을 잠가버리기도 했다. 퀼라프루아는 출입문의 위치와 그걸 여는 방법을 재빨리 파악했다. 하루는 스파이처럼 신중한 태도로 어느 영악한 아이에게 접근해, 자신의 계획을 말했다.

"마음만 단단히 먹으면 돼."

"정말 도망칠 수 있는 거야?"

"……당연하지!"

"멀리 갈 수 있겠어?"

"물론! 이런 꼴로보다야 훨씬 멀리 가지(그러면서 상대의 우스꽝스러운 복장을 가리켰어). 게다가 구걸을 할 수도 있을 거고."

황당무계한 이야기라 투덜대지 마시라. 다음에 이어질 내용은 허구이며 이를 액면 그대로 받아들일 사람은 아무도 없다. 진실은 나의 일이 아니다. 그러나 "진실하기 위해서는 거짓말을 해야만 한다". 심지어 그 이상도 불사할 일이다. 나는 어떤 진실을 말하고자 하는가? 내가 감옥에 갇힌 수인으로서 내면의 삶의 장면들을 연기하는(연기되는) 일이 진실일진대, 그대는 연기 말고 다른 무엇도 요구하지 마라.

그리하여 우리 어린이들은 용기백배한 어느 밤을 골라 짧은 치마와 카라코,* 수녀모를 훔치기로 했다. 그런데 신발은 다 너무 작아서, 각자 본인 나막신을 그대로 착용했다. 세탁장 창문을 통해 그들은 어두운 거리로 나왔다. 아마도 자정쯤이었을 것이다. 대문 앞에서 옷 갈아입는 건 순식간의 일. 아이들은 서로 도왔고 특히 수녀모를 신경써서 착용했

---

* 상반신에 꼭 맞는 끈 달린 블라우스.

다. 옷감 부스럭거리는 소리, 옷핀을 이로 문 채 다급히 속닥거리는 소리로 한동안 어둠 속에 불안과 초조가 감돌았다. "이 끈 좀 잡아줘……어서 움직여!……" 골목길에선 창문을 통해 가쁜 숨소리가 솟구쳤다. 이런 식으로 수도서원이 진행되는 동안 공동 침실은 어스름한 수도원 경내로, 죽은 도시로, 비탄의 골짜기로 변해가고 있었다.

감화원에서는 옷을 도둑맞았다는 사실을 한참 뒤늦게 알아차릴 것이 분명했다. 어차피 낮에는 "도주자 검거를 위한" 조치를 전혀 취하지 않을 것이기 때문이다. 그들은 빠르게 걸었다. 농부들은 별로 놀라지 않았다. 진지한 표정의 어린 수녀 두 명이 한 명은 나막신을 신고 다른 한 명은 다리를 절뚝이며 헐레벌떡 길을 걷는 광경을 차라리 감탄의 눈길로 지켜보는 분위기였다. 가녀린 손가락 두 개로 주름 세 겹의 묵직한 잿빛 치맛자락을 추어올린 앙증맞은 모습이라니. 얼마 안 있어 허기가 배를 쥐어짰다. 감히 어느 누구에게도 약간의 빵을 부탁할 수 없었다. 마침 퀼라프루아가 살던 마을로 가는 길이니, 저녁 무렵 양치기 개가 코를 쿵쿵거리며 피에르에게 다가오지만 않았어도 일찌감치 그곳에 도착했을 터였다. 하느님에 대한 두려움 속에서 성장한 양치기 소년은 휘파람으로 개를 불렀지만 소용이 없었다. 피에르는 정체가 탄로나는 줄 알았다. 그는 조마조마한 마음에 후닥닥 내달렸다. 길가 소나무 한 그루 덩그러니 서 있는 곳까지 절뚝거리며 달려간 그는 부랴부랴 나무를 타고 올랐다. 퀼라프루아는 임기응변의 재치를 발휘해, 보다 가까운 또다른 나무를 택해 기어올랐다. 그걸 보더니 개가 갑자기 푸른 하늘을 우러러 무릎을 꿇고는 저녁 공기를 마시며 기도하기 시작했다. "수녀들이 파라솔 같은 소나무에 까치처럼 둥지를 틀고 있으니, 주여,

저의 죄를 사하여주소서." 그러고 나서 성호를 그은 다음, 개가 일어나 양떼에게로 돌아갔다. 주인인 양치기 소년도 개에게서 소나무의 기적 이야기를 들었고, 그날 저녁 주변 마을들이 모두 그 소식을 접하게 되었다.

나는 디빈에 관해 더 이야기할 것이다. 다락방에서의 그녀에 관한 이야기, 대리석 심장을 가진 노트르담과 고르기 사이에 있었던 일에 관해서다. 만약 여자였다면, 디빈은 질투하지 않았을 것이다. 아무 불만 없이, 저녁에 혼자 밖으로 나가 대로변 가로수 아래 행인을 상대로 실컷 추파나 던졌을 것이다. 어차피 자기 소유인 두 수컷끼리 밤새도록 같이 시간을 보낸들 무슨 대수겠는가? 오히려 가족적인 분위기, 전등 갓을 투과하는 은은한 빛이 그녀에게 뿌듯함만 안겨주었을 것이다. 하지만 디빈 역시 남자다. 그녀는 일단 악의 없이 마냥 젊고 잘생긴 노트르담에게 질투를 느낀다. 이자는 자기 이름이 표방하는 연민의 정에 무조건 복종할 위험이 있는 것이다. 노트르담, 악의는 없으되 영국 여자처럼 교활한 구석이 있다. 그는 고르기를 충분히 자극할 만하다. 손쉬운 일이다. 어느 오후, 영화관의 인공적인 어둠 속에 딱 붙어앉아 있는 두 남자를 상상해보자.

"세크, 손수건 가지고 있지?"

말이 떨어지기 무섭게 그의 손이 검둥이의 바지 호주머니 위에 놓인다. 오! 치명적인 동작. 디빈은 고르기에게도 질투를 느낀다. 검둥이는 그녀의 남자. 노트르담이 아끼는 이 불량배 역시 젊고 잘생겼다. 디빈은 대로변 가로수들 아래를 배회하면서 나이 많은 고객을 찾고 있다.

이중의 질투에서 오는 괴로움이 그녀의 마음을 갈기갈기 찢는다. 디빈은 남자로서 이런 생각을 한다. '내가 두 사람 다 먹여 살려야 해. 난 노예야.' 그러자 그녀의 기분이 비참해진다. 영화관에서는 초등학생들처럼 얌전히(단, 책상 너머로 고개 숙인─그로써 충분한데─초등학생들 주위로, 여차하면 튀어나갈 정신 나간 장난질이 배회하듯), 노트르담과 고르기가 담배를 피우며 영화만 본다. 잠시 후 그들은 맥주 한잔 마시고 아무 의심 없이 다락방으로 귀가할 것이나, 그전에 노트르담은 보도 위에 작은 화약 알갱이를 점점이 흩뿌리고, 그걸 고르기는 서 징 박은 구둣발로 재미삼아 터뜨린다. 그렇게 기둥서방의 장딴지 언저리로 휘파람소리가 맴돌듯, 고르기의 장딴지 사이로 불티들이 솟구친다.

그들은 지금 셋이 함께 다락방을 나설 참이다. 준비됐다. 고르기가 열쇠를 맡는다. 각자 담배를 입에 문다. 디빈이 부엌 성냥을 그어 (그녀는 매번 자기 장작에 직접 불을 붙이지) 자기와 노트르담의 담배에 불을 붙인 다음, 고르기에게 불을 내민다.

"싫어. 셋이 동시에 불붙이는 거 아니야. 재수 달아나, 디빈."

"농담하지 마. 그걸 어떻게 안다고."

그녀는 지쳐 보인다. 매미처럼 시커멓게 타버린 앙상한 성냥개비를 그냥 떨어뜨리고 만다. 그녀가 덧붙인다.

"소소한 미신으로 시작해 하느님 품에 쓰러지는구먼."

노트르담은 생각한다. '그러네. 신부님 침소로 말이야.'

르피크가 정상에는 일전에 내가 말한 타베르나클이라는 작은 카바레가 있다. 마법이 난무하고, 혼합된 재료를 반죽하며, 카드를 읽고, 찻잔

바닥에 남은 찌꺼기를 조사하는가 하면, 왼손 손금을 풀이하고(예전에 디빈이 말하기를, 거기서 손금을 보면 대체로 진실과 맞아떨어지더라나), 잘생긴 푸줏간 소년이 치맛자락 길게 늘어뜨린 공주로 변신하기도 하는 바로 그곳이다. 카바레는 아담한 규모에 천장이 낮다. 대공 전하께서 통치하신다. 마짜란 마짜는 거기 죄다 모여드는데, 특히나 첫영성체, 밴조, 루마니아 왕비, 지네트 양, 소냐 양, 페르세페스, 클로랭드, 수녀원장, 아녜스, 미모사, 디빈이 주요 구성원이다. 더불어 각자의 낭군들까지. 매주 목요일, 호기심에 낚여서 오는 부르주아 고객들은 쪽문 걸쇠를 잠가 차단하게 되어 있다. 카바레는 '순수한 소수의 마짜들'에게만 활짝 열린다. 대공 전하께서 (어느 마짜가 들려준 이야기. 왕년에 그가 쇠 지렛대로 쑤셔가며 요란하게 뜯은 금고들 얘기를 하면서 이렇게 말했다지. '나는 매일 밤 한 놈 꼴로 울게 만든단다') 초대장을 일제히 보낸 것이다. 우린 대만족이었다. 축음기가 돌아가고, 웨이터 셋이 짓궂은 장난기 가득한 눈빛으로 서빙을 담당했다. 우리는 사내답게 주사위 도박과 카드 게임을 한다. 그리고 춤을 춘다. 이곳에 참석하기 위해서는 우리다운 복장을 갖추는 것이 관례다. 새끼 포주들 얼굴에 풍성한 어깨 장식이 부대낄 정도의 요란한 여성 복장이면 된다. 요컨대, 노땅들은 출입 금지. 짙은 화장과 조명이 충분히 왜곡해주겠지만, 그도 모자라 종종 사람들은 가장무도회용 가면을 착용하거나 부채를 활용해 다리 모양과 시선, 음성의 뉘앙스만으로 누구인지 짐작하고 또 속아 넘어가면서, 다양한 정체성을 한꺼번에 취하는 재미에 탐닉한다. 이를테면 살인을 범하기에는 꿈의 장소나 마찬가지인 셈인데, 어쩌다 살인이 벌어졌어도, 기겁한 마짜들과(그중 하나는 모성의 엄중함으로 발끈하여 신속 정확한 경찰로 변신할 줄도 알고) 공포에 일그러진 얼굴로 배를 움켜쥔 채 그 품에 뛰어드는 새끼 포주들이 합심하여 누가 살인자고 누가 희생자인지 열심히 찾아봐야 헛일일 터. 가장무도회 살인사건이랄까.

디빈은 이날 저녁을 위해 1900년도에 유행한 실크 드레스 두 벌을 다시 꺼냈다. 소싯적 사순절 세번째 주 목요일을 기념하여 보관해둔 옷이다. 하나는 흑옥으로 장식된 검정 드레스. 자기는 그걸 입고 다른 하나는 노트르담에게 권한다.

"너 미쳤구나, 애들이 뭐라겠냐?"

하지만 고르기가 고집하는데다, 친구들 모두 즐겁자는 짓일 뿐, 비웃을 생각일랑 아무도 없음을 잘 알고 있다. 무엇보다 그들은 노트르담을 신망하고 있다. 알몸에 실크 드레스 하나만 달랑 착용하자 노트르담의 몸매가 멋지게 살아난다. 그 자신이 보기에도 마음에 들 정도다. 고운 피부 위로 살짝 체모가 보이면서 반듯한 두 다리가 가지런하다. 그는 상체를 숙였다가 뒤로 돌아도 보면서, 거울에 비친 모습을 점검한다. 허리 받침이 달린 드레스라, 바이올린 첼로를 연상시키는 그의 둔부가 한껏 도드라진다. 엉클어진 그의 머리엔 한 송이 벨벳 조화를 달아보자. 디빈에게 빌려 신은 구두는 브로치 장식이 달린 노란 가죽 하이힐. 치맛자락의 과장된 주름 장식에 가려 잘 보이지는 않는다. 이날 저녁에는 진짜 재미를 보러 가는 길이라, 다들 옷을 아주 빨리 갈아입었다. 디빈은 검정 실크 드레스에 핑크빛 재킷을 걸치고, 반짝이 장식이 눈부신 부채를 들었다. 고르기는 연미복 차림에 하얀 넥타이를 착용했다. 성냥불 훅 불어 끄는 순간 장면전환이다. 모두 계단을 내려간다. 택시. 타베르나클. 제법 잘생긴, 머리에 피도 안 마른 도어맨이 추파를 세 번 보낸다. 특히 노트르담에게 혹한 모양. 일행은 부연 담배 연기 휘젓는 모슬린과 실크 옷자락의 번쩍거리는 불꽃놀이 속으로 입장한다. 담배 연기를 춤춘다. 음악을 담배 피운다. 입에서 입으로 술을 들이켠다. 친구들이 꽃피는 노트르담에게 환호를 보낸다. 자신의 단단한 허벅지 때문에 옷감이 그렇게 팽팽해질 거라고는 그도 예상하지 못했다. 발기하는 걸 남들이 보든 말든 상관은 없으나, 친구들이 빤히 보는 앞에서, 이 정도까지는 아니다. 그는 되도록 감추고 싶다. 결국 고르기 쪽으로 돌아서더니, 부풀어오른 드레스를 가리키며 다소 상기된 얼굴로 중얼거린다.

"이봐, 세크, 나 이것 좀 숨길게."

농담은 아닌 듯하다. 눈이 젖어 있는 것 같다. 고르기는 허풍 때문인지 괴로워서인지 알 수가 없다. 그는 살인자의 어깨를 붙잡고 바짝 끌어당겨 몸을 밀착한다. 거구의 양 허벅지 사이에 실크 드레스의 단단한 돌출 부위를 끼워넣어 상대를 부둥켜안고는, 날이 밝도록 쉼없이 이어지는 탱고와 왈츠 속을 헤집고 나닌다. 디빈은 실컷 울고 싶고, 삼베 손수건을 손톱과 이로 갈기갈기 찢어버리고 싶다. 그러고 보니, 지금 이 상황이 이전 어떤 상황과 어찌 그리 비슷한지, 디빈에게 문득 떠오르는 일이 있다. 나는 생각에 잠긴다. '에스파냐에 살 때였을 거야. 아이들이 "마리코나, 마리코나"* 소리치고 그녀를 쫓으면서 돌까지 던지고 있었어. 그녀는 선로의 대피 측선으로 피해, 정차중인 기차로 기어올랐지. 아이들은 계속해서 욕설을 퍼부었고 열차 문짝에 돌을 던지더군. 디빈

---

* maricona. 에스파냐어. 동성애자를 칭하는 비속어.

은 좌석 밑에 납작 엎드린 채, 애새끼들을 죽어라 저주했지. 증오심에 벅차 숨이 가쁘도록 밉고 또 미웠으니까. 가슴이 터질 것처럼 부풀어올랐어. 증오심에 숨막혀 죽지 않으려면 심호흡이라도 해야 할까 싶었지. 그때 별안간 깨닫는 바가 있었어. 아무리 마음은 굴뚝같아도, 저 아이들을 잡아먹지도, 손톱과 이빨로 잘근잘근 물어뜯지도 못한다는 것. 그러자 그들을 사랑하게 되더군. 극도의 울분과 증오심으로부터 용서가 솟구치면서 그녀는 마음이 편안해졌지.' 그녀는 검둥이와 노트르담이 서로 사랑한다는 사실을 사랑하기로 한다. 이제 주위를 둘러보니, 대공 전하의 침실이다. 그녀는 안락의자에 앉아 있다. 바닥에는 이런저런 가면들이 나뒹군다. 아래층에선 춤판이 벌어졌다. 디빈은 방금 모든 이를 도살한 상태. 소설책 표지에 나오는 뒤셀도르프의 흡혈귀*처럼, 살인마의 갈고리 형태로 손가락을 구부린 자신의 모습이 옷장 거울을 통해 들여다보인다. 그러나 왈츠는 끝났고, 무도회장에 마지막까지 남은 사람은 노트르담과 세크 그리고 디빈. 디빈이 현관문을 열자, 너무도 자연스럽게 노트르담은 고르기와 팔짱을 꼈다. 작별인사들로 한순간 해체됐던 연대감이 뭉그적대는 술책을 무력화시키며 갑작스레 복원되는 바람에, 디빈은 사람들이 우리에게 퍼부은 야유로 옆구리가 또 물어뜯기는 기분이었다. 그녀는 선한 노름꾼. 하여, 뒤로 물러나 가터벨트를 다시 매는 척하고 있었다. 새벽 다섯시, 르피크가는 바다까지 직선으로 내리뻗어 있었다. 다시 말해 클리시대로가 위치한 평지까지 이어진다는 뜻이다. 새벽은 얼근히 취해, 금방이라도 쓰러져 토할 만큼 정신없

---

* 1931년 단두대에서 처형당한 희대의 살인자 페터 퀴르텐의 별칭.

는 상태였다. 새벽은 메스꺼웠고, 세 친구는 아직 거리의 시작 지점. 마침내 다 같이 길을 걸어내려가고. 고르기는 실크해트를 귀 바로 위, 숱 많은 곱슬머리에 격식 맞춰 쓰고 있었다. 그의 하얀 셔츠프런트는 아직 빳빳한 그대로였다. 큼직한 국화꽃이 단춧구멍에서 시들어가고 있었다. 그의 얼굴이 웃고 있었다. 노트르담이 그와 팔짱을 끼고 있었다. 그들은 담뱃재와 빗 찌꺼기들로 수북한 휴지통들이 양쪽으로 배치된 길을 따라 걸어내려갔다―매일 아침 거리를 흥청거리는 자들이 첫번째로 흘겨보는 대상인 휴지통들. 갈지자로 길을 걷는 저 휴지통들.

만약 내가 어떤 연극작품을 연출해야만 하고, 그 안에서 여자들이 어떤 배역을 맡게 된다면, 나는 그 배역을 소년들이 맡도록 한 다음, 공연 내내 무대배경의 왼쪽이나 오른쪽에 못으로 고정된 플래카드를 통해 그 사실을 관객에게 알릴 것이다. 하얀 발랑시엔 레이스 장식에 창백한 블루 계통의 결이 굵은 실크 드레스를 걸친 노트르담은 분명 본인 그 이상이었다. 그는 그 자신이면서 또한 그를 보완하는 존재였다. 나는 여장 남자들에 열광한다. 감옥에 갇혀 지낸 숱한 밤의 상상 속 연인들은 이따금 군주이기도 했으나―나는 그에게 거지의 누더기를 입도록 강요하거니와―때로는 부랑자에게 왕의 의상을 빌려주기도 한다. 가장 큰 즐거움은 아마도 내가 이탈리아 유구한 가문의 상속자가 되는 상상놀이를 하면서 느낄 것 같다. 단, 이때 나는 사기꾼 상속자인데, 내 진짜 조상은 대담하게도 저 알디니 왕자의 자리를 찬탈한 자로서, 별이 빛나는 하늘 아래를 맨발로 떠도는, 잘생긴 방랑자였을 테니말이다. 나는 사기를 좋아한다. 그리하여 노트르담은 마치 대단한 여성들, 아주 대단한 화류계 여성들만, 이를테면 너무 빳빳하지도 너무 덩실거리지도 않게, 옷자락을 걷어차지 않고서도 걸어내려갈 줄 아는 것처럼, 길을 걸어내려가고 있었고, 그 옷자락은 잿빛의 포도를 이리저리 쓸면서, 지푸라기와 잔가지들, 부러진 빗 하나와 누렇게 바랜 아룸 잎사귀를 거느리고 다니는 것이었다. 새벽이 정화되고 있었다. 디빈은 한참 뒤처져 따라오고 있었다. 분통 터지지만, 철저히 감시하고 있었다. 의상을 갖춰 입은 검둥이와 살인자가 잠깐 휘청거리더니 서로 어깨동무를 했다. 노트르담은 노래를 불렀다.

"타라라붐 디에이!
타라라붐 디에이! 타라라붐 디에이!"*

그는 웃으며 노래하고 있었다. 밤새 웃고, 떠들고, 춤추고, 난리 치고, 포도주와 무분별한 애정 행각으로(실크 드레스에 얼룩이 묻었다) 화장이 여기저기 번진 그의 매끈하고 환한 얼굴이 시체의 차가운 키스와도 같은 새벽 햇살에 스스로를 내어주고 있었다. 머리에 두른 장미꽃들이 죄다 천으로 만든 조화였음에도 황동 빛깔로 시들거나 아직은 그런대로 꽃의 형태를 간직해, 물 주는 걸 깜빡한 화단 하나쯤은 구성할 만했다. 천으로 된 장미꽃들이니 완전히 죽은 꽃들이었다. 그럼에도 약간의 생기를 추슬러준답시고 노트르담은 맨살이 드러난 팔을 치켜들었는데, 다름 아닌 에밀리엔 달랑송**이 뒷머리를 쪽 찔 때 취했을 법한 동작보다 아주 조금 거친, 딱 그만큼의 동작을 취하는 것이었다. 실제로

---

* 〈Ta-ra-ra Boom-de-ay〉. 1891년 미국에서 발표된 경쾌한 선율의 유행가.
** 벨에포크시대의 유명한 배우.

그는 에밀리엔 달랑송을 닮긴 했다. 그 푸른 드레스의 (흔히들 가짜 엉덩이라 부르는) 맵시 있는 윤곽이 거만하고 덩치 큰 검둥이를 살짝 침흘리게 녹여주고 있었다. 디빈은 두 사람이 해변을 향해 급히 달려내려가는 모습을 지켜보았다. 노트르담은 휴지통들 사이에서 노래 부르고 있었다. 어느 아침 성채의 정원에서 정장 차림의 검둥이 품에 안겨 실크 드레스 자락 휘날리며 노래 부르는 금발의 외제니 뷔페*를 상상해보시라. 버터와 달걀을 파는 여자 상인과 그 동료의 잠 모자란 얼굴을 향해 거리의 어떤 창문도 열려 있지 않아, 우리는 놀란다. 사람들은 자기 집 창문 밖에서 무슨 일이 벌어지는지 전혀 알지 못하는 것이다. 어쩔 수 없다. 만약 안다면 슬퍼서 견딜 수 없을 테니까. 노트르담의 하얀 손 (애도중인 손톱들)이 세크 고르기의 팔뚝에 얹혀 있었다. 두 팔이 너무도 섬세한 촉감으로 서로 접촉해(영화의 영향이 크지), 그 꼴을 지켜보노라면 라파엘로의 마돈나가 자꾸 떠오를 수밖에 없으나, 그 또한 어린 토비아의 눈을 뜨게 해준 만큼, 아마도 이름과 결부된 순수한 이미지만 아니면 그다지 순결한 동작으로 보이진 않았을 것이다.** 르피크가의 급경사 내리막길이 시작되고 있었다. 정장 차림의 검둥이는 샴페인이 웃게 만든 대로 웃고 있었다. 마치 아직도 잔치중인 사람처럼, 요컨대 완전한 방심 상태였다. 노트르담은 노래를 불렀다.

---

* 1차세계대전 직전 활약한, 현실 참여적 샹송으로 유명한 프랑스 가수.
** 노트르담-마돈나-라파엘로(그리고 라파엘 천사)-토비아로 이어지는 연상의 맥이 디빈의 질투를 정당화하는 장면이다. 모티프는 '눈뜸과 바라봄'. 토비아는 구약 「토빗기」 11장에서 시력을 회복한 아버지 토빗의 혼동으로 보인다.

"타라라붐, 타라라붐, 디에이!

타라라붐, 디에이!"

서늘한 날씨였다. 파리의 차가운 아침 공기가 어깨를 얼리고, 위에서 아래까지 드레스를 후들후들 떨게 했다.

"너 춥구나." 고르기가 그를 쳐다보며 말했다.

"약간."

아무도 주목하지 않는 사이, 세크의 팔이 노트르담의 어깨를 감쌌다. 둘이 뒤돌아볼 경우 극히 현실적인 관심사에 골몰한 것처럼 보이려고, 디빈은 얼굴 표정과 동작을 꾸미고 있었다. 하지만 둘 중 누구도 디빈이 거기 있건 없건 신경쓰지 않는 눈치였다. 아침 삼종기도 종소리와 더불어 우유 배달통 소리가 들려왔다. 해가 떴는데도, 노동자 셋이 자전거 전조등을 켜둔 채 대로를 주행했다. 귀가중인 순경 한 명이, 무척 젊었으므로 집에 들어서면 텅 빈 잠자리만이 그를 반길 것이라는 디빈의 기대를 뒤로한 채, 세 명을 쳐다보지도 않고 지나갔다. 휴지통들에선 가정부와 개수대 냄새가 났다. 그 악취의 갈고리들이 노트르담이 입은 옷의 하얀 밑랑시엔 레이스와 디빈의 핑크빛 재킷 자락의 꽃줄 장식을 붙들고 늘어졌다. 노트르담은 계속해서 노래를 불렀고 검둥이는 계속해서 히죽거렸다. 불현듯 셋 모두 절망의 경계에 다다랐다. 지금까지 기적의 루트를 밟아온 거라면 이제부터는 평평하고 진부한 아스팔트길, 만인의 대로가 펼쳐진다. 배를 갈라 내장을 쏟아낸 가옥들, 늙은이, 아이, 기둥서방, 바텐더 할 것 없이 아직도 잠에 널브러진 건물들을 가로질러, 취한 새벽 내내 향수 냄새, 실크 촉감, 웃음과 노랫소리 거느

리며 헤집어나온 저 은밀한 오솔길과는 다른, 그래, 저 아득한 오솔길
과는 너무나 달라, 빤한 귀갓길의 지루함에서 벗어나고자 아이 셋이 택
시 쪽으로 다가가고 있었다. 택시도 그들을 주목하는 중이었다. 운전기
사가 문을 열어주었고 노트르담이 먼저 올라탔다. 일행 중 위치로 보
아, 고르기가 첫번째로 탑승해야 마땅했으나, 노트르담더러 먼저 타라
고 비켜선 것이다. 기둥서방은 여자 앞에서 절대로 자리를 양보하지 않
으며, 하물며 마짜 앞에서는 말할 것도 없다는 사실을 상기하자. 그날
밤 노트르담이야말로 그와의 관계에서 마짜가 되어버린 것이다. 고르
기로서는 그를 아주 높이 받들어야만 하는 상황. 놈이 이렇게 말했을
때 디빈의 얼굴이 후끈 달아올랐다.

"타, 다니*."

곧이어 디빈은 르피크가를 걸어내려오는 동안 떠나 있던 본래의 디
빈으로 돌아왔다. 그래야 보다 명민하게 사고할 수 있어서인데, 원래
그녀는 '여자로서' 느끼고, '남자로서' 사고해왔던 것이다. 그렇게 자진
하여 진정한 자기의 본질로 회귀할 때만큼은 그저 화장한 남자일 뿐,
인위적인 제스처로 인해 혼란스러운 사람 정도로 인식될 수도 있었다.
다만 긴박한 상황에 처한 사람이 자기도 모르게 모국어에 의존하는 그
런 현상과는 무관한 것이다. 디빈은 자기 생각을 큰 소리로 표명할 경
우, 결코 명료한 사고에 이를 수 없었다. 물론 그녀 혼자 있을 때 큰 소
리로 이렇게 말해본 적은 있다. "나는 불쌍한 계집이다." 하지만 그걸
가슴 깊이 느끼고 나면 더이상 같은 감정을 실감하기가 어려웠고, 그걸

* Danie. 꽃피는 노트르담의 애칭.

입 밖으로 내놓으면서 같은 생각을 할 수는 없었다. 예컨대 미모사와 같이 있을 때, 그녀는 종종 심중한 문제를 놓고 '여자로서' 사고한 적은 있으나, 원칙적인 문제를 두고 그리한 적은 없다. 그녀의 여성성은 단지 가장무도회에 불과했던 것이 아니다. 다만 온전히 '여자로서' 사고하기에는, 그녀의 신체 기관이 방해가 되었다. 생각한다는 것, 그것은 행위를 한다는 것이다. 행동하기 위해서는 경박함을 내치고 자신의 생각을 단단한 초석 위에 놓아야 한다. 그녀의 경우는 강고함이라는 개념이 힌트가 되어주었고, 이를 남성성의 개념에 결부시켜, 결국 문법을 통해 그 모두를 거머쥘 수 있었다. 요컨대 디빈이 자신의 느낌을 정의하기 위해 과감하게 여성형을 사용해왔다면, 자신의 행동을 정의하기 위해서는 그렇게 할 수 없었다. 그녀가 지금까지 '여자로서' 내린 모든 판단은 사실상 시적인 결론들이었다. 즉 디빈은 그 당시만 진실했던 셈이다. 디빈의 정신, 특히 그녀의 삶 속에서 여성이라는 존재가 무엇과 상응하는지를 알아보는 일은 무척 흥미로운 과제일 것이다. 의심할 여지 없이, 그녀 자신은 여자(즉 치마 입은 암컷)가 아니었다. 그녀는 오로지 강압적인 수컷에게 복종함으로써만 스스로 여성이었으며, 어머니인 에르네스틴조차 그녀가 보기에는 여자가 아니었다. 다만 여자의 모든 것은 퀼라프루아가 마을에서 알고 지낸 어린 소녀 안에 모조리 구현되어 있었다. 소녀의 이름은 솔랑주. 새카맣게 타들어가는 나날을 두 아이는 하얀 돌 벤치 위에 쭈그려앉아 지냈다. 햇살에 젖지 않도록 학습복 안으로 두 발 웅크린 채 옷단처럼 좁다랗고 연한 한 겹 그늘을 뒤집어쓰고 있었다. 그렇게 불두화나무의 가호 아래 그들은 같이 느끼고 같이 생각했다. 퀼라프루아는 사랑을 하고 있었던 거다. 솔랑주가 수녀원에 들어가자, 곧바로 순례길에 나선 것을 보면 알 수 있다. 그는 크로토 바위를 찾아갔다. 이는 집집마다 어머니들이 일종의 악귀로 간주해, 그 텅 빈 구멍 속에 온갖 사악한 정령과 잡귀가 살고 있다는 이야기로 아이들에게 겁을 주곤 하는 화강암 바윗덩어리였다. 대부분의 아이들은 용의주도한 어머니들이 들려주는 이야기에 별로 주의를 기울이지 않았다. 오로지 솔랑주와 퀼라프루아만 그곳에 가면—되도록 자주 갔는데—성스러운 공포심을 영혼 가득 품어 안고 돌아오는 것이었다. 뇌우를 잔뜩 머금은 어느 여름날 저녁에도 둘은 그곳에 갔다. 그러자 푸르스름한 잔영이 감도는 황금빛 수확의 바다 쪽으로 바위가 마치 뱃머리처럼 나와 있었다. 물잔 속에 푸른 분말이 내려앉듯 하늘이 지상에 내려앉고 있었다. 하늘이 땅을 방문중이었다. 마을에서 동떨어진 풍광만이 사시사철 지금의 모습을 간직할 수 있는, 저 신전들을 모방한 신비스럽고 불가사의한 분위기. 초록빛 수면에 관념처럼 전나무 숲을 거느리고 불도마뱀들의 서식처가 되어주는 연못. 전나무는 정말이지 놀라운 나무인데, 나는 이탈리아 회화를 통해 자주 그 모습을 접해왔다. 성탄절 구유에 바쳐진 나무들인 만큼 겨울밤과 동방박사와 떠돌이 음악가들, 우편엽서 상인들, 각종 찬가들과 양탄자 깔고 맨발로 주고받는 밤의 입맞춤들의 주술에 동참하는 건 당연하다. 그 나뭇가지들 속에서 퀼라프루아는 항상 기적의 성처녀를 발견하길 기대했는데, 기적이 완전해지려면 색조가 가미된 석고상이어야 했을 거다. 이는 자연을 견뎌내기 위해 그에게 꼭 필요한 희망이었다. 가증스러운 자연, 반시적反詩的인 대식가가 모든 영성을 꿀꺽 삼켜버린다. 미녀는 식탐이 많다 했던가, 자연만한 식인귀가 따로 없다. 시란 팽팽한 긴장 상태로 버터내는 의지가 때로는 탈진도 해가며 비상한 노력으로 확보한 세계 비전이다. 시는 의지의 산물. 그것은 방임이 아니며, 감각의 무상 통행, 무료입장이 아니다. 시는 관능적 욕망과 혼동되지 않으며, 오히려 그와 대립함으로써, 이를테면 방 청소를 하기 위하여 안락의자와 붉은 벨벳 의자, 금장 거울과 마호가니 테이블을 밖으로 끄집어내 바로 옆 푸른 들판에 내다놓는 토요일에 탄생했다.

솔랑주는 바위 꼭대기에 올라서 있었다. 아주 살짝 몸을 뒤로 젖혀 심호흡을 하는 것처럼 보이기도 했다. 그녀는 말을 하려는 듯 입을 열었다가 다물었다. 벼락이나 영감을 기다렸지만, 아무것도 터지지 않은 모양이다. 환희와 공포가 촘촘하게 뒤얽힌 상태로 몇 초가 흘러갔다. 마침내 그녀가 아무 억양도 없는 목소리로 말했다.

"일 년 후에 한 남자가 아래로 뛰어내릴 거야."

"일 년 후에 왜? 어떤 남자?"

"이런 바보."

그녀는 남자가 뚱뚱한 체격에 회색 바지와 사냥용 재킷을 입었을 거라고 묘사해주었다. 퀼라프루아는 방금 전 누가 그곳에서 자살했고, 아직도 온기가 가시지 않은 그 시신이 바위 밑 가시덤불 속에 누워 있다는 소리라도 들은 것처럼 화들짝 놀랐다. 흥분 상태가 가볍고 짧게 물결치는 파형을 이루어 그의 내부로 진입했다가, 손과 발, 머리카락과 눈을 통해 빠져나가더니, 일본 극에서나 어울릴 복잡하고 현학적인 드라마의 전개를 솔랑주가 구술해주는 가운데 자연의 구석구석으로 사라져갔다. 그녀는 후하게 선심을 쓰기 시작했고, 억양을 좀처럼 찾기 힘든 목소리로 비극의 서창부에 해당하는 어조를 선택했다.

"이유는 알지 못하나, 먼 곳에서 온 남자가 있어. 아마도 장에 나갔다 돌아오는 돼지업자일 가능성이 크지."

"하지만 길에서 멀리 떨어졌는데, 왜 여기까지 왔을까?"

"순진하기는, 죽기 위해서지. 길에서 자살할 수는 없으니까."

그녀는 어깨를 으쓱하더니 머리를 흔들어댔다. 아름다운 머리 타래가 납덩이를 매단 채찍처럼 양볼을 때렸다. 어린 무녀는 그 자리에 쭈그리고 앉았다. 그 자세로 바위 위에 혹시라도 새겨져 있을 예언의 문구를 찾는 모습이, 새끼에게 먹일 낟알을 찾아 모래를 뒤지는 어미닭을 닮았다. 그날 이후 바위는 즐겨 찾는 곳, 머릿속을 떠나지 않는 장소가 되었다. 둘은 마치 묘지를 참배하듯 그곳을 찾았다. 미래의 망자를 위한 이런 경건함은 그들 마음속에 허기와도 같은, 또는 열정에 반하는 어떤 나약함과도 같은 무언가를 심어놓았다.

하루는 퀼라프루아가 생각에 잠겼다. '그로부터 아홉 달이 지났네. 솔랑주는 6월에 돌아올 거고. 그러니 7월에는 자신이 이야기한 비극의 현장을 목격하려고 거기 나타날 거야.' 그녀가 돌아왔다. 그 즉시 그는 그녀가 자기와는 다른 세계에 속해 있음을 깨달았다. 더이상 그의 여자가 아니었다. 자신만의 독립성을 획득한 상태였다. 이제 이 어린 여자애는 저자 손을 떠난 지 오래인 작품과도 같았다. 직접적으로 저자의 살과 피에 속한 존재가 아니므로, 이런 작품은 더이상 저자의 모성애를 누리지 못한다. 솔랑주는 퀼라프루아가 정원 담장 밑 까치밥나무와 까막까치밥나무 덤불숲에 싸질러놓은 식은 똥덩이와 비슷한 존재가 되어버렸다. 똥덩이가 아직 온기를 머금고 있을 땐 그 냄새에서 잠시나마 달콤한 희열을 느끼곤 하지만, 일단 몸밖에서 너무 오랜 시간이 지나면 무심하게—때로는 질겁하면서까지—내치는 것이 순리다. 그리고 솔랑주가 그의 갈비뼈에서 떼어낸 순결한 소녀도, 입에 머리카락 물고 잘근잘근 씹어대는 여자아이도 아닌 만큼, 퀼라프루아는 알베르토 곁에 살고 싶어 속이 새카맣게 타들어가는 실정이었다. 그의 내면에 일종의 화학작용이 일어나면서 새로운 구성 인자들이 태어나고 있었다. 두 아이의 과거는 이제 옛 시절의 사연 속으로 처박혀버린 것이다. 솔랑주도 퀼라프루아도 지난해 즐거워하던 놀이나 말들을 다시 꺼내들지 않았다. 하루는 둘이서 개암나무들이 우거진 곳까지 갔는데, 서긴 작년 여름 그들의 혼례식과 인형들 영세식이 거행됐던 곳이고 헤이즐넛 축제를 즐겼던 장소다. 여전히 염소들이 점유하고 있는 그곳을 다시 보자 퀼라프루아는 불현듯 크로토 바위의 예언이 떠올랐다. 그 이야기를 꺼내고 싶었지만, 솔랑주는 까마득히 잊고 있었다. 정확히 따지자면, 그녀가 돼지업자의 험악한 죽음을 예고한 지 정확히 열세 달이 지난 시점인데 아무 일도 일어나지 않은 것이다. 퀼라프루아는 초자연의 위력이 또다시 허망하게 사라지는 것을 보고 있었다. 죽을 때까지 그를 따라다닐 절망감에 상당한 실망감이 가세한 꼴이었다. 인생의 모든 사건은 그것이 우리 안에 반향을 불러일으킨다는 점과 우리를 도약하게 만들어 금욕주의로 이끈다는 점에서만 중요하다는 사실을 아직 그는 모르고 있었다. 오로지 충격뿐인 그의 입장에서 볼 때, 당시 솔랑주는 자기만도 못한 영감을 내세워 예언의 바위 위에 올랐던 셈이다. 그저 재미난 소녀로 보이고 싶어 어떤 배역을 연기했다고나 할까. 그런데 하나의 신비가 그렇게 폐기된 자리에 보다 의미심장한 또다른 신비가 모습을 드러내고 있었으니, 문득 이런 생각이 드는 것이다. '나 아닌

다른 사람들도 본래의 자기가 아닌 자로서 사는 모험을 즐기는 모양이구나. 그렇다면 내가 딱히 별난 사람은 아니네.' 그러면서 그는 여성성의 반짝이는 거울 단면 하나를 포착하기에 이르렀다. 처음엔 실망했으나, 이내 또다른 애정이 가득 차오름을 느꼈고, 너무 창백하고 가녀린, 이제는 서먹해진 소녀를 향해 연민의 정마저 갖게 되었다. 알베르토는, 벼락의 꼭짓점과도 같이, 외부 세계의 모든 불가사의를 그의 쪽으로 끌어당겨주는 존재였다. 퀼라프루아는 솔랑주에게 뱀 채집이라는 것을 조금 이야기해주되, 영리한 예술가답게 교묘히 속내를 감추거나 털어놓았다. 솔랑주는 개암나무 가지를 손에 쥐고 땅을 이리저리 쓸고 다녔다. 어떤 아이들은 마법의 소질을 수중에 넣고도 정작 의식하지 못하는가 하면, 순진한 사람의 경우 동물과 가족의 법에 내재하는 숱한 혼란에 깜짝깜짝 놀란다. 예전에 솔랑주는 아침 거미의 요정이었다. 소문에는 '슬픔'이었다고도 하지만. 이쯤에서 잠시 멈추고, '오늘 아침' 내 독방 가장 어둑한 구석에 거미줄을 친 거미 한 마리를 고찰해볼까 한다. 운명은 엉큼하게도 내 시선을 그 거미와 거미줄 쪽으로 끌고 갔다. 신탁이 제 모습을 드러낸다. 나는 욕설 없이 고개 숙여 인사만 하면 된다. "너는 너 자신의 숙명. 너는 너 자신의 마법을 짜나갔다." 단 하나의 불행, 즉 가장 극심한 불행이 내게 닥칠지 모른다. 그리하여 지금 나는 신들과 화해한 몸이다. 워낙에 신성한 지식이라, 점술은 나로 하여금 그 어떤 의문도 품게 하지 않는다. 나는 잘생긴 댄서들과 불량배들 때문에 이따금 나 자신이 배반한 음울하고 서글픈 존재들, 솔랑주, 디빈, 퀼라프루아에게 돌아가고 싶다. 하지만 이젠 그 사람들 스스로, 아니 누구보다 그들이야말로, 신탁의 충격을 받은 이래 내게서 가장 멀리 떨어져 있지 않은가. 솔랑주? 그녀는 여자답게 퀼라프루아의 속내 얘기를 들어주었다. 그녀는 순간 곤혹스러워했지만 곧 웃었다. 어찌나 웃어대는지, 가지런한 치아 위를 해골이 깡충깡충 뛰어다니며 요란하게 두드려대는 것 같았다. 시골 한복판에서 그녀는 감옥살이하는 느낌이었다. 누군가에 의해 방금 결박당한 거다. 질투에 사로잡힌, 소녀. 입에 침이 바짝 말라 이렇게 물어보기도 힘들다. "너 그 사람 정말 사랑하니?" 침 삼키기가 핀 한 묶음을 삼키는 것만큼이나 고통스러웠다. 퀼라프루아는 대답을 망설였다. 요정은 망각의 위험을 감수하고 있었다. 낙칠 일은 닥치기 마련. '그렇다'는 대답이 유보된 상태로 빤히 보이게, 금방이라도 터져나올 듯한 바로 그 순간, 솔랑주는 손에 쥐고 있던 개암나무 수맥봉을 놓쳤고, 그걸 다시 집으려고 몸을 숙여 마침 우스꽝스러운 자세가 된 바로 그때, 혼례의 '네' 대답이 치명적인 외침으로 떨어져나와 그녀의 모래 긁는 소리와 뒤섞였다. 소리는 그렇게 묻혔고, 솔랑주의 충격은 경감되었다. 디빈에게 또다른 여자 경험은 결코 없었다.

택시가 가까워졌을 때, 그녀는 더이상 생각할 것 없이 다시 디빈이 되었다. 차에 타는 대신, (벌써 그녀는 두 손가락으로 검정 드레스의 굵은 주름 장식을 집고 왼발을 들어올린 상태) 고르기가 이미 착석해 자리를 권하는 마당이라, 그녀는 즐거워서인지 미쳐 돌아가서인지 까칠한 웃음을 터뜨리고는 운전기사를 돌아보며 빈정대듯 말했다.

"아냐, 아냐. 운전기사 옆에 탈 거야. 난 항상 운전기사 옆에 타거든, 암, 그렇고말고."

그러고는 갖은 아양을 떨었다.

"괜찮겠죠, 운전기사님?"

운전기사는 자기 직업을 잘 아는 젊은이였다(모든 택시 기사는 뚜쟁이이자 마약 밀매상이야). 디빈의 손가락 길이만한 부채는 펼쳐지지 않았다. 요컨대 디빈은 사람을 현혹할 요량으로 부채를 활용하진 않았다. 오히려 자신이 저 끔찍한 뿔록이 년들 중 하나로 오인받는 걸 보면서 후회막심이었을 것이다. "오! 빌어먹을 여자들, 못돼 처먹은 년들 같으니, 갈보 년들, 걸레들. 오! 이놈의 여자들, 정말 혐오스럽다니까!" 그렇게 떠들어댈 수 있다면. 운전기사는 자기 쪽 문을 열고 다정하게 미소 지으며 디빈에게 말했다.

"자, 어서 타시지, 귀염둥이."

"오, 이 아저씨 봐, 정말, 정말……"

운전기사의 우람한 허벅지에 호박단 구겨지는 소리가 요란했다.

다락방에 도착했을 땐 날이 완전히 밝아 있었으나, 닫힌 커튼의 음영과 차 향기 그리고 고르기의 체취가 그들을 마법의 밤 속에 잠겨들게 했다. 늘 하던 대로 디빈은 칸막이 뒤로 건너가 검정 드레스를 벗고 잠옷으로 갈아입었다. 노트르담은 침대에 앉아 담배를 피워 물었다. 발치에는 그가 입은 드레스의 레이스 장식이 이끼 덩어리처럼 뭉쳐 부글부글하는 받침돌처럼 보이는데, 무릎에 팔꿈치를 괸 그는 저만치 바닥에—우연히 한데 모아져 순간적으로 조직된 모양새인—고르기의 야회복과 새틴 백색 조끼, 세련된 무도화가 오전 세시경 센강 제방 위 어느 파산한 신사가 남기고 떠난 증언의 형태를 취하고 있음을 유심히 지켜보았다. 고르기는 알몸으로 누워 있었다. 디빈이 초록색 잠옷을 걸치고 다시 나타났는데, 이 방에서는 초록색 옷감이 오크색 분을 바른 그녀의 얼굴에 잘 어울리기 때문이었다. 노트르담은 아직 담배를 다 피우지 않은 상태였다.

"이제 그만 잘까, 다니?"

"어, 그래, 이것만 다 피우고."

언제나 그렇듯, 그는 깊이 숙고해 답변하는 것처럼 대답했다. 사실 노트르담은 별생각 없었는데, 오히려 그 점이 일종의 은총 덕분인 것처럼, 무엇이든 단박에 알아채는 분위기를 그에게서 자아냈다. 과연 그는 창조주가 총애하는 사람이었을까? 어쩌면 하느님이 그의 식견을 두루 넓혀주었을지도 모른다. 그의 눈빛은 애인인 왕의 설명을 다 듣고 난 직후 뒤바리 부인*의 눈빛보다 더 순수(투명)했다. (하긴 뒤바리 부인과 마찬가지로, 이때 그는 자신이 단두대로 직행하리라는 것을 까마득히 모르고 있었지. 그러나 문학인들이 아기 예수들의 눈동자가 그리스도의 수난을 예견해 하나같이 죽도록 슬픈 빛을 머금은 것이라 설명하는 만큼, 그대 육안으로는 보이지 않을 미세한 기요틴의 이미지를 노트르담의 깊은 눈동자 속에서 확인하도록 나 또한 그대에게 권할 권리가 있는 거야.) 그는 몸에 마비가 온 것처럼 보였다. 디빈이 꽃피는 노트르담의 금발을 손으로 쓸어넘기며 말했다.

"내가 좀 도와줄까?"

그 말은 등 쪽 끈을 풀어 옷을 벗겨주겠다는 의미였다.

"좋아, 어서 해봐."

노트르담은 담배꽁초를 양탄자에 던져 밟아 끈 다음, 발끝을 이용해

---

* 루이 15세의 정부.

양쪽 신발을 차례로 벗었다. 디빈은 드레스 등 쪽 끈을 풀어헤쳤다. 꽃 피는 노트르담의 일부, 그 이름의 가장 어여쁜 부분을 드러내준 셈이었다. 노트르담은 얼큰하게 취해 있었다. 마지막 피운 담배로 머리가 어지러웠다. 성탄절 장식에서 동전을 구멍에 넣으면 통나무에 무릎 꿇고 앉은 양치기 석고상 머리통이 빙그르 돌다가 앞으로 툭 떨어지듯이, 별안간 노트르담이 고개를 푹 숙였다. 소화가 되지 못한 포도주와 쏟아지는 잠 때문에 연신 딸꾹질을 해댔다. 디빈이 옷을 벗기는 동안 그의 몸은 조금도 움직이지 않았다. 마침내 알몸이 된 자신을 디빈이 애써 침대 위로 올려놓자, 그는 몸을 굴려 세크에게 달라붙었다. 보통은 디빈이 둘 사이에서 잠을 잤다. 오늘은 침대 바깥쪽 가장자리에 머무는 것으로 만족해야 함을 깨달은 그녀는, 타베르나클에서 그리고 르피크가를 걸어내려오는 내내 자신을 괴롭혀온 질투의 쓰라림을 또다시 실감했다. 그녀가 소등하자, 덜 닫힌 커튼 자락 사이로 아주 가느다란 햇살이 스며들었고, 이내 금빛 먼지로 흐려졌다. 방 전체가 아침나절의 시적인 미광으로 가득찼다. 디빈은 자리에 눕자마자 노트르담을 자기 쪽으로 바짝 끌어당겼다. 그의 몸뚱어리는 뼈를 발라낸 듯 축 늘어져, 젖먹이의 육질 같은 느낌이었다. 그는 애매한 표정으로 미소를 짓고 있었다. 요컨대 어중간히 기분좋을 때 그냥 웃어주는 미소였는데, 디빈의 입장에서는 원래 고르기를 향하고 있던 그의 얼굴을 손으로 감싸안아 자기 쪽으로 돌렸을 때나 겨우 그 미소를 보게 되는 것이었다. 고르기는 등을 대고 반듯이 누워 있었다. 포도주를 포함한 각종 술이 노트르담과 마찬가지로 그를 녹초로 만들어버렸다. 노트르담은 자고 있지 않았다. 디빈은 그의 닫힌 입술을 자신의 입술로 머금었다. 그의 숨결에

역한 냄새가 감돈다는 건 익히 알고 있었다. 그래서 디빈은 가급적 입을 겨냥한 키스는 짧게 하려고 애썼다. 그녀는 침대 발치로 미끄러져내려가 노트르담의 보드라운 신체를 샅샅이 핥아 오르면서 그의 욕망을 일깨웠다. 디빈은 살인자의 복부와 다리 사이에 머리를 묻은 채 마냥 기다렸다. 매일 아침 같은 장면이 한 번은 노트르담과 다음은 고르기와 함께 벌어졌다. 오래 기다리진 않았다. 노트르담은 배가 아래로 오도록 부리나케 몸을 뒤집고는, 아직 흐물흐물한 음경을 손에 쥐고 디빈의 벌린 입안에 거칠게 욱여넣었다. 하지만 그녀가 머리를 뉘로 빼면서 입을 꼭 다물었다. 욱하는 순간 돌처럼 딱딱해진 성기가(용병아, 기사야, 시동아, 기둥서방아, 불한당아, 너희들 반들반들한 머리통으로 디빈의 볼퉁이를 쑤시고 들어가라) 닫힌 입을 강제로 열려 애썼으나, 눈과 코와 턱에 부닥칠 뿐 볼에 와선 쭉쭉 미끄러지기만 했다. 그 자체가 놀이였다. 결국엔 입술을 찾아낼 테니 말이다. 고르기도 자는 건 아니었다. 노트르담의 벌거벗은 엉덩이로 전해오는 반향을 통해 둘의 움직임을 감지하고 있었다.

"맹랑한 친구들 같으니! 그리 몰래 즐기면 곤란하지. 나도 흥분했는걸."

그가 들썩이기 시작했다. 디빈은 자신을 내어줄 듯 뒤로 빼면서 즐거워했다. 노트르담의 호흡이 가빴다. 디빈의 두 팔이 그의 엄숙해 보이는 옆구리를 감아 안았고, 두 손이 부드러이 더듬어 애무하되, 마치 눈꺼풀 너머로 안구의 회전을 감지하듯, 그 미세한 떨림을 느끼고자 손가락 끝으로 가볍게 어루만졌다. 급기야 노트르담의 볼기에 손길이 스치는 순간 디빈은 깨달았다. 고르기가 금발의 살인자에게 올라타 삽입을 노리고 있었던 것. 이미 그의 똘똘한 자지, 노트르담의 그것보다 훨씬 크고 단단한 그놈의 자지는 보란듯 박은 상태였고, 비할 데 없이 끔찍하고 극심한 절망감이 두 남자의 유희로부터 그녀를 저만치 따돌려버렸다. 노트르담은 여전히 좆을 앞세워 디빈의 입을 찾아 헤맸고, 눈두덩이나 머리털만을 열심히 찔러대는 중이었다. 그 와중에도 가쁜 숨결 때문에 군데군데 끊기는 목소리로, 축축한 미소를 머금은 채 이렇게 말하고 있었다.

"준비됐어, 세크?"

"응." 검둥이가 대답했다.

분명 노트르담의 금발을 들썩이게 한 것은 그의 거친 호흡일 터였다. 격렬한 움직임이 디빈의 얼굴 위로 전해졌다. 노트르담이 그녀의 입을 찾아내자 결국 그 입은 거대하고 끔찍스럽게 벌어졌고, 고르기에게 당하는 동안 더 힘차게 사출중인 노트르담의 뜨거운 체액을 받아내기 시작했다(모아워아가 처음 나를 범했을 때, 그의 음경은 아주 깊이 나를 파고들었고, 그 씩씩한 기세가 어쩌나 당당한지 나는 여자로서 절정에 이를 만큼 희열을 만끽했어. 최초이자 유일한 그때의 경험을 나는 아직도 간절히 열망하지).

'삶이란 이런 것.' 디빈은 잠시 생각할 시간을 가졌다. 휴지기라고나 할까, 미세한 진동이 마음을 가로지르고 있었다. 육체로 쌓아올린 구조물이 회한 속에 내려앉았다. 디빈은 침대를 거슬러올라가 베개에 머리를 뉘었다. 그렇게 그녀는 혼자 버려진 채로 있었다. 자극은 사라진지 오래. 누군가 부추긴 사랑의 감정을 화장실로 가져가 손으로 마무리할 필요를 느끼지 않는 것도 처음이었다. 그때 그 아가씨의 정신 상태가 바로 이런 것이었을까. (어느 저녁, 담배를 피우면서 그 이야기를 우리에게 들려준 사람이 바로 가브리엘이야. 입안에 밀어넣은 차가운 구슬처럼, 입천장에 느껴지던 그의 숨결을 그녀는 떠올리고 있어.) 하루는 그와 그의 형이 한 젊은 창녀와 동시에 앞뒤로 사랑을 나누었다. 그들의 동작은 서로 조화를 이루고 있었다. 그런데 아가씨가 앞에 있는 남자의 입에 키스하려고 하자 난감하게도 그 입을 남자의 형이 차지하고 있었다. 여자의 머리 너머로 이미 두 형제가 입을 맞추고 있었던 것…… 만약 무대가 자기 집만 아니었어도, 세크와 노트르담이 벌인 이런 도발 행위의 충격으로부터 그녀는 마음을 추스를 수 있었을 것이다. 어쩌면 그냥 잊고 말았을지도 모른다. 하지만 셋 모두 다락방에 아주 터를 잡고 거주할 태세인지라, 지금 이 모욕감은 자칫 만성화될 위험이 있었다. 그녀는 세크와 노트르담을 똑같이 미워했고, 두 사람이 서로 떨어져야 비로소 그 미움이 끝날 것임을 또렷하게 느꼈다. 어떡해서든 그 둘을 다락방에 함께 거두는 일은 없어야 한다. '저 들쥐 두 놈을 내가 먹여 살리는 일은 없을 거야.' 노트르담은 연적으로서 그녀에게 아주 가증스러운 존재가 되어가고 있었다. 저녁에 셋 모두 깨어 있을 때, 고르기가 노트르담의 어깨를 붙잡더니 씩 웃으며 목덜미에 입을 맞추었다. 마침 차를 끓이고 있던 디빈은 별로 신경쓰지 않는 척했지만, 노트르담의 바지 앞섶을 흘끔거리지 않을 수 없었다. 순간 또다시 욱하는 격분이 솟구치고 말았다. 그가 발기하고 있었던 것. 눈치채지 못하게 본다고 믿었건만, 그녀가 고개를 드는 순간, 때마침 검둥이더러 쟤 좀 보라며 비웃는 시선을 던지던 노트르담의 얼굴과 정확히 맞닥뜨린 것이다.

"최소한의 예의는 좀 지키지." 그녀가 말했다.

"우리 잘못한 거 없는데." 노트르담의 말이었다.

"아, 그렇게 생각하는구나!"

그러면서도 남의 애정 행위를 나무라거나 그걸 눈치챈 것처럼 보이고 싶지는 않았다. 그녀는 덧붙여 말했다.

"하여튼 잠시도 얌전히 있질 못해요."

"얌전히 있었어, 자기야. 봐."

그는 옷 속에서 꺼덕대고 있는 막대 모양의 덩어리를 보란듯 움켜쥐고 있었다.

"자, 얼마나 진중한데." 빙그레 웃으며 말한다.

고르기는 노트르담을 놔준 뒤, 자기 구두를 솔질했다. 그리고 다 같이 차를 마셨다. 디빈은 꽃피는 노트르담의 육체를 두고 어쩌다 질투한다거나, 그런 상상을 해본 적이 없었다. 그럼에도 질투심이라는 것이 어딘가에 숨은 채 묵묵히 존재한다고 믿을 이유는 충분했다. 그동안 우리가 슬쩍 언급만 해온 몇 가지 사소한 일들을 다시 떠올려보자. 하루는 노트르담이 리멜*을 좀 빌려 쓰자는 것을 단칼에 거절했다. 그런가 하면 노트르담의 입냄새가 심하게 역하다는 걸 알고는 (잠깐이지만) 은근히 기분좋았다. 왜 그랬는지는 몰라도, 하필 가장 못생기게 나온 노트르담의 사진을 핀으로 벽에 꽂아놓기도 했다. 그런데 이번엔 누구나 그 쓰라림을 익히 아는 육체적인 질투가 엄습한 것이 확실했다. 그녀는 머릿속으로 이미 여러 번 무시무시한 복수를 계획하고 완수했

---

* 마스카라 상표명.

다. 할퀴고, 찢고, 절단하고, 베어내고, 살갗을 벗기고, 황산을 끼얹고. '아주 처참하게 팔다리를 잘라버려야 해'라는 생각을 곱씹었다. 찻잔을 씻으면서도, 그녀는 가공할 처형 방법을 실행에 옮기고 있었다. 설거지를 마치고 나면 다시 순수해졌지만, 그래 봤자 교묘한 색조 처리를 거쳐 인간으로 복귀하는 것에 불과했다. 그녀의 행동에서 그 흔적이 느껴졌다. 마짜를 상대로 한 복수인 만큼, 디빈은 필시 순교자 성세바스티아누스의 기적을 일으켰을 것이다. 화살 몇 개를 쏘았으되, 그건 "나 너한테 속눈썹을 하나 던질게"라든가 "나 너에게 버스를 한 대 닐런다"라고 말하는 아량과 함께였을 터다. 몇몇 화살은 따로따로. 그다음엔 한꺼번에 왕창. 화살들을 박아 마짜의 형상을 아로새겼을 것이다. 화살로 만든 울타리에 놈을 가두고, 결국엔 꼼짝 못하도록 명중시켰을 것이다. 바로 그런 방법을 디빈은 노트르담에게 사용해보고 싶었다. 하지만 그런 건 공개적으로 실행되어야 맛이다. 노트르담은 다락방에선 모든 걸 허락하는 편이나, 굳이 친구들 구경거리로 나설 사람이 아니었다. 그는 간지럼을 잘 탔다. 디빈의 화살들은 화강암에 부닥쳤다. 그녀는 줄곧 시빗거리를 찾으려 애썼고, 당연히 그걸 발견했다. 어느 날 그가 이기주의보다 못한 행동을 저지르는 현장이 그녀에게 포착된 것이다. 셋 다 다락방에 있었다. 디빈은 아직 침대에 누워 있었다. 전날 노트르담은 '크라방' 담배를 한 갑 사두었다. 잠에서 깨어나자마자 그는 담뱃갑을 찾았다. 담배가 두 대밖에 남아 있지 않았다. 그중 하나를 고르기에게 건넨 뒤, 그는 나머지 하나를 입에 물고 두 대 모두에 불을 붙였다. 디빈은 깨어 있었으나, 애써 눈을 감고 자는 척했다. '쟤들이 무슨 짓을 하나 봐야 하니까'라는 생각을 하면서 말이다. 거짓 잠꾸러기는 그런 생각 자체가 화를 들키지 않을 하나의 구실에 불과하다는 걸 잘 알고 있었다. 그나마 자존감을 확보해줄 담배 나누기 과정에서 저들이 그녀의 존재를 깡그리 망각한다 해도 화내지 않을 핑계. 삼십의 나이를 바라보면서 디빈은 자존감의 필요성에 집착했다. 그래서인지 별것 아닌 일로도 충격을 받았다. 왕년에는 대담한 매력으로 바텐더들의 오금을 저리게 하던 그녀가 지금은 아무것도 아닌 일에 얼굴이 후끈 달아오르고, 또 그런 자신의 변화에 민감했다. 이는 그 상징의 미묘함만으로도, 진정 굴욕이라 느낄 수 있었을 지난날의 상황들을 떠올리게 했다. 실로 가벼운—가벼운 만큼 무서운—충격은 그녀를 비참했던 시절로 되돌려놓곤 했다. 디빈이 나이가 들수록 감성이 풍부해지는 걸보고 사람들은 놀랄 것이다. 인생을 겪을 만큼 겪으면 낯가죽도 그만큼 두꺼워지는 것이 일반적인 통념이라던데. 분명한 건, 몸 파는 마짜로 사는 것을 그녀가 수치스럽게 여기지 않았다는 사실이다. 필요할 경우, 몸에 있는 아홉 개의 구멍을 통해 좆물을 줄줄 받아내는 마짜임을 내세워 거드름을 피우기까지 했다. 세상 남녀의 손가락질쯤 여전히 개의치 않는다. (대체 언제까지?) 다만 그녀는 자신을 통제하는 힘을 잃었고, 얼굴을 쉬이 붉혔으며, 무리수를 동반하지 않고서는 그런 자신을 추스르기가 점점 힘들어졌다. 그녀는 자존심에 집착하기 시작했다. 두 눈을 감은 채, 그녀는 세크와 노트르담이 자기를 제외한 것에 대해 서로 얼굴 표정으로 양해를 주고받는 모습을 상상하고 있었다. 순간, 노트르담이 어설프게도 "담배가 두 대밖에 없다니까!"라고 큰 소리로 내뱉는 바람에, 방금 전까지 그녀를 놓고 둘이서 한참을 쑥덕였다는 사실 (디빈을 두 눈 감긴 캄캄한 어둠 속에 내동댕이쳐 비탄에 빠트릴 만한 바로 그 사실)이 적나라하게 드러나고 만 것이다. 담배가 두 대밖에 없다는 건 그녀 자신도 잘 알고 있었다. 성냥 긋는 소리를 들으며 그녀는 이런 생각까지 했다. '한 대를 반으로 잘라 나눠 피울 생각은 하지 않았던 거야.' 그에 대한 결론 역시 스스로 내렸다. '저 인간, 당연히 그랬어야지(여기서 '저 인간'은 노트르담이야). 아니면 아예 자기는 포기하고 한 대는 온전히 나를 위해 남겨두든가.' 어쨌든, 그 사건을 기점으로 세크와 노트르담이 권하는 모든 것을 그녀는 무조건 거부했다. 하루는 노트르담이 사탕 한 상자를 가지고 나타났다. 다음은 그날 벌어진 장면으로, 노트르담과 디빈의 대화 내용이다.

"사탕 먹을래?" (하지만 이미 상자를 닫으며 던진 말임을 디빈은 놓치지 않았어.)

그녀가 말했다.

"아니, 난 됐어."

몇 초 지나 디빈이 덧붙였다.

"진심으로 권하는 것도 아니면서."

"무슨 소리야, 난 진심이라고. 내가 진짜 기꺼운 마음이 아니라면, 너한테 권할 리가 없지. 난 주기 싫으면, 결코 두 번 권하지 않아."

디빈은 굴욕감이 더하면서 이런 생각을 했다. '얘는 나한테 무얼 두 번 권한 적이 없잖아.' 그녀는 이제 혼자 외출하는 것이 내키지 않았다. 그런 습관은 검둥이와 살인자의 내밀한 결속을 돈독하게 해주는 결과만 낳을 뿐. 다음 단계는 격렬한 비난이다. 디빈은 더이상 자제할 수가 없었다. 분노는, 마치 속도가 그러하듯, 그녀에게 보다 예리한 통찰력을 부여했다. 그녀는 도처에 숨은 의도성을 간파해냈다. 아니면, 그녀가 주도하는 게임에 노트르담이 자기도 모르는 사이 응해온 것일까? 외로움을 넘어 절망으로 자신을 이끌도록 그녀 스스로 주도하는 게임의 법칙에? 그녀는 노트르담에게 온갖 욕설을 퍼부었다. 거짓말 서툰 바보처럼, 노트르담은 자신의 속내를 잘 드러내지 않았다. 그러다 이따금 궁지에 몰리면 안색이 붉어졌고, 말 그대로 얼굴이 축 처졌다. 양쪽 입가 주름이 늘어나면서 얼굴을 아래로 당기는 것이다. 그럴 땐 정말 불쌍해 보였다. 어떻게 대답할지를 몰랐고, 그저 미소만 지을 뿐이었다. 다소 어색한 미소였지만, 그로 인해 표정이 누그러졌고 마음도 느긋해졌다. 햇살이 가시덤불을 통과하는 것처럼, 온몸 찢겨가며 욕설의 덤불숲을 빠져나갔다고도 할 수 있었다. 하지만 정작 그 자신은 손끝에서 피 한 방울 흘리지 않고 무사히 빠져나가는 척하는 기술에 통달한 것일 뿐이다. 그럼 디빈은 화가 치밀어 더욱 매섭게 몰아쳤다. 고객을 쫓아다닐 때 그런 것처럼, 인정사정 두지 않았다. 어쨌든 그녀가 쏘아대는 화살은 노트르담에게 별로 큰 위협이 되지 못했고, 그 이유는 이미 설명했다. 이따금 말랑말랑한 부위를 만나 화살촉이 파고들 경우, 미리 상처 아무는 약을 발라놓은 화살을 열심히 박아넣은 셈이니. 그런가 하면 화살 맞은 노트르담이 오히려 과격해질까봐 걱정하기도 했다. 자신이 너무 혹독하게 몰아치는 것으로 보일 때마다 후회했는데, 그걸 노트르담이 반긴다고 잘못 생각했기 때문이다. 하여 독기를 품고 내뱉는 말들마다 그녀는 진심어린 해독제를 추가하곤 했다. 노트르담은 남이 자신에게 기원하는 것으로 보이는 행운에만 관심이 있었고, 이는 세간에서 그를 선량하고 낙천적인 사람으로 보는 이유이기도 했다. 그는 또 사람이 무언가 이야기할 때 그 결론 부분만 주목하고 마는 버릇이 있어서, 결국 디빈이 아무리 떠들어댄들 기나긴 칭찬의 말들을 이제야 마무리하는 걸로 받아들이기 일쑤였다. 노트르담은 자신을 매정하게 대하려 애쓰는 디빈의 온갖 노력에 마법의 주문을 걸어온 셈이다. 다만 그는 디빈이 무의식적으로 쏘아댄 해로운 화살들에도 관통당한 적이 없지 않았다. 노트르담은 디빈의 의도와는 무관하게, 그리고 디빈 덕분에 행복한 사람이었다. 언젠가 스스로에게 굴욕이 될 이야기(마르케티에게 유린당하고 버림받았다는 사실)를 털어놓았을 때, 디빈은 꽃피는 노트르담의 두 손을 잡아주었다. 당장은 무척 당혹스러웠고 녹이 메었지만, 그 모든 고백을 다정한 미소로 받아준 것이다. 노트르담이, 불과 몇 분 지속될 것이나 평생 그 흔적을 남길 절망에까지는 이르지 않도록, 그로 인한 수치심에 더이상 사로잡히지 않도록. 이는 집사가 내게 이름을 물어 눈물을 왈칵 쏟게 만든 그때 그 감동에 못잖은 경험이었을 것이다.

"자네 이름이 무엇이지?"

"장입니다."

대기실로 나를 처음 부를 때 그 양반이 소리쳤지. "장." 내 이름 부르는 소리를 듣는 것이 나는 그렇게 좋을 수 없었다. 나 자신이, 하인들과 주인들의 애정 덕분에 되찾은 가족의 일원처럼 느껴졌다. 오늘 나는 그대에게 고백한다. 지금까지 나는 따뜻한 애무의 허상밖에는 느껴본 적이 없다. 그것은 내 뒤에 서 있는 어느 아름다운 젊은이를 향한 누군가의 애정어린 시선이 나를 그대로 통과하면서 자지러지게 만드는 느낌과도 같다. 고르기는 생각을 거의 하지 않거나, 생각하는 낌새를 보이지 않았다. 그는 자기 옷에만 신경쓰면서, 디빈의 징징거리는 푸념들 사이를 지나다녔다. 그럼에도 하루는, 디빈의 질투에서 비롯된 것이나 마찬가지인 노트르담과의 친밀한 관계가 검둥이로 하여금 이런 말을 불쑥 내뱉게 만들었다.

"영화 구경 가자, 나 표 있어."

그러더니 얼른 말을 고쳤다.

"나 이런 멍청한 놈 같으니, 항상 두 사람 생각만 한단 말이야."

디빈으로선 견디기 어려운 일이었다. 그녀는 끝장을 봐야겠다고 결심했다. 누구와? 세크가 기분좋아 농담하는 중임은 디빈도 알고 있었다. 그는 농담을 통해 피난처와 생활의 자양분과 우정을 구했다. 또한 겁 많은 디빈은 그가 화를 낼까봐 두려웠다. 검둥이는 분풀이 없이 다락방을 떠날 사람이 절대로 아니었다. 결국 그녀는 잠시 뜸을 들인 뒤 과도한 남성성을 선호하는 자신의 성향으로 되돌아갔고, 그런 점에서 세크는 늘 만족스러웠다. 그럼 노트르담을 희생시킬까? 어떻게? 고르기는 뭐라고 할까? 그녀는 길 가다 마주친 미모사의 도움을 받았다. 미모사, 늙은 마나님처럼 말한다.

"나 개 봤단다! 내가 너의 노트르담을 사랑해요. 늘 싱싱하고, 늘 성스럽지. 개야말로 성스러운 계집이라니까."

"그년 맘에 들어? (마짜들끼리 남자친구를 이야기할 때 늘 여성형으로 말하지.) 당신 정말 개를 원해?"

"오호라, 그년이 더이상 널 원치 않는 거야? 이런 딱한 할망구 같으니."

"노트르담, 개는 이제 지긋지긋해. 우선 애가 멍청하고, 알고 보니 흐물흐물하더라고."

"네 실력으론 이제 발기도 잘 못 시키는 모양이군."

디빈은 생각했다. '쌍년, 어디 두고 보라지.'

"자, 그럼 정말로 걔 나한테 넘기는 거야?"

"그냥 덮치기만 하면 돼. 할 수만 있으면."

그렇게 말하면서 동시에 노트르담이 호락호락 당하지 않기를 바랐다.

"걔가 널 싫어한다는 건 알 테고."

"아, 그럼, 그럼, 그야 그렇지, 알고말고. 다들 처음에는 나를 싫어하다가, 나중에는 좋아하지. 그런데 말이다, 디빈, 우린 좋은 동무가 될 수 있어. 나 정말 노트르담과 찐하게 한번 해보고 싶어요. 그러니 내게 넘겨. 사람은 주거니 받거니 하며 사는 거라고, 자기야. 날 믿어보라니까."

"오! 미모, 나야 당신 잘 알지. 믿다마다."

"어쩜 말도 시원시원 잘해. 분명히 말하는데, 따지고 보면 나 쓸 만한 계집이야. 언제 저녁때 데리고 나와."

"아참, 로제는 어떻게 지내? 당신 남자."

"군대 갔지. 글쎄 그것도 장교로 갔단다. 걘 날 잊을 거야. 아! 나 조만간 청상과부 될 거라니까! 대신 노트르담이나 데리고 살아야지 뭐. 너는 참 둘이나 데리고 산다며. 네가 다 차지하고 있어!……"

"알았어, 걱정 마. 내가 걔한테 말해둘게. 이따 다섯시쯤 놀러와. 함께 차라도 마시자고."

"계집애, 착하기도 하지. 디빈, 이리 와, 한번 안아보자. 어쩜 여전히 그리 예쁘니. 자글자글하니 살짝 주름이 보이지만, 그래도 준수한 편이다, 얘."

그때가 오후였다. 아마 두시쯤 되었을까. 둘은 길을 걸으면서 새끼손가락을 갈고리처럼 걸었다. 잠시 후, 디빈은 고르기와 노트르담과 다시 합류했다. 그녀는 노트르담과 잠시도 떨어지지 않으려고 하는 검둥이가 화장실이라도 가기를 기다려야 했다. 다음은 디빈이 노트르담을 구워삶는 장면이다.

"이봐, 다니, 백 프랑 벌고 싶어?……"

"무슨 소리야?"

"미모사가 너랑 한두 시간 정도 뒹굴고 싶어해. 로제가 입대해서 걔가 혼자야."

"오! 백 프랑이라, 별로인걸. 값을 부른 게 너인 모양인데, 그다지 애쓰진 않았군그래."

그가 비아냥댔고, 디빈이 응수했다.

"내가 값을 부른 건 아니야. 돈 문제는 일단 따라간 다음에 해결해봐. 천하의 미모사가 새파란 영계들이 즐겁게 해주는데 그깟 돈에 인색하진 않아. 물론 네 마음 내키는 대로 해. 난 단지 말을 전하는 것뿐이니까, 너 하고 싶은 대로 하라고. 아무튼 걔가 다섯시에 다락방으로 올 거야. 단지 고르기만 떼어놓으면 돼, 내 말 알겠지? 그래야 좀더 편할 테니까."

"다락방에서 너도 같이하는 거야?"

"오, 천만에! 네가 걔네 집에 가야지. 흥정할 시간은 있을 거야. 제발 다른 건 손대지 말고. 슬쩍하지 말란 말이야. 자칫 시끄러워질 수 있으니까."

"아하, 뭐 슬쩍할 거라도 있대? 안심해도 돼. 이래 봬도 친구를 털지는 않아."

"부디 그 자세 유지해. 기둥서방 노릇이나 깜찍하게 잘하라고."

디빈은 사실 매우 의도적이면서 아주 교묘하게 절도 행위를 언급한 것이었다. 그건 다니에게 발동을 거는 확실한 방법이었다. 그렇담 고르기는? 그가 돌아오자, 노트르담은 상황을 설명했다.

"무조건 하는 거야, 다니."

검둥이는 오 루이밖에 눈에 보이지 않았다. 그런데 문득 의혹이 뇌리를 스쳤다. 지금까지 노트르담이 쓰는 논은 모소리 그가 상대하는 딘 골들 호주머니에서 나오는 걸로 알고 있었기에, 오늘 유독 조심스러워하는 태도를 보며, 다른 문제가 걸려 있다는 생각이 드는 거였다. 그게 무언지 알고 싶었지만, 살인자는 능구렁이보다 더 유연했다. 노트르담은 코카인 밀거래를 재개한 상태. 엘리제데보자르 거리에 위치한 감옥 형태의 작은 술집에서 나흘에 한 번씩 그는 빈털터리 신세로 파리에 돌아온 마르케티를 만나 약을 공급받아왔다. 약은 고운 종이로 만든 작은 봉지에 그램 단위로 담기고, 그 봉지는 보다 큰 갈색 자루에 싸매졌다. 그가 머릿속으로 궁리해낸 비법은 다음과 같다. 일단 그는 기운을 주체하지 못하는 자신의 육봉을 어루만지거나 진정시키기 위하여 구멍난 바지 주머니에 늘 왼손을 찔러넣고 다녔는데, 바로 그 왼손으로 긴 실을 붙잡고 있으면, 바지통을 따라 늘어진 실 끝에 갈색 헝겊 자루가 대롱대롱 매달리게 된다.

"짭새가 다가올 경우, 가만히 실을 놓아버리면 물건은 소리 나지 않게 땅에 떨어지고 마는 거야. 그럼 깔끔하다고."

마르케티는 어떤 비밀 조직에 연줄이 닿아 있었다. 그는 마약을 전달할 때마다 "좋았어, 꼬마"라고 내뱉으며 묘한 눈짓을 던졌는데, 평소 거리에서 코르시카인들이 스쳐지날 때 저들끼리 그런 눈짓을 주고받으며 "차오 리코"라고 중얼거리는 걸 노트르담은 종종 목격했던 것이다.

노트르담에게 배짱이 좀 있는지 물으며 마르케티 한다는 말,

"난 말이야, 배짱이 하도 빵빵해서 터질 지경이라니까!"

그럼 누군가 대꾸하기를, "오호, 뻥까고 있네!"

이쯤에서 나는 미뇽의 보드라운 꽁무니에 방귀(진주알)가 새어나오듯, 포주들 입에서 쏟아져나오는 은어들을 되짚어보지 않을 수 없다. 그중 특히 내 속을 발칵 뒤집어놓는―또는 미뇽이 늘 말하듯, 워낙 잔인하기에 내 속을 박박 긁어대는―하나는, 우리끼리 보통 '서른여섯 격자'라 부르는 파리 고등법원 부속 감옥의 한 감방에서 튀어나왔다. 그곳은 함선의 좁은 통로만큼이나 비좁은 감방이었는데, 건장한 간수를 두고 누군가 웅얼대는 소리를 들은 것이다. 처음엔 "저 뒷받이 녀석"이라더니 잠시 후 느닷없이 튀어나온 말은 "활대박이 자식"이었다. 물론 그 말을 한 사내는 자신이 칠 년 동안 배를 탔다고 털어놓았다. 그처럼 엄청난 작업은―활대로 말뚝박이*를 하는 짓―상상만으로도 내 온몸에 전율을 일게 했다. 그자는 조금 더 있다가 이렇게 말했다. "네놈이 호모라면 대뜸 바지부터 내리고, 판사더러 어서 따먹읍쇼 하란 말이다……" 하지만 이런 표현은 골족 특유의 노골적인 외설에 이미 절어 있어, 유감스럽게도 그 밖의 매력을 파괴했다. 시가 항상 그대 발 디딘

---

* 날카로운 꼬챙이로 신체를 관통하는 형벌.

지면을 감쪽같이 빼돌려, 경이로운 밤의 젖가슴으로 그대를 들이마시는 반면, 나는 익살이라는 보다 단단한 바닥에 다시금 발을 딛고 섰다. 그가 또 말했다. "후장꽂이돌이들!" 그러나 이 역시 좋지 않았다. 이따금 간수들에게 시달려 내 심정 아주 비통해질 때면 나는 속으로 시를 흥얼거린다. "활대박이 자식!"이라고. 누굴 특정해서 내뱉는 말은 아니나, 그로 인하여 나는 1700년경 퀄라프루아 범선의 승무원으로서 잔잔한 바다를 가르며 위로를 받고 눈물을 말린다.

미뇽은 이 백화점 저 백화점을 빈둥빈둥 돌아다니고 있었다. 그에게 백화점들은 가까이 접할 수 있는 유일한 호사였으며, 그런 호사 속에 편히 젖어들 수 있었다. 승강기, 거울들, 양탄자들이(특히 양탄자가 깔린 바닥은 체내 기관들의 내적 노동을 완화하고, 발바닥을 통해 적막이 스며드는가 하면, 신체 메커니즘의 온갖 불길을 잠재워, 결국에는 자기 자신을 더이상 자각하지 않게 해주지) 그를 끌어당기는 것이었다. 여점원들은 그를 거의 끌어당기지 않았다. 알아서 조심하는데도, 잠깐잠깐 부주의한 틈을 타, 디빈의 제스처와 버릇들이 내비쳤던 것이다. 처음에 그는 개의치 않는다는 뜻으로 몇몇이 고개 내미는 걸 방치했다. 그런데 엉큼한 그것들이 갈수록 대세를 차지하며 불거져나왔다. 미뇽은 자기 모습이 확연히 달라져간다는 사실을 미처 깨닫지도 못하고 있었다. 어느 저녁, 이렇게 떠벌린 자신의 판단이 옳지 않음을 깨달은 것도—그 연유에 관해서는 나중에 이야기하겠다—한참 지나서였다. "수컷이 다른 수컷과 교접하면 수컷이 배가 되지." 라파예트 백화점에 들어서기 전, 그는 바지 앞섶을 툭툭 건드리던 금줄 장식을 떼어냈다. 인도를 혼자 걸을 땐 맞서 싸우는 것이 가능하나, 온갖 계산기와 진열대가 유동적인 그물망을 이루는 좁은 통로의 미로 속에서는 속수무책이었던 것이다. 한마디로 '타자'의 의지에 사로잡힌다고 볼 수 있었다. 호주머니에 물건들을 잔뜩 욱여넣고도, 막상 방에 돌아와 탁자 위에 그것들을 쏟아낼 땐, 그 자신조차 뭐가 뭔지 알아보지 못했다. 그만큼 훔칠 물건을 선택하게 만든 징표가 신의 뜻과 미뇽의 의도에 비추어 일관되지 못했다. 타자에 사로잡히는 바로 이런 순간, 미뇽의 눈과 귀, 다소 벌어지거나 심지어 굳게 닫힌 입에서는 발목에 날개를 단 잿빛 또는 붉은빛 작은 메르쿠리우스들이 분주하게 날갯짓하며 뛰쳐나갔다. 강인하고 냉정한, 거부할 수 없는 미뇽, 기둥서방 미뇽의 기가 살아나고 있었다. 깎아지른 암벽, 그 이끼 끼고 습기 찬 틈새마다 활력 넘치는 참새들이 뛰쳐나와, 마치 날개 돋친 고추들의 비상처럼, 그를 에워싼 채 날아다니고 있었다. 요컨대 그가 도둑질하는 것은 불가피한 일이었다. 이미 여러 차례 그는 다음과 같은 놀이를 즐겼다. 우선 진열대에 전시중인 상품들 틈에, 그것도 가장 손이 잘 가지 않을 위치에, 마치 얼떨결에 그런 것처럼, 되도록 멀리 떨어진 계산대에서 구매한 하찮은 물건 하나를 놓아둔다. 몇 분 정도 물건을 그렇게 내버려둔 채, 주변 진열대들을 여기저기 구경한다. 물건이 진열대의 다른 상품들 사이에 충분히 녹아들었다고 판단될 때, 그것을 훔친다. 경비원한테 두 번이나 현장에서 붙잡혔지만, 두 번 다 백화점 측은 사과해야만 했다. 계산대에서 발행한 해당 물건의 영수증을 미뇽이 소지하고 있었으니까.

진열대 상품을 훔치는 일은 여러 가지 방법으로 이루어진다. 그리고 상품의 진열 방식에 따라 이런저런 수단이 선별적으로 활용될 필요가 있다. 예컨대 한 손만 사용해 작은 물건(이를테면 지갑) 두 개를 동시에 집어들 수가 있고, 마치 하나만 손에 쥔 것처럼 두 개를 쥐고 있을 수 있다. 잠시 살펴본 다음, 하나를 옷소매에 슬쩍 숨기고, 다른 하나는 마치 원치 않은 물건을 잘못 집어들기라도 한 듯, 원래 있던 자리에 내려놓는다. 실크 원단 조각들이 쌓여 있는 곳에서는 일단 한 손을 무심하게 외투의 구멍난 호주머니 속에 넣고 있어야 한다. 그 상태로 복부가 카운터 가장자리에 닿을 때까지 바짝 다가선다. 자유로운 다른 쪽 손으로 옷감을 어루만지고, 마구 뒤집고, 아무튼 최대한 어지르는 가운데, 호주머니 속에 있던 손은 카운터까지 거슬러올라 (여전히 배꼽 정도의 높이) 제일 아래 있는 실크 원단 조각을 자기 쪽으로 끌어당긴다. 워낙 부드러운 재질이라 무리 없이 외투 속으로 빨려들어간다. 내가 지금 제시하는 방법들은 사실 대부분 주부와 구매자들이 익히 알고 있다. 미뇽은 물건을 집어들어, 진열대에서 호주머니에 이르는 포물선을 재빨리 그리도록 만드는 걸 더 좋아했다. 다소 위험하지만 훨씬 더 아름다운 방법이긴 하다. 추락하는 별똥별처럼 향수병, 파이프, 라이터 등등이 빠르고 순수한 곡선을 그리며 그의 허벅지 호주머니를 볼록하게 만들어주기도 했다. 게임은 늘 위험했다. 그래도 한번 해볼 만한 게임인지의 판단은 오로지 미뇽의 몫이었다. 이는 군사기술과 마찬가지로 준비와 훈련이 필요한 일종의 과학이었다. 먼저 매장별로 거울들의 배치도와 함께, 천장에 비스듬히 매달려 물구나무선 세상을 담아내는 거울들의 위치까지 꼼꼼하게 조사해야 한다. 머릿속 무대장치를 작동시켜 신속하게 세상을 바로 돌려놓고 정확한 방향을 잡을 줄 아는 경비원들이 곳곳을 지킬 테니 말이다. 점원이 한눈팔 때를 기다리거나, 늘 배신자일 뿐인 손님이 다른 곳을 보는 순간을 노려야 한다. 결국엔 무슨 잃어버린 물건을 찾듯―또는 디저트 접시를 지나는 인물의 선들이 나무와 구름의 윤곽선과 겹치는 퍼즐 조각을 찾는 것처럼―곳곳에 숨은 경비원들을 색출해내야 하는 거다. 경비원을 색출해보시라. 얼추 보면 여자다. 영화는―다른 여러 유희 중에서도 특히―자연스러움을 일깨운다. 그것은 인공 요소로 이루어진, 자연스러운 어떤 것을 보여주며 현실보다 훨씬 더 기만적인 무엇을 시현한다. 영화 속 경비원은 의원이라든가 산파로 둔갑하는 일에 성공한 나머지 진짜 의원과 진짜 산파들을 경비원처럼 보이게 만드는가 하면, 그 혼란 가운데 어리둥절한 진짜 경비원들은 어쩔 수 없이 경비원인 척하는 방법을 택하고 마는데, 그로 인해 문제는 더욱 꼬여간다…… "스파이처럼 보이는 스파이는 좋지 않은 스파이야." 어느 날 한 댄서가 내게 해준 말이다(보통은 "어느 밤 한 댄서"라고 말하겠지만) 나는 그렇게 생각하지 않는다.

미뇽이 이제 막 백화점을 나설 모양이다. 무료한데다 자연스럽게 보이기 위하여, 또한 아침의 몽롱함만큼이나 어지럽고 붐비는 이 혼란스러운 브라운운동을 뚫고 지나기가 어렵다보니―그는 잠시 걸음을 늦추면서 셔츠와 접착제, 망치, 양 인형, 고무 스펀지가 놓인 이상한 진열대를 들여다보았다. 그의 호주머니 속에는 은제 라이터 두 개와 담배 케이스가 하나 들어 있었다. 누군가 그를 미행하고 있었다. 견장 단 제복 차림의 거구가 지키고 있는 출입구에 가까이 다가선 순간, 왜소한 몸집의 나이든 여자가 점잖게 말을 걸어왔다.

"젊은이, 무엇을 훔치셨소?"

'젊은이'라는 표현이 미뇽을 사로잡았다. 그게 아니었다면 떨치고 내달렸을 거다. 너무 소탈한 말들은 그만큼 위험하고 믿을 수 없어, 경계

할 대상이다. 말이 떨어지기 무섭게 거구가 그를 덮쳤고 손목을 움켜잡았다. 그건 마치 해변에서 졸고 있는 피서객을 무지막지한 파도가 덮치는 것과 같았다. 노인의 발언과 사내의 동작에 의해 하나의 새로운 우주가 순식간에 미뇽 앞에 펼쳐졌다. 그것은 돌이킬 수 없는 세계였다. 우리가 존재해온 것과 같은 세계, 단 이 점 하나만 달랐다. 우리가 행동하는 대신, 우리가 행동하고 있음을 아는 대신, 우리에게 누군가의 행동이 미침을 알고 있다는 사실. 하나의 시선이―아마도 우리의 시선일 텐데―불현듯 비상한 투시력을 발하니, 세상 질서기 발칵 뒤집혀―그 불가피함 속에서 너무도 완벽해, 이제 곧 사라질 일만 남은 세상. 눈 깜빡하는 사이, 우리의 시선은 그런 일을 해낸다. 세상은 장갑처럼 뒤집히고, 내가 바로 장갑이며, 심판의 날, 바로 나 자신의 목소리로 신이 나를 "장, 장!" 호명하리라는 걸 나는 깨닫는다.

미뇽은 나만큼이나 이러한 세상 종말을 익히 알고 있어, 다시 일어선다 해도 종말에 맞서 눈물 흘리기는 어려울 것이다. 반항이란 걸 해봤자 매트 위를 구르는 재주 몇 번이 전부일 터, 결국 웃음거리밖에 되지 않을 것이다. 줄에 묶이고 꿈에 사로잡힌 듯 다소곳이, 그는 문지기와 여성 경비원에 이끌려 지하실에 위치한 백화점 특별 경찰서 사무실로 끌려갔다. 결국 그렇게 걸려들었고, 이제 끝장이다. 그날 저녁, 죄수 호송차는 그를 싣고 경찰청 유치장으로 향했다. 거기서 그는 수많은 부랑자와 거지, 도둑, 휘파람소리 따라 밤새 도망치는 야바위꾼, 포주, 위조범 등등, 가장 어두운 막다른 골목 다닥다닥 붙은 건물의 불규칙한 틈새에서 불쑥불쑥 튀어나오는 모든 이와 더불어 밤을 지새웠다. 다음 날, 미뇽과 그의 동반자들은 프렌교도소로 이송되었다. 이제 그는 자기 이름과 모친의 성함을, 그때까지도 비밀이었던 아버지의 이름을 말해야 했다. (물론 지어냈어, 로뮈알드!) 그리고 나이와 직업까지도.

"직업은?" 서기가 물었다.

"나 말이오?"

"그래, 당신."

미뇽은 꽃핀 입술 사이로 '웨이트리스'라는 말이 튀어나오기 직전, 이렇게 대답했다.

"직업 없어요. 난 일 안 합니다."

하지만 그 말이 미뇽에게는 곧 '웨이트리스'의 의미로, 그 값을 다하고 있었다.

마침내 옷이 벗겨졌고 옷단까지 샅샅이 파헤쳐졌다. 간수가 그의 입을 벌려 검사했고, 덥수룩한 머리를 손으로 쑤셔대고는 이마 쪽으로 훑어내렸다. 그러곤 스리슬쩍 목덜미를 더듬었는데, 아직 따스하고 예민한, 골이 파인 그곳은 아주 미세한 애무에도 엄청난 반향을 일으킬 준비가 되어 있었다. 하긴, 미뇽이 매력 만점 뱃사람 노릇을 할 수 있다고 우리가 인정하는 것도 다 그 목덜미 때문이다. 마지막으로 간수가 말했다.

"앞으로 숙여봐."

미뇽이 상체를 숙이자, 간수는 항문을 들여다보았고 검은 얼룩을 목격했다.

"……으쌰!" 간수가 소리쳤다.

미뇽은 재채기를 했다. 한데 잘못 짚었다. 간수가 "으쌰" 한 건 재채기가 아니라 항문에 힘을 주란 뜻이었다. 검은 얼룩은 알고 보니 두텁게 말라붙은 똥 찌꺼기. 날마다 두터워지는 그것을 미농은 몇 차례 떼어내려고 해봤지만, 주위의 체모가 함께 뜯겨나오거나 그때마다 더운 물로 목욕을 해야만 했다.

"똥을 지렸나보군." 간수가 말했다(그런데 똥을 지린다는 말이 겁에 질린다는 뜻도 되는 걸 간수는 모르고 있었어).

고상한 풍채에 균형잡힌 엉덩이, 당당한 어깨를 갖춘 미농! 소년원의 어떤 감독관은 (나이는 스물다섯, 필경 털이 수북할 허벅지까지 오는 가죽 부츠를 신었어) 원생들의 셔츠 자락에 똥 찌꺼기가 묻어 있음을 알아채고는 매주 일요일 아침, 침구류를 교체하는 자리에서 더러운 셔츠를 앞으로 펼쳐 들고 대기토록 명령했다. 그는 셔츠 자락이 의심스러운 탓에 수치심으로 이미 괴로울 대로 괴로운 원생의 얼굴을 가느다란 회초리 끄트머리로 후려쳤다. 더는 누구도 화장실에 갈 용기가 없었는데, 그래도 배가 살살 아파 가지 않을 수 없을 땐, 휴지가 없으니 이미 오줌으로 누렇게 변색한 석회벽에 손가락을 쓱 훔친 다음, 우리는 셔츠 자락을 조심스럽게 걷어올렸고(나는 지금 '우리'라고 말하지만, 당시 원생들은 다들 자기만 그러는 줄 알고 있었지) 그 바람에 얼룩이 대신 묻는 곳은 하얀 바지 안쪽이 되고 말았다. 일요일 아침 우리는 처녀들의 위선적인 순결을 몸소 체감했던 셈이다. 오직 라로슈디외만이 주말이 다 되어가도록 셔츠 자락에 휘말려 계속해서 그곳을 더럽히고 있었다. 그렇다고 심각할 정도는 아니었다. 소년원에서 그가 보낸 삼년이라는 시간이 그놈의 일요일 아침 걱정거리로 인해 지긋지긋했을 뿐—나 이제 와 가만 살펴보건대, 노리끼리한 똥자국들 꽃피어난 앙증맞은 셔츠들의 화환이 미사 전 그 모든 일요일 아침을 수놓았고—결국에는 토요일 저녁을 틈타 셔츠 귀퉁이를 석회벽에 열심히 문질러 희게 만들려고 애를 썼던 것이었으니. 벌써부터 공시대에 올라 열다섯 나이 십자가형을 당하는 그의 앞을 지나다 말고, 가죽 부츠에 사나운 눈빛 번득이는 감독관은 부동자세로 멈춰 섰다. 미리 계산해둔 솜씨는 아니고, 그의 무뚝뚝한 표정 위로 (그 무뚝뚝함 때문에 억지로 꾸며냈다고 할 만한 감정들인) 혐오와 경멸, 역겨움이 스쳐지나갔다. 꼿꼿한 자세로 그는 침 세례를 각오한 라로슈디외의 대리석 얼굴 한복판에 가래침을 뱉었다. 이 글을 읽는 우리로 말하자면, 감독관의 셔츠 자락과 속옷 모두 똥으로 얼룩져 있으리라 짐작한다. 그러니 애기발 미뇽은 사람들이 등뒤에서 침을 뱉는 라로슈디외 같은 부랑자의 마음이 어떨지 충분히 실감할 것이다. 하지만 그는 이런 일시적인 영혼의 교류 따위엔 그다지 신경쓰지 않았다. 일련의 충격을 경험한 다음, 안정을 되찾는 자신이 왜 놀라운지 그는 결코 알지 못했다. 그는 말 한마디 하지 않았다. 탈의실에는 간수와 그 둘뿐이었다. 그의 가슴이 분노로 찢어지고 있었다. 수치와 분노. 그는 귀하신 엉덩이를 천천히 끌며 방을 나섰다. 누가 보면, 그 엉덩이만으로도 대단한 투우사 감이라고 인정할 만했다. 그는 독방에 갇혔다. 빗장이 채워지자, 비로소 자유롭고 깨끗해졌으며, 파편들이 다시 하나로 모여듦을 느꼈다. 다시금 미뇽, 그 훈훈한 미뇽으로 돌아감을 의식했다. 사실 세상 어디라도 그의 감방이 될 수 있었다. 벽은 하얗고 천장도 하얀데, 새카맣게 때가 탄 바닥이 감방을 여기 이곳 바닥에 위치시킨 거다. 요컨대 이 감방을 압도하는 수많은 다른 감방 중에서도 군이 프렌교도소 3층에 말이다. 그래, 우린 여기 있다. 돌고 돌아 결국 나를 이 감옥, 내 독방으로 되돌아오게 한 거다. 이제 나는 위장이나 치환, 중개를 통하지 않고 나의 인생을 털어놓을 수 있을 것 같다. 있는 그대로의 내 삶을.

모든 감방 앞에는 내부 발코니가 있고 그리로 문이 열리게 되어 있다. 문을 바라보며 우리는 간수가 그걸 열기만을 기다리면서, 우리를 특정할 만한 자세를 취하고 있다. 예컨대 이런 것. 저 얼간이는 손에 모자를 벗어 들고 멀뚱하니 서서, 툭하면 성당 앞 광장에 나가 구걸하는 자신의 처지를 드러내고 있다. 다들 산책에서 돌아와 간수를 기다리는 동안, 몸을 숙여 귀기울이다보면 세레나데를 연주하는 기타 소리가 들리거나, 난간 너머 거대한 선체가 달빛 아래 심히 기울어 언제 침몰할지 모를 느낌에 시달리지 않을 수 없다. 내 감방은 딱 떨어지는 입방체. 저녁에 미농이 침상에 누우면, 창문이 감방 전체를 서쪽으로 실어가면서 벽돌들을 죄다 떼어내, 마치 풍선에 매달린 바구니처럼 홀쩍 데리고 도망친다. 아침에 문이 열리면―그때까지 꽁꽁 닫혀 있는데, 이야말로 모차르트에게 수의 신비라든가 비극에서 코러스의 활용만큼이나 심오한 수수께끼가 아닌가―(감옥에선 문을 열기보다 닫는 게 보통이긴 하나) 고무줄이 그걸 다시 잡아당겨 원래의 자리로 돌려놓는다. 그때쯤 수감자는 기상해야 한다. 느릅나무처럼 똑바로 서서 오줌을 눈 뒤, 축 늘어진 음경을 변기 안에 조금 턴다. 시원하게 배출되는 오줌은 그에게 생동감을 되찾아주고, 그가 땅을 딛고 설 수 있게 해주는 한편, 슬그머니 밤의 매듭을 풀어헤쳐 이제는 옷을 입어야 한다. 작은 빗자루를 쥐고서 그는 먼지와 재를 쓸어낸다. 간수가 지나가면서 오 초간 문을 열어, 쓰레기 내놓을 시간을 준다. 그런 다음 다시 문을 닫는다. 급하게 잠을 깬 탓에 치미는 구토 증세에서 아직 수감자는 말끔히 회복되지 못했다. 입안에 자갈을 잔뜩 머금은 기분이랄까. 침대는 아직 따뜻하다. 하지만 다시 누울 수는 없다. 일상의 신비에 맞서 싸워야 하니까. 벽에 고정된 철제 침대, 벽에 고정된 나무판자, 쇠사슬로 벽에 고정된 단단한 나무의자―감옥 하면 주로 지하 독방이나 연상하던 시절, 죄수들이 마치 수병처럼 갤리선을 노 젓던 아득한 옛 시절의 잔재인 이 쇠사슬이 현대의 감방에 낭만적인 툴롱 또는 브레스트의 안개를 잔뜩 몰아오는가 하면, 시간을 한참 되감아, 설마하니 바스티유에 갇혔나 싶어 미뇽을 은근히 떨게 만드는데(쇠사슬은 괴물 같은 권력의 상징. 묵직한 철구를 달아 왕의 노예들의 쥐 난 발을 꼼짝 못하게 붙잡아두곤 했지)―동방 왕비의 관처럼 협소한 마른 갈조류 매트리스, 천장에 매달린 알전구까지 모두가 규범의 경직성을, 치근을 드러낸 치아와 뼈의 우직함을 표방하고 있다. 이제 미뇽이 다락방으로 돌아가 앉거나 눕거나 차를 마신다면, 푹신한 안락의자와 소파에서의 편안한 수면과 휴식을 더는 하찮게 여기지 못할 것이다. 온유를 가장한 혹독함이 그에게 경계심을 불어넣는다. 장막을 거두어라. 감방 안에서는 유일하게 백색 자기로 된 변기만이 거의 젖가슴의 리듬으로 (입처럼 진동하네) 위안의 숨결을 허락한다. 여기선 그것만이 인간적이다.

돌조각-미뇽은 어깨를 흔들며 종종걸음친다. 감방 안에 혼자다. 그는 콧구멍에서 아카시아 꽃잎, 제비 꽃잎을 끄집어낸다. 익명의 눈이 늘 감시하는 문을 등진 채 그는 그것들을 먹었고, 글줄깨나 읽은 양반들처럼 손톱을 길게 기른 엄지손가락을 열심히 꼬물거려 또다른 꽃잎들을 찾았다. 사실 미뇽은 가짜 포주다. 그가 준비하는 유인책들은 난데없이 시적인 횡설수설을 늘어놓는 바람에 실패하기 일쑤다. 거의 언제나 그는 무심하게 뚜벅뚜벅 걷는다. 혼자만의 생각에 늘 사로잡혀 있는 거다. 오늘도 그는 감방 안을 하염없이 서성대고 있다. 할일이 없어 무료해 보이는데, 참 드문 경우다. 대개는 끊임없이, 그것도 평소 악행에 부합하는 무언가를 몰래 해왔으니까. 그는 선반 앞으로 다가가, 권총이 놓인 다락방 가구 높이로 손을 들어올렸다. 순간, 요란한 자물쇠 소리와 함께 삼방 문이 열리면서 간수가 버럭 고함친다.

"수건, 빨리."

미뇽은 더러운 수건 대신 배급받은 깨끗한 수건을 두 손에 든 채 우두커니 서 있다. 잠시 후 어색하게 이어지는 일련의 연극적인 동작은 그가 무의식중에 연기하는 것이다. 그는 침대에 걸터앉는다. 손으로 이마를 훔친다. 무언가를 망설이더니…… 마침내 일어나, 벽에 못박아놓은 일 프랑짜리 작은 거울 앞으로 다가서더니, 무심코 금발을 헤집어 관자놀이쯤에 총상의 흔적을 찾는다.

밤은 미뇽이 의도적으로 뒤집어쓴 포주의 딱딱한 겉껍질을 조금은 느슨하게 풀어준다. 자면서는 스스로 측은한 마음에, 베개밖에는 매달릴 것이 없다보니, 그 까칠한 베갯잇에 부드러이 얼굴을 갖다대고는— 이제 곧 눈물범벅이 되고 말 철부지 녀석의 볼—말한다. "가지 마, 부탁이야, 내 사랑, 여기 있어줘." 세상 모든 '남자들'의 가슴 깊은 곳엔 오초 분량의 운문 비극이 늘 공연중이다. 갈등, 비명, 단도 또는 마무리하는 감옥, 풀려난 남자는 방금 증언자가 되고 시적 작품의 질료가 된다. 나는 오랜 세월 시적 작품이 갈등을 부추긴다고, 또 그것을 일소해버린다고 믿었다.

감옥의 장벽 발치에선 바람이 무릎을 꿇는다. 감옥이 끌고 다니는 모든 감방에서 죄수들이 잠을 잔다. 그래서인지 가볍고 잘 미끄러진다. 달려라, 감시자들아, 도둑놈들이 멀어져간다. 주거침입 강도들이 올라온다. 계단과 승강기를 통해서다. 교묘한 저들이 교묘하게 채간다. 훔쳐간다. 옷을 가져간다. 층계참, 한밤중 잠 깬 부르주아는 도둑질하는 아이, 문을 따는 청년과 맞닥뜨려 기겁하고, 탈탈 털린 부르주아는 감히 "도둑이야!" 소리지르지도 못한다. 가까스로 고개를 돌릴 뿐. 도둑은 사람들 고개를 돌리고, 집을 흔들어대며, 성채를 요동치게 하고, 감옥을 날려버린다.

미뇽은 벽 아래쪽에 기대어 잔다. 잘 자라, 미뇽, 책과 종 당김줄, 말갈기와 꼬리, 자전거, 애완견을 훔치는 도둑, 좀도둑 미뇽, 여자들에게서 화장품을 훔칠 줄 아는 약삭빠른 미뇽. 신부님들한테서는 가느다란 막대기와 접착제를 사용해 헌금함 속 돈을 훔칠 수 있지. 평미사 때 영성체하는 신자들에게서는 기도대에 놔둔 가방을 슬쩍하고, 포주에게선 매춘을 가로채, 경찰에게선 내부 정보를, 관리인에게서는 그의 아들이나 딸을 빼돌리나니, 잘 자거라, 잘 자, 날이 밝기 무섭게 네 금발을 비추는 한줄기 햇살이 너를 감옥에 처넣어, 앞으로 네 인생 하루하루가 길게만 느껴지리.

기상 시간에 기결수 한 명이 층마다 발코니를 뛰어다니며 감방 문을 두드린다. 삼천 명에 이르는 수감자들이 하나둘 동일한 동작으로 감방의 무거운 공기를 휘저으며 일어나, 소소한 아침 일과를 해치운다. 조금 후에는 간수가 329호 감방 배식구를 열고 수프를 넣어줄 것이다. 그는 가만히 바라보기만 할 뿐, 한마디도 하지 않는다. 이 이야기에서 간수들 역시 그들만의 역할이 있다. 그들은 바보는 아니지만, 자신들이 하는 게임에 대해 하나같이 무관심하다. 그들은 자기 직무가 갖는 아름다움을 전혀 이해하지 못한다. 그들이 짙은 청색 계통의 제복을 착용한 지는 얼마 되지 않는데, 이는 비행사 복장을 그대로 따라한 것이다. 내가 생각하기에, 정녕 그들의 정신이 고상하다면, 영웅 흉내를 내는 걸 창피하게 여겨야 한다. 그들은 하늘에서 감옥으로 천창 유리를 박살내며 추락한 비행사들이다. 그들은 감옥으로 탈출한 셈이다. 그들의 제복 칼라에는 아직도 별이 달려 있는데, 가까이서 보면 흰색에 자수를 놓은 것 같다. 우리가 그들을 볼 수 있는 때가 대낮이니 어쩔 수 없다. 짐작건대 그들은 공포에 질려 비행기에서 뛰어내린 것 같다(기느메르 군*이 부상당한 몸을 잔뜩 움츠린 채 공포에 휩싸여 추락하고 있었습니다. 단단한 대기층을 파고들던 동체는 날개가 부서져 가면서 무지갯빛 벤진 연료를 피처럼 뿌리며 추락하는 것이었습니다. 영예로운 창공을 가르며 추락한다는 말이 바로 그런 것이었지요). 요컨대 그들은 몰래 그들 행위를 살필 일이 없는 사람들과 더불어 살고 있다. 그들은 모든 감방 문을 열지 않고 그냥 그 앞을 지나가면서, 다소 곳해진 불량배들을 들여다볼 권리와 능력을 가지고 있다. 아니다. 사실 그들은 그럴 생각조차 하지 않는다. 별로 마음 내켜하는 일이 아니기 때문이다. 그들은 허공을 날아다닌다. 그들은 감시구를 열고 싶지 않으며, 다이아몬드 모양의 그 구멍을 통해 살인자와 도둑들의 익숙한 움

---

* 프랑스 공군 조종사로 1차세계대전의 영웅. 임무 수행중 격추당해 사망했다.

직임을 몰래 살필 마음이 없다. 그들이 빨래를 하거나 밤에 이불 가장
자리를 침대 매트리스 아래 끼워넣고, 창문 틈새를 종이로 메우고, 아
껴 쓸 목적으로 통통한 손가락과 핀을 움직여 성냥개비를 둘이나 넷
으로 쪼개는 동안 그 모든 걸 일일이 감시할 생각이 없으며, 그런 그들
이 혹시 스라소니라든가 여우로 변하는 건 아닐까 확인하기 위해 평범
한—즉 인간적인—언어로 불쑥 말을 걸어볼 의향일랑 전혀 가지고 있
지 않다. 그들은 무덤지기들이다. 그들은 묵직한 문들을 열고 닫을 뿐,
그 안에 보관된 보물들에는 전혀 관심이 없다. 그들의 정직한 얼굴(내
가 여태까지 사용한 '고상한'이라는 단어와 '정직한'이라는 단어를 주
의깊게 살필 것), 아래로 늘어지면서, 낙하산 없는 수직 추락으로 인해
반들반들해진 정직한 얼굴은 이곳 사기꾼과 도둑, 기둥서방, 장물아비,
살인자, 위조범들과 단순히 스쳐지나다니는 걸로는 변하지 않는다. 그
어떤 꽃 한송이도 그들의 제복을 더럽히지 못하고, 품위가 의심스러운
주름 한 줄 눈에 띄지 않는다. 만약에 내가 그중 한 명을 거론하며 동향
이 의심스럽다고 말한다면, 필경 수일이 지난 뒤 그가 상대 진영, 즉 도
둑의 진영으로 건너갔으며, 양 겨드랑이에 돈다발을 잔뜩 끼고서 하늘
로 치솟은 사실이 드러나고 말 것이다. 사실 나는 그런 자를 부속 성당
미사 시간에 목격한 바 있다. 영성체에 이르러 사제가 제단에서 걸어내
려왔고, 무릎을 꿇은 채 기다리고 있을 수감자에게 면병을 건네기 위
해 1열 감방들 중 한 곳까지 다가왔다(부속 성당 역시 직립한 관짝들
과 다를 바 없는 오백 개의 감방들로 공간이 나뉘는 셈이야). 그때 그
감독관—제모를 쓰고 손은 호주머니에 찔러넣은 채 다리를 벌리고 제
단 한쪽 구석에 버티고 선 그 자세가 나로 하여금 알베르토를 다시 보

는 즐거움에 취하도록 했는데—싱글벙글 웃는 투가, 내 보기엔 간수에게 도통 어울리지 않는다 싶을 만큼 흥에 겨운 거였다. 그의 미소는 성찬식을 시작으로 텅 빈 성합이 되돌아올 때까지 이어졌고, 그러는 내내 나는 그가 호주머니 속 왼손으로 자기 불알을 연신 주물럭거림으로써 대놓고 신자를 조롱하고 있다고 생각했다. 일찍이 나는 젊고 잘생긴 간수와 젊고 잘생긴 범죄자가 만나면 무슨 일이 벌어질지 생각해본 적이 있다. 그때 두 가지 이미지를 즐겨 떠올렸는데, 하나는 생사를 오가는 피비린내나는 충돌이고 다른 하나는 가쁜 숨결과 좆물 튀는 방탕 속의 눈부신 포옹이다. 나는 그를 보게 된 이날까지 어떤 간수도 눈여겨본 적이 없다. 마지막 줄에 속한 내 감방에서는 그 생김새를 간신히 알아볼 정도여서, 모험소설 표지에서 오려낸 적이 있는, 겁 많고 어린 멕시코 혼혈 청년의 얼굴이나 겨우 그려볼 수 있을 정도였다. 나는 속으로 중얼거렸다. '귀여운 년, 너는 내가 따로 영성체하도록 해주마.' 필시 이런 종족에 대한 증오심과 역겨움이 나를 더 심하게 발기시켰을 것인데, 아니나 다를까 여전히 간수의 훈훈한 미소로부터 눈을 떼지 못하는 사이 내 손아귀 가득 부어오르는—결국에는 마구 흔들어댔지만……—음경이 느껴졌다. 이제야 나는 말할 수 있다, 당시 그는 또다른 간수나 어떤 살인자를 향해 미소를 던지는 중이었고, 그들 사이에 가로거치는 나를 그 빛나는 미소가 그대로 통과해 해체해버렸던 거라고. 그땐 그놈의 옥사쟁이가 감지덕지 내게 넘어온 걸로 철석같이 믿었지만 말이다.

간수들 앞에서 미농은 스스로 어린아이가 되는 것을 느꼈다. 그는 간수들을 미워하면서도 존경했다. 하루종일 담배를 피워대고 침대 위에서 몸을 뒤챘다. 여기저기 구토한 자국이 섬들처럼 얼룩으로 남았다.

영락없는 연인의 태도다. 수염 없는 얼굴, 복서나 어린 소녀처럼 반들 반들한 얼굴이다. 그는 포즈를 즐기느라 담배꽁초를 닥치는 대로 던진 다. (손가락으로 우아한 폼을 재고 싶어 담배를 이리저리 굴리는 기둥 서방한테 무얼 기대하지 못할까. 길 가다 마주치는 사람에게 살금살금 다가가 놀래준답시고 일부러 고무창 신발을 신는 자가 아니던가. 그럼 사람들은 더더욱 놀란 눈으로 그를 바라볼 터. 그의 넥타이를 눈여겨 볼 것이고, 그의 엉덩이, 어깨, 목덜미를 탐낼 것이며, 상대방의 정체도 모르면서 자기들끼리 온갖 찬사 줄줄이 늘어놓을 텐데. 그렇게 이 미 지의 인물에게 불연속적이고 일시적인 주도권을 부여해줄 텐데. 당사 자가 그 주도권의 파편들을 하나둘 그러모으면 생의 마지막날 인생 한 번 대차게 살아낸 격이 되겠지만.) 저녁에 그는 여기저기 흩어진 담뱃 가루를 긁어모아 담배를 피운다. 침대에 등을 대고 드러누워 다리를 벌 리고, 오른손으로 담뱃재를 떨어낸다. 왼팔은 머리 뒤로 구부려 팔베개 로 삼았다. 미뇽에게는 참 행복한 순간으로, 이 또한 자기만의 포즈를 통해, 깊은 내면으로부터 그렇게 되는 자의 놀라운 능력이며, 그런 본 능적 자질이 그만의 진정한 삶을 어디서나 다시 살게 해주었다. 딱딱한 침대에 누워 담배 한 대 피우는 걸로, 과연 그는 무엇일 수 있을까? 미 뇽은 결코 괴로워하지 않을 것이다. 동일한 상황에 처한 훌륭한 인물의 행적을 비교적 손쉽게 차용함으로써 그는 언제나 난관을 극복해낼 것 이다. 만약 책이나 들은 이야기에 마땅한 자료가 없다면 직접 만들어내 기라도 할 텐데—하여, 그가 바라는 건(더이상 물러설 여유가 없을 때, 너무 늦게 깨달은 감은 있지만) 밀수업자, 임금님, 곡예사, 탐험가, 노 예 상인의 전형이 되고자 하는 게 아니라, 어떤 밀수업자, 어떤 임금님,

어떤 곡예사 등등, 그러니까 뭐랄까…… 가장 불쌍한 자세로 말하자면, 그의 신들 중 누군가의 자세 또한 그러했음을 미뇽은 기억해낼 것이고(신들이 그렇지 않았다면, 그가 강제해서라도 불쌍한 자세를 취하게 만들 것인데) 이때 그가 취할 자세는 신성할 것이며, 그런 뜻에서 견딜 만한 수준을 훌쩍 뛰어넘을 것이다. (따라서 그는 바이트만, 필로르주, 소클레 같은 인물들을 스스로 그와 같이 되고자 하는 마음에서 재창조하는 나와 비슷해. 다만 그는 자신이 만들어낸 인물들에 충실하다는 점에서는 나와 많이 다른데, 나는 이미 오래전부터 나 자신이 되는 걸 감수해온 몸이기 때문이지. 그런데 실은, 화려한 운명을 꿈꿔온 나의 욕심이 내가 살아온 명투성이 인생의 비극적 요소들을 극단적으로 축약해, 단단하고 반짝이는 덩어리로 응집시킨 거야. 그러다보니 나는 디빈이라는 이 복합적인 얼굴을 갖게 되는 거고. 디빈은 일단 그녀 자신이면서 가끔은 동시에, 여러 표정과 제스처를 통해, 현실성이 두드러진 허구의 존재들이기도 해. 이들과의 극히 내밀한 관계 속에서 디빈은 온갖 갈등을 겪고, 그로 인한 괴로움과 열광에 시달리며, 결코 마음의 휴식에는 이르지 못하지. 잔주름의 섬세한 긴장과 손끝의 떨림 탓에 디빈은 동시에 여럿으로 존재하는 데서 오는 불안을 내비치는데, 그녀 자신이 무덤처럼 닫혀 있고, 무덤처럼 불순함으로 득실거려, 침묵을 지켜야 하기 때문이야.) 딱딱한 침대에 누워 담배 한 대 피우는 걸로, 과연 그는 무엇일 수 있을까? "자기만의 포즈를 통해, 깊은 내면으로부터 그렇게 되는 자, 다시 말해 감옥에 갇혀 담배를 피우는 포주, 즉 그 자신." 이제 디빈의 내적 삶과 미뇽의 내적 삶이 서로 얼마나 다른지 이해할 수 있을 것이다.

미뇽은 디빈과 꽃피는 노트르담에게 편지를 썼는데, 그 봉투에 깍듯이 존칭을 사용하지 않을 수 없다. 디빈은 지금 병원에 있다. 그녀가 오백 프랑짜리 우편환을 보내온다. 우리는 잠시 후 그녀의 편지를 읽어볼 것이다. 노트르담은 답장하지 않았다.

간수가 문을 열고 신입 한 명을 들여보낸다. 그를 맞이해야 할 사람은 나인가, 미뇽인가? 녀석은 이불과 식기, 컵, 나무 숟가락, 그리고 자기 사연을 소지하고 있다. 입 열고 첫마디부터 내가 제지한다. 녀석은 계속 말을 하지만 나는 이미 듣지 않는다.

"이름은 뭐냐?"

"장."

그걸로 충분하다. 나와 내가 편지를 보낸 죽은 애처럼, 이 녀석도 이름이 장이다. 녀석이 덜 잘생겼기로서니 무슨 문제이겠느냐마는, 난 유감인 척한다. 저곳에 장. 이곳에 장. 그중 하나에게 내가 사랑한다고 말할 때, 그게 혹시 나 자신에게 하는 말은 아닐지가 의문이다. 나는 더이상 이곳에 있지 않다. 그가 내게 자신을 어루만지도록 허락한 몇 번의 기회를 통해 내가 다시 되살아나려고 노력하는 중이기 때문이다. 나는 일체를 불사했고, 오로지 그를 길들이기 위해, 그가 나를 상대로 수컷의 지배권을 행사함에 동의했다. 그의 자지는 남성의 그것답게 단단했고, 소년 같은 그의 얼굴은 감미로움 그 자체여서, 내 방 침대에 꼼짝 않고 똑바로 누워 내 입안에 사정을 할 때도, 그는 처녀성의 순결을 전혀 상실하지 않았다. 지금 이곳엔 또다른 장이 등장해 자기 사연을 이야기한다. 나는 더이상 혼자가 아니지만, 그로 인해 다른 어느 때보다 나는 혼자다. 내 말은, 감옥의 고독이야말로 길 가던 수백의 행인에게서 흘낏 본 수백의 장 주네와 함께하는 자유를 내게 베풀었다는 뜻이다. 그만큼 나는 미뇽과 아주 비슷하고, 그가 스쳐지나는 모든 낯선 이들의 뜻하지 않은 동작에서 드러나는 미뇽들을 또한 훔친다. 그러나 새로운 장은 내 안으로 무언가를 되돌려보낸다—부채가 접히면서 자신의 그림을 접어들이듯이—알 수 없는 그 무엇을 되돌려보내는 것이다. 무슨 반감이 있어서가 결코 아니다. 오히려 그는 내가 일말의 애정을 품을 만큼 어리석기까지 하다. 검고 가느다란 눈매, 가무잡잡한 피부, 덥수룩하니 헝클어진 머리와 화들짝 놀란 분위기…… 이를테면, 눈에 보이지 않는 메르쿠리우스 석상 발치에 웅크리고 앉아 주사위 놀음에 열중한 척하지만, 실은 신의 샌들을 훔치려고 눈치만 보고 있는 그리스인 부랑자가 연상되는 어떤 모습이다.

"무엇 땜에 들어왔나?"

"포주 노릇 했습니다. 피갈의 흰담비라 합니다."

"수작 부리지 마. 그런 차림새로 무슨. 피갈에는 마짜들밖에 없어. 솔직히 털어놔."

그리스 소년은 선술집 금전등록기 서랍에서 한탕 제대로 챙기다가 그만 현장에서 붙잡혔다고 털어놓는다.

"암튼 꼭 되갚아줄 거요. 여기서 나가는 대로, 밤에 찾아가 돌멩이로 유리창을 모조리 깨트려야지. 근데 돌을 모으려면 장갑을 껴야겠죠. 그래야 지문이 안 남으니까. 나 그렇게 만만한 놈 아닙니다."

나는 계속해서 나의 대중소설들을 읽어나간다. 그를 통하여 신사처럼 차려입은 불량배들에 대한 나의 애정이 충족된다. 명함에 "장 주네, 가짜 백작 티앙쿠르"라 신나게 새기고 다니는 위조 및 사기에 대한 나의 취향 또한 마찬가지. 이 두꺼운 책들, 뭉개진 철자들 속에서 기적이 그 위용을 드러낸다. 고고한 백합처럼, 젊은이들이 솟아오른다. 그들은 어느 정도는 나의 조력에 힘입어, 왕자인 동시에 거지들이다. 나를 가지고 디빈을 만든다면, 그들을 가지고는 디빈의 애인들인 노트르담, 미뇽, 가브리엘, 알베르토 등등, 짓궂게 휘파람 불어대는 녀석들, 자세히 들여다보면 머리 위 후광 속에 왕관을 하나씩 쓰고 다니는 녀석들을 만들어내는 것이다. 런던이나 베네치아의 하늘처럼 회색빛으로 물든 싸구려 소설의 페이지들, 수감자들의 사나운 표식과 그림들이, 예컨대 눈이 정면을 향하는 옆얼굴이나 피 흘리는 심장이, 사방을 가로지른 그 낡은 책장들에 대한 저들의 향수를 막을 순 없을 것이다. 나는 그 어리석은 텍스트들을 이성에 준해 읽지만, 나의 이성은 독이 올라 깃을 바짝 세운 문장들이 내게 쇄도하는 책에는 별 관심을 두지 않는다. 문장들을 던지는 손이 어딘가에 그것들을 못박음으로써 장이라는 인물의 어렴풋한 윤곽선을 그리면, 장은 스스로를 알아보고 감히 움직이지 못해, 이제는 손이 심장을 정확히 겨냥해 숨을 헐떡이게 해주기를 기다린다. 나는 죽은 고양이 태아라든가 속옷 빨래처럼 피비린내나는 행동들로 가득 들어차, 마치 쓰레깃더미처럼 촘촘하게 결집된 이 식자판植字版을 감옥 사랑하듯이 미치도록 사랑한다. 그리고 딱딱하게 발기한 성기가 강인한 기사로 변모하는 것인지, 기사가 수직의 성기로 변모하는 것인지 나는 당최 알 수가 없다.

그나저나 내가 나 자신에 관해서도 직설적으로 말할 필요가 있을까? 나의 애인들을 위해 남겨둔 애무를 통해서 나 자신을 묘사한다면 그보다 훨씬 낫지 않겠는가. 새로 등장한 장은 여차하면 미뇽이 될 터였다. 그에게 무엇이 부족했을까? 갑작스레 마른 방귀를 뀔 때, 그는 양손을 호주머니에 찔러넣은 채 다리를 살짝 구부리면서 동시에 몸을 돌리듯이 상체를 약간 틀어준다. 키잡이의 몸놀림이랄까. 그가 재현하는 미뇽에게서 내가 마음에 드는 건 이런 모습이다. 자바춤 가락을 흥얼대면서 스텝을 한 발 내딛는 동시에, 두 손은 마치 여성 댄서의 잘록한 허리를 감아쥐는 것처럼 앞으로 내밀 때(기분 내키는 대로 양손의 간격을 넓혔다 좁혔다 하면서 가상의 허리 사이즈를 늘렸다 줄였다 하는 거야). 그러고 있으면 또 거의 직선코스를 달리는 늘라주의 예민한 운전대를 쥐고 있는 것 같기도 했다. 그런가 하면 손을 재빨리 펴고 간부위를 방어하느라 긴장한 권투 선수를 떠올리게도 했다. 그리하여 똑같은 동작이 수많은 주인공에게 공통적으로 발견되고, 그때마다 미뇽은 그 주인공들로 화하는 것이다. 어떤 동작을 취하든 가장 매력적인 수컷을 가장 강력하게 상징하는 동작이 되고 말이다. 그가 취한 놀라운 동작들은 우리를 무릎으로 제어했다. 우리에게 박차를 가하여 도시처럼 우리를 신음하게 만드는 거친 동작들, 내가 본 그 도시의 옆구리는 잠이 일으켜세우는 석상들의 리듬에 맞춰 전진하고, 행진하는 석상들의 핏줄기를 뿌려대고. 그들 꿈속의 전투부대는 마법의 양탄자처럼, 느리고 무거운 박자에 맞춰 떨어졌다 튀어오르는 타이어처럼 거리를 누비는 것이다. 그들의 발이 구름 속에 부딪치고, 그때마다 그들은 잠에서 깨어난다. 그러나 장교는 명령을 내리고, 그들은 다시 잠들어, 석상의 좌대처럼 묵직한 군홧발로 부연 먼지 일으키며 다시 꿈속으로 떠나간다. 우리를 통과해 구름 너머로 멀어져간 미뇽들 또한 그러하다. 그들을 유별나게 하는 것은 오직 그 강철 같은 엉덩이들. 그런 꼴로 유들유들 배배 꼬인 포주 노릇 하기는 어려울 테니까. 나는 이른바 기둥서방이라는 소문이 있는 호르스트 베셀*이 전설과 비가를 낳았다는 사실에 놀랄 뿐이다.

금가루처럼 풍요롭고 무심한 그들이 파리로 강하하여, 밤새도록 이 도시는 터질 듯한 자신의 심장박동을 억눌렀다.

노래를 부르거나 강요된 쾌락에 들썩이는 감방 안에서 우리는 전율한다. 저 수컷들의 방탕을 미루어 짐작하나니, 마치 다리 벌리고 선 채 발기한 거인을 본 것처럼 우리는 희열에 들떠 있는 것이다.

미뇽이 빵에 들어오고 석 달쯤 지났을까―그즈음 나는 상대가 동의했다며 자기 아들을 범한 아비라는 작자를 보았고, 비록 어리긴 해도 엄청 거칠고 제멋대로인 미성년자들도 만나보았는데, 이들의 얼굴은 사나운 메트레 소년원생의 면모를 더이상 찾아볼 수 없는 허연 나의 피부를 한층 더 맥없이 보이게끔 만들었고, 그런 나는 충분히 그들을 인정하여 두려워하고 있다―의료 검진을 위해 그가 아래층으로 내려갔을 때였다. 거기서 어느 애송이가 꽃피는 노트르담 얘기를 하더라는 것이다. 내가 그대에게 처음부터 끝까지 전하려 하는 모든 내용을 미뇽은 여러 차례 의료 검진이 이루어지는 동안, 중간중간 끊어서, 그것도 누가 들을 새라 입을 가린 손가락 사이로 빠져나가는 단어들을 통해 파악했던 셈이다. 참으로 황당무계하게 살아온 미뇽은 온갖 세상사를 집적거리되 정작 무엇 하나 바로 알려 하지 않는다. 노트르담이 자기 아들이라 해도 여전히 건성으로 넘기겠거니와, 그는 애송이가 늘어

---

* 나치 돌격대로 활동한 인물로, 매춘부인 애인의 셋집에 얹혀살던 중 공산당원에게 암살당했다.

놓는 이야기에서, 코르시카 출신 피에로라는 자가 바로 노트르담이며, 마약 밀매를 위해 그런 가명을 사용해왔다는 사실을 새겨들을 생각이 아예 없었다. 아무튼 노트르담은 그 애송이의 집에 얹혀살았는데, 하루는 녀석이 무언가 말하려는 순간, 건물 승강기가 문밖에서 덜컹 멈추었다. 그 멈추는 소리는 불가피한 일이 이제 곧 일어날 것임을 알리는 신호와도 같았다. 정지하는 승강기의 기계음은, 멀리 못박는 소리가 그러하듯, 그 소리를 듣는 사람의 심장을 마구 뛰게 만든다. 그건 마치 유리잔처럼 삶을 산산조각내버린다. 순간 초인종이 울렸다. 벨소리는 승강기의 기계음보다 덜 치명적이어서, 조금은 확실성과 합의된 의미를 가져다주었다. 만약에 승강기 소리 다음에 더이상 아무 소리도 나지 않았다면, 애송이 녀석과 노트르담 모두 무서워 죽을 지경이었을 거다. 애송이가 나서서 문을 열었다.

"경찰이다!" 두 남자 중 한 명이, 그대도 알다시피 상의 옷깃을 뒤집어 보여주는 동작으로 정체를 밝혔다.

지금 이 순간 내게 숙명의 이미지는, 너무 평범하여 오히려 위험해 보이는 행색의 세 남자가 형성하고 있는 삼각형이다. 가령 내가 길을 따라 걸어올라가고 있다 생각해보자. 저 세 명은 좌측 인도를 걷는데, 나는 미처 그들을 알아보지 못한 상태. 그런데 그들이 먼저 나를 본 거다. 한 명이 우측 인도로 건너오고, 또 한 명은 좌측 인도를 그대로 걷고 있으며, 마지막 한 명이 걸음을 천천히 늦추어 삼각형의 꼭짓점을 이루면 그 안으로 내가 들어가 갇히는 것이다. 그런 게 바로 경찰인 셈.

"경찰이다!"

그들은 현관으로 밀고 들어왔다. 바닥 전체가 양탄자다. 누구든 매일의 일상과—구두끈을 매야 하고, 떨어진 단추를 꿰매 달아야 하며, 얼굴에 난 거뭇한 여드름을 제거해야만 하는 인생—추리소설의 모험을 뒤섞는 데 동의한다면, 스스로 동화적인 상상력을 갖춰야 한다. 형사들은 상의 호주머니 속 장전된 권총에 손을 갖다대고 뚜벅뚜벅 걸어들어왔다. 애송이의 아파트 구석 벽난로 위에는 복잡한 절단면들로 이루어진 로카유양식의 크리스틸 대형 거울이 설치되어 있었다. 속을 넣고 누빈 노란 실크 재질의 안락의자 몇 개가 여기저기 놓여 있고, 커튼이 쳐진 상태였다. 소형 샹들리에로부터 인공적인 빛이 쏟아져내렸다. 때는 정오. 범죄의 흔적을 탐색하던 그들이 마침내 무언가를 찾아냈다. 가쁜 숨 헐떡이는 노트르담이 정중함과 두려움의 경직된 형태 속에 갇힌 일련의 동작을 취하여 노인의 목을 조르던 실내의 답답한 분위기가 아파트 전체에서 재현되고 있었던 것이다. 그들의 눈이 닿는 정면 벽난로 위에 장미와 아룸이 다발을 이루고 있었다. 노인 자신의 아파트이기라도 하듯, 니스를 칠한 가구들은 빛을 내려앉힌다기보다는 포도송이처럼 빛을 뿜어내는 것으로 보이는 곡면들만을 내비치고 있었다. 형사들은 계속 걸어들어왔고, 낯선 공간의 영원한 적막처럼 무시무시한 침묵 속으로 전진하는 그들을 노트르담은 숨죽여 지켜보고 있었다. 그들은 노트르담 본인과 다름없이 영원으로 나아가고 있었다.

때맞춰 들이닥친 거였다. 실내 한복판, 큼직한 테이블의 붉은 벨벳 식탁보 위에는 커다란 알몸 시신이 뻗어 있었다. 테이블 옆에는 꽃피는 노트르담이 잔뜩 긴장한 채 똑바로 서서, 다가오는 형사들을 지켜보고 있었다. 살인사건이라는 무거운 생각이 형사들의 뇌리를 스치는 동시에, 바로 그 살인이 가짜일지 모른다는 또다른 생각이 사태를 허물고 있었다. 추측의 난감함, 그 엉뚱함과 가능성, 가짜 살인에서 오는 고민이 형사들의 심기를 불편하게 만들고 있었다. 남자가 살해당했든 여자가 살해당했든, 시신을 조각조각 절단하는 현장이 아니라는 점만은 분명했다. 형사들은 훈장이 새겨진 진짜 금반지와 넥타이를 착용하고 있었다. 테이블 앞에 다다르자마자, 그들은 시신으로 보였던 것이 실은 재단사가 흔히 이용하는 밀랍 마네킹임을 알게 되었다. 그럼에도 불구하고 살인에 대한 생각은 문제의 간명한 정보들을 혼란스레 가리는 것이었다. "자네 말이야, 사람 뒤봉수지기 딱 좋은 얼굴이군." 연정자인 듯한 형사가 노트르담에게 말했다. 꽃피는 노트르담의 얼굴이 하도 화사하고 깨끗해서, 척 보는 순간 누구라도 저건 가짜다, 천사의 얼굴은 가면에 불과하며, 불꽃과 연기를 함께 가졌다는 생각이 들게 했다. 누구나 평생 한 번쯤은 "그에게라면 내 속을 다 내주어도 좋다"고 말할 기회가 있지만, 결국엔 더없이 계산적으로 행동하는 게 인간 아니겠는가.

요컨대 가짜 살인극이 무대를 지배하고 있었다. 반면 두 형사는 정보원이 제보한 애송이의 코카인만 찾아내겠다는 입장이었다.

"약 내놔, 어서."

"약 없습니다."

"이 친구들이 정말! 순순히 내놓지 않으면 당장 연행하고 가택수색 들어갈 거야. 그럼 자네들 결코 좋을 일 없어."

애송이는 일 초에서 삼 초 정도 주저했다. 형사들의 방식을 잘 아는 그는 꼼짝없이 걸렸음을 감지하고 있었다. 마침내 결단을 내렸다.

"여기요. 이것밖에 없어요."

그는 분말 조제약처럼 접은 아주 작은 봉지를 손목시계 케이스에서 꺼내 내밀었다. 형사는 그걸 받아 조끼 호주머니 속에 넣었다.

"저 친구는?"

"없어요. 정말입니다, 형사님. 뒤져보세요."

"그리고 이건 뭐지? 어디서 난 거야?"

마네킹 얘기다. 이 대목에선 디빈의 영향력을 언급해야만 한다. 설명할 수 없는 일이 일어나는 모든 곳에 그녀가 있다. 그녀는 그야말로 광녀처럼, 자기가 거쳐간 길에 일종의 덫을, 음흉한 함정을, 지하 감옥을 심어놓는데, 어쩌다 뒷걸음질이라도 칠 경우 자기가 걸려들 위험까지도 불사한다. 미뇽과 노트르담, 그 밖의 패거리 모두 그녀의 이런 버릇 때문에 실없는 사람처럼 질겁하는 일이 빈번하다. 먼산 바라보며 느긋이 지내다가는 다들 재수 오지게 없는 추락을 경험하게 된다. 예컨대 노트르담의 어린 남자친구 한 명이 주거침입을 좀 해본 경험을 가지고 있는데, 꽃피는 노트르담과 둘이서 밤에 주차된 차량을 턴 적이 있었단다. 그때 챙긴 종이박스를 뜯어보니, 분해된 밀랍 마네킹의 끔찍한 신체 조각들이 한가득 들어 있더라는 것.

형사들이 외투를 챙겨 입었다. 이상의 해명에 대해, 그들은 아무 대꾸도 하지 않았다. 벽난로 위의 장미 다발은 아름다웠고, 묵직했으며, 향기가 무척이나 진했다. 왠지 그것엔 신경이 더 쓰일 수밖에 없었다. 살인은 가짜이거나 미처 완결되지 못한 상태. 애당초 그들은 마약을 찾으러 온 것이었다. 마약…… 다락방에 마련된 제조 공간…… 폭발 사고…… 난장판…… 그래서 코카인이 위험하다는 건가? 그들은 두 젊은이를 풍기 단속반으로 연행했고, 당일 저녁 경찰서장과 함께 다시 현장을 찾아 가택수색에 들어갔으며, 기어이 코카인 300그램을 확보했다. 이런 와중에 애송이와 노트르담에게는 한시도 쉴 틈이 주어지지 않았다. 그들로부터 가능한 한 많은 정보를 끌어내기 위해 형사들은 최선을 다했다. 계속해서 사람을 압박했고, 또다른 압수 강행의 실마리를 찾기 위해 밤새도록 뒤지고 또 뒤졌다. 아울러 현대적인 고문을 가했다. 복부를 발로 걷어찼고, 따귀를 때렸으며, 늑골을 막대자로 쑤시거나 그 밖에 다른 방법을 이것저것 번갈아 활용했다.

"털어놓으란 말이야!" 버럭 고함을 질러댔다.

결국엔 노트르담이 탁자 아래로 굴러들어갔다. 울화가 치밀었는지 한 형사가 달려들었지만 또다른 형사가 팔을 붙잡아 제지하면서 뭔가를 중얼거렸고, 이내 큰 소리로 말했다.

"그냥 놔둬, 고베르. 무슨 대단한 범죄를 저질렀다고."

"저놈, 저 인형 같은 낯짝을 보고도 그런 소리가 나와? 충분히 구린 놈이라고."

겁에 질린 노트르담은 벌벌 떨며 탁자 밑에서 기어나왔다. 형사들이 그를 의자에 앉혔다. 결국 코카인만 문제가 되었고, 다른 방에서는 애송이가 조금은 덜 거칠게 다루어지고 있었다. 방금 전 과격한 취조를 말렸던 형사가 노트르담과 단둘이 남았다. 그가 의자에 앉더니 담배를 권했다.

"자네 아는 걸 말해봐. 크게 해되는 일은 없을 거야. 그깟 약 좀 빨았다고 단두대에 서는 건 아니니까."

꽃피는 노트르담의 내면에서 벌어진 상황을 자세하게 묘사하고 정확하게 설명하기란 내게 아주 어려운 일일 것이다. 그런 의미에서, 다소 누그러진 형사의 태도에 고마움을 표할 가능성은 거의 없다. '크게 해되는 일은 없을 거'라는 말에서 노트르담이 긴장을 조금 풀었느냐 하면, 실상이 꼭 그렇지만은 않다. 형사가 이렇게 덧붙였으니까.

"저 친구를 정작 열받게 한 건, 자네의 그 마네킹이거든."

노트르담은 씩 웃으며 담배를 한 모금 길게 빨아 목을 헹궜다. 그는 과연 징벌이 두려웠을까? 우선 노인을 살해했다는 고백이 간에서 치솟아도 앙다문 이에 가로막혔을 것이다. 그는 한마디도 털어놓지 않았다. 그럼에도 속에서는 자꾸만 자백의 말들이 솟구쳤다. 이러다 얼떨결에 입이 열리면 모든 걸 쏟아낼지도 모른다. 이도저도 낭패라는 느낌. 갑자기 현기증이 몰아쳤다. 그다지 높지 않은 어느 신전 박공벽에 매달린 자신의 모습이 보였다. '내 나이 지금 열여덟. 나는 사형선고를 당할지 모른다.' 생각이 빠르게 그의 뇌리를 스친다. 손가락에 힘을 빼는 순간, 추락할 것이다. 그래, 다시 움켜잡았다. 절대로 말하지 않으리라. 말하면 근사할 텐데, 훌륭할 텐데. 아니, 아니지, 아니야! 맙소사, 아니라고!

아! 살았다. 자백이 철회된다. 선을 넘지 않고, 철회된다.

"내가 노인을 죽였습니다."

노트르담은 신전 박공벽에서 추락했다. 순식간에 평온한 절망이 그를 잠재운다. 그는 휴식에 들어갔다. 형사는 거의 움직이지 않았다.

"그렇군. 노인이라면, 누구?"

노트르담이 회생했다. 웃었다.

"아닙니다, 뻥이에요. 농담 한번 한 겁니다."

놀랄 만한 속도로 그는 다음과 같은 알리바이를 조작한다. 어떤 살인자가 자발적으로, 약간 덜떨어진 투로 살인을 자백하는데, 도저히 있을 수 없는 자세한 정황을 곁들인다. 그렇게 해서 다들 그가 미쳤다고 생각하게 만들어, 그에게서 혐의를 거두도록 유도한다. 그런데 헛수고다. 다시금 노트르담을 물고늘어진다. 장난이었다고 아무리 소리쳐도 소용없다. 형사들은 어떻게든 알아내려고 한다. 노트르담은 그들이 알아내리라는 걸 알지만, 젊기에 발버둥치는 거다. 그는 물에 빠진 상태에서 자신의 동작을 거슬러 싸우는 사람인데 평화가—물에 빠져 죽은 사람의 평화를 그대는 알 것이다—느리게 그의 내부로 가라앉는다. 형사들은 지난 오 년 내지 십 년 동안, 살인자가 잡히지 않은 살인사건의 모든 피해자 이름을 말한다. 명단이 길어진다. 노트르담은 문득, 놀랄 만한 경찰의 무지에 대한 아무 도움 안 되는 깨달음에 직면한다. 변사자들이 그의 눈앞에 도열한다. 형사들은 이름들을 부르고 또 부르고, 폭발 직전까지 간다. 그들은 노트르담을 향해 금방이라도 이렇게 말할 참이다. '혹시 이름을 모르는 거야?' 아직은 아니다. 계속해서 이름을 말하면서, 젊은이의 붉은 얼굴을 노려본다. 이건 게임이다. 수수께끼게임. 거의 근접했어? 라공?…… 뭔가 이해할 만한 의사 표시로 보기에는 너무 혼란스러운 표정이다. 온통 뒤죽박죽이다. 노트르담이 울부짖는다.

"그래요, 그래, 그 사람입니다! 이제 날 놔줘요!"

머리카락이 눈에 들어가자 그는 머리에 반동을 주어 휙 넘겨버린다. 이 간단한 동작은 그가 멋을 부릴 때 아주 가끔 취하는 제스처인데, 세상의 덧없음을 나타낸다고 그는 생각한다. 또한 입가에 이제 막 거품으로 맺히는 침도 쓱 닦아낸다. 모든 것이 너무도 안정되어, 이제 무얼 해야 할지 아무도 모른다.

다음날이 밝자마자 꽃피는 노트르담이라는 이름은 프랑스 전역에 알려졌다. 프랑스라는 나라는 원래 혼란에 익숙하다. 신문을 그저 훑어보기만 하는 사람들은 꽃피는 노트르담 앞에서 굳이 눈길을 멈추진 않았다. 하지만 기사 하나하나 꼼꼼히 들여다보는 사람들, 색다른 내용을 냄새 맡아 철저히 추적하는 사람들은 기적 같은 낚싯감을 콕 집어 밝은 곳으로 끌어낼 줄 안다. 그런 독자들은 다름 아닌 초등생들이고 할머니들이다. 특히 할머니들은 에르네스틴처럼 시골에 처박혀 살아, 네 살 때 이미 쉰 살의 얼굴 표정과 제스처를 취하는 유대계 어린아이들처럼, 날 때부터 나이들어 있다. 사실 노트르담이 노인을 살해한 것은 순전히 그녀를 위해서, 그녀의 황혼에 마력을 불어넣기 위해서였다. 옛날부터 그녀는 운명적인 동화라든가, 밋밋하고 진부한 투이긴 하나 어떤 단어들은 꽤 폭발적이어서, 막幕을 찢고 그 흠집을 통해 이를테면 무대 뒤를 조금 들여다볼 수가 있어, 사람들로 하여금 그녀가 왜 그런 말을 했는지를 충격적으로 깨닫게 만드는 이야기들을 지어내곤 했다. 그녀는 입만 열면 이야기가 끝없이 흘러나왔는데, 고작해야 매일 저녁 무미건조한 신문만 읽는 사람에게서 어떻게 그런 이야기들이 나올 수 있는지 사람들은 궁금하기 짝이 없었다. 나의 이야기가 대중소설에서 나오듯, 동화는 신문에서 태어난다. 그녀는 창문 뒤에서 망을 보며 집배원이 나타나기만을 기다리곤 했다. 배달 시간이 다가올수록 점점 더 속은 타들어가고, 급기야 미세한 구멍들에서 온갖 드라마의 피가 흥건히 배어난 잿빛 지면들을 손으로 쓰다듬기에 이른다(이때 피 냄새를 그녀는 신문지와 잉크 냄새로 착각하지). 무릎 위에 식탁보처럼 신문을 펼쳐놓고 그녀는 붉은색 낡은 안락의자에 깊이 파묻혀 기진맥진 녹초가 되도록 분주했다.

언제부터인가 주위에 떠도는 이름 꽃피는 노트르담은 마을 본당신부의 귀에도 들어갔다. 그와 관련한 교구 차원의 어떤 지침도 하달받지 못한 상태라, 신부는 일요일 강론에서 신자들의 각별한 신심에 이 새로운 믿음*을 맡기며 기도를 지시했다. 의자에 착석한 채로 망연자실한 신자들은 아무 말도, 아무 생각도 할 수 없었다.

'초원의 여왕'이라는 꽃 이름을 딴 어느 작은 마을, 한 소녀가 꽃피는 노트르담을 머릿속에 떠올렸는지 이렇게 물었다.

"엄마, 그 사람이 기적을 일으켰대?"

일일이 읊을 시간은 없지만, 그 밖에도 여러 기적이 있었다.

과묵하고 열에 들뜬 나그네가 마을에 들어서면 빠짐없이 찾는 곳이 바로 싸구려 술집들, 제한구역들, 매음굴들이다. 감춰진 사랑의 호소를 귀띔해주는 신비스러운 감각의 인도를 받는 것이다. 혹은, 공감의 표정이나 잠재의식으로 교환하는 암호를 통해 티가 나는 일부 단골들의 걸음걸이랄지, 그들이 가는 방향을 믿고 무작정 따라가보는 것일지도 모른다. 그런 식으로 에르네스틴은 신문지상의 '차이나타운'이라 할 사회면 기사들을—살인, 절도, 강간, 무장 폭행—우직하게 파고들었다. 그녀는 꿈을 꾸었다. 하지만 그 간결한 폭력성, 그 정확성은 꿈이 스며들 시간도 공간도 허락하지 않았다. 그녀는 넋이 나갈 지경이었다. 모든 사건이 생생한 울림을 가진 색깔로 거칠게 드러나고 있었다. 무희의 얼굴에 얹은 붉은 손, 초록색 얼굴들, 푸른 눈꺼풀들. 몰아치는 파도가 일

---

* 노트르담(Notre-Dame)은 '우리의 모후(母后)', 즉 '성모(聖母)님'이라는 뜻.

단 가라앉으면, 그녀는 라디오 프로그램 안내란의 모든 음악 제목을 읽어내려갔다. 그러면서도 정작 자기 방에는 단 한 곡조의 음악조차 침범하는 것을 결코 용납하지 않았다. 아무리 가벼운 선율이어도 시를 망친다고 믿었다. 신문이란 사회면 사건 기사들, 고문용 말뚝처럼 피투성이의 절단된 기사들로만 채워지기라도 한 듯, 불안하고 거북한 것이었다. 그리고 내일 우리가 읽을 소송사건에 관해서 언론은 아주 인색하게도 겨우 열 줄을, 그것도 너무 살벌한 단어들 사이로 공기라도 좀 통하게 하려고 띄엄띄엄 열 줄을 할애했는데—목매단 자의 바지 앞섶보다, '교수용 밧줄' '알제리 보병'이라는 말보다 최면 효과가 뛰어난—바로 그 열 줄짜리 기사는 모든 할머니와 시샘 많은 아이들의 심장을 뛰게 만들었다. 파리는 잠을 자지 않았다. 그녀는 내일 노트르담이 사형선고를 당하길 바랐다. 그러길 갈망했다.

아침이 되자, 중죄 재판소가 안식처를 제공하는 사형수들의, 죽었든 살았든, 달콤하고 서글픈 부재 따위는 안중에 없는 청소부들이 매캐한 먼지를 일으켰고, 바닥에 물을 뿌렸으며, 침을 뱉고 욕설을 내뱉는 가운데, 서류를 추리는 정리延吏들과 시시덕거리며 웃었다. 공판은 열두시 사십오분 정각에 시작될 것이며, 정오를 기점으로 수위는 모든 출입구를 개방했다.

법정 내부는 화려하지 않지만 천장이 아주 높은데, 이를테면 수직선들이 마치 조용히 내리는 빗줄기처럼 공간을 지배하고 있었다. 안으로 들어서면, 보이는 벽의 거대한 그림은 붉은 빛깔의 풍성한 의상을 걸친 여성의 모습으로 정의를 형상화하고 있다. 여자는 소위 '양날검'이라 불리는 검에 온몸 체중을 실어 땅을 짚고 섰는데, 검이 조금도 휘지 않는다. 그 아래 연단과 좌석이 위치하고, 흰담비 장식과 붉은 가운을 걸친 배심원들과 재판장이 착석해 젊은이를 심판할 것이다. 재판장에 대한 공식 호칭은 '성모마리아의 그릇이신 재판장님'이다. 한번 더, 목표 달성을 위해, 운명은 저열한 방법을 사용하고 있다. 열두 명의 배심원은 갑작스레 판관 역할을 맡게 된 열두 명의 선량한 사람들이다. 정오를 기해 법정은 사람들로 가득찼다. 연회장이 따로 없다. 좌석이 만석을 이루었다. 나는 이들 법정 군상에 대하여 가급적 호의적인 말을 하고 싶다. 이유는 저들이 꽃피는 노트르담에게 적대적이지 않아서가 아니라―그 점은 나랑 아무 상관 없다―하나같이 시적 제스처들로 반짝이는 모습들이기 때문이다. 호박단처럼 미세한 진동들을 머금고 있다. 노트르담은 춤을 춘다. 총검들을 곧추세운 심연의 경계에서 위험한 춤을 추고 있다. 군중은 즐거워하지 않는다, 영혼이 죽음에 이르도록 슬픈 거다. 옹골차게 붙어앉은 의자 위에서 다들 무릎과 볼기짝을 힘주어 끌어모았다. 코를 풀었고, 결국엔 대단한 위엄 앞에 무산될 법정에서의 숱한 생리현상을 체험했다. 군중은 한마디 말이 참수로 귀결되더라도, 성드니처럼, 잘려나간 머리를 들고 돌아오리라는 생각에서만 이곳에 참석하는 것이다. 가끔 이런 이야기를 한다, 죽음이 사람들 머리 위를 활공한다고. 그대는 폐결핵을 앓는 비쩍 마른 이탈리아 여자를 기억하는가, 쾰라프루아에게는 훗날 디빈에게서와 마찬가지의 의미를 갖는 존재였지. 이곳에서 죽음은 동체 없는 검은 날개, 깃대가 없는 해적 깃발, 가느다란 골격의 우산살에 검정 평직 천조각 몇 장 기워 만든 날개일 뿐이다. 이 평직물 날개는 궁전Palais 위를 떠다니는데, 그대는 다른 것과 혼동하지 말라, 이는 '정의의 궁전'*이니. 날개가 그 너울로 궁전을 감싸자, 법정에서는 두툼한 초록색 실크 넥타이를 풀어, 모두에게 공개했다. 재판장의 테이블 위엔 넥타이가 유일한 증거물로 올라 있었다. 이곳에 가시적인 죽음은 넥타이였고, 나는 바로 그 점이 마음에 든다. 가벼운 죽음이었다는 사실이.

사람들은 살인자가 아니라는 점이 창피했다. 검은색 법복 차림의 변호사들이 서류철을 옆에 끼고 웃는 낯으로 서로에게 인사를 건넸다. 그들은 이따금 '작은 죽음'**에 아주 바짝, 단호하게 접근했다. 변호사들은 모두 여자였다. 신문기자들이 변호사들과 함께하고 있었다. 청소년 교화 시설 대표자들은 자기들끼리 낮은 목소리로 얘기를 나누었다. 그들은 한 영혼을 놓고 서로 다투는 중이었다. 과연 그를 보주***로 보내는 문제를 놓고 주사위 놀음이라도 해야 했을까? 길게 늘어뜨린 비단 의상에도 불구하고 성직자처럼 죽음에 경도된 우아한 행색은 전혀 아닌 변호사들이 삼삼오오 모이고 흩어지기를 반복했다. 단상에 바짝 붙은 그들이 죽음의 행진을 위해 조율하는 악기 소리가 군중의 귓전에 고스란히 가닿았다. 사람들은 죽지 않고 있다는 점이 창피했다. 젊은 살인자를 기다리고 시샘한다는 것 자체가 시간의 종교였다. 살인자가 입장했다. 얼른 눈에 보이는 건 육중한 체구의 공화국 위병들뿐. 그중 한 명의 옆구리에서 앳된 젊은이가 불쑥 튀어나오고, 다른 한 명이

---

* Palais de Justice. '법원' '재판소'를 뜻하며, 직역하면 '정의의 궁전'이다.
** la Petite Mort. 일시적으로 의식을 상실하는 현상. '내면의 죽음' 또는 '오르가슴'을 뜻한다.
*** 파리 동쪽에 위치한 지방. 청소년 교화 시설이 있다.

그의 손목에서 쇠사슬을 풀어주었다. 기자들은 유명 범죄자가 입장하는 순간 군중의 동향에 대해 기술했다. 따라서 가급적 그 기자들의 기사를 찾아 읽어달라 독자들에게 권하고 싶다. 내 역할과 기술은 대규모 군중의 동향을 기술하는 데 있지 않기 때문이다. 그럼에도 불구하고 이것만은 내 입으로 말해두고자 한다. 거기 모인 모든 이가 꽃피는 노트르담의 후광에 새겨진 문장을 두 눈 똑바로 뜨고 목격했음을. '나는 무염시태이니라.' 빛도 공기도 결핍된 감방 안의 사정 때문에 그는 지나치게 창백하지도 않았고 너무 부어오르지도 않았다. 꼭 다문 입술의 윤곽이 진지한 미소를 그리고 있었다. 그의 맑은 눈동자는 지옥을 모르고 있었다. 그의 얼굴 전체(밤에 그 여자가 노래를 부르며 지나갈 때, 사악한 벽으로 남은 감옥처럼 아마도 그대 앞에 그가 버티고 섰었나보지. 모든 감방이 비밀리에 도약해, 여자의 노랫소리에 질겁한 수감자들이 손을 날개처럼 파닥거려 비상하는 동안), 그의 이미지와 동작들은 붙잡힌 마귀들을 놓아주거나 열쇠를 여러 번 돌려 빛의 천사들을 가두곤 했다. 그는 아주 젊어 보이는 회색 플란넬 정장 차림이었고 안에 받쳐 입은 푸른색 셔츠 깃은 한껏 풀어헤친 상태였다. 금발 머리카락들이 집요하게 내려와 눈을 가릴 때, 머리에 어떤 반동을 줘 그것들을 걷어냈는지 그대는 알고 있다. 요컨대 많은 사람 앞에 나서자, 조만간 자기 역시 살해당해 죽을 예정이면서도, 살인자 노트르담은 눈을 깜빡이며 가볍게 머리를 튕겨, 코언저리까지 내려온 머리 타래를 제자리에 돌려놓는 것이었다. 이 간단한 장면은 우리를 열광시켰고, 말하자면 세상이 사라짐과 동시에 수행자가 공중 부양해 허공에 머물듯이, 그 장면 하나가 순간을 들어올렸다. 순간은 이제 지상이 아닌 하늘에 속했다. 혹시라도 그런 준엄한 순간들이 판사, 변호사, 노트르담, 위병들 발밑의 바닥을 꺼트리고, 영원한 시간, 숨을 지나치게 부풀려 삶을 유예할 때까지 저들을 허공에 머물게 함으로써, 공판을 중단시키지는 않을지 참으로 걱정이었다.

의장대(식민지 병사)가 징 박은 군화와 총검의 요란한 굉음을 동반하고 입장했다. 노트르담은 드디어 총살 집행반이 납시는 줄 알았다.

내가 말했던가? 방청객은 대부분 남자였다. 어두운 색조의 복장에, 우산을 팔에 걸거나 호주머니에 신문을 꽂아넣은 이 모든 남자는 등나무 가지보다, 요람의 레이스 커튼보다 더 떨고 있었다. 어색하고 그로테스크하게 차려입은 군중으로 가득찬 재판정이 5월의 산울타리로만 보이는 것도 바로 꽃피는 노트르담에게 그 원인이 있었다. 살인자는 피고석에 앉아 있었다. 쇠사슬에서 풀려난 덕에 두 손을 호주머니 깊숙이 찔러넣을 수 있었다. 하여 그곳이 어디라도 상관없어 보였다. 이를테면 직업소개소 대기실에 죽친다거나, 공원 벤치에 앉아 꼭두각시 인형극을 멀찌감치 구경한다든지, 어쩌면 목요일 교리문답 강의를 들으러 성당에 앉아 있는 것일 수도 있었다. 장담컨대 그는 무엇이든 닥치기를 기다리고 있었다. 어느 순간, 그는 손 하나를 호주머니에서 빼내, 아까처럼, 그 자그마하고 예쁘장한 머리통의 반동과 동시에, 동글게 말린 금발의 머리 타래를 휙 뒤로 넘겼다. 사람들이 불현듯 호흡을 멈추었다. 그는 목덜미에 이르기까지 머리카락을 매끈하게 쓸어넘기는 것으로 동작을 마무리했는데, 그를 통해 내 안에선 기이한 느낌이 되살아난다. 가령, 치솟는 명성 때문에 인간미를 상실한 인물에게서 빵 껍질을 한입 깨무는 따위의 친근한 제스처랄지 통속적인 모양새를 발견할 때(머리에 반동을 주어 머리카락을 뒤로 넘기는 게 바로 그런 것), 미소라든가 사소한 실수 같은 놀라운 틈새를 통해 우리는 하늘 한 귀퉁이를 목격한다. 이 점을 나는, 노트르담의 수많은 전조 중 하나인 성처녀에게 수태를 고지한 천사, 내가 체육관에서 종종 지켜보던 금발의 어린 소년을 통해("소년 같은 금발의 소녀……" 정말이지 유혹적인 표현을 담은 이 문장의 매력이 나로서는 전혀 질리지 않아. 가령 "프랑스 왕실친위대"*같은 표현) 이미 주목한 바 있다. 그는 묘사에 도움되는 수식修飾들에 의존하고 있었고, 그런 의미에서 하나의 기호일 뿐이었다. 하지만 작위 수여식에 임하는 기사로서 매번 한쪽 무릎을 꿇고 명령에 따라 두 팔을 펼칠 때마다, 그는 눈가로 흘러내리는 머리카락 때문에 체조의 수식이 갖는 조화를 깨트려가면서까지, 그 머리카락들을 관자놀이에 붙여 앙증맞은 귀 뒤쪽으로 쓸어넘기는 것이었다. 이때 두 손은 유연한 곡선을 그리면서, 마치 왕관이라도 되듯 앞뒤가 긴 두개골을 모아쥐다가 바싹 조여주었다. 그와 동시에 물을 마신 다음 부리를 터는 새처럼 그가 머리를 흔들지 않았다면, 마치 수녀가 베일을 쓸어넘기는 동작처럼 보였을 것이다.

언젠가 퀼라프루아가 알베르토의 비굴한 일면을 보고 나서 그를 사랑하게 된 것도 이처럼 신에게서 인간의 모습을 발견한 때문이었다. 알베르토는 좌측 안구가 적출된 상태였다. 마을에서 그런 일은 결코 작은 사건일 수 없다. 마침내 그로부터 시(혹은 우화)가 탄생했으니, (앤

---

* un garde-française. 여성형 명사(garde-française)이나 남성형 관사(un)가 붙는 단어.

불린*에 의해 되살아난 기적: 김이 모락모락 오르는 피에서 아마도 하얀, 그러나 확실히 향기나는 장미 다발이 솟아났도다) 대리석들에 섞여 흩어진 진실을 솎아내기 위한 체질이 진행되었다. 그러자 알베르토가 자기 애인을 놓고 연적과의 싸움을 피할 수 없었다는 사실이 밝혀졌다. 늘 그래왔듯이, 그리고 온 마을사람이 알고 있었듯이, 그는 비굴했고, 이로 인해 상대에겐 승리의 신속함이 확보되었다. 칼질 한 방으로 놈은 그의 눈알을 파내버렸다. 사건을 알게 되었을 때, 퀼라프루아의 사랑은, 말하자면, 한껏 부풀었다. 고통과 영웅주의, 모성애로 그의 존재가 가득찼다. 그는 비굴함에 홀딱 반해 알베르토를 사랑한 것이다. 그 치명적인 오점에 비하면 나머지 오점들은 핏기도 없고 전혀 위험하지 않으며, 다른 어떤 장점, 그중 가장 아리따운 장점 하나만으로 충분히 상쇄될 수 있었다(내가 지극히 통속적인 의미에서 통속적인 단어를 사용하건대, 그에게 가장 잘 어울리면서, 육체적 능력에 대한 함의로 충만한 단어는 바로 '배짱'). 가령 오점투성이인 인간에 대해 이야기할 수도 있다. 이때, 그 인간이 딱히 '저 오점'을 지니지 않았다면 아주 망한 것은 아니다. 그런데 알베르토는 바로 저 오점을 지녔다. 요컨대 다른 모든 오점이 그의 것이라 해서 달라질 일도 아니었다. 치욕이 더할 것도 아니었으니까. 용기만 조금 남아 있어도 아주 망한 건 아닌데, 알베르토에게 없는 게 다름 아닌 용기였다. 이러한 오점을 말살한다는 것은—예를 들어 단순명료하게 그것을 부정함으로써—함부로 꿈꿀 일이 아니었다. 다만 사람을 위축시키는 그것의 효과를 파괴하는 건, 비

---

* 처형당해 죽은 앤 불린(Anne Boleyn)의 딸 엘리자베스 1세의 튜더 왕조를 상징하는 문장은 붉은 장미 속에 피어나는 백장미다.

굴함을 이유로 알베르토를 사랑한다면, 쉬운 일이었다. 그의 명예가 실추되는 것이 분명하다면, 설사 그로 인해 알베르토가 미화되는 것은 아닐지언정, 시적인 존재가 될 수는 있었다. 어쩌면 그 덕분에 퀼라프루아도 그에게 접근했을 수 있다. 만약 알베르토가 용기 있는 사람이었다 해도 퀼라프루아는 놀라지 않았을 것이며, 무관심하지도 않았을 것이다. 그러기는커녕, 신이기보다는 더욱 인간인, 또다른 알베르토를 거기서 발견했을 터다. 그는 육체와 맞닥뜨렸다. 석상이 눈물을 흘리고 있었다. 여기, '비굴'이란 단어는 흔히 사람들이 생각히는 도덕에 관한—혹은 부도덕한—의미를 가질 수 없다. 젊고 아름다운, 강하지만 비굴한 남자를 좋아하는 퀼라프루아의 취향은 결점도 아니고, 비정상도 아니다. 이제 그는 눈에 단도가 박힌 채 쓰러진 알베르토를 보고 있다. 과연 그 일로 죽었던 걸까? 이런 의문은, 베일을 늘어뜨리고 눈뭉치처럼 꽁꽁 뭉쳐진 하얀 손수건으로 눈가를 짚어대는 미망인들의 장식적 역할에 대해 곰곰 생각하게 만들었다. 퀼라프루아는 자신의 고통이 만들어내는 외상外傷을 확인할 생각일랑 더이상 하지 않았다. 대신, 사람들 눈에 그것을 드러내 보일 수 없을 바엔, 성녀 시에나의 카타리나처럼, 자기 내부로 그것을 가지고 들어와야만 했다. 장례용 의상을 질질 끌며 걷는 한 아이의 별난 모습에 맞닥뜨린 농부들은 그 아이를 끝내 알아보지 못했다. 그의 느린 걸음걸이, 숙인 이마, 공허한 시선이 갖는 의미를 그들은 이해하지 못했다. 그들에게 이 모든 것은 돌기와집 아이라는 자랑에서 설정된 포즈들에 불과했다.

사람들이 알베르토를 병원에 싣고 갔고, 거기서 알베르토는 사망했다. 마을이 정화된 것이다.

꽃피는 노트르담. 그의 입이 살짝 벌어졌다. 이따금 그의 눈길이, 사람들 기대에 실내화 차림이겠거니 하는 발끝으로 떨어졌다. 여차하면 그에게서 댄서의 동작을 하나 구경할 수 있겠다는 기대가 팽배했다. 정리들은 여전히 서류와 씨름중이었다. 테이블 위엔 나른한 작은 죽음이 축 처져, 마치 죽은 듯 보였다. 총검과 구두 뒤축이 번쩍거렸다.

"재판관 출정입니다!"

배심원석 뒤쪽, 태피스트리로 장식된 벽면 외진 출입문을 통해 재판부가 입장했다. 그런데 판사들의 허세에 관해 감옥에서 익히 들었던 터라, 노트르담은 오늘 아주 대단한 착오가 일어나, 커다란 공용 출입문 두 짝이 활짝 열리면서 재판부가 등장할 것으로 상상하고 있었다. 성지 축일, 보통은 성가대 쪽 작은 출입구를 통해 제의실 밖으로 나오는 본당신부가 등뒤에서 불쑥 나타나 신자들을 깜짝 놀라게 하듯이 말이다. 재판부는 군주들의 익숙한 위엄을 갖추고 하인용 출입구로 들어오는 격이었다. 노트르담은 재판 전체가 속임수이며, 연회가 끝날 즈음 거울에 속아넘어가듯 자기도 모르게 목이 달아나 있을 것이라 예감했다. 위병들 중 한 명이 팔을 툭 치며 말했다.

"일어서."

실은 '일어서십시오'라고 말하려 했으나, 차마 그럴 수 없었다. 방청객은 소리 없이 전원 기립 상태에서, 이번에는 요란한 소리와 함께 모두 착석했다. 성모마리아의 그릇이신 재판장님께선 모노클을 착용하고 계셨다. 그는 슬그머니 넥타이 쪽으로 시선을 굴리더니, 두 손을 부지런히 움직여 서류를 뒤졌다. 예심판사의 집무실이 서류들로 가득한 것처럼 재판장 앞의 서류는 세세한 사실들로 빼곡히 들어차 있었다. 노트르담과 마주보는 자리에서 검사는 입 한 번 뻥끗하지 않았다. 그에게서 말 한마디, 아주 평범한 동작 하나만 튀어나와도 곧바로 악마의 변호인으로 변모하여, 살인자의 시성식諡聖式을 정당화할 거라는 느낌이 들었다. 견디기 힘든 시간이 흐르고 있었다. 자칫 평판에 금이 갈 수도 있었다. 노트르담은 자리에 털썩 주저앉았다. 성모마리아의 그릇이신 재판장님의 섬세한 손동작이 그를 다시 일으켜세웠다.

심문이 시작되었다.

"당신 이름이 아드리앵 바이용인가요?"

"네, 재판장님."

"당신은 1920년 12월 19일에 태어났나요?"

"네, 재판장님."

"장소가……?"

"파리입니다."

"그렇군요. 몇 구區죠?"

"18구입니다, 재판장님."

"그렇군요. 그리고…… 주변 사람들이 당신을 어떤 별명으로 불렀다던데…… (잠깐 망설이다가)

본인이 직접 말해보시죠."

살인자는 아무 대답도 하지 않았다. 다만 날개를 단 이름이 그의 입을 통해서가 아니라, 방청객의 이마를 뚫고 밖으로 튀어나왔다. 녀석은 눈에 보이지 않게 향기를 뿜어대면서, 은밀하고 신비롭게 법정 안을 날아다녔다.

재판장이 큰 소리로 말했다.

"네, 바로 그겁니다. 그럼 당신 모친은……?"

"뤼시 바이용입니다."

"아버지는 미확인…… 그렇군요. 기소 내용은……"(이쯤에서 배심원들은―열두 명이다―다들 각자의 기호에 부합하는 편안한 자세를 취했는데, 나름 권위가 묻어나는 풍모들이었지. 노트르담은 여전히 서 있었어. 왕궁 계단을 딛고 서서 군대의 열병식을 참관하는, 지루하고도 즐거운 꼬마 임금처럼 두 팔 축 늘어뜨린 채 말이야.)

재판장이 말을 이었다.

"……1937년 7월 7일에서 8일로 넘어가는 밤, 보지라르가 12번지 주거용 건물 3층 소재, 예순일곱 살 라공 폴 씨가 살고 있는 아파트에 누군가 들어섰고, 강제 침입의 흔적은 없었습니다."

그는 고개를 살짝 들어 노트르담을 바라보았다.

"사실을 인정합니까?"

"네, 재판장님."

"조사 결과 라공 씨 본인이 당신에게 문을 열어준 것이 확인됩니다. 증명하진 못하지만, 최소한 당신 스스로 그렇게 강변하고 있으니 말입니다. 여전히 그런 입장이죠?"

"네, 재판장님."

"당신과 아는 사이인 라공 씨는 갑작스러운 방문을 무척 반겼을 것이고, 독한 술을 권한 것으로 보입니다. 그리고 그가 전혀 예상치 못하는 사이, 당신은……(잠깐 멈칫하더니)……이 넥타이로 그의 목을 졸랐습니다."

재판장은 문제의 넥타이를 집어들었다.

"살해 도구였던 당신 소유의 이 넥타이를 알아보겠습니까?"

"네, 재판장님."

흐물흐물한 넥타이, 심령체와도 같은 이 넥타이, 여차하면 눈앞에서 사라지거나 메마른 손 안에서 빳빳하게 발기할지 모르기에, 시간 있을 때 빨리 구경해야 하는 넥타이가 재판장의 손가락 사이에 끼워져 있었다. 그것이 실제로 발기하거나 사라질 경우, 자신은 웃음거리가 되리라는 걸 재판장은 직감했다. 그는 부랴부랴 살해 도구를 첫번째 배심원에게 넘겼고, 그것은 다음 배심원에게 넘어갔으며, 그런 식으로 계속해서 이동했다. 감히 뜸을 들여 자세히 들여다보는 사람이 한 명도 없었다. 다들 홍당무로 변하는 자신의 꼴을 보게 될까 전전긍긍하는 것 같았다. 하지만 점잖으신 분들 조심성이 별 소용은 없었다. 스스로 깨닫지 못하는 사이, 이미 변해버렸으니까. 노인 살해를 주도한 운명과 공모라도 한 듯 쩔쩔매는 배심원의 동작들, 영매靈媒와도 같은 존재로서 꿈쩍도 하지 않고 심문을 받는, 바로 그 꿈쩍하지 않음에 힘입어 부재하는 살인자, 그리고 그 부재의 현장, 이 모두가 두 눈 부릅뜬 방청객들의 열망에도 불구하고 어둠으로 법정을 휘감아버렸다. 재판장의 어쩌고저쩌고가 결국 이 말까지 이어졌다.

"이런 살인 방법에 대해서는 누가 알려주었습니까?"

"그 사람입니다."

'그 사람'이 죽은 노인임을, 죽어 땅에 묻혀, 벌레와 구더기의 밥이 되고 만 자가 이제 다시 배역을 연기하고 있음을 모두가 깨달았다.

"살인 피해자?"

재판장이 버럭 고함을 내질렀다.

"살인 피해자 본인이 자기를 죽이려면 어떻게 할지를 당신한테 가르쳐주었다고? 가만, 대체 그게 무슨 소리요?"

노트르담은 당황한 기색이 역력했다. 다소곳한 성격 때문인지 선뜻 입을 열지 못하고 있었다. 소심함도 작용했다.

"네, 그게…… 라공 씨가 넥타이로 자기 목을 조르고 있었습니다. 얼굴이 새빨개졌지요. 그러자 넥타이를 벗어던지더군요."

살인자는 어떤 추악한 거래랄지 자선 행위에라도 동의한 것처럼 이렇게 털어놓았다.

"그때 제 생각은, 내가 나서서 조르면 상황이 더 나빠지겠더라고요."

그러고는 목소리를 한층 낮추었는데, 위병들과 재판장에게는 오히려 적당한 수준이었다(방청석까지는 들리지 않았고).

"팔심이 세거든요."

재판장은 난감한 듯 고개를 숙이고는 말했다.

"딱한 친구로군! 도대체 왜?"

"저는 어마어마한 궁핍에 시달리고 있었습니다."

보통 '어마어마한'이라는 단어는 행운을 수식하는지라, 가난에 적용하기는 불가능할 것 같았다. 이 '어마어마한 궁핍'이 노트르담에게 구름의 좌대를 만들어주었다. 그는 승천하는 그리스도의 몸처럼 영광스러운 자태로 정오의 태양 가득한 하늘 한복판에 홀로 머물렀다. 재판장은 예쁜 손을 비틀었다. 사람들은 저마다 얼굴을 쥐어쌌다. 서기들은 카본지를 구겼다. 변호사들은 갑자기 투시력을 갖춘 암탉들처럼 눈을 굴렸다. 위병들은 근엄하게 성무일도를 집행했다. 시詩가 자기 질료를 주무르고 있었다. 오직 노트르담만 혼자였고, 그만의 존엄성을 지키고 있었다. 즉 원초적 신화에 속했으며 자신의 신성과 신격화엔 관심이 없었다. 나머지 사람들은 혼비백산한 상태였고, 뭍에서 휩쓸려나가지 않으려 초인적인 노력을 기울였다. 손톱이 뽑혀나간 손들이 아무 구조판이나 붙잡고 매달렸다. 다리를 꼬았다 풀었다, 재킷의 얼룩을 뚫어져라 쳐다보고, 교살당한 남자의 가족을 생각하고, 잇새를 후비고.

"자, 이제 당신이 어떻게 행동했는지 자세히 진술하십시오."

가혹한 일이었다. 노트르담은 낱낱이 진술해야 했다. 형사들이 꼬치꼬치 추궁했고, 예심판사도 그러더니, 이젠 법정에서 진술하란다. 노트르담은 자기가 저지른 행위가 아닌(그럴 순 없지), 똑같은 이야기를 지나치게 되풀이하는 것이 창피했다. 새로운 버전을 선보이겠다는 대담한 생각이 떠올랐다. 이야기를 매번 이 말로 마무리하는 것이 지겹다. "그자가 더 못 버틸 때까지." 다른 이야기를 하기로 결심했다. 한데 그와 동시에, 형사들과 판사, 변호사, 정신과 의사들에게 똑같이 말한 바로 그 이야기를 다시 하는 것이었다. 노트르담에게는 하나의 동작이 곧 하나의 시이며, 언제나 똑같은 상징을 빌려서만 자신을 표현할 수 있기 때문이다. 두 살이었을 때의 행동에서 아직 남은 거라곤 헐벗은 자기표현뿐. 그는 신문 기사를 다시 읽듯 자신의 범행을 다시 읊었는데, 그것은 더이상 범죄 이야기가 아니었다. 그사이, 맞은편 벽에 걸린 시계추가 절도 있게 움직이고 있었으나, 정작 시간은 제멋대로였고, 매초 길고 짧은 주기로 박자가 널뛰었다.

배심원석의 선량한 열두 명 노인들, 그중 네 명이 코안경을 걸치고 있었다. 이들은 법정의 일체감에서 바로 그 렌즈, 사람을 유리시키는 질 나쁜 안내자로 인해 단절되어 있었고, 별도의 경로로 다른 사태 전

302

개를 따르고 있었다. 사실 그들 중 어느 누구도 이 살인사건에 관심을 두는 것 같지 않았다. 노인 중 한 명은 턱수염을 끊임없이 쓰다듬고 있었다. 그 혼자만 정신을 집중한 것처럼 보이는데, 더 자세히 보면 두 눈이 석상의 눈처럼 알맹이가 없다는 걸 알 수 있다. 또다른 노인은 그냥 헝겊 뭉치였다. 또 한 노인은 초록색 테이블보에 동그라미와 별들을 그리고 있었다. 일상의 삶에서 그는 화가였는데, 이따금 장난기가 발동해 정원 허수아비에 걸터앉은 당돌한 참새들을 색색으로 그려넣는 것이었다. 또다른 노인은 연한 푸른빛—프랑스 블루*—손수건에 틀니를 뱉어내고 있었다. 그들은 일제히 자리에서 일어나 숨겨진 작은 문을 통해 재판장을 따라 나갔다. 토의 과정은 복면 도적단의 수장을 선출하는 절차랄지, 조합 내 배신자를 처형하는 의식만큼이나 은밀했다. 방청객은 하품을 하고, 기지개를 켜고, 트림을 하면서 각자 긴장을 풀었다. 노트르담의 변호사가 지정석을 벗어나 자신의 고객에게 다가왔다.

"힘내, 젊은이. 힘내라고!" 그는 손을 덥석 잡아주며 말했다. "답변 잘했어요. 아주 솔직 담백했다고. 배심원단이 우리 편을 들어줄 것 같아."

그렇게 말하면서 변호사는 노트르담을 붙잡아주는 건지, 자신이 매달리는 건지, 계속 손을 움켜잡고 있었다. 노트르담은 판사들을 엿 먹이려는 뜻으로 미소를 지었다. 미소가 어찌나 시퍼런지 위병들조차 신의 존재와 기하학의 위대한 원리를 직감했다. 두꺼비가 앙망하는 달의 청명한 울림을 생각해보라. 밤에 그것은 너무도 순수하여, 길 위의 방랑자는 걸음을 멈춰 다시 귀기울이고 나서야 가던 길을 마저 갈 수

---

* bleu France. 프랑스를 상징하는 담청색.

있다.

"내 얘기, 알아먹었을까요?" 그가 윙크하며 물었다.

"그럼, 그럼, 잘될 거요." 변호사가 말했다.

의장병이 받들어총 자세를 취하자, 두건을 벗은 재판부가 벽에서 모습을 드러냈다. 성모마리아의 그릇이신 재판장님이 조용히 착석한 다음, 모두가 요란한 소리를 내며 앉았다. 재판장은 희고 예쁜 손을 모아 머리를 감싸며 말했다.

"증인 호출하세요. 아! 그보다 먼저, 경찰 측 보고부터 검토합시다. 경찰관들 와 계신가요?"

중죄 재판소 재판장이 그런 중요한 문제를 헷갈릴 만큼 정신 산만하다는 건 예삿일이 아니다. 그의 실수는 교도소 규정집의 맞춤법 오류가 (맞춤법이랄 게 있다면 말이지만) 놀랄 일인 것만큼, 노트르담을 놀라게 했다. 정리가 노트르담을 체포했던 경찰관 두 명을 안으로 들였다. 예전에 조사를 맡았던 두 살 연장자는 사망한 상태. 그래서 비교적 사실만을 간추린 보고를 진행했다. 가짜 살인이 결국엔 진짜 살인의 발각으로 이어졌다는 기가 막힌 이야기 말이다. 곰곰 생각하건대, 그게 발각되다니 있을 수 없는 일이다. "그렇게 간단히!" 하지만, 산책 시간에 내가 꼭 가지고 다니던 원고를 감독관이 뺏어간 뒤로는, 죽음에 이르는 그 흥미로운 발각을 수긍하기가 조금은 더 쉬워졌다. 내 기분은 지금 재앙 그 자체인데, 이런 재앙이 그토록 사소한 부주의의 논리적 귀결일 수 있다는 생각을 나는 차마 하지 못한다. 그리하여 범죄자들이 그토록 사소한, 정말로 사소한 부주의함으로 정신줄을 놓아버리는 거라면, 일단 자신을 차분히 되돌아보면서 그 부분을 보완할 권리를 누려야만 하며, 이를 판사에게 구할 경우, 그 정도 별것 아닌 일이라면 충분히 받아들여야겠으나 실상은 그러지 못하다는 데 생각이 미치는 것이다. 소위 데카르트적인 교육을 받은 몸임에도 불구하고 배심원들은 기를 써도 안 되는 게, 이제 몇 시간 후면 다들 노트르담에게 사형을 언도할 거면서, 그것이 인형을 목 졸랐기 때문인지, 왜소한 노인을 조각조각 절단했기 때문인지가 불확실한 것이다. 그런가 하면 늘 아나키즘을 부추기는 입장인 경찰은 재판장 앞에서 귀엽게 굽실거리며 물러났다. 바깥은 눈이 내리고 있었다. 법정 안에 사람들 손길이 저마다 외투깃을 추어올리는 모습만으로도 이미 짐작된 바이기도 하다. 끄물끄물한 날씨. 죽음이 눈을 밟으며 슬그머니 다가오고 있었다. 정리가 증인들을 호출했다. 이들은 무대 밖, 즉 법정 바로 옆에 붙은 작은 방에서 기다리고 있었는데, 이제야 피의자석 맞은편 쪽문이 열렸다. 문은 사람이 비스듬하게 비집고 들어올 수 있을 만큼만 반짝반짝 열리고 닫히면서, 한 명 한 명, 방울방울, 법정 안으로 증인들을 떨궈주었다. 그들은 증인석에 다다르자마자 오른손을 들더니, 아무도 질문하지 않았는데 이렇게 말했다. "네, 맹세합니다." 노트르담은 미모사 2가 들어오는 것을 보았다. 정리가 소리쳐 부른 이름은 '이르슈 르네'였다. 그다음 '베르톨레 앙투안'의 호출에 첫영성체가, '마르소 외젠'의 호출에는 빨간 능금이 모습을 드러냈다. 그런 식으로 휘둥그레진 노트르담의 눈앞에 블랑슈에서 피갈에 이르는 구역의 새끼 마짜들이 자신의 제일 아름다운 치장을 포기한 채 하나둘 입장하고 있었다. 그들의 이름은, 무희의 손가락 끝에 묶여 있다가 춤이 끝나면 가느다란 철사 한 가닥밖에 남지 않는 종이꽃처럼, 각자의 꽃부리를 상실한 꼴이었다. 차라리 춤 전체를 달랑 철사

한 가닥에 의지해 춤추는 게 낫지 않았을까? 검토해볼 가치가 있는 문제다. 마짜들의 드러난 몸매에서 미농은 안락의자의 벨벳과 비단 시트 속 골격을 읽어냈다. 다들 보잘것없는 모양새로 전락했는데, 그나마 그 정도가 최선을 다해 단장한 것이다. 화장을 하고 향수를 뿌려 나름 신경쓴 모습으로, 누구는 도발적으로 누구는 소심하게 입장하고 있었다. 이들은 더이상 카페 테라스를 화단처럼 수놓은 주름종이 조화 다발이 아니었다. 그저 알록달록한 빈민일 뿐이었다. (마짜들의 별명은 어디서 온 것일까? 일단 그중 어느 이름도 본인 스스로 지어 갖지 않았는 점에 주목하자. 단, 내 경우는 좀 다르지. 내가 왜 이런저런 이름들을 차용했는지 그 이유를 정확히 설명하기란 거의 불가능해. 디빈, 첫영성체, 미모사, 꽃피는 노트르담, 대공전하 같은 이름들은 우연히 떠오른 게 아니야. 그들끼리 어떤 친족관계랄까, 녹아내리는 양초와 향의 냄새가 두루 존재하지. 나는 가끔 그 이름들을 성모마리아 소성당의 생화와 조화들 가운데서 주워 모았다는 느낌이 들곤 해. 그것도 5월, 알베르토가 홀딱 반해버린, 그리하여 어린 내가 유리병에 몰래 내 좆물을 담아 안 보이게 숨겨둔 탐욕스러운 석고상 주변 어딘가에서 말이야.) 그중 몇몇이 어떤 단어들을 끔찍이도 또박또박 발음했다. 가령, "그 사람은 베르트가 8번지에 살았습니다"라든가, "제가 그를 처음 본 건 10월 17일이었습니다. 그라프에서였지요." 마치 엄지와 검지로 찻잔을 쥐고 있거나 한 것처럼 새끼손가락을 치켜든 것 때문에 엄숙한 재판 분위기가 방해받고 있었다. 그 뻐딱한 지푸라기 한 가닥이 총체적 덩어리로부터 비극적인 것을 식별하게 해주었다. 마침내 정리가 외쳤다. "퀼라프루아 루이 씨." 디빈이 입장했다. 법정에서 유일해 보이는 진짜 여성이

자 검은 옷차림에 꼿꼿한 자세가 눈에 띄는 에르네스틴의 부축을 받고 있었다. 디빈만의 아름다움이라 할 것이 지리멸렬하게 패주하고 있었다. 그늘과 주름이 각자의 자리를 떠나버렸다. 총체적 와해. 그녀의 어여쁜 얼굴이 죽은 여자의 비명처럼 처절한 부름과 비극적인 절규를 토해내고 있었다. 비단처럼 반들반들한 갈색 낙타 모피 외투를 걸친 그녀 역시 말했다.

"맹세합니다."

"피의자에 관해서 무얼 알고 있습니까?" 재판장이 물었다.

"그와 안 지는 오래되었습니다, 재판장님. 그런데 분명히 말씀드릴 수 있는 건, 그가 무척 순진하고 어린애 같은 사람이라는 점입니다. 그저 착하다는 말밖에 할 수가 없어요. 저의 아들 삼아도 좋을 사람입니다."

그녀는 둘이서 얼마나 오랜 나날을 함께 살았는지, 아주 달변으로 줄줄이 이야기했다. 미뇽은 언급조차 되지 않았다. 이제 디빈은 다른 어디에 있어서도 안 되는 성인成人이었다. 아무렴! 증인으로서, 한 번도 그만둔 적 없는 어린 퀼라프루아의 분신으로서, 지금 여기, 그가 다시 나타난 거다. 그의 행실에 단순한 점이라곤 있어본 적이 없다면, 그건 단순함이 소수의 노인들에게만 해당되는 자질이며, 순수하고, 정화된, 다이어그램처럼 간명한 상태로서, 이를테면 예수가 "어린아이처럼 되어라……"고 말한 바로 그 상태일 수 있지만, 세상 어떤 아이도 그와 같을 순 없고, 평생을 죽어라 애써도 결코 이를 수 없는 경지가 그것이기 때문이다. 그는 무얼 해도 단순하지 않았으며, 미소를 지을 때조차도 그러했는데, 오른쪽 입꼬리를 길게 잡아끌거나 이를 옹다문 채 얼굴

전면을 확연히 드러내는 식이었다.

한 인간의 위대함은 단지 그가 가진 능력이나 지능, 자질만의 문제가 아니다. 그것은 일련의 상황들이 어우러지는 가운데 그가 상황의 존립을 지탱하는 존재로 부각됨으로써 이루어진다. 한 인간은 위대한 숙명을 타고나기에 위대하다. 하지만 이 위대함은 가시적이고 측정 가능한 성격의 위대함이다. 밖에서 볼 때 화려한 것이다. 안에서는 어쩌면 비참해 보일지 모르는데, 보이는 것과 보이지 않는 것의 단절(혹은 단절 지점에서의 만남)이 곧 시라는 사실에 동의한다면, 그때 그것은 시적이다. 퀼라프루아는 비참한 운명의 소유자이며, 바로 그 때문에 그의 인생은, 발리 댄서의 미세한 손가락 동작이 말로 다 할 수 없는 숱한 세상 의미로부터 파생함으로써 바로 그 세상을 추동하는 힘이 될 수 있는 것처럼, 본질적으로 시 자체인 은밀한 행위들로 이루어졌다. 퀼라프루아는 디빈이 되어버렸다. 그는 오직 그만을 위해 작성된 시, 다른 어느 누구도 열쇠를 소지할 리 없는 난해한 시다. 요컨대 그것이야말로 그의 은밀한 영광, 궁극의 평화를 얻기 위해 내가 나 자신에게 수여한 바로 그 영광과 유사한 무엇이다. 나 역시 그런 영광을 타고났으니, 언젠가 장터 노점의 한 손금쟁이가 내게 말하기를, 장차 유명해질 거라 했기 때문이다. 대체 어떤 식으로 유명해진다는 걸까? 겁난다. 하지만 그 예언, 스스로 천재라 믿고픈 내 오랜 욕구를 만족시키기엔 충분하다. 나는 점괘의 문장을 내 안에 소중히 품고 있다. "언젠가 너는 유명해지리라." 저녁 등불 아래 가족이 모여 앉아, 구성원 중 사형수가 있을 경우, 늘 그와의 빛나는 추억을 보듬어 안듯, 나는 그 문장을 남몰래 보듬고 살아가는 것이다. 그것은 나를 빛나게 하고, 공포에 질리게 한다.

저 완벽하게 잠재적인 명성이, 아무도 해독하지 못할 고문서처럼, 비밀에 붙여진 귀한 탄생처럼, 사선이 가로지른 왕가의 서출 문장紋章처럼, 복면이나 신의 혈통처럼, 마을에서 제일 예쁜 여자가 될 아이를—솔랑주의 엄마 마리, 초가에서 태어났으며, 미모사의 볼기짝에 새겨진 것보다 더 많은 문장紋章을 자기 몸에 새기고, 그 제스처로 말하자면 샹뷔르 가문보다 훨씬 더 고급스러운 여신—분만했다는 걸 결코 잊지 않는 조제핀이 느꼈을 법한 뭐 그런 것처럼, 나를 귀하신 몸으로 만들어준다. 이런 종류의 성스러움이 조제핀에게서 그 연배의 다른 모든 여성(남자의 어머니인 다른 여자들)을 떼어놓았다. 장안에 그녀의 상황은, 갈릴리 마을 여인네들 가운데서 예수의 어머니가 처한 상황과 비슷했다. 마리아의 미모는 온 부락을 떠들썩하게 만들었다. 인간의 몸으로 신성神性을 낳은 어머니라니, 그거야말로 신성 자체보다 더 혼란스러운 점이었다. 예수의 어머니는 아들을 잉태하는 동안, 그리고 신이신 아들과 더불어, 즉 그녀 자신이자 모든 것. 이 세상을 없애고, 어머니와 자기 자신마저 없앨 수 있는 신, 조제핀이 마리에게 그랬듯, 노란 옥수수 죽을 정성껏 끓여주어야 했던 어떤 신과 더불어 먹고 사는 동안, 이루 형용할 수 없는 감정들을 느껴야 했다.

그렇다고 어린아이이자 디빈이기도 한 퀼라프루아가 각별하게 섬세함을 지녔다는 건 아니다. 다만 유독 괴이한 상황들이 그를 선택의 자리로 추대했으며, 본인에겐 알려지도 않고서 신비스러운 텍스트로 치장해준 것이다. 그는 아무 맥락 없는 가운의 장난으로 시를 섬겼다. 제몸뚱어리에 눈을 감고 써내려간 인생을 경탄의 눈짓 한 번으로 다시 읽을 수 있는 건 좀더 나중, 임종의 시간이 닥칠 때다. 그리고 지금 디빈은 자신의 내적 드라마, 자기 안에 간직해온 그 비극의 씨앗으로부터 벗어나, 생애 처음으로 인간의 대열에 진지하게 합류했다. 그 대열을 검사가 멈춰 세웠다. 증인들이 반짝 열린 문으로 다시 퇴장했다. 짧은 시간밖에 등장하지 못한 터라, 다들 나가면서 짜증이다. 누군가 감쪽같이 그들을 인솔해갔다. 삶의 진정한 핵심 장소는 바로 저 증인석과 기적의 터* 배심원 토의실이었다. 더러운 범죄의 방이 그 모든 소품과 함께 낱낱이 재구성되는 곳이기 때문이다. 기가 막힌 건, 넥타이가 아직 거기, 초록색 테이블 위에 웅크리고 있디라는 사실이다. 평소보다 더 빛바랜 상태로 맥없이 늘어졌으나, 경찰서 벤치에 널브러진 불량배가 느닷없이 달려들듯, 여차하면 달려들 준비가 된 상태로 말이다. 방청객은 몹시 초조해하고 있었다. 어디선가 탈선이 일어나 죽음이 늦춰지고 있다는 얘기가 나왔다. 갑자기 주변이 어두워졌다. 마침내 재판장이 정신병 전문의의 호출을 지시했다. 그러자 보이지 않는 공간에서 보이지 않는 뚜껑 문을 통해 정말로 그가 불쑥 튀어나온다. 추호의 의심 없는 군중 사이에 그가 착석했다. 그는 자리에서 일어나 증언대로 나섰다. 그는 배심원들 앞에서 자신의 보고서를 읽었다. 날개 달린 보고서에서 다음과 같은 낱말들이 바닥에 떨어지고 있었다. "불균형……정신질환……작화증……내장계……분열증……불균형, 불균형, 불균형, 불균형……곡예를 부리듯이", 그러고는 갑자기 날카롭고, 가혹하게 "대단한 교감신경." 거기서 멈추지 않는다. "……불균형……약간의 책임 의식……분비물……프로이트……융……아들러……분비물……" 그러

---

* Cour des Miracles. 옛날 파리에서 거지 부랑배들이 모여 살던 구역의 별칭.

면서 영 신뢰 가지 않는 목소리가 특정 음절들을 어루만졌고, 제스처는 도처의 적들과 싸우고 있었다. '아버지, 왼쪽을 조심하십시오, 오른쪽을 조심하십시오.'*가 따로 없다. 급기야 일부 단어들이 그 목소리 너머 툭툭 불거져나왔다(음절들 사이사이 생경하거나 비루한 다른 말들을 숨겨 만든 은어처럼). 우리가 이해하기론 이런 내용이었다. "범죄자란 어떤 존재인가요? 달밤에 춤추는 넥타이입니다. 간질 앓는 융단이며, 엎드려 기어오르는 계단, 세상 시작부터 날 잘 드는 단도, 독약이 든 넋 나간 유리병, 밤에 장갑 낀 손, 수병의 푸른 옷깃, 열린 연속성, 단순하고 부드러운 일련의 동작들, 소리 나지 않는 문고리." 위대한 정신과 의사께서는 드디어 결론을 읽어내려갔다. "그는 (꽃피는 노트르담) 심리적으로 불균형하고, 감정이 메말랐으며, 도덕의식이 결핍된 자입니다. 그럼에도 모든 행위가 그러하듯, 범죄행위 속에는 딱히 잘못 꼬인 상황들 말고도 순수한 의지가 작동하는 부분이 존재하기 마련이지요. 요컨대 바이용은 자신이 저지른 살인에 일말의 책임이 있는 것입니다."

눈이 내리고 있었다. 법정을 둘러싼 모든 것이 조용했다. 중죄 재판소는 광막한 공간에 외로이 방치되어 있었다. 이미 그곳은 지상의 법을 따르고 있지 않았다. 별들과 행성들 너머, 중죄 재판소는 거센 날갯짓으로 달아나고 있었다. 허공을 가르는 동안, 그것은 성모마리아의 석조 가옥이었다. 탑승자들은 외부로부터의 어떤 도움도 기대하지 않았다.

---

* 1356년 푸아티에전투에서 선량왕 장 2세의 막내아들인 열네 살 필리프가 위기에 몰린 아버지 곁을 떠나지 않고 칼을 휘두르며 외쳤다고 알려진 말. 이로 인해 훗날 그는 '용담공(勇膽公, le Hardi)'이라는 별칭을 얻게 된다.

닻줄은 끊어졌다. 지금 이 순간이야말로 질겁한 진영은(방청객, 배심원, 변호사, 위병들) 무릎을 꿇고 성가를 부를 때. 상대 진영이(노트르담) 육체의 노역에서 해방되어(사형이 곧 육체의 노역) 그 자체로 쌍을 이루며 노래를 부른다. "삶은 하나의 꿈…… 매혹적인 꿈이려니……" 하지만 군중에겐 위대함의 감각이 없다. 그들은 이런 극적인 지침을 따르지 않으며, 그로 인한 결과만큼 그들 보기에 심각하지 않은 것도 없다. 노트르담 역시 긍지가 무뎌지는 기분이다. 이제야 처음, 남자의 눈으로 그는 성모마리아의 그릇이신 재판상님을 바라보았다. 사랑함이란 그토록 온유한 것이어서, 재판장을 향한 부드럽고 신뢰 넘치는 애정 속에 도저히 녹아들지 않을 수 없었다. 그는 생각했다. '설마 치사한 놈은 아니겠지!' 그러자 은은한 무감각 상태가 일거에 허물어지면서, 마치 하룻밤 금욕 후에 음경이 방출하는 오줌만큼이나 따스한 안도감이 밀려들었다. 미농이 오줌 눈 바닥에서 잠을 깼던 일을 기억하시게. 노트르담은 자신의 사형집행인, 그러니까 자신의 첫 사형집행인을 사랑했다. 그 자체가 이미 주저하며 건네는 일종의 용서였다. 얼음처럼 냉랭한 모노클에, 금속성 머리카락과 세속적인 입에, 무시무시한 경전을 근거로 언도한 미래의 판결에, 그는 때 이른 용서를 베푼 것이다. 그렇담 사형집행인은 대체 무엇인가? 파르카*처럼 옷을 입은 아이일까, 자줏빛 가운의 화려함 때문에 동떨어져 보이는 무고한 자일까, 가련한 자, 겸허한 자일까. 샹들리에와 벽등에 불이 들어왔다. 검사의 발언이 시작되었다. 투명한 물의 덩어리를 깎아 만든 청년 살인자를 놓고, 검

---

* 로마신화에서 인간의 생사 운명을 관장하는 세 자매.

사는 재판장과 배심원들의 수준에 딱 맞는 말들만 골라 하고 있다. 다시 말해, 이따금 지붕 바로 밑 고층에 거주하는 금리생활자들의 안위를 보호해야만 하며, 그들 모가지를 따는 아이들은 무조건 잡아 죽여야 한다는 얘기…… 그럴 법한 이야기가 무척 섬세하고 가끔은 아주 고상한 어조에 실려나오고 있었다. 물론 머리도 굴려가면서.

"……안타까운 일이에요(처음엔 단조로, 이어서 다시 장조로)…… 안타까운 일입니다……"

살인자를 가리키느라 내뻗은 그의 팔이 음란했다.

"엄벌해주십시오"라고 외쳤다. "엄벌해주십시오."

재소자들 사이에서 그 검사는 '뻥쟁이'로 통했다. 이 엄숙한 재판에서 그는 육중한 문에 부착된 게시물의 역할을 아주 정확히 예시해주었다. 방청석의 어두운 한구석에서 어느 늙은 후작부인이 생각했다. '공화국은 벌써 우리 중 다섯 명을 참수했지……' 하지만 그 이상 깊이 생각을 이어가진 않았다. 넥타이는 여전히 테이블 위에 있었다. 배심원들은 좀처럼 두려움을 극복하지 못하고 있었다. 그즈음 추시계가 다섯시를 가리켰다. 검사의 논고가 진행되는 내내, 노트르담은 우두커니 앉아 있었다. 그의 생각에 이 재판소는 여러 주거용 건물 사이, 우물 모양의 중정中庭 중 한 곳 깊숙이 자리해, 그리로 다른 건물의 주방과 화장실이 모두 창문을 내고, 머리 헝클어진 하녀들이 잔뜩 고개 내밀어, 심리 과정에서 무엇 하나 놓치지 않으려고 손으로 귀를 모아 경청하는 것 같았다. 4면으로 이루어진 5층짜리 건물. 하녀들은 이가 빠졌고 서로의 등뒤를 흘끔흘끔 살핀다. 이때 주방의 어둠을 가로질러, 감지할지도 모른다, 플러시 천이나 금빛 스팽글 반짝이는 호사스러운 아파트 미로 속, 상아 대가리 노인들 조용한 눈으로 지켜보고 있을, 슬리퍼 끌며 접근하는 살인자들. 노트르담에게 법원은 깊숙한 그 우물 바닥에 자리한다. 그것은 미네르바가 손바닥 위에 올려둔 그리스 신전처럼 작고 가볍다. 재판장의 질문이 떨어지자, 왼쪽에 있던 위병이 그를 일으켜세웠다. "스스로 변호할 말 없습니까?" 상태교도소 감방 동기인 늙은 부랑자가 법정에서 하기에 적당한 말 몇 마디를 준비해주긴 했다. 그게 뭐였는지 기억을 뒤적이는데, 도무지 생각이 안 난다. 대신 '고의로 한 짓은 아닙니다'라는 문장이 입술을 경계로 미끄러졌다. 그대로 내뱉었어도, 놀랄 사람은 없었을 거다. 다들 최악을 각오하고 있었으니까. 머릿속에 떠오르는 답변은 죄다 은어로 진행되거니와, 통념상 프랑스어로 말해야 예의라는 생각이 은연중에 들긴 했으나, 그 누가 모르겠는가, 위기의 순간에는 무조건 모국어로 질러야 상대를 누를 수 있다는 사실. 하마터면 자연스러울 뻔했다. 근데 자연스럽다는 건 지금 이 순간 연극적이라는 것이다. 반면 그의 어색함은 우스꽝스러운 꼴을 면하게 해주었고 자기 목을 동강내주었다. 그는 진정 위대했다. 이렇게 말했으니.

"늙은이가 영 글러먹었어요. 세울 줄만 알았어도."

마지막 문장은 허세 떠는 작은 입술을 차마 통과하지 못했다. 그럼에도 열두 명의 노인은 하나같이 두 손으로 잽싸게 귀를 덮어, 음경처럼 거대한 문장이 그리로 들어오지 못하게 막았다. 다른 구멍을 찾지 못하자, 아주 단단하고 뜨거워진 그것은 헤벌쭉 벌어진 그들 입안을 파고들었다. 노인 열두 명과 재판장의 남성성이 새파란 청년의 당당한 후안무치 앞에서 제대로 희롱당한 것이다. 모든 게 변했다. 손가락에 캐스터네츠를 매단 에스파냐 무희였던 자들은 다시금 배심원이 되었다. 섬세한 화가도 배심원으로 돌아왔고, 헝겊 뭉치 노인도 다시 배심원이 되었으며, 곰도 마찬가지였다. 교황이었던 자, 베스트리스*였던 자 역시 모두 그러했다. 믿지 못하겠다고? 법정 안이 분노의 한숨으로 들썩했다. 재판장은 예쁘장한 손을 휘저어, 비극의 여배우들이 그 아름다운 팔로 연기하는 동작을 재현했다. 세 차례 섬세한 전율이 재판장의 붉은 법복을 무대막처럼 흔들었다. 죽어가는 새끼 고양이의 발바닥 근육에 세 차례 단말마의 경련이 일어나면서, 장딴지 높이의 옷자락을 붙잡은 녀석이 필사적으로 발톱을 세워 매달리기라도 하는 것 같았다. 그는 노트르담에게 신경질적으로 자제를 요청했다. 변호인이 발언에 나섰다. 법복 아래 종종걸음으로(실제로 잔방귀를 뀌듯이 걸었지) 걸어나와 재판부를 향해 입을 열었다. 재판부는 미소를 지었다. 말하자면 경계선이 어딘지 아는―분명하게 보고 판단하는―그리하여 단죄할 수 있는 두뇌의 엄정함, 정의냐 부정不正이냐에 대해 이미 준엄하게 내린 결정이 있어야 비로소 얼굴에 드리워지는 바로 그 미소였다. 재판부가 미소를 짓고 있었다. 얼굴들에 긴장이 풀리고, 몸들은 나른함을 되찾는 분위기였다. 입을 삐죽거리는 모습들이 여기저기 눈에 띄는가 싶었으나, 이내 질겁하곤, 얼른 껍질 속을 찾아 들어가고 있었다. 재판부는 안정을 찾은 상태였다. 변호사가 무진장 애를 썼다. 현란한 말솜씨가 가미된 그의 문장은 끝날 줄을 몰랐다. 마치 번개와 더불어 태어나, 유성의 꼬리를 달고 한없이 이어지는 것만 같았다. 그는 자신의 유년기(자기 말로는 악마의 유혹을 받았던 어린 시절) 추억이라 할 만한 것을 순수한 법

---

* 루이 16세의 발레 교사였던 가에타노 베스트리스(1729~1808)를 가리킨다.

의 관념과 섞어가며 이야기했다. 그와 같은 교류에도 불구하고 순수한 법은 계속해서 순수하게 남았고, 희멀건 침 속에서조차 단단한 수정의 광택을 간직했다. 변호사는 먼저 시궁창에서나 다름없는 성장 과정, 길거리에서의 배움, 굶주림, 갈증을(맙소사, 아이를 가지고 푸코 신부, 미셸 비외상주*라도 만들 참인가?) 언급하더니, 교살을 유도할 만큼 거의 관능적이라 할 목의 유혹에 대해 이야기했다. 요컨대 논점을 벗어나 있었다. 노트르담은 그도 웅변이라며 평가했다. 여전히 변호사가 하는 말을 믿지 않지만, 무엇이든 시도하고, 수용할 준비가 되어 있었다. 그럼에도 나중에서야 의미를 이해할 어떤 불편한 감정이 뭔가 애매한 투로 그에게 속삭이는 것이었다, 변호사가 지금 너를 망치는 중이라고. 재판부는 변호인이 너무 진부하다면서, 변론을 듣다보면 저절로 느끼기 마련인 동정에만 머물러, 전혀 만족스럽지 못하다고 힐난했다. 멍청한 변호사가 도대체 무슨 짓을 벌이고 있었던 걸까? 그가 시시하든 투박하든 무슨 말을 할 때, 그 말이 적어도 살의 충만한 눈짓 한 번의 여지만큼은 배심원들로 하여금 이 청년의 시신을 보고 싶게 만들어, 그렇게 교살당한 늙은이의 복수를 결행함으로써, 이젠 그들 자신이 살인자의 영혼을 뒤집어쓴 채 영원한 지옥불의 축소판에 시달릴 일 말고는 모든 게 편안하고 따뜻한 삶을 살아가게 하면 좋으련만. 그들이 느끼던 편안함이 사라지고 있었다. 변호인이 멍청하니, 그렇담 무죄방면 해야 하는가? 하지만 누구는 이거야말로 시인 변호사의 기막힌 술책일 수 있다 하지 않았나? 하긴 나폴레옹이 워털루전쟁에서 패한 건, 웰링턴이 큰

---

* 푸코 신부와 미셸 비외상주는 모험가로 알려진 인물들이다.

실수를 범했기 때문이라는 게 통설이다. 재판부는 이 젊은이를 신성시해야 한다는 걸 느꼈다. 변호사는 입에 거품을 물며 떠들어댔다. 지금은 재교육이 가능하다는 이야기를 하고 있다. 때마침, 따로 마련된 방에서는 청소년 교화 기관의 대표자 네 명이 포커용 주사위를 던져 꽃피는 노트르담의 운명을 가늠하고 있었다. 변호사가 무죄방면을 요구했다. 간청하고 있었다. 이젠 그가 하는 말을 도무지 알아들을 수 없다. 드디어 지루하게 흐르던 시간 속에서 결정적인 발언을 위한 한 순간을 명민하게 포착해내기라도 한 듯, 노트르담은 평소처럼 느긋한 태도로 인상을 슬쩍 찌푸리고는 무심코 말했다.

"아! 코리다鬪牛라니, 아니야, 그럴 필요 없다고. 당장 골로 가는 게 낫다니까."

변호사는 잠시 멍하니 서 있다가, 서둘러 혀를 차며 정신을 추슬렀고, 더듬더듬 말했다.

"이보라고, 젊은이! 내가 변호를 하게 놔둬야지……" 그러고는 재판부를 향해 말을 이었다(방금 전엔 여왕님 모시듯, '마담'이라 불러도 아무 문제 없었을 텐데). "보십시오, 아직 어린애에 불과합니다."

그 말이 끝나기 무섭게 재판장이 노트르담에게 물었다.

"가만 있자, 아까 뭐라고 했습니까? 너무 앞서가지 말자고요."

말의 잔인성이 판사들을 모조리 발가벗겼고, 화려함만을 법복으로 걸치게 놔두었다. 방청객 특유의 마른기침이 이어졌다. 재판장은 '코리다'가 은어로 소년원이라는 걸 모르고 있었다. 군모와 부츠를 착용하고 노란 가죽 벨트로 허리를 졸라맨 위병들 사이에서, 나무의자에 묵직한 자세로 앉아 미동 없이 버티고 있는 꽃피는 노트르담. 그는 지금 경쾌한 지그*를 춤추는 기분이었다. 절망이 그를 화살처럼 관통했다. 비단 천으로 감싼 굴렁쇠의 한복판을 광대가 뚫고 지나듯, 절망이 그를 꿰뚫고 지나갔다. 이제 그에겐 찢긴 자국밖에 남지 않아, 그는 허연 누더기가 되고 말았다. 전혀 멀쩡하지 않은데 잘 버티고 있었다. 이 방에 더이상 세상은 존재하지 않았다. 잘된 일이다. 모든 걸 끝장내야만 한다. 재판부가 다시 입장했다. 위병들의 총기 개머리판 소리가 정신을 번쩍 들게 했다. 맨머리로 일어서서, 모노클이 판결문을 읽었다. 처음으로 바이용이라는 이름에 따라 그가 호명되었다. "일명 꽃피는 노트르담." 노트르담에게 사형이 선고되었다. 배심원단이 기립해 있었다. 그것은 한마디로 신격화, 피날레였다. 위병들의 손에 다시 인계되면서 꽃피는 노트르담은 성스러운 역할, 옛날 희생 제물들이 맡았던 것과 비슷한, 이를테면 염소라든가 황소, 어린아이, 오늘날에는 왕과 유대인의 몫인 바로 그런 역할로 옷을 갈아입은 것처럼 보였다. 위병들은 그가 세상 죄의 무게를 모두 짊어진 걸로 알아, 자기들에게도 구세주의 축복이 내려지길 바라는 것처럼, 말을 걸면서 그를 호위했다. 사십 일이 지나고 어느 봄날 밤, 감옥 연병장에 기구가 설치되었다. 새벽녘에는 절단할 준비까지 완료되었다. 꽃피는 노트르담은 진짜 칼날에 의해 목이 잘려나갔다. 그리고 아무 일도 일어나지 않았다. 하긴 뭐가 문제지? 일개 신이 영면했다고 신전의 휘장이 아래서 위로 반드시 찢어져야 하는 것은 아니다. 그래 봐야 휘장의 품질이 나쁘다는 것과 오래되어 낡았다는 사실만 입증할 수 있을 뿐. 아무리 무관심을 고수한다 해도, 웬 무례한 망나

---

* 바로크시대에 유행한 빠른 춤곡.

니가 휘장을 발로 차 구멍을 내고 기적을 부르짖으며 회생한다면 나는 그냥저냥 수긍할 것 같다. 전설의 뼈대로 삼기에는 아주 좋고 유별나기 짝이 없는 사건이니까.

나는 지난 장들을 다시 읽어보았다. 지금 그것들은 모두 종료되었고, 나는 퀼라프루아, 디빈, 에르네스틴을 위시해 어느 누구에게도 즐거운 미소를 부여하지 않았다는 사실을 확인한다. 면회실에서 본 어느 꼬마가 그 점을 곰곰이 생각하게 만들고, 또 나의 어린 시절을, 어머니의 하얀 페티코트 아랫단을 떠올리게 한다. 아이를 볼 때마다—별로 볼 기회는 없지만—나는 거기서 어렸을 적 내 모습을 찾으려 하고, 그 모습을 통해 아이를 사랑하고자 노력한다. 그런데 의료 검진시 마주치는 미성년자 중 어린 두 녀석의 얼굴을 유심히 들여다보고는 충격받아 허겁지겁 자리를 피한 적이 있는데, 내 어린 모습과는 너무도 다른, 덜 구워진 빵처럼 지나치게 하얀 아이인 거다. 이 경우 나의 사랑은 개들이 어른으로 성장한 다음의 문제다. 그 아이들이 어깨를 활짝 펴고 엉덩이를 씰룩이며 내 앞을 지나갔을 때, 나는 이미 그들 견갑골에 도톰히 솟은 근육들이 날개의 뿌리를 감추고 있음을 확인했다.

그렇더라도 나의 어린 시절 역시 그때 본 아이와 비슷했다고 믿고 싶다. 그의 얼굴, 특히 그 이마와 눈에서는 내 모습이 보였다. 하여 나 자신을 완벽하게 알아보겠다 싶은 찰나, 와장창, 개가 미소를 짓고 만 거다. 그럼 더이상 내가 아니었다. 어린 시절을 포함해 인생의 어떤 시기에도 나는 웃을 수 없었고, 미소조차 지을 수 없었기 때문이다. 말하자면, 웃는 아이 앞에서 나는 항상 산산조각난 나 자신을 목도했다.

모든 아이, 청년들 또는 성인들과 마찬가지로, 나는 기꺼이 미소 지었고 심지어 대차게 웃어젖히기도 했지만, 인생이 원숙한 경지에 들어서면서부터는 이를 극화하게 되었다. 장난기, 가벼움, 유치함 같은 건 모조리 걷어내고, 비극 고유의 요소들만 간직하기로 한 것이다. 이를테면 공포, 절망, 슬픈 사랑…… 무녀의 얼굴처럼 경련으로 일그러진 이 시들을 스스로 낭송함으로써만 나는 그로부터 벗어난다. 해맑게 정화되는 내 영혼. 하지만 나로 하여금 나 자신과 만나게 해주는 아이가 웃거나 미소 지으면, 그동안 공들여 빚어온 비극이, 내가 되돌아보는 내 지난 인생이 산산조각나버린다. 비극의 인물은 가질 수 없는 태도를 아이가 취하는 바람에, 결국엔 연극이 파괴되고, 최소한 왜곡되는 것이다. 그때 아이는 (비록 고통스럽지만) 조화롭던 삶의 기억을 짓찢고, 다른 누군가로 변해가는 나 자신과 마주하도록 강요하며, 첫번째 비극에 두번째 비극을 접목한다.

디빈 어록 (속편과 종결)

이제 마지막 디빈 어록을 소개한다. 나는 디빈을 한시라도 빨리 해치워버리고자 했다. 그대가 하나하나 정리하면서 성녀의 본질적인 형태를 찾아내려고 애쓸 메모들을 여기 되는대로 아무렇게나 던져놓는다.

디빈은 미뇽이 정확히 그 장소에서 취한 바로 그 자세에 이르기까지 생각 속의 모방을 밀고 나간다. 그녀의 머리는 이제 미뇽의 머리 대신이고, 그녀의 입은 그의 입 대신, 그녀의 자지는 그의 자지 대신이다. 이제 그녀는 가능한 한 정확하게─면밀한 탐구가 수반되어야 하는 일이므로, 조심스럽게(면밀한 탐구만이 그 어려움으로 인해 게임을 한다는 의식을 줄 수 있으므로)─미뇽이 취했던 동작들을 재현한다. 그녀는 그가 점유했던 모든 공간을 연속적으로 차지한다. 그녀는 그를 추적하면서, 그를 담아내던 모든 것을 연속해서 자신으로 채운다.

디빈이 말한다.
"내 인생? 나는 비탄에 시달리는, 나는 비탄의 계곡이라네."
그 계곡은─폭풍우 속 시커먼 소나무들─사방팔방 감옥의 이가 들끓는 갈색 담요 뒤집어쓰고 나 상상 여행 즐기면서 발견한 풍경들과 비슷해, 일컬어 비탄의 계곡, 위로의 계곡, 천사의 골짜기라 불렀네.

그녀가(디빈) 그리스도를 본받아 행동하진 않았을 것이다. 그래서 비난받아왔다. 하지만 그녀는 말한다. "리파르*는 오페라극장을 제집 삼아 춤추나?"

세상일에 초연한 그녀의 태도는 이런 말을 서슴지 않는 데까지 이른다. "아무개 씨가 나 디빈이라는 사람에 대해 어떤 생각을 하든 그게 뭐가 문제지? 그자가 나와 관련해 어떤 기억을 갖고 있든 그게 나랑 무슨

---

* 우크라이나 출신 안무가 세르주 리파르. 파리오페라극장발레단을 이끌었으며, 20세기 가장 뛰어난 남성 안무가로 평가받았다.

상관이냐고. 나는 다른 사람이야. 나는 매 순간 다른 사람이라고." 그런 식으로 공허함과 싸워온 그녀다. 늘 그런 식으로, 그녀는 오욕을 두려워하지 않고 뭔가 새로운 난행에 뛰어들 준비가 되어 있었다.

그녀는 조금이라도 더 거부감을 불러일으키기 위해 눈썹을 밀어버렸다. 그럼으로써 배수진을 친다는 생각이었다.

그녀에게서 틱tic이 사라졌다. 자중하는 태도로 주목받는 수준까지 왔다. 얼굴을 얼린다고 해야 하나. 예전엔 모욕당하면, 온갖 근육이 씰룩거리는 걸 막을 수 없었다. 불안이 그렇게 몰아간 건데, 뜻밖에 다소 기만적인 결과로 이어지곤 했다. 얼굴 경련이 미소 짓는 모양새로 인상을 찌푸리게 하는 것이었다. 얼어붙은 그 얼굴.

디빈은 자기 자신을 이렇게 불렀다.
"계간鷄姦 마마."

디빈은 라디오에서 흘러나오는 〈마술피리〉 중 '승려들의 행진'을 들으면 도저히 견딜 수가 없었다. 자기 손가락을 빨다가, 결국 더는 견디지 못해, 라디오 다이얼을 돌려버렸다.
그녀는 손가락으로 내 귀를 가리키며, 그 특유의 억양 없는(영화배우가 내면 근사할 것 같은, 이미지의 음성, 나른한 목소리) 천상의 목소리로 이렇게 말했다.
"근데 말이야, 장, 너는 여기 구멍이 하나 더 있네."

그녀는 유령처럼 거리를 헤맨다. 한 젊은 자전거 주자가 자전거 핸들을 붙잡고 걸어간다.

거리가 가까워지자, 디빈은 그의 허리를 감아 안는 자세를 (팔을 둥글게 감아) 취해본다. 자전거 주자가 문득 디빈을 돌아보는 순간, 실제로 디빈의 팔이 자전거 주자의 허리에 감겨 있다. 깜짝 놀란 젊은이가 후딱 흘겨보더니, 아무 말 없이 자전거에 올라타 달아난다.

디빈은 자기만의 껍질 속으로 되돌아가 내면의 천국에 다시 안착한다.

또다른 젊은 미남자 앞에서, 짧게 스친 욕망.

"여태껏 내 모가지를 틀어쥐고 흔든 건 '조금 더'라는 바로 그것."

그녀는 이제 죽음을 재촉하기 위해서만 살아가리라.

백조는 하얗고 풍성한 깃털 더미로 뭉쳐 있어, 물속 깊숙한 바닥까지 들어가 진흙에 발디딜 수 없다. 예수가 죄를 저지를 수 없듯이.

디빈에게 도덕적 권능의 구속에서 벗어나기 위해 범죄를 저지른다는 건, 여전히 도덕과 연루되어 있음을 뜻한다. 그녀는 딱히 근사한 범죄를 노리는 게 아니다. 그저 식성에 맞춰 따먹힐 뿐이라고 입만 열면 노래를 부른다.

그녀는 도둑질을 하고 친구를 배신한다.

그 모두가 자기 주위에 본의와는 무관하게 고독을 조성하기 마련이다. 그녀는 자기만의 영광, 스스로 작고 소중하게 다듬어온 내밀한 영광 속에서 살아갈 뿐이다.

그녀는 말한다, 나는 비전을 접한 지 오래인 애덕 수녀회 베르나데트 수비루*. 나처럼, 그녀도 성모님과 다정히 이야기 나눈 추억만을 간직한 채 평범한 일상을 살아갔다지.

때로 부대가 사막을 이동하다가—전술에 의거해—소규모 대열이 이탈해 다른 방향으로 전개하기도 한다. 떨어져나간 일부는 그렇게 얼마간 부대 가까이서, 한 시간 남짓 이동할 수 있다. 두 대열에 속한 병사들끼리 서로 바라보고, 서로 말해도 괜찮지만, 그들은 서로 보지도 말하지도 않는다. 분견대는 새로운 방향으로 한 발 내딛자마자, 하나의 개성이 탄생함을 실감했다. 분견대는 하나요, 그 안에서 벌어지는 동작들은 그만의 동작임을 깨닫게 된 것이다.

세상으로부터 이탈하기 위한 이 작은 동작을 디빈은 수없이 거듭했다. 그러나 아무리 멀리 떨어져도, 세상은 그녀를 다시 불러들인다.

그녀는 암벽 꼭대기에서 투신하는 데 평생을 바쳤다.

이상 몸이 없는 (또는 창백하고 앙상하면서 동시에 아주 흐물흐물한 약간의 하얀 덩어리 말고는 거의 남은 몸이 없는) 그녀는 이제 하늘로 사라져간다.

디빈은 자신을 이렇게 평했다.

"비밀을 타고난 귀부인."

---

* 성모 발현을 체험한 프랑스 루르드 출신 가톨릭 성녀.

디빈의 신성함.

대부분 성인과는 달리, 그녀는 자신의 신성함에 대한 의식을 지니고 있었다. 신성함이 곧 신을 바라보는 그녀의 관점이자 더 높게는 신과의 합일이었기에, 별로 놀랄 일은 아니다. 이 합일이 양쪽 모두에게 해악(고통) 없이 이루어진 것은 결코 아니었다. 디빈의 입장에서는, 지나치게 경이로운 영광을 위하여 익숙하고 편안한, 안정된 조건을 버려야만 했다는 점에서 고통이 수반되었다. 처음 그녀는 자신의 위치를 고수하기 위해, 하면 좋겠다 싶은 온갖 행동을 감행했다. 그러자 지상에 머물고자 하는 열정이 전신을 휘어감았다. 접점을 찾기 위해 그녀는 극심한 절망의 행동을 저질렀고, 지상에 달라붙고자 하는 조심스러운 시도와 하늘에 오르지 않으려는 망설임의 제스처를 취했다. 마지막 문장은, 어쩌면 디빈이 승천이라도 했다는 의미로 읽힐지 모르겠다. 하지만 그건 아니다. 여기서 '하늘로 오르다'라는 말은, 움직임 없이 디빈Divine을 벗어나 신성Divinité을 향한다는 뜻이다. 내면에서 벌어지는 기적이란, 끔찍한 공포의 체험이었다. 어떤 희생을 치르더라도 버텨야 했다. 말없이 그녀를 부르는 신에게 반항한다는 것. 응답하지 않는 것. 대신 그녀를 지상에 붙들어둘 행동, 물질 속에 다시금 접붙일 행동을 시도하는 것이다. 공간 속에서 그녀는 늘 야성적이고 신선한 형상들로 탈바꿈했다. 한결같은 부동성, 그것은 신이 강력한 태클을 걸어올 때 너무나도 손쉽게 제압되고야 마는 요인임을 그녀는 본능으로 깨닫고 있던 것이다. 하여, 그녀는 춤을 추었다. 무작정 거닐었다. 그녀의 몸은 어디서나 볼 수 있었다. 수많은 몸뚱어리로 자신을 드러냈다. 신에 대항해 싸우는 비극적 순간들과 더불어, 디빈에게 무슨 일이 벌어지는지 아무도 몰랐다. 그녀는 일본 곡예사들이나 취할 법한 놀라운 자세들을 취했다. 그리하여 완전히 넋이 나가, 다시는 돌아올 길 없이 헤매고 또 헤매는, 미친 비극 배우처럼 보였…… 그러던 어느 날, 침대에 꼼짝 않고 누워 있는 그녀에게 전혀 예상치 못한 일이 일어났으니, 신이 그녀를 성녀로 품어 안은 것이다. 이쯤에서 전형적인 사건 하나를 떠올려보자. 그녀는 자기를 죽이고 싶었다. 자기를 죽인다는 것, 자신의 선의善意를 살해한다는 것. 그 번뜩이는 아이디어가 떠오르사, 그녀는 지체 없이 실행에 옮겼다. 예전 그녀가 살던 집 발코니는 포석 깔린 마당을 굽어보는 주거용 건물 9층에 위치했다. 철제 난간은 듬성듬성 사이가 벌어진 구조였고, 그 너머 철사로 촘촘히 엮은 격자망이 덧대여 있었다. 이웃 여자에게 두 살짜리 여아가 있는데, 디빈이 종종 사탕을 주어서인지 집에까지 놀러오기도 했다. 아이는 발코니까지 한걸음에 달려가 격자 철망 너머 거리를 내려다보곤 했다. 하루는 디빈이 결심을 했다. 격자 철망을 분리해, 철제 난간에 기대 세워놓기로 한 것이다. 아이가 또 놀러오자 디빈은 방에 아이를 가둔 뒤, 허겁지겁 계단을 달려내려갔다. 마당에 도착한 그녀는, 아이가 발코니로 나와 놀다가 격자 철망에 기댈 때를 기다렸다. 결국 몸이 바깥으로 기울면서 아이는 추락하고 말았다. 디빈은 아래서 가만히 지켜보고 있었다. 회전하며 떨어지는 아이의 궤적을 그녀는 하나도 놓치지 않았다. 눈물도 비명도, 소름도 없는 만큼, 초인적인 그녀는 장갑 낀 손으로 아이의 잔해를 수거했다. 이후 과실치사죄로 석 달 금고형에 처하면서, 그녀의 선의는 완전히 사망했다. '이제 아무리 착하게 산들 무슨 소용이겠나? 설명할 수 없는 이 범행을 무슨 수로 만회해? 그러니, 악인이 되자'라는 생각이었다.

우리가 보기에 디빈은 세상의 철저한 무관심 속에서 죽어간 것 같았다.

에르네스틴은 두번째 가출부터 소식이 완전히 끊긴 아들을 오랜 세월 잊고 지냈다. 다시 소식이 당도했을 때, 아들은 군인이 되어 있었다. 아들은 멋쩍어하며 편지로 돈 몇 푼을 요구하고 있었다. 디빈이 된 아들을 직접 만난 건 그보다 훨씬 나중, 파리에서였다. 여느 시골 출신 여자들과 마찬가지로 그녀도 수술을 받기 위해 수도로 올라온 몸이었다. 당시 디빈은 아주 화려한 생활을 영위하고 있었다. 자식의 악습에 관해 아는 것이 없던 에르네스틴은 거의 직감적으로 그 모든 걸 파악했고, 디빈에 대해 이렇게 생각했다. '루 이 녀석 엉덩이 놀려 호사를 누리고 있군.' 직접 뭐라고 얘기하진 않았다. 이 문제, 즉 멀리 세이렌인 멜뤼진을 모태로 출발한 귀족 가문의 다소 수상쩍은 종착점이자, 피키니가의 자손으로 남성인지 여성인지, 수컷인지 암컷인지 당최 모를 괴물을 바로 자신이 싸질러놓았다는 걸 알게 되었다고 해서, 그동안 간직해온 에르네스틴의 자존심에 딱히 상처가 나는 것은 아니었다. 엄마와 아들은 무감각한 피부의 스침만으로 허공을 채우며 너무 먼 거리를 두고 살아온 만큼, 서로에게 소원한 존재였다. 가령 에르네스틴은 조금도 이런 생각을 하지 않았다. '이는 내 살에서 난 살.' 디빈 역시 다음과 같은 생각일랑 아예 머릿속에 없었다. '그래도 나를 싸지른 여자인데.' 디빈은 자기 어머니에게, 처음 우리가 살펴본 대로, 연극적인 제스처를 취할 구실이었을 뿐이다. 다만 디빈은, 제 어미를 지독히도 미워하는 갈보 년 미모사를 싫어하다보니, 적어도 그보다는 엄마에 대한 애정을 가진 것처럼 스스로에게 착각을 불어넣는 것이었다. 바로 그런 애정이 미농은 반가웠다. 멋진 기둥서방이자 정말 못돼먹은 녀석인 그는 가슴 깊은 곳에 이른바 '얼굴도 모르는 늙은 엄마를 향한 마음 한구석의 순수함'을 품고 있었다. 그는 포주들의 세계를 지배하는 지극히 현세적인 지침들에 복종하며 살아왔다. 그는 스스로 애국자이자 가톨릭 신자인 것처럼 자기 어머니를 사랑해왔던 것이다. 에르네스틴이 디빈의 죽음을 보러 왔다. 단것을 좀 가져왔는데, 시골 여자도 다들 알아볼 만한 표지에―상장喪章보다 훨씬 분명한 표지―맞닥뜨린 순간, 그녀는 디빈이 숨졌음을 깨달았다.

'갔구나'라고 속으로 중얼거렸다.

본당신부님이―참 유별나게 의식을 집전하던 바로 그 신부―성체를 가져왔다. 작은 탁자 위에 양초 하나가 타고 있었고, 그 옆에 검정색 십자고상과 성수 그릇이, 그 안에는 먼지 앉은 마른 회양목 가지가 담겨 있었다.

보통 에르네스틴이 종교를 인정하는 것은, 가장 순수한 의미에서 그것이 경이로움을 선사할 때이며(신비에 신비를 덧칠해, 그마저 가려버리는 신비가 아니고), 이때의 경이로움은 순금처럼 명명백백한 무엇이었다. 한번 판단해보시라. 폭풍이 몰아치는 나날, 굴뚝으로 들어왔다 창문으로 나가는 벼락의 환상에 익숙한 그녀는 안락의자에 기대앉아 창유리를 통과해 나가는 자신의 모습을 지켜보고 있었다. 마치 석상처럼, 가슴과 목, 다리와 치마, 풀 먹여 빳빳해진 옷자락의 단단한 질감까지 그대로 간직한 채, 잔디밭으로 추락하느냐, 발꿈치 모으고 하늘로 치솟느냐를 주시하는 것이다. 그렇게 그녀는 아래 아니면 위로, 오래된 판화의 성인들, 천사들이 날아다니듯, 구름의 도움 없이 예수가 단순명료하게 승천하듯, 날아가고 있었다.

이것이 바로 그녀의 종교였다. 예전처럼, 종교가 위세를 떨치고 비의적인 방탕이 난무하던 시절처럼, 그녀는 생각했다. '신에 대한 믿음으로 한바탕 놀아볼까?' 전율에 이르도록 실제로 그녀는 즐겼다.

디빈이 죽음에 이른 바로 그 시각, 그녀는 신을 믿는 일에 푹 빠진 나머지, 황홀경에 휩싸이지 않을 수 없었다.

그녀는 신이 알을 꿀꺽 삼키는 현장을 목격했다. 여기서 '목격'이란 발언의 가벼운 방식이다. 계시에 관해서 나는 별로 할말이 없다. 계시에 관해 내가 아는 거라곤, 유고슬라비아 감옥에 있는 내가 신의 은혜에 힘입어 앎을 허락받는 정도에 지나지 않기 때문이다. 나는 죄수 호송차가 멈추는 여정을 따라 이 도시 저 도시를 전전했다. 도시의 감옥마다 하루나 이틀 혹은 그 이상을 머물렀다. 그리고 결국엔 다른 수감자들이 이미 스무 명쯤 들어찬 꽤 넓은 감방에 갇히고 말았다. 그곳엔 집시 세 명이 일종의 소매치기단을 조직해둔 상태였다. 어떤 식이냐 하면, 죄수 중 누군가 판자 침대에 누워 자는 사이, 돌아가며 그의 호주머니에 든 것들을 꺼내고, 잠을 깨우지 않으면서 도로 집어넣기를 반복한다. 그러다 보면 잠자는 사람을 본의 아니게 간질이는 상황이 왕왕 벌어져 아주 섬세한 작업이 되는데, 당사자가 자다 말고 몸을 뒤치기라도 하면, 허벅지에 눌려 있던 반대쪽 호주머니가 그 바람에 활짝 열렸다.

내 순서가 닥치자, 두목인 집시가 부르더니 작업에 들어갈 것을 명령했다. 옷 속에서 나는 무섭게 뛰는 심장박동을 느꼈고, 견디지 못해 그만 기절해버렸다. 나는 판자 침대로 옮겨졌고, 정신이 돌아올 때까지 방치되었다. 나는 무대배치에 관한 매우 정확한 기억을 가지고 있었다. 감방은 일종의 참호로서, 기울어진 판자 침대들이 벽을 따라 길쭉하게 배열될 만큼의 적당한 공간을 확보하고 있었다. 출입구 반대편 끝에는 약간 아치형으로 생기고 창살을 갖춘 채광창이 있고, 우리에겐 보이지 않는 하늘에서 노란 빛이 사선으로 떨어지는데, 소설이나 판화에서 보는 딱 그런 광경이다.

정신이 들었을 때, 나는 창에서 제일 가까운 구석에 있었다. 나는 두 발을 담요에 묻은 채 베르베르족이나 어린애들처럼 웅크리고 앉았다. 맞은편 구석에는 나머지 사람들이 떼 지어 서 있었다.

그들은 나를 바라보며 웃음을 터뜨렸다. 내가 그들의 언어를 몰랐기에, 그들 중 한 명이 나를 가리키며 다음과 같은 제스처를 취했다. 먼저 그는 자기 머리를 긁더니 이라도 한 마리 잡은 것처럼 그걸 먹는 시늉을 하는데, 원숭이들에게서 흔히 보는 동작을 흉내내고 있었다.

내게 이가 있었는지는 기억나지 않는다. 설사 이가 있었다 해도, 내가 그걸 잡아먹진 않았을 것이다. 대신 머리에 하얀 비듬이 많아 피부에 껍질을 이룰 정도여서, 그걸 손톱으로 떼어낸 다음 이빨로 손톱 청소를 하는 와중에 이따금 비듬을 삼키는 일은 있었다.

아무튼 이때 비로소 내가 있는 방을 이해하게 되었다. 방의 본질을—극히 짧은 순간에—파악한 것이다. 방은 그냥 방이면서, 하나의 세계를 가둔 감옥이었다. 나는 끔찍한 참상을 불러일으켜 추악의 경계로(세상 아닌 곳으로), 날치기 학교의 매력적인 학생들 앞으로 쫓겨난 몸이었다. 나는 이 방과 이 사람들의 정체를, 그들이 연기하는 배역을 똑똑히 목격했다(에르네스틴의 경우와 같은 '목격'). 한데, 그 배역이라는 것이 세계의 작동 과정에서 단연 주역이었다. 그 배역은 세계의 근원이자, 근원에 위치한 무엇이었다. 나는 갑자기, 일종의 특별한 통찰력에 힘입어, 내가 체계를 이해하고 있다는 느낌에 사로잡혔다. 내가 세상으로부터 단절되자마자, 세상과 그 신비가 축소되었다. 그건 정말이지 초자연적인 순간이었고, 인간에 대한 무관심 차원에서 볼 때, 셰르슈-미디감옥에서 세자리 준위가 내게 보인 태도와 비슷한 느낌이었다. 그는 나의 성행태에 관한 보고서를 작성중이었는데, 이렇게 물었다. "그거 있잖아, 그거…… (차마 제 입으로 '동성애자homosexuel'라고 말할 순 없었던 것) 두 단어로 띄어쓰던가?" 그러고는 종이에 적은 단어를 검지로 가리켜 내게 보여주는데…… 그마저도 손끝이 단어에 닿지 않도록 신경쓰는 것이었다.

나는 황홀했다.

나처럼 에르네스틴은, 이를테면 사랑받는 한 병사의 미소가 내 가슴 움푹한 곳에 꽃피어나게 한 발레리나의 까치발 연기랄지, 어쩌면 허벅지가 교차하며 만들어냈을 일련의 디테일, 마주침, 우연의 일치인 신의 천사들로 인해 황홀했던 것인데. 그녀는 잠시 세계를 손가락으로 집어들고, 학교 선생님의 매서운 눈빛으로 그것을 들여다보았다.

종부성사를 준비하는 동안, 디빈이 코마 상태에서 벗어났다. 자신의 종말을 알리는 불빛인 촛불이 눈에 띄자, 그녀는 덜컥 겁을 먹었다. 그리고 실감했다, 삶 속에 죽음이 항상 현존해왔음을. 다만 무시무시한 현실을 최신 유행에 맞춰 다듬어낸 그럴듯한 콧수염으로, 그 상징적인 얼굴 일부가 가려졌을 뿐이다―가령 군인이 기른 저 프랑크족 특유의 과장된 콧수염은 가위로 잘려나가는 순간 마치 거세된 것처럼 사람을 쩔쩔매게 만드는데, 그 얼굴이 졸지에 창백하고 부드럽고 섬세하게 변해 턱은 빈약하고 이마는 볼록하니, 로마시대 채색 유리에서 보는 성녀나 비잔틴제국 여제의 얼굴이랄까, 베일 달린 에냉*을 착용한 여인에게서 익히 보아온 바로 그 얼굴과 유사했다. 죽음이 너무 가까이 있어, 디빈을 만지고, 그 깡마른 검지로 노크하듯 그녀의 몸을 두드릴 수도 있을 것 같았다. 디빈은 경직된 손가락으로 담요를 그러쥐어 끌어당겼다. 담요 또한 차갑게 굳어 있었다.

신부에게 그녀가 말했다. "근네 나는 아직 죽지 않았습니다. 천사들이 천장에서 방귀 뀌는 소리를 들었어요."

그러고는 속으로 다시 중얼중얼. '아직 죽지……' 토할 것처럼 관능적으로 흔들거리는, 요컨대 낙원을 연상시키는 부연 연무 속에서, 디빈의 시야에 죽은 여자가―그 망자의 죽음이―솔랑주와 자기에게 검둥이 이야기를 해주던, 마을 사는 노처녀 아들린의 모습이 어른거렸다.

노처녀가 죽었을 때, (사촌이었지) 그는 울음이 나오지 않았다. 그럼에도 자신의 슬픔을 믿게 하려고, 메마른 눈가를 침으로 적실 생각을 했었다. 디빈, 안개의 둥근 공이 그녀의 복강 속으로 굴러들어간다. 잠시 후 그녀는 흡사 뱃멀미에 휘말린 듯, 노처녀 아들린의 혼령에 빙의됨을 느낀다. 노처녀가 죽자, 에르네스틴은 아들에게 망자가 신던 버튼식 반장화 하이힐을 착용하고 학교에 가도록 강요했다.

경야가 진행되던 날 밤, 호기심을 느낀 퀼라프루아가 자리에서 일어났다. 까치발로 침실을 벗어나자, 사방에서 혼령의 무리가 나타나 그

---

* 베일이 달린 원뿔 형태의 모자.

가 넘어야 할 장벽을 만들었다. 겁먹고, 홀렸으며, 살아 있다기보다는 죽어 있는, 그리하여 종교적 위엄을 양도받은 자로서, 퀼라프루아는 그 한복판을 파고들었다. 수많은 혼령과 그림자들이 그를 중심으로 거대한 행렬을 이루어 세상 모든 시작에서 솟아나는 가운데, 그는 수 세대에 걸친 그림자들을 거느리고 망자의 침상에 이르렀다. 그것은 공포였다. 가능한 한 덜 엄숙하게, 그는 맨발로 걸어갔다.

야간 절도범의 수법이라 여겨지는 방식대로, 그는 서서히 다가가고 있었다. 당과류를 슬쩍하기 위해 찬장까지 살금살금 기어든 수많은 밤에도 어쩌면 그와 같았을 터. 에르네스틴을 위해 영세식이나 결혼식 축하 선물로 들어온 당과류를 그는 평범한 사탕과자가 아닌 성스러운 양식으로, 순수의 상징으로, 경외심을 품고 씹어먹었으며, 유리구 안에 모셔둔 백색 밀랍 모형 오렌지꽃과 마찬가지로 귀하게 그것들을 다루었다. 이를테면 은은한 향내의 흔적이랄지, 하얀 베일의 영상, 그리고 저 〈오소서 성령이여〉의 선율……

"철야하는 여자가 자리를 지키고 있으면 어떡할까?……"그러나 여자는 주방에서 커피를 마시고 있었다.

방은 비어 있었다. 아니, 비워져 있었다. 죽음은 배기펌프보다 더 잘, 색다른 방법으로 진공상태를 만들어낸다. 침대보는 망자 얼굴의 기복을 고스란히 드러내고 있었다. 아직은 조각가의 손길이 거의 닿지 않은 점토 덩어리와도 같았다.

퀼라프루아는 경직된 팔과 손을 뻗어 침대보를 들어올렸다. 죽은 여자가 여전히 그곳에 있었다. 그는 두려움을 덜기 위해 가까이 다가갔다. 대담하게도 얼굴을 만지는가 하면, 마노 구슬만큼이나 둥글고 차가운 눈꺼풀에 입을 맞추기까지 했다. 시신이 현실에 의해 수태한 것 같았다. 시신이 진실을 표명하고 있었다.

순간, 예전에 듣거나 읽은 이야기들의 기억이 어지럽게 무리 지어 아이를 집어삼키는 듯했다. 예컨대 임종시 베르나데트 수비루의 침실이 눈에 보이지 않는 제비꽃들의 향기로 가득했다는 이야기. 그는 본능적으로 코를 킁킁거렸으나, 이른바 신성함의 향기라 할 냄새는 인지하지 못했다. 신이 자신의 하녀를 돌보지 않고 있었던 거다. 그건 다행이다. 무엇보다 죽은 노처녀의 침대에 꽃의 향기를 낭비하는 일이 있어선 안 되니까. 나아가 아이들 영혼 속에 공포를 심는 걸 두려워해야 한다.

어쨌거나 탁월하게 조직된 숙명론에 의거하여 퀼라프루아-디빈을 죽음으로 이끌어가는 실마리는 바로 그 순간을 기점으로 풀려나간 것 같다. 암중모색은 훨씬 이전부터였다. 처음 답변들에 대한 놀라움으로 시작된 예심수사는 시계가 불투명할 만큼 머나먼 안개의 시대로 거슬러올라갔다. 당시 그는 오줌냄새 나는 배내옷에서 미처 벗어나지 못한 원시 종족, 신들의 백성 가운데 하나였고, 아이들과 몇몇 짐승의 공유물인 위엄과 품격이라는 고대의 권위를 보유하고 있었다. 지금은—그리고 갈수록 더, 세계의 보다 정확한 시적 비전에 이르기까지—지식의 획득과 더불어 배내옷은 훌렁 벗어던져진 상태. 심문과 조사가 진행될수록 점점 공허한 울림만 더해가면서, 우리 모두를 만족시킬 유일한 현실인 죽음이 그에게 제시되는 것이었다.

드러난 사실들로 미루어, 사태의 예상치 못한 전개는 더이상 없을 터였다. 앞 못 보는 손가락은 주도면밀한 착점着點마다 허공을 짚었다. 문짝은 저 혼자 돌아갈 뿐, 아무것도 보여주지 않았다. 그가 노처녀의 눈에 입을 맞추자, 뱀들의 냉기가 얼음처럼 그의 몸속으로 스며들었다. 순간 비틀거리면서 쓰러질 뻔했고, 그 즉시 추억이 달려와 붙들어주었다. 다름 아닌 알베르토의 코르덴 바지에 대한 추억이었다. 뜻밖에 주어진 특권으로 신비의 깊숙한 바닥을 일별하자마자 지면을 딛고 서기 위해 허겁지겁 자세를 고쳐 잡는 인간처럼, 질겁한 퀼라프루아는 얼른 머리를 부여잡더니, 한배에서 난 참새들의 포근한 품으로 돌아가듯, 알베르토의 바지에 대한 따스한 추억 속으로 부리나케 뛰어들었다.

그런 다음, 하늘에서 내려온 알베르토에게 안겨, 그는 자기 방 침대로 돌아와 울음을 터뜨렸다. 그런데―놀라지 마시라―울 수가 없어서 운 것이었다.

이제 우리의 위대한 디빈이 어떻게 죽었는지를 살펴볼 때다.

작은 금시계를 찾던 중, 그녀는 자기 가랑이 사이에서 시계를 발견하고는 손에 꼭 그러쥔 채 머리맡에 앉아 있는 에르네스틴에게 내밀었다. 두 사람의 손이 시계를 가운데 두고 조개껍질처럼 양쪽에서 맞물렸다. 거대한 육체적 안식이 디빈의 긴장을 풀어주었다. 각종 오물과 거의 물 같은 똥이 몸 아래 미지근한 호수처럼 고였고, 그 속으로 서서히, 서서히―아직 열기가 식지 않은 채로 네미호수에 가라앉는 황제의 처절한 유람선*처럼―그녀는 잠겨버렸다. 안도의 한숨을 내쉬면서 입으로 피가 올라왔고, 다시 한숨을 내쉬었는데 그게 마지막이었다.

그렇게 숨졌지만, 익사했다고도 말할 수 있을 것이다.

에르네스틴은 마냥 기다리고 있었다. 그러다가 기적이 일어난 것인

---

* 로마의 제3대 황제 칼리굴라는 화려한 유람선을 만들고 네미호수에서 연회를 즐겼다고 한다.

지, 맞물린 두 손에서 느껴지는 박동이 시계의 초침소리임을 불현듯 깨달았다.

온갖 전조와 표징 속에서 살아온 터라, 그녀는 미신적이지 않았다. 그리하여 혼자 열심히 시신을 단장한 뒤, 영국에서 만든 아주 우아한 푸른색 체비엇 정장을 입혔다.

이제 그녀는 죽었다. 완전히 죽었다. 시신을 수의로 감쌌다. 그것은 머리부터 발끝까지, 유빙 속에서 꿈쩍 않고 무한을 향해 항해하는 범선이다. 너, 이미 말했듯이 꿈쩍 않는, 나의 소중한 연인 장, 내 침대에 올라 행복한 영원을 향해 항해하자꾸나.

디빈은 죽었는데, 내게 남은 일은 무엇인가? 무얼 말해야 하나?

오늘밤 격노한 바람이 휘몰아쳐, 내게는 우듬지밖에 보이지 않는 포플러나무들이 서로 매섭게 들이받는다. 저 선량한 죽음이 달래주는 나의 독방, 오늘따라 이토록 아늑하니!

내일 내가 자유의 몸이 된다면?

(내일은 공판기일.)

자유의 몸이란, 산 자들 가운데로 유배된다는 의미. 나는 내 처소에 맞게 나의 영혼을 다듬어왔다. 그래서 나의 감방은 아주 아늑하다. 자유롭다. 즉 포도주를 마시고, 담배를 피우며, 세상 사람들을 구경한다. 그러니 내일, 배심원단은 어떻게 나올까? 나는 내게 타격을 줄 더없이 강력한 판결을 예상했다. 숙명의 지표로 나의 점괘를 (과거 사건들 속에서 내가 읽어낼 수 있는 바에 따라) 골랐으니, 나는 대비를 꼼꼼히 한 셈이다. 숙명에 따라야 함을 아는 지금, 나의 비애는 그리 대단치 않다. 돌이킬 수 없는 것 앞에서 그것은 급격히 졸아든다. 그것은 나의 절망일 뿐, 일어날 일은 일어나고야 만다. 나는 내 욕망을 포기한 사람이다. 나 역시, "이미 그딴 거 넘어선 지 오래(바이트만)"다. 그러니 사람 사는 평생을 나 이 벽들 사이에서 지내게 하라. 내일 누구를 판결할 것인가? 한때 내 것이었던 이름을 가진 어느 낯선 자겠지. 나는 이 모든 홀아비 가운데서 내가 죽을 때까지 계속해서 죽어줄 수 있다. 램프, 세면기, 규정집, 빗자루. 그리고 나의 반려자인 짚 매트.

나는 자고 싶지 않다. 내일 있을 공판은 전야제가 꼭 필요한 성대한 의식이다. 오늘밤이야말로 나는—마치 남게 될 사람처럼—나의 작별인사를 대신해 울고 싶다. 하지만 나의 명석함은 발가벗은 몸과도 같다. 밖에 바람이 점점 더 거세지고 비가 그 속에 섞인다. 그린 식으로 자연의 원소들이 내일 있을 의식에 전주곡을 연주한다. 오늘 12일, 맞지? 내가 결정할 일이 대체 무언가? 경고는 신의 소관이라고들 한다. 애초 나완 상관없는 일인 거다. 이미 나는 감옥에 속한 기분이 들지 않는다. 파탄나기는, 무덤의 인간들과 나를 하나로 묶는 지긋지긋한 유대감도 마찬가지. 어쩌면 나는 살지도 몰라……

이따금 무엇 때문인지 모를 격한 웃음이 터져나와 나를 뒤흔들기도 한다. 그로 인한 내 안의 울림은 안개 속 유쾌한 외침과도 같아, 안개를 단번에 흩어버릴 것처럼 보여도, 그것은 태양과 축제의 아쉬운 기억 말고는 다른 어떤 자취도 남기지 않는다.

만약 내게 유죄판결이 내려진다면? 나는 까칠한 모직물을 다시 걸칠 것이고, 녹물 색깔 나는 그 옷은 나로 하여금 곧장 수도사 흉내를 내게 만들 것이다. 손을 소매 속에 감추고서, 영혼에 상응하는 태도가 따를 것이다. 겸손하고 거룩한 존재가 된 기분일 것이며, 이불 속에 웅크리고서—바로 〈동 쥐앙〉에서 극중 인물들이 무대 위로 살아 돌아와 서로 얼싸안고 입을 맞추지—내 독방의 마법을 유지하기 위해 미뇽, 디빈, 노트르담, 가브리엘에게 멋들어진 새 삶을 다시 만들어줄 것이다.

나는 기가 막힌 착상들, 절망과 희망, 노래, 그리고 보다 심각한 다른 생각들로 가득찬 매우 감동적인 편지들을 읽었다. 그중 하나를 고르자면, 감옥에서 미뇽이 디빈에게 쓴 바로 이 편지가 될 것이다.

자기야,

나한테 안 좋은 소식이 있어서 짧게 편지를 보내. 나 도둑질하다 걸렸어. 그러니 변호사를 만나 나를 좀 변호해달라고 해봐. 돈은 네가 알아서 마련하고. 그리고 우편환도 좀 보내줘. 여기 사정이 얼마나 엉망인지 너도 잘 알잖아. 면회 허가도 받아내서 침대 시트 좀 갖다줘. 푸른색, 흰색 실크 잠옷하고 내 속옷도 챙겨와. 자기야, 나 지금 기분 참 엿 같다, 대체 이게 무슨 꼴이냐. 정말이지 재수 옴붙었다고. 그러니 네가 날 도와주리라 믿어. 난 널 당장이라도 끌어안고 애무해주고 아주 빡빡하게 쑤셔주고 싶단 말이야. 우리가 얼마나 즐거웠는지 떠올려보라고. 점선 그림 알아보겠지? 거기에다 뽀뽀해. 사랑하는 자기에게 무수한 키스를 보내며, 너의 미뇽.

미뇽이 말한 점선 그림은 자기 자지의 윤곽을 본뜬 것이다. 잔뜩 발기한 기둥서방이 애인 녀석한테 편지를 쓰면서, 책상 위 종이에 묵직한 자기 좆을 올려놓고 윤곽을 그대로 본뜨는 걸 목격한 적이 있다. 그런 점선으로도 미뇽의 모습을 떠올리는 데 도움이 되면 좋겠다.

프렌교도소, 1942년.

진실 이상의 진실로 화하는 몽상

모든 것은 감방 벽에 덕지덕지 붙은 신문과 잡지의 사건 기사들에서 시작한다. 거기 식자植字된 범법자들의 내력이 '나'의 은밀한 몽상에 힘입어 유령처럼 되살아난다. 마치 성스러운 제단에서 내려와 거칠고 난잡한 거리의 일상을 활보하듯이. 주인공은 디빈Divine이다. 신성divinité의 의미망을 지닌 이 비참한 트렌스젠더의 이름은 앞으로 전개될 이야기의 전도된 세계관을 단적으로 예시한다. 첫 장면부터 죽은 그(그녀)의 장례식이 진행중이고, 화자인 '나'는 어떤 사연을 거쳐 그가 죽음에 이른 것인지를 전지적 시점으로 되짚는다. 시골에 살던 디빈의 어린 시절 이름은 퀼라프루아. 이미 그때 뱀잡이 알베르토와의 동성애로 자신의 복잡한 성정체성에 눈뜬다. 파리로 상경한 디빈은 피갈-몽마르트르 지구의 한 다락방에 정착해 온갖 은어와 욕설, 탈선과 도착倒錯이 난무하는 삶을 전전하는데, 이때 알게 된 청년이 '꽃피는 노트르담'이다. 포주인 미뇽과 흑인 불량배 고르기를 애인으로 둔 디빈은, 성당 이름을 환기하는 이 묘한 매력의 젊은 마약 딜러이자 살인자에게 질투와 애증의 복잡한 감정을 느낀다. 디빈과 고르기, 노트르담의 동거생활이 삼각관계의 긴장 속에 어지러이 물려가고, 파렴치해서 아름다웠던 이야기는 "길고 긴 우회로"를 돌고 돌아 "결국 나를 이 감옥, 내 독방"의 현실로 되돌아오게 한다. 그 현실은 더이상 꿈꾸는 대로 펼쳐질 수만은 없는, 법과 심판의 닫힌 세계다. 디빈과 어울리던 '어둠의 사식들'이 속속 공권력에 포획당해 실명實名으로 소환되고, 급기야 아드리앵 바이용의 처형과 '꽃피는 노트르담'의 축성祝聖이 거행되는데…… 더 처절하고 더 끔찍한 디빈-퀼라프루아의 운명이 공개되면서, 죽음으로 시작해 죽음으로 끝나는 서사시가 막을 내린다—최종 판결을 기다리는 '나'만 홀로 독방의 어둠 속에 남겨둔 채.

장 주네Jean Genet는 1910년에 태어나 일곱 달 만에 엄마에게 버림받았다. 열 살 때 처음으로 절도죄를 저지른 뒤부터는 프랑스를 비롯해 에스파냐와 이탈리아, 유고슬라비아를 떠돌면서 도둑질과 매춘, 투옥으로 점철된 삶을 이어간다. 프렌교도소에 수감된 그가 첫 소설 『꽃피는 노트르담Notre-Dame-des-Fleurs』을 쓴 건 1942년. 봉투 제조용으로 관내에 비치된 누런 종이를 빼돌려 몰래 쓴 글이 쓰는 족족 압수, 폐기되지만 그는 굴하지 않고 계속해서 내밀한 이야기들을 써내려간다. 시인 장 콕토가 맨 처음 이 무모한 글쓰기에 주목했고, 종신형에 처한 기결수를 세상으로 끌어낸다. 평생을 도형수로 살아갈 처지에서 콕토와 사

르트르, 모리아크를 위시한 파리 문인들의 끈질긴 구명 운동이 이루어
지고, 장 주네는 1947년 특별사면을 거쳐 자유의 몸이 된다.

주네가 걸어온 어두운 삶의 궤적을 넘어 『꽃피는 노트르담』이 특별
하게 다가오는 것은, 갇힌 자의 글쓰기만이 도달할 수 있는 아름다움의
극치를 보여주기 때문이다. 그는 이렇게 썼다.

이 책을, 나는 유죄판결을 받은 내 삶의 요소들을 승화시키고 전
치시켜서 만들어내고자 했다. 그것이 내 강박의 그 무엇도 이야기하
지 않을까봐 걱정이다. 살을 발라내 뼈를 드러내는 문체에 정진한다
고는 하나, 정작 내가 바라는 건 이 감방 구석에 처박혀 푸른 리본과
눈처럼 하얀 속치마, 꽃으로 채워진 책 한 권을 그대에게 바치는 것이
다. 그보다 더 나은 소일거리가 없으므로.

완성이나 출판을 기대할 수 없는, 언제 빼앗겨 불살라져도 이상하지
않을 글에 필사적으로 매달리는 행위는 그것이 유일하게 허락된 "소일
거리passe-temps"일 때 가능하며, 감옥에서의 유일한 소일거리는 곧 '존
재의 의미'와 다르지 않다. 글을 쓰는 사람의 마음은 세상으로부터 격
리당하는 순간, 고독한 몽상의 깊이로 가라앉아 그 '격리'를 심화한다.
의식은 밖이 아닌 안으로 향하고, 현실적인 사고의 문들이 차례로 닫히
면서 주술呪術의 문이 열린다. 그리하여 주네는 "헐벗은 네 개의 벽 안
에서, 진실 이상의 진실이 되기까지 수없이 얽히고설키고 되풀이되는
존재의 모든 가능성을 체험했다"라고도 썼다. 자폐의 임계점에서 꿈꾸

는 행위는 주술적 사고가 격앙激昻하는 현상이다. 현실을 일그러뜨리는 그 에너지가 역설의 언어를 빚어내는 동안, 갇힌 자는 무한한 반항의 자유를 누릴 수 있다.

이 소설을 하염없이 방황하는 영혼들은 결국 주네의 분신이자 변신의 결과물이다. 그것은 몽상의 바다 깊이 가라앉는 보석 같은 문장들의 난반사亂反射가 만들어낸 희귀한 이미지들이다. 꿈꾸는 자가 지그시 눈을 감자, 그 "눈과 입, 팔꿈치와 무릎, 전신全身의 매력에서 흘러나온 무수한 유혹의 형상들"이 속삭인다. 당신이 우리로, 우리가 당신으로 살아갈 수 있어서 얼마나 행복한지 몰라! 그리하여 그들은 남성이면서 여성이고, 화자이면서 화자의 연인이며, 모두이자 그 누구일 수도 없는 갈망의 편린들이기도 하다. 프렌교도소 426호 죄수 장 주네의 기억과 상상이 다른 수감자의 고립을 끌어들이고, 회람용 신문과 잡지에서 오려낸 사진과 기사에 섞여들면서, 욕망과 트라우마에 시달리는 '이탈자'들의 슬픈 사연이 만화경의 꽃잎처럼 조각조각 부유한다. 그들 하나하나의 정신적 육체적 핍진성은 애당초 문제가 되지 않는다. 이야기는 전통적 의미의 줄거리도 일관된 시간의 흐름도 없이, 화자의 병적이리만치 섬세한 감각이 구사하는 언어의 시적 반향을 좇을 뿐이다. "내 책은 소설이 아니다. 등장인물들 스스로 아무 결정도 내릴 수 없기 때문이다"라고 주네는 고백했다. 그처럼 대담하면서 변덕스럽고 독단적인 몽상가가 또 있을까. "도박용 주사위 형태의 감방" 안에 갇혀 꿈꾸는 자가 우리 모두 정상이라 믿는 현실의 논리적 근거를 마음껏 주무르고 재구성한다. 그러한 꿈은 "진실 이상의 진실"을 지향하는 만큼, 위험하고 파괴적이다.

주네는 글을 쓰면서 발기한다. 그가 글을 쓰면서 발기에 이르는 것은 단순한 생물학적 반응도, 어떤 성취감의 '수사적' 발현도 아니다. 그 것은 사르트르의 말대로, 보바리 부인의 음독자살에 관한 문장을 쓰면서 플로베르가 혀에 잉크맛을 느낀 것과 같은, 이를테면 인식의 지평이 열려 공감각의 지각이 발동하는, 어떤 특수한 경지에 가깝다. 에로티슴이 인간의 본질적 인지구조를 반영한다는 점에서, 글쓰기가 유도하는 고도의 각성 상태가 성적 엑스터시에 맞닿은들 결코 놀랄 일이 아니다. 그 또한 저 유명한 『도둑일기 Journal du Voleur』(1949)의 문장, "섹스 때문이 아니라, 범죄로 인해 나는 발기한다"의 숨은 의미일 것이다. 주네의 정신세계에서 범죄는 세상으로부터의 자유를, 그리하여 완벽한 고독을 창출하는 조건이다. 악은 선의 부재가 아니라 그 자체로 적극적인 에너지이며, 자기를 파괴함으로써 자존自存을 실현하는 심오한 원리다. 경계를 넘어 돌이킬 수 없는 파국으로 나아간다는 것, 그 '깨어 있는 죽음'의 체험이 '발기'의 궁극적인 의미다. 주네의 삶과 문학을 지배하는 가치 전복과 반항의 테마는 타협 없는 패덕敗德의 동선에 자신을 실어, 심연 속으로 까마득히 멀어지는 인간의 모습에서 신성불가침의 차원에 이른다. 누군가 진정 자기파괴적일 때, 그 정체성을 파괴할 수 있는 것은 아무것도 없다.

『꽃피는 노트르담』의 원고는 완성되고 일 년 뒤인 1943년 처음 독자를 만나지만, 소수 도색문헌 애호가들을 상대로 가제본한 비밀 유통물에 불과했다. 그러던 중 소설의 비범한 매력이 당시 명망 높은 문예지 〈라르발레트L'Arbalète〉의 편집자 눈에 포착되어, 결국 잡지 지면이 허용하는 수위에 맞춰 일부만 따로 떼어내 게재되기에 이른다. 그러고 나서 사 년 뒤인 1948년, 동명의 출판사 라르발레트를 통해 비로소 소설 전체를 정식 단행본으로 선보이니, 제도권 문학으로의 진입 과정이 순탄치만은 않았던 셈이다. 1951년 출판사 갈리마르에서 새로 나올 때는 주네가 다시 손을 댄 원고로, 역시 수위가 높은 대목들을 상당수 제거한 판본인데, 이후 영어 번역본은 이를 저본으로 삼게 된다. 그러나 지금 독자 여러분이 손에 쥔 『꽃피는 노트르담』은 라르발레트 출판사가 1948년 출간한 단행본을 1986년 재간한 것으로, 결국 프렌교 도소 독방의 '죄수'가 봉투지에 한땀 한땀 써내려간 초고의 완역인 셈이다.

성귀수

1910년 12월 19일~1920년(10세)

1910년 12월 19일 파리에서 혼외자로 태어난다. 생후 7개월에 이르렀을 때 어머니 카미유 가브리엘 주네로부터 버려져 파리 빈민구제국에 맡겨진다. 생모에게서 버림받은 트라우마는 작가가 된 주네의 작품에 부정적인 모친상으로 둔갑해 반복 등장한다. 1918년 프랑스 중부 모르방 산지 시골 가정에 위탁되어 10세까지는 그런대로 잘 지내나, 갑자기 도둑질을 범한다. 훗날 사르트르가 『성聖 주네, 배우이자 순교자*Saint Genet, comédien et martyr*』에 쓰기를, "어떤 목소리가 공개적으로 선언한다, '너는 도둑이다'라고" 한 바로 그 경험이다. 첫 절도죄로 메트레소년원에 수감되는 순간, 어머니가 버렸을 뿐 아니라 사회로부터도 '배척당한 존재'만이 가질 법한 고독하고 처절한 자의식이 어린 주네의 뇌리 깊이 뿌리박힌 듯하다.

1921년(11세)~1936년(26세)

위탁가정으로부터도 나와야 했던 그는 13세에 잠시 파리 근교 센에마른의 알랑베르 직업학교에서 인쇄술을 접한다. 그러나 16세 무렵 절도, 무임승차, 부랑죄를 저질러 처음 몇 달은 라로케트소년원에, 이후 다시금 메트레소년원에 삼 년간 수감된다. 훗날 『도둑 일기』에서 그는, 요컨대 "세상이 나를 책망하고 손가락질하는 대로 얼마든지 살아줄 용의가 있었다"라고 당시의 심정을 회고한다. 성년을 앞둔 그는 소년원에서 도망쳐 나와 식민지 주둔 외인부대에 지원하여 모로코 등지에서 복무하지만, 결국 동성애 혐의로 불명예 처분을 받고 탈영한다.

1937년(27세)~1941년(31세)

본격적인 방랑이 시작되는데, 20세에 이미 도둑질과 구걸에서 매춘으로 생계 수단이 옮겨갔음을 고백하고 있다. 마르세유와 바르셀로나에서 선원과 관광객을 상대로 몸을 파는가 하면, 이탈리아와 유고슬라비아, 오스트리아, 체코슬로바키아, 폴란드, 독일 등 가는 곳마다 현지 공권력과 마찰을 빚는다. 프랑스로 돌아와 처음으로 길거리 절도가 아닌 주거침입 도둑질을 감행하는 순간, 범죄자로서 거쳐야 할 중요한 단계를 넘어섰다는 자각에 이른다. 평생 그에게 신화적 상징으로 살아 있을 젊은 살인범 모리스 필로르주가 1939년 2월 4일 단두대에서 처형당한다. 성적 문란과 범법 행위, 반복적인 감방 나들이로 점철된 삶의 어느 한순간, 주네는 일생일대의 전기를 맞는다.

1942년(32세)~1949년(39세)

주네의 삶에서 10세 나이에 처음 절도 행각을 범한 것이 첫번째 변곡점이라면, 32세에 이른 1942년은 두번째 변곡점을 맞이한 시기다. 사르트르가 전하는 바에 따르면, 당시 프렌교도소에 미결수로 수감되어 공판을 앞두고 있던 주네에게 같은 방 동료 수감자가 시를 지었다며 보여주는데, 한심하기 짝이 없는 '신파조'더라는 것이다. 순간 반짝하며 떠오른 영감이 내면 깊숙이 가라앉아 있던 시인의 언어에 불을 붙였고, 주네는 얼마 전 사망한 젊은 사형수의 넋을 기리는 12음절 장시를 써내려갔다. 그렇게 탄생한 「사형수Comdamné à mort」를 기점으로 도둑에서 작가로 거듭나는 기적 같은 여정이 펼쳐진다. 무엇보다 먼저 그는 첫 소설 『꽃피는 노트르담Notre-Dames-des-Fleurs』에 본격적으로 매달려, 그해 말 탈고한다. 1943년 7월에는 두번째 소설 『장미의 기적Miracle de la rose』을 집필한다. 이 시기 『꽃피는 노트르담』의 원고를 접한 장 콕토는 그 비상함에 주목했고, 이를 세상에 알리기 위한 시도에 들어가지만, 검열의 벽을 넘지 못해 한정판 가제본으로 비밀 유통되는 상황에 머문다. 그러던 중 명망 높은 반연간 문예지

〈라르발레트〉의 편집자 마르크 바르브자가 소설의 가치를 알아보고, 마침 또다른 교도소에 수감중이던 주네를 찾아와 이듬해 봄 잡지에 그 일부를 게재하면서 작가 장 주네를 정식으로 소개한다. 이를 계기로 주네는 사르트르를 만나는가 하면, 파리의 여러 예술가와 활발히 교류하게 된다. 이즈음 주네는 장르의 관심 폭을 넓혀 희곡『엄중한 감시*Haute Surveillance*』를 집필한다. 1946년에는 항구도시 브레스트를 배경으로 선원들과 살인자들의 세계를 그린『브레스트 싸움*Querelle de Brest*』을 집필한다. 희곡『엄중한 감시』『하녀들*Les Bonnes*』그리고 소설『장미의 기적』을 잇달아 발표한다. 1947년에는『장례식*Pompes funèbres*』과『브레스트 싸움』이 출판사 이름 없이 출간된다. 파리 아테네극장에서 루이 주베Louis Jouvet의 연출로 연극 〈하녀들〉이 초연된다. 그 이듬해엔 발레극 〈아담 거울Adame Miroir〉이 다리위스 미요Darius Milhaud의 음악과 자닌 샤라Janine Charrat의 안무를 통해 테아트르데샹젤리제 무대를 장식한다. 1949년『도둑 일기 *Journal du Voleur*』가 출간된다. 또한 라디오드라마『죄지은 아이*L'Enfant criminel*』의 극본이 출간되고,『엄중한 감시』가 장 주네 본인과 장 마르샤Jean Marchat의 공동 연출로 무대에 오른다. 그런 소식들이 아니어도, 1949년은 주네에게 더없이 특별한 해다. 당시 그는 누범으로 종신 유배형을 선고받은 처지였는데 사르트르, 보부아르, 콕토, 브르통, 지드, 피카소 등 당대 내로라하는 작가들의 탄원에 힘입어 대통령의 특별사면을 받아낸 것이다. 이제 장 주네는 결정적으로 자유의 몸이다.

1950년(40세)~1967년(57세)

자전적 내용을 다룬 마지막 소설『도둑 일기』가 출간된 다음부터 소설에 대한 그의 관심이 연극과 영화 쪽으로 현저하게 선회한다. 콕토의 지원하에 26분짜리 시나리오 〈사랑의 노래Un chant d'amour〉를 영화화하는가 하면, 비올레트 르뒤크의 단편 무성영화에 배우로서 출연하기도 한다. 1951년에는 시나리오『금지된 꿈*Les Rêves interdits*』을 발표한다. 그사이에 주네의 작품 전집Œuvres complètes 제2권이 갈리마르 출판사에서 나온다. 당시 갈리마르는 작가 장 주네의 해외 수출입 판권을 관리하고 있었는데,『꽃피는 노트르담』의 몇몇 대목을 수정 또는 삭제하여 개정판을 낸다. 1952년 주네 전집 제1권으로 나온 사르트르의『성 주네, 배우이자 순교자』는 방대하면서도 예리한 시각이 타의 추종을 불허하는 비평서다. 이 책을 읽은 장 주네는 "다른 누군가에 의해 자신이 완전히 발가벗겨지는" 참혹함을 느꼈다면서, 그 후유증으로 일종의 '실어증'에 시달렸음을 고백했다. 그는 "심리적 충격에서 회복하는 데 많은 시간이 걸렸으며, 거의 글을 다시 쓸 수 없는 지경"이라고도 했다. 사르트르는 이 책을 통해, 일개 부랑자가 비범한 작가로 거듭나는 비법을 철저히 파헤치고자 한 것인데, 이는 결국 글을 쓰는 작가에게 반드시 필요한 미지의 영역을 낱낱이 까발리는 것과 다르지 않은 일이었다. 1953년 전집 제3권이 나오지만, 이듬해 주네는 자기 작품들에 대한 풍기 문란 및 외설죄로 기소되어 파리 제17호 경범재판소에 출두한다. 삼 년 뒤에는 희곡『발코니Le Balcon』를 발표하지만, 또다시 풍기문란죄로 유죄판결을 받고 징역 8개월과 벌금 10만 프랑을 선고받는다. 알제리 독립전쟁을 다룬 서사시적 정치극『병풍들Les Paravents』을 쓰기 시작한다. 1957년에는『자코메티의 아틀리에L'Atelier d'Alberto Giacometti』를 집필한다. 런던에서 피터 차덱Peter Zadek 연출로 〈발코니〉가 초연되는데, 주네 본인은 강한 거부감을 표현한다. 1958년 런던 체류 당시 렘브란트에 몰입한 체험을 소재로 쓴 첫번째 글「렘브란트의 비밀」을 〈렉스프레스〉에 발표한다. 1959년 희곡『흑인들Les Nègres』을 로제 블랭Roger Blin이 연출을 맡아 파리에서 초연한다. 1961년『병풍들』을 완성, 발표한다. 이듬해 이 희곡은 조지프 스트릭Joseph Strick 감독, 이고르 스트라빈스키의 음악에 셸리 윈터스가 이르마 역을 맡아 영화화된다. 세상 속에 던져진 예술가, 그에 대한 시적 연정을 노래한 장시『줄타기 곡예사Le Funambule』의 실제 모델 압달라 벤타가Abdallah Bentaga가 1964년 자살한다. 절친한 친구의 사망 소식에 주네는 극심한 우울증에 빠져, 절필할 것을 심각하게 고민한다.

1966년 파리 국립 오데옹극장에서 〈병풍들〉의 초연으로 일대 소란이 일지만, 문화부 장관인 앙드레 말로의 전폭적인 지원에 기대어 무사히 공연을 마친다. 1967년 렘브란트에 관한 두번째 글인 「렘브란트의 그림을 반듯한 작은 네모꼴로 찢어서 변소에 던져버린 뒤 남은 것」을 〈텔켈〉 29호에 게재한다. 이어서 〈텔켈〉 30호에 「~라는 이상한 말」을 발표한다. 자살을 시도하나 미수에 그친다.

1968년(58세)~1986년 4월 15일(76세)

전집 제4권이 갈리마르에서 나온다. 1968년 이후 주네는 서구 사회와 그 문화, 가치관에 흥미를 잃는다. 그는 말한다, 이제부터 바람직하게 보이는 것은 오로지 제3세계의 억압받는 이들을 돕는 일이라고. 실제로 그는 68혁명의 도화선인 5월 학생혁명을 시작으로 프랑스 내 난민운동, 베트남전쟁 반대운동 등 정치적 운동에 본격적으로 뛰어든다. 앤절라 Y. 데이비스, 조지 잭슨과 함께 감옥 폐지운동이라든지, 미셸 푸코, 다니엘 디페르 등과 더불어 젠더-인권 운동에 동참하는가 하면, 알제리 독립전쟁 이후 프랑스 내 알제리인에 대한 경찰 폭력에 대항해 사르트르, 푸코 등과 연대했다. 이로 인해 미국 방문 비자가 한때 거절당한다. 1970년에 들어서 급진적인 흑인 인권운동단체 '블랙팬서'의 흑인민권운동 가담차 삼 개월간 미국을 방문한다. 또한 야세르 아라파트가 이끄는 팔레스타인해방기구 초청으로 육 개월 간 중동을 방문, 캠프에 참여하고 암만 근처에서 비밀리에 아라파트와 조우한다. 1971년 〈줌〉에 팔레스타인에 관한 글을 연재한다. 1972년 몇 달간 레바논에 머물면서 팔레스타인 사람들과 같이 생활한다. 장 주네의 문학적 침묵이 이어지는 가운데에도 그를 기억하는 문화계의 움직임은 잦아들지 않는다. 독일의 유망 감독 R. W. 파스빈더가 『브레스트 싸움』을 영화로 각색한다든지(1981), 비록 관철되진 않았으나 코메디프랑세즈에서 〈발코니〉를 정규 공연 목록에 올리려 시도한 사실(1980), 파트리스 셰로Patrice Chéreau의 연출로 낭테르에서 〈병풍들〉 공연(1983)이 성사된 일 등이 이를 방증한다. 세계적인 팝스타 데이비드 보위가 장 주네의 이름을 패러디한 곡 〈진 지니The Jean Genie〉를 발표하고, 그의 단편영화 〈사랑의 노래〉 영상을 편집해 뮤직비디오까지 만든 것은 하나의 상징적 사례라 할 수 있다. 그러는 가운데에도 주네의 과격한 참여적 행보는 계속된다. 1977년 독일 '적군파'가 펴낸 『수감자 육필 원고Textes des prisonniers』에 서문을 씀으로써 적극적인 지지 의사를 밝힌다. 1982년에는 모로코에 정착해 중동 여러 지역을 방문하는데, 특히 베이루트에 머물 당시 발생한 사브라와 샤틸라 캠프의 학살사건 현장을 직접 찾은 뒤 「샤틸라에서의 네 시간」을 〈팔레스타인 연구지〉에 발표하고, 이듬해 학살피해자 추모식에도 참석해 자신의 글을 낭독한다. 1983년 프랑스 국가문예대상을 수상한다. 1985년 주네는 팔레스타인 해방전선과 흑인민권운동에 뛰어든 70년대부터의 치열했던 체험을 회고하며 그동안 틈틈이 써온 『사랑의 포로Un Captif Amoureux』를 완성한다. BBC와의 인터뷰에서 자신의 삶과 세계관에 대해 소상히 밝힌다. 그리고 1986년 4월 15일, 마지막 원고 『사랑의 포로』 교정차 머물던 파리 잭스호텔에서 숨진 채 발견된다. 유언대로 모로코 지브롤터 해협 부근의 라라슈에 있는 라라슈 기독교 공동묘지에 묻힌다.

문학동네 세계문학전집 발간에 부쳐

세계문학은 국민문학 혹은 지역문학을 떠나 존재하는 문학이 아니지만 그것들의 총합도 아니다. 세계문학이라는 용어에는 그 나름의 언어와 전통을 갖고 있는 국민문학이나 지역문학의 존재를 인정하면서 그것을 넘어서는 문학의 보편적 질서에 대한 관념이 새겨져 있다. 그 용어를 처음 고안한 19세기 유럽인들은 유럽문학을 중심으로 그 질서를 구축했지만 풍부한 국민문학의 전통을 가지고 있는 현대의 문학 강국들은 나름의 방식으로 세계문학을 이해하면서 정전(正典)의 목록을 작성하고 또 수정한다.

한국에서도 세계문학 관념은 우리 사회와 문화의 변화 속에서 거듭 수정돼왔다. 어느 시기에는 제국 일본의 교양주의를 반영한 세계문학 관념이, 어느 시기에는 제3세계 민족주의에 동조한 세계문학 관념이 출현했고, 그러한 관념을 실천한 전집물이 출판됐다. 21세기 한국에 새로운 세계문학전집이 필요하다는 것은 명백하다. 우리의 지성과 감성의 기준에 부합하는 세계문학을 다시 구상할 때가 되었다.

문학동네 세계문학전집은 범세계적으로 통용되는 고전에 대한 상식을 존중하면서도 지난 반세기 동안 해외 주요 언어권에서 창작과 연구의 진전에 따라 일어난 정전의 변동을 고려하여 편성되었다. 그래서 불멸의 명작은 물론 동시대 세계의 중요한 정치·문화적 실천에 영감을 준 새로운 작품들을 두루 포함시켰다.

창립 이후 지금까지 한국문학 및 번역문학 출판에서 가장 전문적이고 생산적인 그룹을 대표해온 문학동네가 그간 축적한 문학 출판 경험을 바탕으로 새로운 세계문학전집을 펴낸다. 인류가 무지와 몽매의 어둠 속을 방황하면서도 끝내 길을 잃지 않은 것은 세계문학사의 하늘에 떠 있는 빛나는 별들이 길잡이가 되어주었기 때문이다. 우리가 자부심과 사명감 속에서 그리게 될 이 새로운 별자리가 독자들의 관심과 애정에 힘입어 우리 모두의 뿌듯한 자산이 되기를 소망한다.

문학동네 세계문학전집 편집위원
민은경, 박유하, 변현태, 송병선, 이재룡, 홍길표, 남진우, 황종연

세계문학전집 250

꽃피는 노트르담

초판 인쇄 2024년 8월 12일
초판 발행 2024년 8월 26일

지은이 장 주네 | 옮긴이 성귀수

책임편집 송지선 | 편집 김수현
디자인 이혜진 최미영 | 저작권 박지영 형소진 최은진 오서영
마케팅 정민호 서지화 한민아 이민경 안남영 왕지경 정경주 김수인 김혜원 김하연 김예진
브랜딩 함유지 함근아 박민재 김희숙 이송이 박다솔 조다현 정승민 배진성
제작 강신은 김동욱 이순호 | 제작처 영신사

펴낸곳 (주)문학동네 | 펴낸이 김소영
출판등록 1993년 10월 22일 제2003-000045호
주소 10881 경기도 파주시 회동길 210
전자우편 editor@munhak.com | 대표전화 031)955-8888 | 팩스 031)955-8855
문의전화 031)955-1927(마케팅), 031)955-2686(편집)
문학동네카페 http://cafe.naver.com/mhdn
인스타그램 @munhakdongne | 트위터 @munhakdongne
북클럽문학동네 http://bookclubmunhak.com

ISBN 979-11-416-0119-5 04860
      978-89-546-0901-2 (세트)

www.munhak.com

● 문학동네 세계문학전집은 계속 출간됩니다